GERANIOS
EN EL
BALCÓN

Date: 8/15/19

Si tienes un club de lectura o quieres organizar uno, en nuestra web encontrarás guías de lectura de algunos de nuestros libros. **www.maeva.es/guias-lectura**

 Este libro se ha elaborado con papel procedente de bosques gestionados de forma sostenible, reciclado y de fuentes controladas, avalado por el sello de PEFC, la asociación más importante del mundo para la sostenibilidad forestal.

MAEVA desea contribuir al esfuerzo colectivo y permanente de proteger y preservar el medio ambiente y nuestros bosques con el compromiso de producir nuestros libros con materiales responsables.

CAROLINA POBLA

GERANIOS
EN EL
BALCÓN

MAEVA

ISBN: 978-84-17108-53-3
Depósito legal: M-5.852-2018

Diseño e imagen de cubierta: Opalworks

Preimpresión: MT Color & Diseño S.L.
Impresión y encuadernación: CPI
BLACK PRINT
Impreso en España / Printed in Spain

*A todos aquellos anónimos cuyas
increíbles historias habría valido la pena contar.
A mis abuelos, Teresa y Toribio.*

Primera parte
(1928-1933)

1

La Macarena era un vergel exuberante que la naturaleza había ido construyendo bajo las órdenes de un hombre, don Rafael. Las palmeras más altas de toda la costa malagueña desafiaban al salitre y lo vencían con la ayuda de una gran cantidad de plantas tropicales que su dueño había hecho traer desde el otro lado del mundo. Estaba lleno de rincones, escondrijos, caminos y puentes. Cualquier momento tenía su espacio en aquel jardín maravilloso, diseñado para ser perfecto. No había nada que no pudiera pasar allí. Y en el centro del paraíso estaba la casa, enorme y hermosa, completamente mimetizada con el entorno.

Don Rafael era un hombre muy alto, rubio, con los ojos de un azul profundo. La anchura de sus hombros le daba un aspecto fuerte y respetable que la edad y los muchos viajes como marino mercante habían acentuado. Gracias a una herencia familiar había comprado un gran barco que le proporcionaba buenos beneficios y le permitía vivir mucho mejor de lo que, por clase, le habría correspondido. Era un hombre hecho a sí mismo que había conseguido todo lo que se había propuesto y que solo tenía una debilidad: sus cinco hijos. Hacía algún tiempo que don Rafael había dejado de navegar, y ahora se dedicaba a cuidar de su finca cerca del mar, a controlar su negocio desde el despacho y a ver crecer a sus hijos. Y entre todos ellos, Rosario, su hija mayor, ocupaba un lugar más que destacado.

La muchacha irradiaba esa seguridad que brinda la soberbia de saber que nunca te faltará nada y que, hagas lo que hagas, alguien responderá siempre por ti. Adoraba a su padre con la misma intensidad con que despreciaba a su madre, una mujer demasiado inocente que comenzó a ser desgraciada el mismo día que nació.

Mustia y poco agraciada, aunque perteneciente a una buena familia con dinero, Beatriz había aceptado enseguida la única proposición de matrimonio que había recibido a una edad en la que todos se temían que se iba a quedar para vestir santos, la del joven Rafael, que intentaba abrirse camino en un entorno que desconocía y para quien fue un matrimonio afortunado aunque infeliz. Nunca llegaron a quererse y, a pesar de los esfuerzos que hacía don Rafael, la única alegría que compartieron fue la llegada de un hijo tras otro.

A Rosario no le gustaba la debilidad de su madre, ni su forma de pedir cariño, ni su voz demasiado suave, ni esa manera de observarla con mirada triste, como esperando un poco de atención. Esa mirada la exasperaba. La distancia que las separaba era cada vez más amplia y la falta de apego de Rosario hacia su madre, que nunca se había ocupado demasiado de los niños, crecía día a día, tanto como la tristeza de Beatriz al ver alejarse a su hija mayor. Y con ella, también a sus hermanos pequeños.

Rosario se pasaba las tardes con su padre. Tras un largo día de estudio bajo la supervisión de la institutriz que compartía con sus hermanos y que la aburría soberanamente, y después de sus prácticas con el profesor de francés, iba con don Rafael a hablar con los jardineros o a repasar las cuentas de la finca. También limpiaban juntos la colección de armas antiguas que el hombre poseía. Solo a ella le permitía tocarlas; ni siquiera su hermano Rafaelito, el único varón, que los observaba desde la puerta entreabierta con cierta envidia, podía hacerlo.

A don Rafael le encantaban esas tardes. Quería disfrutar de la niña todo lo posible, porque pronto tendría edad para casarse y se marcharía de casa. Eso lo entristecía. «No se preocupe, padre, que yo me casaré con usted», era una broma que desde hacía años se había convertido en un chascarrillo familiar; la pequeñita de la familia siempre le preguntaba a su hermana: «¿Cuando te cases con padre serás mi mamá?». Y entonces a la madre se le escapaba una lágrima.

La Macarena, don Rafael, Rosario. No existía nada más. El universo se reducía a eso. Y él hubiese querido que fuera eterno, infinito.

Lo único que la chica no podía compartir con su padre eran las reuniones. Aquellos señores llegaban al mismo tiempo que su profesora de canto, y mientras ella vocalizaba y afinaba, ellos debatían; luego ella cantaba y ellos decidían. Eran reuniones largas, de copa de brandy y puro habano, de caras satisfechas gracias a la convicción y a la seguridad de haber tomado las decisiones que mueven el mundo. Cuando la muchacha cantaba, sus hermanos la escuchaban. También su madre. A veces hasta su padre y aquellos señores dejaban de hablar para prestar atención a su voz, que perdía la soberbia y llenaba el silencio con una belleza que casi se podía tocar.

Y después salían a pasear por los jardines de La Macarena. Esos jardines no se acababan nunca; todos los días podían escoger una ruta diferente, y siempre encontraban alguna sorpresa: descubrían una nueva especie de flor hermosa, aparecían caramelos colgados en un árbol, o a veces era una mesita llena de dulces en medio del camino o un libro olvidado en un banco con una bonita historia que contar. A don Rafael le gustaba la ilusión que mostraban sus hijos por aquellos paseos y se encargaba personalmente de que alguien de su confianza preparara algo especial; incluso los miembros del servicio competían entre ellos para inventar la sorpresa más original. Era el momento en que Rosario compartía a su padre con sus hermanos, ella colgada de su brazo y los niños corriendo alrededor. Una auténtica familia observada en la distancia por aquella mujer enfermiza que, apoyada en el marco de la ventana, apartaba los visillos para ver cómo los recuerdos de una época en la que había tenido alguna importancia en aquel grupo feliz se quebraban a cada paso que daban. Sentía que ni su marido ni sus hijos contaban ya con ella. Poco a poco se fue apagando, hasta que apenas quedó nada de sí misma. Resignada, había comprendido que su labor había terminado. Se abandonó. Poco después murió sin que ello supusiera un gran trastorno para el resto de la familia

Remedios observaba a su hermana. Solo era tres años mayor que ella, pero desde el día en que salió del cuarto de los niños sentía que estaba más lejos, que era más alta y más hermosa. Echaba de menos las noches de confidencias infantiles, las dos en la misma cama, mientras Rocío, «la monja», la segunda de las hermanas, las escuchaba con envidia y desprecio desde la cama contigua. A Remedios le encantaba ser la preferida de Rosario. Pero es que Rocío era tan seria, tan sensata, tan antipática, siempre rezando sus oraciones... No parecían hermanas. A Remedios le divertía hacerla rabiar, y añoraba los abrazos y las miradas de complicidad de Rosario. Ahora que todo era distinto, en algún momento pensó en buscar la compañía de Rosita, pero esta era muy pequeña y solo quería jugar. Tenía la sensación de que le habían robado algo. Se sentía sola.

Desde que su hermana dormía en su propia habitación, algo había cambiado en ella. Ya no llevaba trenzas ni faldón corto; no se reía ni hablaba como antes. Se habían acabado los secretos, ya no corría a buscarla para contarle, cuchicheando, los nuevos descubrimientos. Empezaba a tratarla como los mayores, y eso no le gustaba. Todo había ocurrido muy rápido, y el desconcierto inicial se fue convirtiendo en una mezcla de resentimiento y admiración. De la noche a la mañana, Rosario se había transformado en aquella princesa brillante e inalcanzable que imaginaban juntas cuando leían libros de cuentos.

Para Remedios, el jardín era su lugar mágico. Habían vivido increíbles aventuras en una isla desierta, en un bosque encantado, en un palacio de árboles altísimos cubiertos de bóvedas de estrellas. Allí habían imaginado a sus príncipes azules y a sus piratas de los mares del sur, se habían casado innumerables veces y habían viajado por lugares solo posibles en sus sueños. Ahora, paseando por La Macarena sin su Rosario del alma, ya no veía islas, ni bosques, ni palacios; ya no imaginaba príncipes, ni piratas; tampoco celebraba fiestas, banquetes ni recepciones. Los colores y los olores de siempre ya no le inspiraban nuevas historias. La luz que entraba entre las palmeras, como caminos directos al cielo, ya no le importaba.

Al acostarse, se pasaba horas mirando el techo. No estaba segura de querer que a ella le pasara lo mismo que a su hermana. Sabía que con el tiempo también entraría a formar parte del mundo de los adultos, pero aún faltaba mucho para eso, y además Rocío iba primero. Remedios se sentía protegida en su rincón del cuarto de los niños. No quería crecer, no quería que nada cambiara. A veces, cuando no podía dormir y la casa se quejaba con algún ruido estructural, o cuando creía oír algún sonido extraño, miraba hacia la puerta deseando que Rosario entrara en silencio, se metiera en su cama y la abrazara para tranquilizarla. Le caían lagrimones por las mejillas mientras aguardaba a que se produjera el milagro, sin imaginar que, a partir de entonces, toda su vida iba a ser una larga espera.

Rosario estaba muy nerviosa. Corría el rumor de que estaban a punto de recibir una nota del ayuntamiento en la que les comunicaban que la habían escogido para ser la reina de las fiestas de la ciudad, y eso comportaba una responsabilidad enorme. Tendría que presidir los actos oficiales, abrir el baile, asistir a comidas… No paraba de moverse, abría armarios y cajones, sacaba de ellos pañuelos, cintas y abalorios, buscaba en revistas y catálogos. Necesitaba vestidos nuevos, complementos y joyas, debía diseñar peinados, practicar poses, prever conversaciones. Era la ocasión perfecta para presentarse en sociedad, el escaparate ideal para salir al mundo. Y no pensaba desaprovechar la oportunidad. Segura de sí misma, sabía cómo hacerlo, y el primer paso consistía en convencer a su padre de lo afortunada que sería esa inversión. «Buenos días, padre», ensayaba mientras se dirigía a su despacho. Lo mejor era decírselo sin rodeos, él se haría cargo enseguida de la importancia de la situación. Entró en la habitación sin pensarlo siquiera. Nunca había necesitado permiso, y tampoco esta vez lo pidió.

—¡Ahora no, Rosario!

La muchacha se quedó petrificada en el umbral de la puerta, con la mano apoyada en el pomo. No comprendía qué pasaba.

—¡Ahora no, te he dicho! ¡Márchate!

Don Rafael no tuvo que repetirlo otra vez. Rosario nunca lo había oído hablar de ese modo. Algo muy importante debía de haberle dicho don Tomás, que estaba muy serio sentado al otro lado de la mesa, para que reaccionara de esa manera. Cerró la puerta despacio, mirando al suelo, sin hacer ruido y sin reconocer al hombre que le había dado la orden. Aún no había soltado el pomo cuando la invadió una oleada de rabia, y a punto estuvo de volver a entrar para exigir explicaciones. Pero el instinto le recomendó prudencia. Algo trascendental estaba ocurriendo, y no era el mejor momento para estar allí.

El día había amanecido soleado y don Rafael se preparaba para una jornada tranquila. Se sorprendió cuando le anunciaron una visita inesperada.

—Buenos días, don Rafael.

—Buenos días, don Tomás. ¡Qué agradable sorpresa! ¿Qué le trae por aquí? Creí que no teníamos que vernos hasta la semana que viene. Pase, siéntese. ¿Puedo ofrecerle una copa de brandy, un habano?

—No, gracias. Lamento presentarme de esta manera, pero no traigo buenas noticias.

No hacía falta ser muy observador para darse cuenta de que algo no iba bien. Don Tomás miraba al suelo. Era la pura imagen del abatimiento. Se dejó caer en el sillón que había delante de la mesa como si su cuerpo pesara el doble de lo habitual y, alzando con mucho esfuerzo la vista, miró fijamente a don Rafael.

—No sé cómo decírselo, don Rafael, pero... hemos perdido el barco.

Don Rafael necesitó que se lo explicara otra vez. Había habido un temporal, la carga se había desplazado. El movimiento había hecho que el buque se escorara por estribor por encima de los límites de estabilidad. El capitán y dos tripulantes habían desaparecido, el resto había podido subir al bote y estaba a salvo en tierra, pero el barco se había hundido.

Silencio.

Don Rafael estaba descompuesto. Tenía la cara desencajada, le pitaban los oídos y un agudo y repentino dolor de cabeza lo obligó a cerrar los ojos. Lamentaba haber echado a la niña de esa forma, pero ahora no podía pensar en ella. En su mente chocaban baúles, toneles, mástiles y velas junto con todas las posibles consecuencias (¿qué podía hacer?), responsabilidades y pleitos (¿qué debía hacer?). Pesar, tristeza, miedo. El hombre imponente, confiado, grande, fuerte y sereno se estaba desmoronando. Se levantó, se acercó hasta la ventana y mirando a través del jardín, más allá de la playa y el mar, fue capaz de ver cómo los restos de su barco desaparecían, y con ellos el futuro de su familia.

Le costó unos minutos recomponer la imagen de sí mismo que quería ofrecer. En realidad, las cosas no iban tan bien como había hecho creer a los suyos y a todos sus conocidos esos últimos años, de modo que, sin consultarlo con nadie, había decidido arriesgar y pedir un préstamo para cargar el *Santa Teresa* con especias, telas y perfumes que había comprado en el norte de África. El éxito de la operación suponía asegurarse una pequeña fortuna que le proporcionaría unos años de tranquilidad y la posibilidad de adquirir otro barco para ampliar su negocio. Pero ahora esos proyectos se habían convertido en agua. No podría afrontar el crédito que había solicitado y los cimientos de su mundo se resquebrajaban.

Con esa fortaleza que brinda el orgullo, se giró hacia don Tomás, que llevaba un rato guardando silencio sin dejar de mirar al suelo, suspiró profundamente y le pidió un tiempo para meditar.

—No se preocupe, don Tomás. Váyase a casa, yo me encargo.

En cuanto se cerró la puerta, don Rafael fue muy despacio hacia el escritorio, se sentó en su sillón, apoyó los codos encima de la mesa y, cubriéndose la cara con las dos manos, lloró todo lo que no había llorado desde niño.

Rosario se miraba en el espejo, y lo que veía le gustaba: el vestido era tal como lo había imaginado, el peinado le favorecía y la banda que le cruzaba el pecho indicaba claramente que ella era la protagonista. Parecía mayor, y eso le encantaba.

En cualquier momento su padre llamaría a la puerta, le ofrecería la mano y la guiaría hasta el coche que iba a llevarla al ayuntamiento, donde las autoridades de la ciudad la estaban esperando para dar comienzo a la semana de fiestas. Había imaginado esa escena muchas veces.

Encima de la cama había dos vestidos más, y en el suelo estaban los dos pares de zapatos que completaban el conjunto. Los profesionales que habían ido a peinarla y maquillarla acababan de marcharse después de haber hecho un trabajo magnífico. Llevaba un buen rato ensayando gestos delante del espejo. Solo un débil redoble de tambor en su corazón la obligaba a reconocer que estaba algo nerviosa, pero no dejaría que nadie lo notara.

En ningún momento pensó en lo poco que le había costado convencer a su padre de que pagara los gastos que todo aquello suponía. Cuando se lo propuso, estaba tan excitada que no se dio cuenta de que él apenas la escuchaba, ni de que en aquel instante le habría concedido cualquier cosa que le hubiera pedido. Mientras ella le hablaba de modistas, peluqueros y maquilladoras, él asentía con un gesto de la cabeza, absorto en sus pensamientos. Cuando don Rafael fue consciente de lo que estaba pasando, ya no tuvo tiempo de rectificar. A Rosario no podía negarle nada.

«¡Gracias, padre! Estará orgulloso de mí.» Pero él siempre estaba orgulloso de su hija. Aunque no quería apartarla de su lado, sabía lo importantes que eran las relaciones sociales para poder celebrar un buen matrimonio. Pensó que ya no importaba demasiado si podía permitírselo; era una buena inversión y quizá la última oportunidad de ser recibido, sin miradas ni comentarios, en su círculo de amistades. También era una ocasión única para tantear a sus conocidos y entrever quién podía devolverle algún favor. Tenía que intentarlo todo antes de caer en desgracia públicamente.

Don Rafael, que también estaba un poco nervioso, golpeó varias veces la puerta entreabierta de la habitación de Rosario.

—¿Estás lista?

La miró, y la vio tan hermosa y valiente, tan ignorante de lo que estaba a punto de pasar en sus vidas, que le faltó poco para emocionarse. Se forzó a disfrutar del momento. Tomó la mano de su hija, la posó en su brazo y, dedicándole una amplia sonrisa, la acompañó hasta la escalinata.

Remedios miraba a su hermana con admiración; nunca la había visto tan guapa. Sin embargo, para Rocío todo aquello era una solemne estupidez, un despilfarro vergonzoso, un exceso de ostentación casi obsceno. Los dos pequeños observaban la escena como si asistieran a la representación de uno de los cuentos que les contaban antes de dormir. Rosita no pudo evitar preguntar si ya se casaban.

2

Habían pasado varias jornadas de travesía bordeando la costa mediterránea. Hacía un día precioso y la visibilidad era magnífica. Apoyado en la barandilla de popa del buque, Tobías Vila contemplaba cómo España desaparecía en el horizonte. Estaría fuera mucho tiempo y quería guardar una imagen clara de su tierra.

Estaba nervioso, pero encaraba con ilusión el viaje a Nueva York, desde donde partiría hacia Quebec, inicio de un recorrido por una serie de granjas canadienses en un viaje de estudios organizado por la Facultad de Ingeniería Agrónoma de Barcelona. Había logrado costearse el viaje con una beca que le habían concedido y con la legítima que le había pedido a su padre para poder llevar a cabo el proyecto.

Su amigo Félix lo acompañaba en la aventura. Tobías hablaba bien francés y Félix dominaba el inglés, de manera que juntos formaban un buen equipo. Se habían conocido el primer día de universidad, y mientras afianzaban su amistad se habían convertido en colegas inseparables.

Aunque los últimos días no se habían visto demasiado. Félix llevaba muy mal lo de viajar en barco. Poco después de partir había empezado a encontrarse mal, y las náuseas no lo habían abandonado en ningún momento. No lograba retener en el estómago nada de lo que comía, y a Tobías le costaba aguantar el olor acre que impregnaba el pequeño camarote que compartían, causado por los continuos vómitos de su compañero. Félix estaba cada vez más débil y no conseguía levantarse de la cama. Tobías cuidaba de él, pero intentaba estar el máximo tiempo posible en cubierta. Ninguno de los dos olvidaría nunca ese viaje.

Tomar la determinación de marcharse no había sido lo más difícil para Tobías. Fue algo espontáneo, fruto del ímpetu, la osadía y la inconsciencia juvenil; vio la ocasión y la aprovechó. Lo complicado fue explicárselo a sus padres. Iba a estar fuera mucho tiempo, quizá más de un año, y la beca que le ofrecían no era suficiente. El señor Vila era un hombre generoso, pero siempre meditaba largamente cualquier decisión que supusiera un gasto importante. Pero Tobías no podía esperar. Debía comunicar a la universidad su respuesta antes de que se le adelantara otro alumno que tuviera las mismas magníficas calificaciones que él y su amigo. Aunque a su madre le parecía demasiado joven para que pasara tanto tiempo fuera de casa, Tobías sabía cómo conquistarla y ella, que era incapaz de negarle nada a ninguno de sus hijos, y mucho menos a Tobías, prometió ayudarlo a convencer a su padre.

Así fue como el señor Vila, acorralado por su mujer, que ejercía sobre él mucho más poder del que quería reconocer, aceptó concederle la legítima. En pocos días, el abogado de la familia calculó el patrimonio familiar y la parte proporcional que a Tobías le correspondía legalmente, tramitó la documentación y los reunió para firmar.

Mientras sentía cómo la brisa le golpeaba la cara, pensó en la imagen que se le había quedado grabada: su familia despidiéndole en el puerto de Barcelona. En el muelle estaba su padre, también llamado Tobías, un hombre grande, fuerte, noble y con una oscura barba muy poblada, que se apoyaba en el hombro de su mujer, Dolores. Esta, a pesar de ser muy menuda, ya que apenas llegaba al pecho de su marido («Mira mi chiquitina —decía su padre, aún enamorado—, cuando se sienta le cuelgan los pies de la silla»), había parido seis hijos sanos y los cuidaba a todos con una fortaleza y un carácter sorprendentes en un cuerpo tan pequeño.

Tobías era el quinto hijo de la pareja, el cuarto varón. Se llamaba así por la perseverancia de su padre, que a la quinta oportunidad le pidió a Dolores, con más tristeza que convicción, continuar con la tradición familiar. Su nombre era lo único que a ella no le gustaba de su marido, y había luchado con uñas y dientes para no tener que ponérselo a ninguno de sus hijos. Pero, débil como estaba después del parto y viéndole las lágrimas en los ojos, no pudo negárselo. Y Tobías cargó con el nombre. Le habían contado tantas veces esta historia que se juró a sí mismo que la tradición familiar se acabaría con él; que, si alguna vez tenía un hijo, sintiéndolo mucho por su padre, lo llamaría de otra forma.

Sus hermanos también estaban en el puerto. Era la primera vez que alguien de la familia viajaba tan lejos. En ese momento Tobías era un héroe, y nadie quiso perderse el acontecimiento. Allí estaba su hermano mayor, Miquel, el ejemplo de lo que debía ser un hombre como Dios manda y mano derecha de su padre en la fábrica textil que tenían en Castellar del Vallés, cerca de Sabadell. Tobías siempre había odiado la fábrica. No soportaba el ruido continuo y ensordecedor de los telares, mezclado con los gritos de las trabajadoras, que lo piropeaban descaradamente cuando lo veían. Eso lo avergonzaba sobremanera desde que era muy pequeño y hacía que se ruborizara, cosa que provocaba que las mujeres se burlaran con cariño del chiquillo, lo que hacía que la situación fuera aún más insoportable. Detestaba el olor a aceite de las máquinas y aquel aire repleto de pelusa que era visible a la escasa luz que entraba por los cristales de las ventanas. Siempre hacía mucho calor, y Tobías salía con un terrible dolor de cabeza cada vez que iba a ver a su padre al despacho. Procuraba mantenerse lo más alejado posible de esos desagradables recuerdos de infancia.

Su hermana Eulalia, la única chica, elegante, distinguida y muy bella, había acudido con su marido, Jofre, contable de la fábrica y gran amigo de Miquel, y con la hija de la joven pareja, Merceditas, un bebé todavía, que dormía en brazos de su madre. Cuando Jofre le pidió la mano de Eulalia a Tobías padre, a este le pareció una solución magnífica casarla con su trabajador más destacado, el que mejor conocía los entresijos del negocio, porque asociarlo a la fábrica le aseguraba su fidelidad y su interés en mantener unido el patrimonio. Además, ella parecía razonablemente enamorada, y Miquel estaba encantado de tener a su mejor amigo en la familia.

Enric, el bueno de Enric, en el más amplio sentido de la palabra, el tercero de sus hermanos, había pedido permiso en el seminario para poder estar allí, paseando su larga sotana por el muelle. Su madre estaba muy orgullosa de él; tener un religioso en la familia le daba prestigio entre sus amigas y suponía un importante apoyo espiritual que ningún otro de sus hijos le aportaba. Enric era un gran amante del estudio y tenía una profunda vocación. Estaba destinado a hacer carrera en el seno de la Iglesia.

Al lado de Enric se encontraba Santiago, el ingeniero de la familia, el visionario. De hecho, ahora tenía entre manos un increíble proyecto de transporte público aéreo que iba a revolucionar la vida de la ciudad. Era un hombre muy imaginativo y enamoradizo, no de las muchachas a las que atraía inconscientemente, sino de las ideas y los nuevos proyectos que creaba. Era el más afín a Tobías, por edad y por carácter. De pequeños se pasaban el día entero inventando máquinas, artilugios e historias. El espíritu aventurero de Tobías se fue gestando en esa época de viajes imaginarios y soluciones extraordinarias para los terribles peligros a los que tenían que enfrentarse en sus expediciones fantásticas. Santiago era el que más lo añoraría, al menos hasta que se le ocurriera una nueva y brillante idea.

Y junto a todos ellos estaba Josep, el benjamín, estudiante de Arquitectura, niño mimado de la familia y la debilidad de Tobías. A pesar de ser ya un hombre hecho y derecho, despertaba en todo el clan un sentimiento de protección que en Tobías era más que exagerado. Por eso antes de subir al barco le había hecho prometer a Santiago que cuidaría de él en su ausencia y que no permitiría que nada malo le pasara. Promesa que a los pocos minutos Santiago ya había olvidado, sustituyéndola por un nuevo proyecto que se le acababa de ocurrir mientras observaba las grúas del puerto.

Llegado el momento de la partida, la familia al completo tenía los brazos en alto y lo saludaban gritando con entusiasmo mientras el buque se iba separando del muelle. No se marcharon hasta que el barco se perdió en el horizonte.

«No te olvides de nosotros», le había dicho su madre la noche anterior mientras colocaba una fotografía encima de la ropa que Tobías había preparado para llevarse. Se había sentado a su lado y le había tomado la mano. Los pies le colgaban de la cama. «En esta casa te queremos mucho, hijo. Pensaremos mucho en ti y te echaremos de menos.» Dolores no era una mujer de lágrimas, pero sí de miradas profundas. «Acuérdate de escribirnos, y llama de vez en cuando.» Después, con una sonrisa triste en los labios, mitad de pena, mitad de orgullo, le ayudó a cerrar la maleta.

Tobías se alegraba de que su madre le hubiera dado la foto. Se la habían hecho las últimas Navidades, una de las pocas ocasiones en las que estaban todos juntos. En ese instante, cuando ante el nuevo gran proyecto Tobías se preguntaba si estaba haciendo lo correcto, acordarse del apoyo de su familia era de gran ayuda.

Enfrascado en sus pensamientos, no se había dado cuenta de que ya no quedaba rastro de tierra firme, de que estaban rodeados de agua por todas partes. Una sensación de desasosiego lo invadió. Hizo un gesto como para quitarse los fantasmas de la cabeza y se dirigió hacia el interior para ver cómo se encontraba su amigo.

El viaje fue relativamente plácido, incluso aburrido. Excepto por algún día de mala mar en el que Félix volvió a caer en el penoso estado del que parecía haberse recuperado, el resto de las jornadas transcurrieron lentas y ambos tuvieron mucho tiempo para meditar, escribir, jugar a las cartas y soñar con la cada vez más próxima aventura que los esperaba. Tobías llevaba un cuaderno de viaje que le había regalado su hermano Santiago antes de partir y tenía la intención de escribir en él la crónica del viaje. De momento, poco había que contar, salvo la compañía esporádica de algún que otro delfín, la sensación de paz que le inspiraba la línea del horizonte y el increíble cielo estrellado que podían contemplar la mayoría de las noches.

Ya empezaba a acostumbrarse a esa cadencia diaria cuando por fin llegaron a su destino. Ver aparecer tierra a lo lejos le provocó sentimientos contradictorios. Por un lado, ansiaba llegar, conocer, empaparse de nuevas experiencias. Por el otro, había encontrado cierto placer en aquella especie de recogimiento, de aislamiento voluntario, casi místico. Llegó a pensar que la vida de marino no debía de estar tan mal.

El entusiasmo de Félix, que se moría por escapar de la tortura en que se había convertido aquel viaje, lo contagió rápidamente. A medida que se acercaban al puerto de Nueva York crecía la excitación de los dos amigos, que, tomados por los hombros, vieron cómo dejaban atrás la estatua de la Libertad.

—Es mucho más pequeña de lo que me imaginaba —dijo espontáneo Félix en voz baja, como si se le hubiera escapado lo que se le pasaba por la cabeza en ese momento.

Era lo mismo que estaba pensando Tobías. Según él, la libertad de un país era algo grande, muy grande. Aquella era una estatua muy hermosa, pero la había imaginado inalcanzable, tan grande como aquello que simbolizaba. Sin embargo, no se sintió decepcionado, porque de repente pensó que quizá la libertad tenía que ser algo más pequeño y profundo; que, igual que aquella estatua en medio del agua, inmutable frente a las olas, de apariencia frágil pero fuerte e inamovible, la libertad también podía ser un sentimiento bien enraizado en el corazón y por el que valía la pena luchar.

Cuando desembarcaron, el suelo se movía bajo sus pies. Tenían ganas de pisar tierra firme pero, acostumbrados al vaivén del barco, la sensación de seguridad que esperaban encontrar aún se demoró un poco.

Los trámites de entrada fueron más rápidos de lo que habían supuesto. Pero, a pesar de que habían entrado en el país como visitantes y viajado en segunda clase, se sentían tan desamparados como los emigrantes que habían viajado hacinados en tercera, en busca de un futuro mejor para ellos y sus hijos. A toda esa gente no la habían dejado desembarcar todavía; antes debían ir a la isla de Ellis, donde pasarían varias horas, o incluso días, de incertidumbre, trámites y estrictos y humillantes controles médicos y legales. No se les permitiría entrar en el país si no demostraban estar sanos, tener parientes que los recibieran o un trabajo. También debían carecer por completo de antecedentes penales y contar con un mínimo de veinticinco dólares en el bolsillo por persona para costear su manutención durante los primeros días. Tobías los había visto en cubierta, reunidos en grupos, riendo, cantando, ilusionados con las perspectivas, cuidando los unos de los otros, compartiendo comida y proyectos de futuro, pero separados del resto del pasaje por unas enormes rejas. Había muchos niños corriendo, gritando y jugando, y a Tobías le parecieron mucho más felices que los remilgados de segunda o de primera clase. En cierto modo, los envidiaba. Hasta que los dos amigos no hubieron desembarcado y Tobías los vio mirando desde la borda la tierra prometida con esperanza y con miedo, no fue consciente del drama que vivían y de lo desesperada que podía llegar a ser su situación.

Entusiasmados, con sus maletas en las manos y arreglados para la ocasión —pantalón, calcetines y zapatos blancos, *blazer* negro, corbata y canotier a la moda—, los dos salieron a enfrentarse a su nueva vida.

Nueva York los enamoró desde el primer momento. Aunque venían de una gran ciudad y se las daban de cosmopolitas, aquello era otro mundo. Nunca habían visto edificios tan altos. Desde lejos no lo parecían, pero una vez delante de ellos había que levantar mucho la vista para ver el final. Eso sí que los impresionó. La ciudad tocaba el cielo. Pero, por el temblor que sentían bajo sus pies y por el hedor que se percibía, mezcla de cloaca y de restos de basura acumulados, se les ocurrió que también debía de tocar el infierno. Pasaron un buen rato observando todo lo que ocurría a su alrededor, empapándose de tantos contrastes y tanta magnificencia.

—Y ahora… a La Nacional —dijo Félix, sacando un papel del bolsillo, encantado de pisar asfalto—. Sociedad Española de Socorros Mutuos —leyó despacio—, aquí la llaman Spanish Benevolent Society. Tenemos que buscar el puente de Manhattan, en el Lower East Side; por allí está Little Spain, cerca de la calle Catorce, entre la Séptima y la Octava Avenida.

Ninguno de los dos entendía nada. Se quedaron mirando el papel unos segundos y empezaron a reírse a carcajadas. La gente que pasaba cerca de ellos los miraba sonriendo. Con su impecable inglés de Oxford, adonde su padre lo había mandado a estudiar el bachiller, Félix preguntó y, muy amablemente, les indicaron el camino.

—Pero mira qué par de señoritos nos entró por la puerta —dijo una voz femenina con marcado acento asturiano.

Un hombre que pasaba a su lado dejó en el suelo la caja que cargaba, se dirigió hacia ellos y, con un inglés americano bastante aceptable, les preguntó en qué podía ayudarlos.

—Félix Sanchís y Tobías Vila —dijo el primero, ofreciéndole la mano y adelantándose como siempre a su amigo, gracias a su carácter más extrovertido—. En España nos dijeron que aquí podrían aconsejarnos. Acabamos de desembarcar y necesitamos un lugar donde alojarnos durante algunos días. Estamos de paso.

—¡Vaya, pero si sois compatriotas! —respondió sorprendido el hombre mientras les estrechaba la mano y los acompañaba hacia el interior—. Encantado, soy Gregorio, y esta es Carmen. —La mujer saludó con un gesto de cabeza—. ¿De dónde venís, muchachos?

Estuvieron un rato charlando sobre las novedades de España, los motivos de su viaje y las anécdotas de la travesía; sobre todo Félix, que precisaba poco para ponerse a hablar por los codos. Gregorio pensó que no tenían aspecto de necesitar mucha ayuda, pero aun así les encontrarían un sitio para dormir.

—Pasad y echadme una mano con estas cajas mientras Carmen os busca algo. Sabíamos que hoy llegaba un barco de España, pero no esperábamos visitas tan pronto.

Félix y Tobías dejaron las maletas en un rincón, se quitaron la chaqueta, se arremangaron y se dispusieron a ayudar en lo que fuera menester; algo de movimiento les vendría bien después de tantos días de inactividad. Gregorio, el marido de Carmen y asturiano también, aprovechó para sacar adelante mucho más trabajo del que tenía pensado.

La pareja llevaba muchos años en América y eran miembros destacados de la colonia española de Nueva York. No les habían ido mal las cosas. Para ellos, el sueño americano había sido una realidad. Habían abierto una tienda de ultramarinos especializada en productos españoles de importación que funcionaba muy bien. Sus hijos, que habían nacido allí y hablaban inglés mejor que castellano, los ayudaban en el negocio. Estaban a punto de tener un nietecito. Agradecidos por cómo los había tratado la vida, se sentían obligados a ayudar a los que habían tenido menos suerte, y en su tiempo libre colaboraban con La Nacional.

Al centro acudían los emigrantes recién llegados, que encontraban en la comunidad un gran apoyo y cariño para empezar su andadura en el Nuevo Mundo. Los ayudaban a buscar casa y empleo en caso de no tenerlos y les proporcionaban asistencia médica, jurídica y espiritual. Además, era un punto de reunión, allí celebraban las fiestas nacionales, bodas, bautizos y funerales. Era el lugar adonde acudía todo aquel que necesitaba recordar sus raíces, y cualquier americano que quisiera conocer las costumbres españolas era también bienvenido. Allí se daban clases de inglés y castellano, se enseñaba a leer y a escribir, había grupos de danzas regionales, se tocaba la gaita y la guitarra, se jugaba al dominó y a la podrida y, a pesar de la prohibición impuesta desde 1920, se bebía vino tinto casero a escondidas. Pero, sobre todo, allí se añoraba la madre patria.

Los chicos cayeron en gracia enseguida. Una vez que terminaron el trabajo encomendado, los convidaron a una limonada en la cantina, les presentaron a varias personas y mientras se aseaban un poco —«Con lo blanquitos que venían los pobres...», dijo Carmen—, se debatió sobre el mejor lugar para alojarlos. Finalmente decidieron mandarlos donde la Rosita, que regentaba una pensión para compatriotas llamada La Avilesina; quedaba cerca, un poco más arriba, en la calle Dieciséis. Allí estarían como en casa, y no les costaría más que unos dólares. «Y Rosita estará encantada de cuidar de estos zagales tan guapos», dijo Carmen.

—En La Bilbaína, Joaquina os dará bien de comer. Y si necesitáis cualquier cosa, pasaos por La Iberia y le decís a José que vais de mi parte.

Por la noche los llevarían a cenar a El Chico, un restaurante y *night club* regentado por Benito en el que la música latina los haría sentir como en casa y donde les presentarían a más compatriotas. A más de uno les brillaron los ojos pensando que los recién llegados eran un buen partido para sus hijas solteras. Se veía que eran chicos bien educados, con ambición y ganas de trabajar. Gente de posibles con futuro.

Esa noche, ya instalados en la pensión, durmieron plácidamente —en parte por el cansancio y la excitación, pero también por la cantidad de vino que habían bebido—, con la sensación de haber empezado con buen pie su andadura por las Américas.

3

Hacía varios días que el servicio de La Macarena estaba muy atareado. Se respiraba un ambiente de urgencia fuera de lo habitual. Se oían gritos de apremio y llantos de despedida mezclados con largos períodos de silencio, ruidos de cosas que chocaban y, de vez en cuando, el sonido de algo que se rompía. Los baúles se acumulaban y los enseres cotidianos se guardaban en cajas. Había muchas personas extrañas en la casa. Algunas acudían para empaquetar con cuidado vajillas y cristalerías, otras para poner precio a objetos valiosos y llevárselos consigo. También había gente que solo iba a chafardear para después poder contarlo en los corrillos del café de la tarde.

Rosita y el pequeño Rafael no entendían nada de lo que estaba pasando y corrían entusiasmados por todas partes, descubriendo lugares que ni sabían que existían. Los muebles desaparecían y dejaban al descubierto fantásticos rincones donde esconderse, donde protegerse del mal humor y de los gritos de los adultos —«¡Siempre en medio! ¡Andando, id a molestar a otro lado!»—, donde construir nuevas cabañas que esta vez nadie desmontaría, porque no había tiempo y a nadie importaba. Aparecían pequeños tesoros en sitios imposibles, y los posibles fantasmas de la casa los acompañaban escaleras arriba y abajo haciéndoles imaginar las historias más increíbles. Durante unos días nadie controló sus movimientos ni les dijo continuamente lo que debían hacer. Nunca se lo habían pasado tan bien.

Las mayores lo vivían de otra manera. Rosario había sido la primera en saber que tenían que mudarse. Cargándola con una responsabilidad para la que aún no estaba preparada, su padre le había pedido que lo ayudase con sus hermanos para que el traslado no resultase muy traumático. Le había explicado que las cosas iban a cambiar, pero que gracias a sus contactos había vendido bien la finca y que con lo que había obtenido podría saldar sus deudas. Tenía intención de comprar una casa en el centro de Algeciras en cuyos bajos abriría una armería, negocio que conocía bien y que permitiría a la familia seguir adelante.

Al principio, Rosario se negaba a aceptarlo. Tuvo un arranque de rabia y echó la culpa de todo a su padre, que entendía su reacción y no sabía qué hacer para consolarla. Dejó de dirigirle la palabra, lloró durante varios días y finalmente, dando sus primeras muestras de madurez, decidió tomar las riendas y, a pesar del disgusto, se puso manos a la obra. Mientras veía cómo todo su mundo iba siendo empaquetado y almacenado bajo su supervisión, se prometió a sí misma que nunca permitiría que nadie volviera a tomar una decisión por ella.

Solo la Mari y la Tere los acompañarían en su nuevo alojamiento. Tras la muerte de su señora y por petición expresa de don Rafael se habían hecho cargo de la casa y conocían como nadie el funcionamiento de ese complicado engranaje. El resto del servicio se quedaría en la casa para ayudar a los nuevos propietarios, por lo que su futuro dependería de ellos a partir de entonces.

La Mari se encargaría de todo lo que tuviera que ver con los niños, sus niños, porque prácticamente los había criado ella. Había renunciado al matrimonio y a formar una familia por estar con ellos. Los había visto nacer, los había acunado y consolado, les había enseñado a caminar, los había ayudado a hacerse mayores, y casi se muere de la pena cuando creyó que se iban a marchar sin ella. Los habría seguido hasta el fin del mundo, aunque no le hubieran dado nada a cambio. Eran lo más parecido a una familia que había tenido nunca.

La Tere, la reina de la cocina hasta ese momento, pasaría a ocuparse de toda la intendencia familiar. Era una señora mayor, ya viuda, que don Rafael había «heredado» de casa de sus padres. La conocía desde siempre y sabía que no encontraría a nadie mejor, de más confianza y con más experiencia que ella para cuidar de su casa. Tenía un carácter difícil, pero adoraba a don Rafael. «¿Cómo me haces esto, Rafaelito?» Era la única persona del servicio que se permitía tanta familiaridad. «¿De verdad crees que a mi edad estoy para estos trotes?» Pero los dos sabían que estaba encantada de que hubiera contado con ella; que, a pesar de que se pasaría el resto de su vida quejándose de la carga que recaía sobre sus hombros, era lo mejor que podía sucederle. Don Rafael le aseguraba un futuro y un lugar tranquilo donde terminar sus días.

Y entre las tres dirigían la operación, dando órdenes a todo un ejército de operarios que, poco a poco, iban desarmando la casa. La Mari se encargaba de la ropa y de las cosas de los niños, la Tere vaciaba la cocina y la despensa y reubicaba al servicio para que los nuevos propietarios se encontraran cómodos, Rosario se sentía mayor mientras lo supervisaba todo con el consentimiento de su padre.

Remedios estaba destrozada. Su hermana mayor hacía tiempo que se había apartado de su vida, y ahora también le quitaban su habitación, su casa y, sobre todo, su jardín. Tenía un carácter muy reservado, y todo lo que pasaba por su cabeza y por su corazón se concentraba en algún lugar olvidado de su alma y la iba encerrando cada vez más en sí misma. Se pasaba los días recorriendo los espacios, dentro y fuera de la casa, a fin de atesorar cuantos recuerdos pudiera para asegurarse así de que nunca olvidaría nada. Dedicaba horas a colocar en una maleta los objetos que consideraba valiosos, envolviéndolos con cuidado para después desenvolverlos y comprobar que estaban en buen estado, como si tuviera miedo de que también fueran a desaparecer. De tanto en tanto, se detenía en cualquier lugar y se quedaba un buen rato sin moverse, viendo cómo todo cambiaba a su alrededor. Parecía un alma en pena.

Rocío se limitaba a rezar.

Y don Rafael, sentado en el sillón de su despacho, miraba más allá del jardín que había cuidado durante tantos años y escuchaba cómo los demás desmantelaban lo que él había tardado tanto en construir. No se sentía apenado ni fracasado.

Buscaba en su interior una palabra que definiera sus sentimientos. Cansancio, quizá. Estaba acostumbrado a volver a empezar, lo había hecho muchas veces durante su vida, pero en esta ocasión creía haber conseguido una estabilidad.

Solo se llevaría algunos libros, su sillón y la imponente mesa de despacho que había mandado fabricar hacía algunos años, una suerte de trofeo que se había concedido a sí mismo cuando consiguió comprar el *Santa Teresa*. Ahora no tenía mucho sentido, pero había decidido conservarla.

Se levantó del sillón, echó un último vistazo a su biblioteca, fue hasta la puerta y la abrió.

—Ya pueden pasar —dijo a los dos hombres que aguardaban al otro lado—. Pueden llevárselo todo.

No le importó ver cómo uno de ellos metía la mano en su caja de puros y se guardaba varias piezas en el bolsillo.

El joven Antonio los estaba esperando delante de la casa. Un enorme letrero colocado encima de la puerta anunciaba que se encontraba ante la Compañía Armera Rafael de Torres, la nueva armería de la ciudad. El muchacho, contratado como aprendiz por don Rafael, se había esforzado mucho en tenerlo todo listo para cuando llegaran. La tienda, de tamaño considerable, aún estaba vacía, pero, visto el brillo de los cristales de las vitrinas, del mostrador de caoba recién encerado, nadie hubiera podido reprocharle al chico no haberse esmerado.

Hacía un buen rato que estaba preparado para recibir a la familia. Había comprobado varias veces el estado de su traje y se había ensalivado con insistencia el flequillo, que se empeñaba en caer sobre su frente. Entraba continuamente, cada vez que creía haber olvidado algo, para volver a salir sin haber cambiado nada. Era su primer día oficial de trabajo y estaba muy nervioso.

Durante el trayecto, ningún miembro de la familia había abierto la boca. Cuando llegaron, todas las miradas se dirigieron hacia la fachada de la nueva vivienda. Nunca un silencio había ocupado tanto espacio. El edificio era antiguo, pero la pintura ocre se conservaba bien. Tenía grandes ventanales rodeados de florituras blancas y un balcón que daba a la calle, lo que hacía suponer que las estancias serían luminosas. Le daba el sol de tarde en verano y el de mañana en invierno, así que la temperatura en su interior sería siempre agradable. La puerta principal, con sus adornos en hierro forjado, y la gran escalinata le conferían un aspecto respetable. Y a la derecha de la puerta estaba el local de la armería. Desde fuera se veía amplio y luminoso, a pesar de que todas las paredes estaban cubiertas de elegantes vitrinas de nogal.

Rosario fue la primera en bajar del Hispano-Suiza de color crema y marrón, uno de los pocos lujos que su padre se había permitido conservar. Desde ese mismo momento, Antoñito no pudo dejar de mirar a la muchacha. Sus hermanos se fueron colocando a su alrededor. Finalmente, don Rafael se situó detrás del grupo y, con todo el aplomo del que fue capaz, anunció:

–Hijos míos, bienvenidos a vuestro nuevo hogar.

Con una exagerada reverencia, Antoñito abrió la puerta de entrada a la tienda y los invitó a pasar. Su inexperiencia hizo que el gesto quedara un tanto ridículo, y don Rafael, que agradeció empezar la visita por el espacio que mejor conocía, sonrió. Los dos pequeños echaron a correr y entraron en tromba en el local. Aquella novedad era para ellos la aventura más excitante que habían vivido jamás. La alegría de los niños alentó a las chicas, que fueron acercándose a la casa como si se enfrentaran a una condena. Rosario y Remedios estaban completamente abatidas, pues eran lo suficientemente mayores como para saber lo que aquel cambio suponía. Se acabaron los profesores de francés y de canto, las reuniones sociales, las fiestas, los bailes que apenas habían tenido tiempo de disfrutar. Allí no conocían a nadie. Sin embargo, para Rocío era algo así como una prueba divina, no muy distinta de la que ella misma se había impuesto desde que tenía uso de razón; se consideraba la salvadora de las almas de toda su familia y la responsable de acercarlas a la gracia de Dios.

Don Rafael sentía el nerviosismo de quien se enfrenta a un reto. Era un hombre emprendedor a quien no asustaba el trabajo, pero volver a empezar siempre suponía incertidumbre y en esta ocasión no se sentía apoyado. Aunque ya hacía algún tiempo que su mujer había fallecido, y no pensaba muy a menudo en ella, en ese momento no pudo evitar recordarla. Siempre se había ocupado de todo lo concerniente al servicio, la casa y los niños, y ahora, con mucha menos ayuda, sería él quien tendría que supervisar todo eso también. La empresa le venía grande.

Don Rafael respiraba lenta y profundamente, estudiando la reacción de cada uno de sus hijos. Los pequeños no le preocupaban, corrían por todas partes entusiasmados, y Rocío tenía su mundo interior y para ella lo que pasara alrededor poco importaba. Pero Rosario y Remedios eran distintas. Veía en ellas a las auténticas víctimas de la situación, se daba cuenta de lo mucho que estaban sufriendo y de lo duro que les resultaba tanto cambio a pesar de la fortaleza que intentaban demostrar. Las veía crecer y madurar por momentos.

Desde la armería se podía acceder al zaguán de la vivienda, pero don Rafael prefirió salir a la calle y entrar con las chicas por la puerta principal. La gran escalera que conducía al piso de arriba tenía algo de señorial, y se le ocurrió que eso las ayudaría a no ver todo aquello como un castigo.

La nueva casa era espaciosa y olía a limpio, pero nada tenía que ver con las maravillas de La Macarena. Las chicas fueron recorriendo las estancias con la mirada e intentaban imaginar cómo sería su vida allí. Había suficientes habitaciones para todos, una zona común y una cocina grande. Remedios no lograba quitarse de encima la desazón, pero a Rosario empezó a no parecerle tan mal.

Durante las semanas siguientes todo el mundo intentó encontrar su sitio en aquella casa. Rafael y Rosa comenzaron a ir al colegio y enseguida se adaptaron. Para las chicas fue más complicado: la disciplina de las monjas nada tenía que ver con las clases a medida que recibían en La Macarena. Rocío estaba contenta, pero sus hermanas no acababan de sentirse a gusto entre sus profesoras ni entre sus compañeras.

Don Rafael se dedicó a organizar su nuevo negocio, y con la ayuda de Antoñito no tardó en hacerse una clientela que apreciaba sus conocimientos, su carácter y su buen criterio.

Los fines de semana, la armería hervía de actividad. A don Rafael le gustaba que sus hijos anduvieran por allí. Los muchachos del vecindario se acercaban atraídos por la posibilidad de ver a las chicas, aunque siempre acababan preguntando por el género expuesto. Los pequeños habían descubierto en el almacén un mundo de aventuras y él no ponía cortapisas a su imaginación. El negocio iba bien. Le satisfacía ver cómo su familia iba aceptando la nueva situación y parecía feliz.

Remedios encontró en el pequeño patio que había detrás de la tienda un lugar donde protegerse. Comenzó colgando macetas de geranios en las paredes hasta cubrirlas completamente, y luego plantó romero y jazmín en grandes jardineras que rodeaban el poco espacio que había. También trasplantó un pequeño naranjo en una maceta, y al lado colocó el único banco que le pidió a su padre traerse de La Macarena. El patio no se parecía en nada a su añorado jardín, pero sentarse allí y aspirar los aromas de las plantas le proporcionaba cierta paz y bastante consuelo.

Rosario, que era mucho más sociable que su hermana, tardó poco en adaptarse a su nueva vida. Desafiando las leyes del decoro, entraba y salía de casa a su antojo, iba de compras y llevaba a sus hermanos pequeños a pasear por el parque. Le gustaba relacionarse con los clientes, y muchos de ellos volvían con sus hijos porque la consideraban un buen partido. «Ah, Rosarito —suspiraba la Mari, consciente de su poca autoridad—. Eso no es propio de una señorita.» Pero don Rafael no creía que hubiera ninguna maldad en ello y, viendo a su hija feliz, le dejaba hacer. Era el precio que tenía que pagar por haberle cambiado la vida. Cada día la sentía más lejos, más independiente; notaba cierto resentimiento en el comportamiento de la niña y no le faltaba razón.

Rosario descubrió enseguida las ventajas de vivir en un barrio y en poco tiempo se hizo popular entre los comerciantes de los alrededores. Le gustaba asomarse al balcón y charlar con las vecinas. A veces se ponía a cantar y la gente se paraba debajo de su ventana para escucharla.

Antoñito, que era como todos lo llamaban aunque a él no le gustara en absoluto, era un muchacho de origen humilde, muy tímido pero con muchas ganas de aprender. Su madre le recordaba continuamente la suerte que había tenido de que don Rafael lo hubiera tomado como aprendiz, pues haría de él un hombre de provecho y con oficio. Por las mañanas era el primero en llegar a la armería y por las noches el último en salir, después de dejar el local bien ordenado y brillante. Don Rafael estaba contento con su trabajo. Y él se sentía orgulloso de poder llevarle a su madre todas las semanas el sobre con el pequeño sueldo que su patrón le pagaba. Solo había una cosa que le impedía sentirse satisfecho con su vida.

—Buenos días, Antoñito —lo saludaba con picardía Rosario cuando entraba en la tienda.

A él se le iluminaba la mirada cuando la veía, y enseguida se ruborizaba. Al notar el calor en la cara, se avergonzaba de sí mismo y de no poder controlar sus emociones.

—Antonio —le contestaba muy bajito mientras ella pasaba por su lado fingiendo que no lo escuchaba—, me llamo Antonio.

Don Rafael los miraba de reojo y sonreía divertido. No era consciente de cuán profundos eran los sentimientos de su pupilo hacia su hija mayor ni de cómo lo mortificaba ella. Para él no eran más que cosas de críos y no les daba importancia.

Pero Antoñito sufría mucho, y le costaba concentrarse en su trabajo. Cada vez que alguien bajaba por las escaleras el corazón empezaba a martillearle el pecho, tan fuerte que estaba convencido de que los clientes podrían oírlo. Cuando aparecía cualquier otro miembro de la familia suspiraba con alivio, pero si era Rosario la que cruzaba la puerta, los latidos le subían por la garganta hasta explotarle en la cabeza y entonces tenía que fingir que había olvidado algo para poder volverse y ocultar el rostro.

—Buenos días, Antoñito —le decía ella muy coqueta siempre que pasaba cerca de él.

—Antonio, me llamo Antonio —le contestaba él en voz baja.

Se daba cuenta de que todo aquello era enfermizo, pero no podía evitarlo. Y era tal el esfuerzo que hacía para disimularlo que llegaba a perder la educación. Poco a poco cogió fama de antipático.

Don Rafael añadía leña al fuego comentando continuamente lo hermosa que era su niña y lo afortunado que sería aquel que la desposara.

El pobre Antoñito vivía un infierno.

Remedios observaba desde lejos y se preocupaba. Le tenía cierto aprecio al empleado de su padre, y le disgustaba verlo padecer de esa manera. Creía que aquello no traería nada bueno.

—¿Por qué le haces esto? —le preguntó un día a su hermana, agarrándola del brazo cuando pasaba a su lado.

—Solo es un juego —contestó Rosario con desidia, e hizo un gesto con el hombro para soltarse.

—Y... ¿estás segura de que él lo sabe? —le dijo mientras la veía marcharse.

Rosario, de espaldas a ella, se encogió de hombros y siguió su camino.

Todo lo espontánea que era Rosario lo tenía Remedios de reflexiva. La muchacha observaba cómo su padre y su hermana iban recuperando la alegría. Veía correr a los pequeños y sonreía. Se sentaba en su patio a esperar, cerraba los ojos y aspiraba despacito la mezcla de aromas de sus plantas. Esperaba volver algún día a su jardín. Esperaba encontrar algún sentido a su vida. Esperaba que fueran pasando los días y que alguno la sorprendiera con algo por lo que valiera la pena levantarse cada mañana. Empezaba a encontrarse a gusto en ese estado de espera permanente.

A veces notaba que Rosario se sentaba a su lado. Sabía que era ella por su forma de moverse, por su olor y su respiración.

Remedios no abría los ojos y Rosario no decía nada. Era su momento de intimidad.

Pero una tarde Rosario le tomó la mano y, muy bajito, se lo dijo.

—Cualquier día, tú y yo nos iremos de aquí.

Y a partir de ese momento, Remedios tuvo algo nuevo que esperar.

4

Desde muy pequeño, Félix tenía tendencia a salirse del camino que le habían marcado. Era un espíritu libre y algo salvaje que sus educadores creían que había que domar, y por eso siempre había vivido encorsetado por las estrictas normas sociales que su familia le había impuesto. Visto el cambio en su comportamiento al cabo de los años, y creyéndole convenientemente domesticado, sus padres le dieron el dinero necesario para realizar ese viaje, a modo de premio. Pero ahora, sin nadie que lo controlara, se estaba desprendiendo de todas las imposiciones a las que había estado sometido y su auténtico carácter, impulsivo, alegre, espontáneo y un tanto pendenciero, afloraba de nuevo. Si pudieran verlo, seguro que sus padres pensarían escandalizados que estaba volviendo a perderse. Pero él era más feliz que nunca. Necesitaba moverse continuamente y a cada momento se le ocurría algo nuevo que hacer, sobre todo en esa maravillosa ciudad llena de constantes estímulos. Su energía era infinita, y su capacidad de improvisación desconcertaba a Tobías. Y lo agotaba.

Él era más juicioso. Le gustaba hacer las cosas despacio, asimilándolas tranquilamente. Charlar con los nuevos amigos, pasear con calma y descubrir los colores que el cielo de la ciudad le ofrecía, observar sus rincones y sus gentes. Acostumbraba a pasarse por La Nacional en algún momento del día para saludar a Gregorio y ver si podía echar una mano en algo. En el barco que los había llevado a ellos viajaba también un nutrido grupo de españoles que ahora necesitaban consejo y ayuda. Gregorio agradeció la colaboración y la compañía del muchacho. Una vez concluido el trabajo, se sentaban a tomar un vino y comentaban los acontecimientos de la jornada.

Todo eso a Félix lo aburría soberanamente.

Los dos amigos trabaron amistad con los jóvenes de la colonia que, como ellos, y con el pretexto de enseñar la ciudad a los recién llegados, satisfacían su necesidad de diversión. De este modo conocieron a gente de muchos países: italianos, irlandeses, rusos, polacos y húngaros cuyos padres habían probado suerte en el país de las oportunidades. Con estas nuevas compañías, Félix y Tobías empezaron a recorrer las calles de día y sobre todo de noche, en una espiral de vivencias vertiginosa.

La inconsciencia de Félix, quien más de una vez se había visto en situaciones comprometidas, se equilibraba con el sentido común, la responsabilidad y la sensatez de Tobías. Se daban mutuamente aquello que al otro le faltaba. De esta manera, Tobías vivía experiencias que jamás se hubiera atrevido a experimentar solo, a veces emocionado y otras escandalizado, y Félix sabía que alguien controlaría los límites que hacía tiempo que él había perdido de vista.

Tobías procuraba escribir a su familia una vez a la semana.

En su primera carta, después del correspondiente «Me alegraré de que al recibo de estas líneas estéis todos bien», les contó lo aburrido y pesado que había sido el viaje y lo bien recibidos que se sintieron entre la comunidad española asentada en Nueva York.

«Esta ciudad es extraordinaria. Hay mucha gente de distintas procedencias. La mayoría ha venido para prosperar y conviven con normalidad. Es el lugar donde más idiomas distintos he oído hablar en tan poco espacio, donde más costumbres de lo más extrañas mezcladas y espíritu de colaboración he visto.»

«Josep, tendrías que venir a ver los rascacielos, jamás imaginarías cómo son.» Y le contaba que era común encontrarse con edificios de más de treinta plantas, y lo inolvidable que había sido la experiencia que había vivido con uno de los muchachos españoles que acababan de conocer y que trabajaba en la construcción de «un edificio en el centro de Manhattan que se llamará Empire State Building y que es tan alto que parece que vueles cuando estás arriba. Nos ha llevado a verlo y hemos podido subir hasta la planta 76, aunque está previsto que tenga más de cien. Dicen que será el edificio más alto del mundo. No sabes lo asombroso que es observar la ciudad desde tan arriba. Las personas y los automóviles se ven como hormigas».

Había varios puentes que unían la isla con los barrios periféricos, pero uno de ellos era especialmente magnífico, el puente de Brooklyn, «que a ti te encantaría, Santiago». Medía casi dos kilómetros y tenía dos plantas. Por arriba se podía cruzar a pie, y por debajo pasaban los automóviles, los carros y los autobuses. Nunca había visto un puente tan grande. «Os envío algunas fotografías.»

En sucesivas cartas les contó del maravilloso parque que ocupaba gran parte del centro de la ciudad y en el que había palacios, estanques con patos donde se podía pasear en barca e incluso un zoológico. Les escribió acerca de aquella bebida que llamaban coca-cola, de la que habían oído hablar en Barcelona, pero que en Nueva York se consumía habitualmente y que era pegajosa, un poco amarga y tenía burbujas que picaban en la garganta. Les dio detalles sobre los distintos barrios en los que cada comunidad continuaba con sus costumbres, su idioma, su cocina e incluso su manera de comerciar. Constituían pequeños micromundos en los que los emigrantes vivían como en su lugar de origen. Así, en Little Italy solo se oía hablar italiano y las tarantelas que cantaban las mujeres mientras tendían la ropa en cuerdas lanzadas de balcón a balcón, la gente gritaba mucho y olía a tomate y orégano. En Chinatown, dos o tres calles más allá, los rótulos y los anuncios estaban escritos en chino, la gente vestía de una forma muy distinta y sus costumbres parecían de otro mundo. «No sé cómo se vivirá en China, pero supongo que no debe de ser muy distinto a como viven aquí. Los chinos son muy callados, trabajan el día entero y por la noche apenas se los ve, pero cuando celebran alguna fiesta salen a la calle y la explosión de sonidos y colores es algo que yo no había visto en la vida.» Más al norte de la ciudad, en Harlem, la comunidad negra intentaba combatir el calor en las calles durante el día, y por la noche se abrían grandes salas de fiestas como el Cotton Club, donde los jóvenes bailaban *swing* desenfrenadamente al ritmo de las grandes orquestas, las *big bands*. Los judíos también tenían su espacio en la ciudad, pero pasaban más desapercibidos que el resto. Y más al este, la comunidad latina organizaba fiestas improvisadas en la calle y, marcando el ritmo con un cajón, cantaban y bailaban salsa alegremente. Los griegos se concentraban al otro lado del río.

Toda esta diversidad les permitía conocer costumbres diferentes y probar sabores nuevos de las más variadas gastronomías.

«Padre, no se lo creerá, pero aquí está prohibido beber alcohol. Aun así, puede conseguirse, aunque a precios abusivos y no siempre de mucha calidad. Pero, madre, no tema por mí, que ya sabe que no me gusta beber.»

La colonia española disponía de un lugar donde atender sus necesidades espirituales: la iglesia de Nuestra Señora de Guadalupe, que estaba en la calle Catorce, cerca del puerto. Allí ofrecían servicios en castellano y latín, y el día del patrón Santiago el Mayor sacaban al santo en procesión. Entonces cerraban la calle y empezaba una semana de fiestas famosa en toda la ciudad. Pero también había otros lugares de culto: los judíos acudían a la sinagoga de la calle Sesenta y Siete con la calle Veinte todos los sábados, e incluso él mismo había asistido un par de veces al servicio religioso de una iglesia baptista de Harlem, en la que se pedía perdón públicamente y los cánticos parecían más una fiesta que un momento de recogimiento y oración. A esa manera que tenía la comunidad afroamericana de expresar su fe la llamaban *Godspell,* «palabra de Dios». Tobías no se atrevió a explicarle a su familia cómo se desarrollaba la ceremonia. A su madre y a su hermano Enric les hubiera parecido escandaloso e irreverente, a pesar de que él opinaba que era una alegre forma de comunicarse con Dios.

Siempre terminaba sus cartas con un «No os preocupéis por mí, estaré bien», y les mandaba un fuerte abrazo a todos.

No les habló de lo sencillo que resultaba conseguir un arma, ni de las revistas con mujeres ligeras de ropa que era fácil encontrar en cualquier quiosco. Y tampoco pensaba contarles nada sobre su experiencia con el opio en Chinatown, ni sobre la extraña fiesta a la que asistió en Harlem en la que los invitados eran hombres de todas las razas y edades y lo más decente que hacían era bailar entre ellos. No les comentó nada sobre el juego, ni sobre las consecuencias del consumo de bebida de contrabando, ni de lo fácil que resultaba conseguir compañía femenina en ciertos círculos sin tener que pagar por ella. Tampoco quiso hablarles de las mafias que, en cada barrio, luchaban por hacerse con el control de las calles. Félix se encontraba como pez en el agua en ese ambiente, pero a Tobías cada nueva experiencia le exigía un período de reflexión. Las cosas en esa enorme ciudad iban muy deprisa, y en menos de un mes habían vivido más que en toda su época de estudiantes.

Efectivamente, Nueva York tenía también su lado negativo. Era pleno verano y hacía mucho calor. Las calles se llenaban de basura y el hedor lo invadía todo. Los servicios de recogida no daban abasto. Regueros de un nauseabundo líquido irisado corrían por la calzada y apestaban la ciudad. En algunos barrios, los niños correteaban descalzos en busca de algún escape de agua, vigilados por sus madres y abuelas, sentadas en las escaleras de las casas y arremangadas más de lo que recomendaba la decencia para mitigar un poco la canícula.

Félix y Tobías, con sus camisas de fino algodón y usando el canotier como abanico, sobrellevaban el bochorno como podían. En Barcelona también hacía mucho calor en verano, pero nada comparado con lo que se estaba sufriendo en Nueva York ese año en particular.

No quiso contarle a su familia sobre la terrible depresión económica que se vivía en el país. Las grandes ciudades estaban llenas de mendigos que formaban colas interminables para conseguir un plato de sopa. Había visto padres de familia con carteles colgados del cuello que explicaban su situación y pedían cualquier tipo de trabajo. Había visto barrios de chabolas construidas con restos de obras, carteles, lonas, uralita y cualquier cosa que pudiera ser útil –también en zonas de Central Park, aquel mismo parque maravilloso que les había descrito–, en las que vivían familias enteras en unas condiciones deplorables. No podía evitar pensar en la gente que había viajado con ellos desde España, llena de sueños y esperanza, pero que había llegado demasiado tarde al país de las oportunidades.

Tampoco les contó que había comenzado a fumar.

Félix estaba entusiasmado. Su lista de conquistas había crecido considerablemente, y cuanto más complicadas eran más orgulloso se sentía él. Era muy popular entre la población femenina, y los muchachos con los que solían salir y que aspiraban a ser como él lo admiraban. Todo iría bien siempre y cuando no se le ocurriera entrar en casa ajena.

Tobías empezó a intuir cómo sería el resto del viaje, a no ser que su amigo recapacitara y sentara la cabeza. Más de una vez habían tenido que salir corriendo por culpa de un padre protector o un marido celoso.

Un día en que el grupo de amigos paseaba por Little Italy, les fue imposible no fijarse en una despampanante jovencita que estaba apoyada en el alféizar de la ventana de su casa. Era muy hermosa y lucía un escote infinito sobre unos pechos firmes, brillantes de sudor. Nada que ver con la serena belleza de la que resultó ser su hermana mayor, que dejó sin palabras a Félix, para sorpresa de sus compañeros, cuando apareció al fondo de la calle, cargada como una mula de vuelta del mercado.

—¡Isabella! —gritó la joven de la ventana sacudiendo los brazos a modo de saludo y con ellos los enormes pechos, para deleite de sus admiradores.

Félix decidió que se había enamorado. Fue corriendo al encuentro de la tal Isabella y le ofreció ayuda para liberarla del peso. La sonrisa de agradecimiento de la muchacha terminó de conquistarlo.

Félix dedicó varios días a rondarla, despacio, con paciencia. La esperaba en la puerta de su casa, la acompañaba a la iglesia, se hacía el encontradizo cuando ella salía a comprar. Isabella se dejaba querer. Y Tobías observaba el cambio de comportamiento de su amigo con incredulidad y esperanza.

Félix iba por buen camino, hasta que el prometido de Isabella, un napolitano grande como un armario, con el ímpetu de un toro y que había estado ausente unos meses por cuestiones de trabajo, se enteró de sus intenciones y fue en su busca con el propósito de abrirle la cabeza como si se tratara de una sandía madura. El novio, ofendido, recorría las calles de Little Spain siguiendo el rastro del canalla que había querido mancillar el honor de su chica. Bramaba de tal forma que las noticias llegaron antes que él, y Félix tuvo el tiempo justo para esconderse antes de que el energúmeno lo encontrara.

—Un día de estos nos matarán por culpa de tu inconsciencia —lo increpaba muy serio Tobías—. Cuándo aprenderás a tener la bragueta cerrada...

—Te juro que esta vez iba en serio —le contestaba Félix desconsolado—. No podré vivir sin esa mujer.

Conociendo la fama del italiano, la mejor opción era desaparecer durante un tiempo, y como de todos modos pensaban marcharse pronto, Tobías decidió que era el momento perfecto para reemprender la ruta. Para tristeza de la pareja de asturianos, que les habían tomado cariño —sobre todo a Tobías—, y de la desconsolada sobrina de la casera, que últimamente visitaba mucho a su tía a ver si, por casualidad, andaba por allí aquel Félix por el que tan a menudo suspiraba.

Con la excusa de acompañar a los hijos de Carmen y Gregorio al campo para escapar de la insalubridad de Nueva York durante la temporada más calurosa, se dirigieron a una de las granjas de Catskill —a orillas del río Hudson, a unos ciento sesenta kilómetros al norte—, donde trabajaba un grupo de españoles que no se habían adaptado bien a la vida de la ciudad. Al principio, en esas granjas se alquilaban cuartos a compatriotas que deseaban pasar unos días de descanso en el campo, pero la iniciativa había tenido tanto éxito que en poco tiempo se formó un complejo de veraneo completo, con un gran hotel y una red de granjas que ofrecían alojamiento rústico. Se celebraban fiestas de máscaras, se organizaban excursiones en carro, pícnics, paseos en barca por el lago, todo al más puro estilo español, y aquel que añorara su vida de campesino podía ayudar en las labores diarias de la granja.

Allí pasaron los últimos días de descanso y de adaptación al país que les quedaban. A principios de septiembre los esperaban en Quebec para empezar el programa de estudio y aprendizaje que tenían planificado y que supondría más de un año de peregrinación por varias granjas y explotaciones ganaderas canadienses. Tobías agradeció el cambio de aires y se dedicó a pasear y a descubrir las montañas de la zona. Félix estaba completamente abatido, se sentía desterrado y se compadecía a sí mismo por lo desgraciada que era su existencia. Sin embargo, no tardó mucho en volver a ser el de siempre y al poco tiempo descubrió que una gran cantidad de mujeres disfrutaba de sus vacaciones sin padres ni maridos, a los que habían dejado trabajando en Nueva York. El abatimiento y el mal de amores se desvanecieron rápidamente, y con energía renovada se puso manos a la obra. Por fortuna para ambos amigos, la estancia iba a ser corta y a Félix no le dio tiempo de hacer demasiados estropicios.

5

Continuamente llegaban invitaciones para tomar el té en casas de familias respetables cuyos hijos, pero en especial sus padres, estaban interesados en las niñas. Aunque sabía que el verdadero interés era por Rosario, Remedios no perdía la ocasión de pasar una tarde distraída. A su hermana le divertía coquetear con ellos, pero ninguno de los muchachos que le enviaban notas de amor le despertaba el menor interés. Para desesperación de su padre, ni las fiestas, ni las recepciones, ni los paseos por el parque acompañada por los pretendientes más codiciados de la ciudad parecían conmoverla. Ella tenía en mente un futuro más elevado.

Como las cosas iban cada vez mejor, Rosario pudo retomar sus clases de canto y recibía a su nuevo profesor dos veces por semana. Era un hombre relativamente joven aunque no muy bien parecido, lleno de ideas modernas, que planeaba para ella una maravillosa carrera profesional en los mejores teatros de España. Le llenaba la cabeza de música y de proyectos, y mientras Rosario ensayaba fragmentos de *Doña Francisquita* —«De nuestro gran maestro Amadeo Vives», le decía él—, le fue sembrando la idea de ampliar los estudios en Barcelona, de debutar en el Gran Teatro del Liceo, de llegar al público europeo, de triunfar. Esta idea fue madurando en la imaginación de la chica y llegó a convertirse en una obsesión.

A Rocío se le daban bien los números y, entre oración y plegaria, se fue haciendo un hueco entre los libros de contabilidad de su padre. Don Rafael no disfrutaba mucho con su compañía, pero reconocía sus capacidades y fue delegando en ella para dedicarse más al trato con los clientes, que era con lo que se sentía realmente a gusto. Le hubiera gustado verla sonreír de vez en cuando, poder compartir algo más que cuentas con ella, pero Rocío era una chica de pocas palabras, introvertida, seria, práctica, sin sueños y con un excesivo sentido de la responsabilidad, lo que había ido cavando un foso a su alrededor cuya profundidad no invitaba precisamente a tender puentes para cruzarlo. Marcaba muy bien su terreno, y no permitía que nadie lo invadiera.

Remedios se volcó en la casa; la Tere estaba mayor, ya no podía llevar ella sola el peso de toda la familia y encontró un gran apoyo en la niña. La relación con su hermana mayor había mejorado mucho y ahora compartían largos ratos de confidencias. Rosario le contaba sus planes, y Remedios soñaba con tener alguna vez el coraje de imaginar siquiera proyectos parecidos. Repartía su tiempo entre las labores de la casa, los chismes del mercado y su rincón del patio, el único lugar donde se sentía tranquila y protegida.

Los pequeños seguían en el colegio. La separación durante el día había creado entre ellos un curioso vínculo que los hacía inseparables cuando volvían a casa. A don Rafael le gustaba verlos jugar en el almacén. Cuando Rafaelito fuera mayor le enseñaría todos los secretos del negocio para que pudiera sucederle. Lo imaginaba sentado a su lado, hecho un hombre, despachando asuntos comerciales, preparándose para recibir en herencia todo lo que su padre había construido. Ya veía el letrero colgado en la puerta: «Compañía Armera Rafael de Torres e Hijo». Esa imagen lo llenaba de ilusión. Volvía a tener un futuro.

La armería había prosperado mucho. Don Rafael había contratado a dos personas más y convertido a Antoñito en encargado. Se había hecho construir un despacho en el almacén, con un gran ventanal que daba al patio y otro que le permitía ver lo que pasaba dentro de su negocio. Allí había colocado su magnífica mesa, su sillón, los libros y su caja de puros, con la agradable sensación de haberlo conseguido otra vez.

Antoñito se manejaba bien. En cuanto se ponía la bata marrón se producía la transformación. El muchacho tímido y miedoso se convertía en don Antonio, el encargado. Los aprendices lo trataban de usted y lo miraban con respeto y admiración. Los clientes, en consideración a su ascenso, dejaron de usar el diminutivo al que estaban habituados. Él los conocía a todos, sabía cómo tratarlos, lo que les hacía falta, las novedades que les podrían interesar. Había desarrollado una intuición que le permitía, con un solo vistazo, saber lo que necesitaba cada nuevo cliente que entraba en la tienda. Con mucho esfuerzo, dedicación y trabajo, se había convertido en un gran profesional y en el hombre de confianza de su patrón. Estaba muy orgulloso de sí mismo.

Con el tiempo, su obsesión por Rosario se convirtió en una especie de amargura que poco a poco le fue bordando una mueca extraña en el semblante. Continuaba sobresaltándose cada vez que la veía, pero se había fabricado una coraza tan resistente que hasta Remedios pensó que todo se había quedado en un mero capricho de adolescencia. Rosario lo seguía tratando igual, pero más por costumbre que por seguir jugando.

–Buenos días, Antoñito.

–Antonio, señorita. Me llamo Antonio.

Y la coraza se iba haciendo cada vez más gruesa.

Don Alfredo y su hijo, dos de los mejores clientes de la armería, salieron del despacho con una gran sonrisa. Don Rafael les estrechó la mano satisfecho y esperó a que se hubieran ido para volver a entrar. A Antonio, ese chico insolente le daba mala espina. De regreso a casa después de una dura jornada en la armería se había cruzado en alguna ocasión con él y sus amigotes, y sus formas nunca le habían gustado. Los había visto más de una vez bebiendo en bares y con compañía femenina. Mientras observaba cómo se marchaban empezó a inquietarse, tenía la desagradable sensación de que iba a haber cambios. Y de que no iban a ser buenos.

La visita no había sido casual. El hijo de don Alfredo, que acababa de pasar por delante de Antonio dedicándole una mueca de superioridad y desprecio disfrazada de sonrisa, le había pedido a su padre que lo acompañara a ver a don Rafael e intercediera por él para pedirle permiso para rondar a su hija mayor. Don Alfredo, que empezaba a perder la paciencia y estaba a punto de cortarle a su hijo toda fuente de ingresos hasta que no demostrara un poco de sentido común, creyó ver en su vástago unos primeros síntomas de sensatez y se avino a sus deseos. Don Alfredo era muy respetado en la ciudad y había hecho buena amistad con el armero. Su hijo, que era un crápula y un sinvergüenza pero no estúpido, sabía que la ocasión era propicia para conseguir sus pretensiones: volver a ganarse el favor de su padre y casarse con una mujer hermosa cuya dote podría proporcionarle unos buenos ingresos. Cierto que la chica era un espíritu libre e independiente, pero él sabría cómo domarla.

Don Rafael estaba pletórico. Tenía cuatro hijas y se daba cuenta de que no iba a ser fácil casarlas bien a todas. Pero esta era una buena oportunidad, y no permitiría que la mayor la desaprovechara.

Antonio pasó el día nervioso, controlando los movimientos de su patrón y esperando encontrar el momento de averiguar lo que había pasado en el despacho. Veía a don Rafael hablar por teléfono e intentaba leerle los labios, lo escuchaba cuando conversaba con los clientes de más confianza, lo observaba cuando escribía alguna nota. Estaba distraído y hacía su trabajo mecánicamente, con la cabeza en otra parte.

A media tarde, don Rafael, que ya llevaba un buen rato fijándose en que al chico le ocurría algo, tuvo que llamarle la atención.

—¡Antoñito, hijo, no sé qué tienes hoy! Anda, despierta, que está don Mario esperando desde hace un buen rato.

—Disculpe, don Mario —dijo Antonio avergonzado. Era la primera vez que su jefe lo reprendía—. Usted dirá en qué puedo servirle.

—Mira, muchacho, te dejo esta maravilla que me acaban de traer de Estados Unidos para que le echéis un vistazo.

Era un Smith & Wesson Rimfire calibre 32, un revólver de 1863 que necesitaba un buen repaso. La pieza llamó de inmediato la atención de don Rafael, que interrumpió lo que estaba haciendo para conversar con su propietario e interesarse por su historia. Prometió ocuparse personalmente de la restauración y acompañó a don Mario hasta la salida.

En ese momento venía Rosario con los dos pequeños. Don Rafael esperó con la puerta abierta a que llegaran e invitó a su hija a pasar con él al despacho porque tenía algo importante que decirle. Normalmente Rocío solía estar allí, pero había ido a misa de siete y eso les permitía disponer de un lugar discreto donde hablar.

Antonio no perdió detalle de la escena. Vio entrar a los niños, corriendo como siempre, y acompañó con la mirada a padre e hija hasta que entraron en el despacho. Pesaroso y distraído, cogió el revólver, lo dejó en el primer estante del almacén y volvió al mostrador, donde esperaban varias personas que ya empezaban a impacientarse.

Aquella misma mañana, Rosario había pedido permiso a su padre para llevar a sus hermanos pequeños al cinematógrafo. Los niños estaban entusiasmados; era la primera vez que iban y no podían evitar la excitación. Después de comer, la Mari los había vestido de domingo, cosa que daba aún más solemnidad al acontecimiento. Caminaban muy nerviosos de la mano de su hermana hacia el Hesperia, la sala que por tres perras gordas ofrecía ese día dos películas de Charlot y otras dos de «valientes».

Hicieron cola delante de la taquilla, pidieron las localidades, «Una de adulto y dos de niño, por favor», y compraron caramelos en el quiosco de la entrada. Para los pequeños, todo formaba parte de una ceremonia emocionante. Entraron, ocuparon sus asientos, cerca del piano, y ya instalados rieron a carcajadas viendo a Charlot haciendo de bombero y de músico ambulante. Unos músicos auténticos ponían sonido a las imágenes de la pantalla mientras aguantaban con paciencia las impertinencias y las bolas de papel que les lanzaba el público, que, desternillado de risa, se creía en el derecho de manifestar su entusiasmo de esa forma. El mismo público que se quedó pegado a la butaca viendo al gánster encarnado por Lon Chaney en *Fuera de la ley*, que intentaba con mucha dificultad llevar una vida honrada junto a su amada.

⊰ Aunque lo que más impresión causó a todo el mundo, especialmente a los niños, fue que después de neutralizar al radiotelegrafista, asaltar el tren, robar la caja fuerte, huir, ser perseguidos y finalmente apresados, en *Asalto y robo de un tren,* uno de los forajidos se dirigió a la cámara en primer plano y, apuntando su arma contra los espectadores, disparó. En el patio de butacas se hizo un silencio absoluto. El público quedó conmocionado, sobrecogido, y tardó unos segundos en reaccionar para terminar prorrumpiendo en gritos y aplausos de entusiasmo.

Los pequeños, contagiados por el ambiente, gritaban y aplaudían más que nadie y salieron de la sala mucho más entusiasmados que cuando entraron. No quisieron merendar ni sentarse en el quiosco del parque a tomar una leche merengada, solo se contaban una y otra vez las mismas escenas dando saltitos alrededor de su hermana mayor, que, con un principio de dolor de cabeza, decidió que lo mejor sería regresar a casa. No dejaron de correr, chillar y jugar a perseguirse emulando a bandoleros y representantes de la ley durante todo el trayecto.

Rosario vio a su padre esperándolos en la puerta de la armería y le sonrió al mismo tiempo que saludaba con un gesto de cabeza a don Mario.

Los niños entraron como un vendaval, contándole a todo el mundo de forma atropellada los detalles del acontecimiento que acababan de presenciar, y luego fueron al almacén para continuar con su juego. Los clientes, que ya estaban acostumbrados a las excentricidades de la familia, sonrieron. Don Rafael guio cariñosamente a su hija hasta el despacho.

—Buenas tardes, Antoñito —le dijo ella al encargado al pasar por su lado.

Él, que quiso fingir que no la había visto llegar, levantó la cabeza con tristeza y le devolvió el saludo educadamente.

Hacía tiempo que había perdido la esperanza de que lo llamara por su nombre.

—Antonio —susurró de manera casi imperceptible mientras la veía alejarse—, me llamo Antonio.

Arriba se respiraba un confortable aire de rutina. A Remedios le gustaba sentir que todo estaba en su sitio y que cada uno hacía lo que tenía que hacer. La radio sonaba de fondo y ella estaba ayudando a la Mari a doblar las sábanas recién planchadas. Tenían las ventanas abiertas y entraba una brisa muy agradable. El armario de la ropa blanca, perfectamente ordenado, olía a limpio. Con los ojos cerrados, sintiendo el sol en la cara, inspiró profundamente y se llenó de aire fresco y de una sensación de bienestar.

La Tere, en la cocina, estaba acabando de preparar las empanadillas para la cena mientras canturreaba muy bajito, haciéndole los coros a la tonadillera que sonaba en ese momento. Estaba cansada. Cada vez le costaba más hacer las cosas de la casa. Limpiándose las manos con el trapo que llevaba siempre colgado del delantal, se dirigió al cuarto de la plancha y se dejó caer en la silla que había junto a la puerta.

—¡Ay, niña! ¡Esto se acaba!

Ninguna de las otras dos mujeres sabía a cuál de ellas se dirigía, porque siempre las llamaba igual. Al principio les preocupó que manifestara esa especie de premonición, pero ya hacía varios años que la repetía y se habían acostumbrado a contestar siempre lo mismo.

—¡Venga, Tere! Que tú nos vas a enterrar a todos.

Pero esta vez la Tere se sentía distinta, realmente cansada y con la sensación de haber hecho todo lo que tenía que hacer. No era fatiga por el trabajo, ni por haber tenido un día duro. Estaba cansada de la vida. Ya había tenido bastante.

—No, niña, esto se acaba de verdad.

Remedios y la Mari, una a cada lado de la sábana, se miraron preocupadas. La radio seguía sonando de fondo.

Don Rafael se arrepintió de no haber atado más corto a su hija. Ya le habían advertido de que tanta libertad no era buena, pero nunca se imaginó que se enfrentaría a él de ese modo.

Había empezado la conversación con optimismo. Después de preguntarle distraídamente cómo había ido la tarde de cine, le contó con detalle la agradable visita que había recibido, lo mucho que le había gustado la educada proposición del joven, la conformidad de don Alfredo y lo feliz que sería él si ella la aceptaba.

Rosario lo miraba sin acabar de creerse lo que estaba oyendo. La gran sonrisa que traía se le iba borrando a medida que escuchaba lo que su padre le decía. El asombro se fue convirtiendo en una mezcla de enfado, tristeza y decepción. Siempre había pensado —o eso creía que su padre le había dado a entender— que si algún día decidía casarse, sería con la persona que ella escogiera. No comprendía qué veía su padre en ese muchacho presumido y pretencioso que llevaba ya un tiempo importunándola, con muy poca habilidad y aún menos consideración, cuando se hacía el encontradizo durante los paseos de la tarde. Lo que estaba ocurriendo le sonaba a complot y a traición. Absolutamente indignada, empezó a pedir explicaciones. Don Rafael, a punto ya de perder la paciencia, comenzó a exaltarse también y a exigir el respeto que se merecía. Ella reclamó a su vez respeto mutuo, y entonces se enzarzaron en un desagradable intercambio de gritos sobre responsabilidades, proyectos, futuro, «Lo que va a decir la gente», «Lo poco que me importa», algo sobre vestir santos y varias cuestiones sociales más.

En ese momento no quedaba nadie en el establecimiento. Imaginando la tormenta, Antonio había dado permiso para salir un poco antes a los dos dependientes, que no se habían hecho de rogar, había puesto el letrero de CERRADO y había despachado rápidamente a los últimos clientes. Se equivocó dos veces de calibre de munición y olvidó apuntar algo en la cuenta de no se acordaba quién. No dejaba de mirar hacia el despacho con el estómago encogido y con la convicción de que lo que allí estaba sucediendo le afectaría profundamente. Sabía que nunca llegaría al corazón de Rosario, pero lo que se decidiera ahí dentro podía hacer desaparecer cualquier mínima esperanza que pudiera quedarle. Estaba desolado. Empezó a apagar luces, pero también tendría que haber cerrado puertas, cuadrado caja y haberse ido en silencio. Tendría que haber respetado la privacidad de aquel conflicto familiar, pero no fue capaz. La necesidad de saber lo que estaba pasando le impedía salir de detrás del mostrador, que le proporcionaba un puesto de observación privilegiado.

No podía entender lo que se decían padre e hija, pero el lenguaje corporal sugería que la discusión era muy desagradable. Observando desde fuera, veía cómo su patrón se enardecía, cómo el disgusto tendía hacia la ira y cómo su semblante iba tomando un tono rojizo. Rosario aparentaba más control. También gritaba, pero con convicción, con seguridad, para dejar claro que nadie iba a dirigir su vida ni a decidir su futuro. El equilibrio de fuerzas estaba claramente decantado hacia ella. El intercambio de palabras se volvía más agresivo por segundos, como si se estuvieran lanzando puñaladas el uno al otro, y el dolor mutuo que se provocaban se manifestaba claramente en sus rostros.

Cada vez había menos luz, el ambiente se densificaba por momentos y a Antonio le costaba respirar. Tuvo que deshacerse el nudo de la corbata para no desmayarse. No quiso quitarse la bata porque era lo único que le daba cierta seguridad. Se le encogía el corazón viendo cómo dos de las personas a las que más quería en el mundo se hacían tanto daño.

Ajenos a todo lo que pasaba a pocos metros, los niños jugaban felices en el almacén. La estancia era grande y tenía varios pasillos con estanterías que llegaban al techo y que les permitían esconderse fácilmente. Se perseguían, se encontraban, se atrapaban y se escapaban chillando como locos, como si la historia que recreaban fuera real.

Rafaelito estaba a punto de dejar atrás la niñez, pero la alegría, las risas y el entusiasmo de su hermanita cuando estaban juntos le impedían, inconscientemente, dar el salto. Él se daba cuenta de que algo en su interior estaba cambiando. Había momentos en los que sentía cierto interés por cosas que antes no le habían atraído en absoluto; en ocasiones se aburría de aquello que antes lo divertía tanto, y a veces Rosita tenía que llamar su atención sacudiéndole el brazo porque él perdía la mirada en el infinito buscando no sabía qué. Su cuerpo estaba cambiando y le empezaba a pedir cosas que no lograba entender.

Pero ahora su hermana lo perseguía y él se escabullía entre las estanterías, dejando que se acercara lo suficiente para que ella creyera que lo alcanzaba y echando a correr cuando casi lo tocaba. Se reían entusiasmados hasta que, al pasar junto a la pared que el almacén compartía con el despacho, Rafaelito creyó oír gritos y se detuvo a escuchar.

—¡Te pillé! —dijo su hermana—. Ahora yo soy la bandida y tú el *sheriff*, ¿vale?

Y salió corriendo en dirección contraria. Rafael no le prestó atención, se acercó más a la pared y apoyó la oreja para escuchar lo que pasaba al otro lado.

Rosita se detuvo al final del pasillo, dando saltitos miró a su hermano y, al ver que no le hacía caso, fue hacia él, le tiró varias veces de la camisa y volvió a salir corriendo.

—¡A que no me pillas, cara de papilla! —lo retaba, pero él seguía ignorándola.

Por tercera vez, la niña se acercó, lo agarró del brazo y empezó a zarandearlo. Rafaelito se desprendió de su hermana con un golpe de hombro y, muy serio, le hizo un gesto de silencio con el dedo.

Rosita, que solo quería seguir jugando, se impacientó. Entonces vio la pistola que Antonio había dejado en el estante hacía unos minutos y sonrió para sí por la gran idea que acababa de tener.

—¡Eh, Fito, mírame!

Todo sucedió muy deprisa.

Queriendo llamar la atención de su hermano, y para dar más realismo al juego, en cuanto el muchacho se giró hacia ella Rosita cogió la pistola del estante con las dos manos y, apuntándole al pecho igual que había visto en la película esa misma tarde, disparó.

6

Félix y Tobías estuvieron en Quebec apenas una semana, el tiempo justo para conocer superficialmente la ciudad y el necesario para preparar lo que iban a ser sus actividades durante los próximos meses y darse cuenta de que habría que trabajar duro. Desde la Escuela de Agricultura les habían marcado un programa muy denso que empezaba más al norte, en el valle de San Lorenzo.

Durante el viaje en autobús que los llevaba a Saguenay, Tobías se distrajo mirando por la ventanilla. Le gustaba disfrutar de los trayectos mientras observaba el paisaje, y pensaba en lo que dejaba atrás y en las posibilidades de lo que tenía por delante. Félix, que dormía ruidosamente a su lado, recibía de vez en cuando un codazo de su compañero. A él los trayectos le traían sin cuidado, lo que quería era llegar y situarse lo antes posible. Mirándolo de reojo, Tobías se preguntaba a menudo cómo podían llevarse tan bien teniendo tan poco en común.

Los días eran cada vez más cortos y fríos, por lo que tuvieron que cambiar todo su guardarropa. Aparcaron los elegantes trajes de hilo y los sustituyeron por pantalones más resistentes y camisas de cuadros. El canotier dejó paso a un gran sombrero vaquero de ala ancha y sus impecables chaquetas cruzadas fueron relevadas por gruesos chaquetones forrados de piel que los ayudarían a pasar el invierno, que ese año se prometía muy frío. Al principio se negaron a ponerse esas recias piezas de ropa interior que iban desde los tobillos hasta el cuello, que picaban como condenadas y que tanto les hicieron reír el día que se las ofrecieron, pero finalmente tuvieron que claudicar a golpe de viento y frío.

En su recorrido por las diferentes granjas de las zonas rurales de Quebec aprendieron mucho sobre la cría de grandes rebaños de ovejas y cabras y se aplicaron con lo que les enseñaron sobre almacenamiento de grano y el forraje que había que preparar para que los animales pasaran el invierno. En los bosques de la zona practicaron con rifles cazando patos, urogallos y alces imponentes que les proporcionaban una carne exquisita, e incluso algún que otro oso que se empeñaba en amenazar al ganado. Terminaban las jornadas tan cansados que ni siquiera Félix tenía ánimo de acercarse al pueblo más próximo en busca de aventuras.

Estuvieron completamente doloridos durante semanas; no les quedaba ni un centímetro de piel que no les molestara cuando se tumbaban en sus literas. Félix solía preguntar a su amigo si realmente era necesario pasar por todo eso. A las muchas horas de trabajo físico —los primeros días acompañado de las risas de los obreros, que se burlaban de lo mal que se apañaban los dos con las tareas del campo— había que añadir las que pasaban en la pista, a las que tuvieron que someterse para aprender a montar a caballo con un poco de soltura y así poder recorrer las enormes distancias que separaban campos y rebaños. Por las noches, delante de los barracones que compartían con el resto de los trabajadores, solo les quedaban ánimos para sentarse un rato en el porche, prácticamente en silencio, mientras fumaban y escuchaban el sonido de alguna armónica, bien abrigados bajo la luna de otoño.

No llegaban a acostumbrarse a una actividad, a un espacio, a unos compañeros, cuando tenían que trasladarse a un nuevo emplazamiento. Durante el invierno estuvieron en varias granjas de Ontario y Manitoba, donde aprendieron a preparar la tierra, ararla, abonarla y nivelarla para plantar el trigo en primavera. Podaron árboles frutales, ayudaron a los veterinarios a controlar las reses que estaban gestando, y en los días de lluvia y nieve, que ese año fueron más abundantes que nunca según recordaban los ancianos de la zona, les mostraron cómo llevar la contabilidad y la producción de grandes superficies. Los capataces estaban contentos con «los españoles», y durante las cuatro, cinco o seis semanas que tenían programadas en cada uno de los ranchos o granjas los dos amigos se sentían cómodos y bien acogidos.

Cuando llegaban a un nuevo destino, Tobías se hacía rápidamente una composición de lugar y en pocas horas ya sabía dónde estaban alojados, los horarios de aprendizaje, comida y descanso y las tareas que les habían encomendado. Sin embargo, a Félix le faltaba tiempo para averiguar dónde estaba el pueblo más cercano, su cantina y la población femenina de la zona. A falta de todo ello, siempre encontraba dónde estaba escondido el alambique de turno y ofrecía ayuda y experiencia a sus responsables. A pesar de las discusiones continuas entre ambos, los dos jóvenes seguían formando un buen equipo.

Félix aprendía a tocar la guitarra. Tobías continuaba escribiendo en su cuaderno y de vez en cuando ponía al día a su familia en cartas cada vez más cortas que añadía a la remesa de papeles con toda la información que acumulaba y que enviaba a casa al final de cada etapa para no tener que cargar con ellos.

Trabajaron duro y aprendieron mucho, pero no les faltó diversión y algún que otro conflicto. Allá por donde pasaron dejaron huella y más de un corazón herido, pero ningún lugar ni persona habían conseguido, hasta el momento, enamorarlos lo suficiente como para que ellos pensaran en interrumpir su viaje o en la posibilidad de echar raíces.

La primavera los sorprendió en Weburn, un pequeño pueblo al sur de Saskatchewan. Allí tenían que colaborar en el aireado de la tierra y la siembra del trigo de esa temporada. Y había que hacerlo rápido, antes de que comenzaran las lluvias. Trabajarían con grandes tractores y la idea los entusiasmaba, porque estaban acostumbrados a superficies más pequeñas que no justificaban el gasto que suponía adquirir una de esas máquinas. En estas enormes explotaciones agrícolas, trabajar con la fuerza animal de caballos o bueyes era completamente impensable. La mecánica de los grandes arados y de los distribuidores de grano interesaba mucho a Tobías, quien desde que conocía su existencia pensaba en la mejor forma de introducirlos en España para optimizar el rendimiento de las zonas agrícolas del país.

El aspecto de los chicos había cambiado. Ya no eran los señoritos finos y elegantes que habían llegado de Europa, ahora tenían la piel curtida por el sol y el frío y en pocos meses habían desarrollado una buena musculatura.

Recibieron la primavera con ansia, después del duro invierno que les había tocado sufrir. Era una época de buen humor y alegría. Todo estaba verde y florido, salía el sol a menudo y los días eran cada vez más largos. En los pueblos de los alrededores se organizaban ferias de ganado y grandes fiestas comarcales con concursos y bailes, donde las chicas se ponían sus mejores vestidos y lucían espléndidamente con la esperanza de que algún buen mozo las sacara a bailar. Era tiempo de cortejo, y a Félix le parecía estar en el paraíso. Después de las largas jornadas de trabajo, era imposible saber de dónde sacaba tanta energía. Daba gusto verlo divertirse. Siempre era la alegría de la fiesta. A Tobías le entretenía observarlo a cierta distancia, mientras disfrutaba de una buena limonada. Últimamente no se encontraba muy bien, se sentía cansado y tenía una tos seca muy molesta, resto de un resfriado mal curado, creía él. El tabaco no ayudaba mucho, pero era uno de los pocos placeres que se concedía y por el momento no tenía intención de renunciar a él.

—¿Usted no baila? —le preguntó una muchacha que se le había acercado y que marcaba el ritmo de puntillas con las dos manos cogidas a la espalda.

Félix no era el único que triunfaba, Tobías también tenía su público entre aquellas jóvenes que preferían un chico más formal. Además, el acento extranjero y la inseguridad que aparentaba al no conocer bien el idioma actuaban con un imán para ellas y les provocaban una ternura que lo hacía irresistible.

Lucy era la hija de la cocinera del rancho. Era una jovencita menuda con la piel muy clara y el pelo muy oscuro. Esa noche llevaba un vestido de cuadros rosas que le venía un poco grande. Una cinta anudada en la nuca, también de color rosa, sujetaba su corta melena y caía por su espalda balanceándose con sus movimientos.

—La verdad es que no sabría cómo hacerlo —le respondió Tobías con una sonrisa.

Su madre se había encargado de preparar a todos sus hijos para cualquier eventualidad social con la que pudieran encontrarse, lo que incluía ciertas nociones de baile. A él le gustaba bailar, pero sus conocimientos se limitaban al vals, la polca y algo de charlestón. Lo que se bailaba allí era algo completamente distinto. Había una pequeña orquesta formada por un banjo, un violín, un acordeón y un hombre que dictaba los pasos que debían ejecutarse en cada momento. A ese baile lo llamaban *square dance*. Las parejas, cogidas de las manos, avanzaban, retrocedían, giraban y se iban intercambiando entre ellas en una coreografía perfectamente planeada. Seguro que es muy divertido, pensó Tobías, pero su inglés aún no era lo bastante fluido como para entender correctamente las instrucciones.

—No se preocupe —le dijo Lucy tomándole la mano—, yo le ayudaré. —Y tiró de él hasta el centro de la pista de baile.

La suerte hizo que el hombre que dirigía el baile necesitara aclararse la garganta y que la siguiente pieza fuera una polca. Tobías se sintió aliviado y algo más cómodo; ese ritmo sí lo conocía y le permitiría salir bien parado de la situación.

Llevaba un rato bailando y saltando cuando notó que empezaba a faltarle el aire. Se estaba divirtiendo, sobre todo porque Lucy le gustaba mucho. Por eso no quiso decir nada, para no disgustarla, pero el esfuerzo físico le estaba pasando factura y cada vez le costaba más respirar. Poco después comenzó a marearse y a perder el equilibrio. Se esforzó en mantener el tipo, pero al final tuvo que abandonar la pista con un fuerte ataque de tos que le estaba destrozando el pecho.

Avergonzado, se disculpó con la muchacha, y en cuanto hubo recuperado un poco el resuello decidió retirarse. Fastidiado por lo mal que había terminado la noche, empezó a darle vueltas a la idea de que quizá aquello era algo más que un resfriado mal curado.

Félix no se enteró de nada hasta el día siguiente, cuando vio que su amigo tenía dificultades para levantarse de la cama.

Hacía lo posible para disimularlo, pero a Tobías cada día le costaba más realizar sus tareas. Félix lo observaba a cierta distancia. Era un crápula y un vivalavirgen, pero se preocupaba por su amigo y lo conocía lo suficiente como para darse cuenta de que algo no iba bien.

Durante el mes de julio no cayó ni una gota de agua, lo que hizo que el capataz de la finca decidiera avanzar un par de semanas la recolección; las plantas estaban bien secas y la baja humedad del ambiente era perfecta para la buena conservación del grano y la paja.

El polvo que levantaban las máquinas y el del grano cuando lo aireaban y lo dejaban caer en los enormes silos donde se almacenaba no ayudaba mucho en la recuperación de Tobías, que en más de una ocasión tuvo que interrumpir lo que estaba haciendo porque no podía respirar. Perdía peso por momentos, estaba cada vez más cansado, no dejaba de toser y en poco tiempo le habían salido unas profundas ojeras. Hasta que llegó un día en que ya no fue capaz de levantarse.

Félix reaccionó rápidamente. Lo primero que se le ocurrió fue llamar al hombre medicina.

Alce Negro era uno de los últimos sioux-dakota que quedaban en la zona. Un hombre apegado a la tierra que había aprendido de sus antepasados los secretos de la tribu y había heredado de su madre el don de la curación. Conocía todas las hojas, raíces y frutos de la región, y sabía cómo utilizarlos. No molestaba a nadie y nadie se metía con él. Callado y sereno, se lo veía recorrer el condado buscando continuamente hierbas para abastecer su botiquín, y cuando alguien solicitaba su ayuda él acudía sin dudarlo. Por otra parte, para poder sobrevivir en una época en la que los nativos americanos no tenían muchas posibilidades, había construido un alambique en el bosque, y gracias a sus conocimientos había conseguido fabricar el mejor y más prestigioso destilado de la zona.

Evidentemente, Félix lo frecuentaba a menudo. Después de ungir durante algunos días a Tobías con cataplasmas de olor nauseabundo y de darle distintas infusiones mientras mascullaba cánticos ininteligibles, una tarde Alce Negro le dirigió a Félix una larga mirada que le dio a entender que su amigo necesitaba mucha más ayuda de la que el indio podía proporcionarle. Antes de marcharse con todas sus artes guardadas en el morral que llevaba colgado del cinto, dejó al lado de la cama una pequeña garrafa de su última producción.

Era hora de avisar al médico del pueblo. El doctor no disponía en su consulta rural de los medios adecuados para emitir un diagnóstico exacto, pero por el aspecto del muchacho, la fiebre alta y los resultados del reconocimiento que él mismo había efectuado, consideró que estaba lo suficientemente grave como para que ingresara en un hospital. A pesar de todas las situaciones desagradables que habían vivido juntos, era la primera vez que Félix tenía miedo de verdad.

No fue fácil organizar el traslado de Tobías hasta Regina, la capital, noventa kilómetros al norte. Félix solicitó permiso para acompañar a su amigo. El capataz sintió que se marcharan; les había tomado cariño y además eran buenos trabajadores, mucho más entusiastas que la mayoría de sus obreros. Mientras acompañaba a Félix al camión que los llevaría a la ciudad, le pidió que lo mantuviera informado. Tobías, semiinconsciente y con la respiración forzada, estaba tumbado sobre una camilla improvisada en la parte trasera del vehículo. No eran las mejores condiciones para trasladar a un enfermo en su estado, y el hombre se disculpó por no poder ofrecerles nada mejor. Luego le estrechó la mano a Félix con aprecio y le recordó que seguía contando con ellos cuando todo hubiera pasado y pudieran volver.

El camión arrancó levantando mucho polvo. Desde el porche de la cabaña, Lucy lo miraba mientras se alejaba. Estaba muy preocupada. Había cuidado de Tobías durante los últimos días y sentía algo especial por él.

En el hospital, el enfermo recibía las mejores atenciones pero no mejoraba en absoluto. Los doctores preguntaron a Félix sobre las costumbres de su amigo y sobre posibles antecedentes familiares. Él recordaba a un abuelo con problemas respiratorios, asma, alergia o algo así, pero no pudo concretarles más.

Sentado al lado de la cama, esperaba a recibir los resultados de las pruebas. Estaba desconcertado, la espera se le estaba haciendo interminable, no podía creer que tuviera tan mala suerte. Tobías era el que siempre sabía qué había que hacer, y sin su consejo se sentía perdido.

La radiografía confirmó la gravedad del estado de Tobías. Por diversas causas, el pulmón izquierdo había perdido completamente su función. Debían extirparlo lo antes posible. La operación era complicada, y la recuperación lenta y difícil. Había que tomar decisiones. Era el momento de avisar a la familia.

A pesar del golpe, Félix casi se alegró de tener algo que hacer. Buscó entre las cosas de Tobías hasta que encontró la agenda donde tenía anotadas las direcciones importantes y el número de teléfono de la fábrica de su padre. «Solo en caso de vida o muerte», le había dicho en alguna ocasión, medio en serio, medio en broma, y Félix consideró que ese lo era. Buscó un teléfono y solicitó la conferencia. Ni se le ocurrió pensar en la diferencia horaria; tampoco sabía por quién preguntar ni lo que iba a contar. Cuando la operadora le dijo que, después de tres intentos, nadie respondía al otro lado, tomó él mismo la decisión como persona más allegada al enfermo y dio el consentimiento para la operación.

Estuvo muchas horas paseando pasillo arriba, pasillo abajo, encendiendo un cigarrillo con la colilla del anterior, con la cabeza en blanco y el corazón en un puño, sobresaltándose cada vez que alguien abría la puerta. Preocupado como estaba por la salud de su amigo, no volvió a acordarse de llamar a España. Los padres de Tobías no se enteraron de lo que le estaba pasando a su hijo.

La larguísima fila de camas con pacientes que no dejaban de quejarse, las mesitas llenas de flores mustias y los parientes compungidos deprimían enormemente a Félix. La mezcla del olor ácido a enfermedad y del desinfectante que usaban las limpiadoras se le clavaba en el fondo de la nariz. Olía a muerte, decía él. Hacía tres días que no se movía del lado de su amigo, pero este continuaba sin reaccionar y Félix empezaba a exasperarse. Necesitaba lavarse, comer algo decente, moverse, salir, beber, ver caras bonitas y sonrientes. Cuando por fin Tobías abrió los ojos, Félix dio un respingo tal que una enfermera que pasaba cerca se aproximó a la cama del enfermo antes incluso de ver que se había despertado.

—¿Dónde estoy? ¿Qué ha pasado?

Tobías no era capaz de recordar nada desde que había salido de la granja.

El doctor aconsejó a Félix que de momento no le contara muchos detalles sobre la operación, ahora debía recuperar fuerzas y estar tranquilo. Tobías tenía el tronco vendado y estaba recostado sobre el lado derecho, con un cojín que le impedía moverse. Hasta que no le quitaran el vendaje no vería la enorme cicatriz que le atravesaba la espalda ni el hueco que había dejado el pulmón que le habían extirpado. El médico estaba satisfecho con el resultado de la intervención, pero la recuperación requería su tiempo y siempre podía surgir algún problema. Había que esperar.

Tobías conocía bien a su amigo y no tuvo bastante con las explicaciones que recibió. Ese tono de voz zalamero podía servirle con las chicas, pero a él no lo engañaba. Si no le contaba lo que estaba ocurriendo, llamaría a alguien que pudiera hacerlo. Lo dijo con tanta convicción que Félix no tuvo más remedio que repetir todo lo que le había dicho el doctor.

Tobías cerró los ojos y, con esfuerzo, alargó el brazo y tomó la mano de su amigo.

—¿Has avisado a mis padres? —preguntó al cabo de unos minutos.

—Lo he intentado, pero no he conseguido hablar con ellos —le dijo Félix, arrepintiéndose de no haberlo intentado de nuevo.

—Mejor.

Tardarían más de un mes en llegar hasta allí, pensó Tobías, y para entonces, tanto si salía bien como si no, ya no podrían hacer nada. Para qué preocuparlos inútilmente.

Sin soltar la mano de su amigo, no pudo evitar imaginar cómo sería su vida a partir de aquel momento. Afortunadamente, la debilidad no le permitió castigarse demasiado y al poco rato volvió a quedarse dormido.

7

Rocío volvía de misa con el alma en paz. Sus conversaciones con Dios la reconfortaban enormemente y había empezado a plantearse la idea de dedicarle su vida. Había oído hablar de un convento de monjas concepcionistas en Cádiz y tenía ilusión por visitarlo. Le habían contado de los dos patios blancos llenos de luz y vegetación del monasterio de Nuestra Señora de la Piedad, de la vida de oración y custodia del santísimo sacramento de su congregación, de su trabajo en el obrador de repostería y en el taller de bordados litúrgicos. Se imaginaba vestida con el hábito blanco, azul celeste y negro y la imagen le gustaba. Tomaría la decisión cuando su hermano fuera lo suficientemente mayor para sustituirla en el negocio y su padre ya no la necesitara. No tenía grandes apegos emocionales, así que no echaría mucho de menos a nadie y tampoco creía que nadie la añorara demasiado a ella. Todos estos pensamientos le dibujaban una beatífica sonrisa en el rostro.

En cuanto llegó a casa y la vio con tan poca luz y tanto silencio pensó cuánto le gustaría encontrarla siempre así, pero enseguida empezó a inquietarse. Aquello no era normal. A esa hora todavía tendría que haber actividad en la armería, los niños aún no se habrían acostado y debería haber mucho movimiento en el piso de arriba. Le pareció oír un principio de tormenta, un trueno corto y lejano. Miró hacia el cielo, pero estaba completamente despejado. Se acercó a la puerta del negocio y la encontró abierta a pesar del letrero que indicaba lo contrario. Entró despacio, con cautela, siguiendo la única luz que se veía al fondo, en el almacén.

Y allí se encontró a don Rafael de pie, petrificado, junto a Rosario, que estaba de rodillas en el suelo y lloraba amargamente con las manos apoyadas en la falda. A su lado, Antonio, con la mirada muerta, se balanceaba suavemente adelante y atrás. La Mari escondía la cara en el pecho de Remedios, que la tenía cogida de las manos. Las dos sollozaban. La estancia olía a pólvora. Y en el centro de esa extraña reunión familiar, Rosita sujetaba inmóvil un revólver con las dos manos y Rafaelito yacía frente a ella sobre una brillante alfombra roja que crecía por momentos.

El corazón le dio un vuelco y empezó a notar un dolor intenso en el pecho. Su mente racional reaccionó rápidamente ante la pasividad del resto del grupo. Enseguida se dio cuenta de que ella era la única persona anímicamente preparada para afrontar la situación. Se encomendó a Dios y a la Virgen y se puso manos a la obra.

El contraste del color blanco de las flores y del ataúd con el negro de los vestidos y los trajes hacía que el entierro del niño tuviera algo de hermoso. La iglesia de la parroquia de Nuestra Señora de la Palma, en la plaza Alta, estaba a rebosar de coronas y ramos de flores blancas que adornaban una agradable mañana de principios de otoño, aunque fría en el corazón de todos los que querían a Rafaelito. El sepelio reunió a conocidos y extraños que quisieron acompañar a la familia, comentar lo triste de la situación y lamentar el imposible futuro del pobre angelito. El desfile de dolientes y plañideras era infinito; cuando don Rafael y sus hijas terminaron de dar sepultura al fallecido en el cementerio de la ciudad, los últimos asistentes a la misa aún no habían salido de la iglesia. Las condolencias no se acababan nunca, al contrario que el vino que se ofrecía a los asistentes, lo que agotó la poca energía que le quedaba a don Rafael y las existencias de su bien surtida bodega.

Tardaron un tiempo en darse cuenta de que la Tere no estaba con ellos. Cuando volvieron del entierro del pequeño, la encontraron sentada, tranquila y serena, como dormida en la misma silla junto a la puerta del cuarto de la plancha donde había caído rendida dos días antes. El corazón de toda la familia estaba tan roto que no cabía más dolor y tardaron mucho en poder llorarla. Su entierro fue discreto y triste, igual que había sido su vida. Era como si hubiera decidido marcharse con su niño. Remedios se alegró de que no hubiera tenido que pasar por ese sufrimiento.

Y otra vez fue Rocío quien lo organizó todo.

Hacía varias semanas que la familia vivía sometida a sus severas leyes. Desde el punto de vista de Rocío, la dura prueba que estaban viviendo no era más que un castigo por la vida de excesos y frivolidades que habían llevado hasta entonces. Y había que poner remedio. Se decretó luto riguroso y se establecieron cambios radicales en las costumbres familiares.

Sin esperar un solo día, empezó a adoptar las medidas necesarias. Eliminó la luz y los colores, prohibió la música, reprimió las risas, impuso toque de queda e implantó normas de austeridad que rozaban la miseria.

Hizo cambiar los visillos por densos cortinajes y los bordados en colores de los cojines del salón fueron sustituidos por recias telas marrones y grises. La ropa alegre que sobrevivió a la quema pasó al fondo del armario y dejó su espacio a prendas oscuras y sobrias, chaquetas severas, velos de puntilla negra, medias tupidas y calzado riguroso. Se acabaron las clases de canto, por supuesto, y la radio terminó en manos del primer trapero que pasó por delante de la casa. No hubo más visitas ni invitaciones, que habían empezado a llegar después de un tiempo prudencial y que se devolvían sin abrir. Los domingos solo se diferenciaban del resto de los días por la asistencia obligada al servicio religioso, «para rogar por el alma de nuestro pobre Rafaelito, que en gloria esté». No más desayunos con churros ni postres especiales los días de fiesta. Era momento de dolor y sufrimiento, y Rocío no tenía intención alguna de ceder.

Con la voluntad mermada, el resto de la familia se dejó llevar, y cuando fueron conscientes de la situación ya no había marcha atrás.

El asunto del posible compromiso de Rosario con el hijo de don Alfredo quedó olvidado.

El ambiente que se vivía en la casa podría haber inspirado a más de un poeta andaluz.

La vida de don Rafael se apagó junto con la de su hijo. Su cuerpo permaneció en este mundo, pero su voluntad se fue tras el alma del niño y lo siguió hasta su destino incierto. A pesar de ser un hombre acostumbrado al trabajo y las adversidades, esta vez el golpe había sido demasiado fuerte. Estaba hundido. Derrotado por vez primera y definitiva.

Todos en la casa se sentían responsables de lo que había sucedido. Todos menos Rosita, que había dejado de sentir. No había vuelto a hablar ni a manifestar voluntad alguna desde el momento en que apretó el gatillo. Nunca supieron si había sido por decisión propia o si su cuerpo y su alma perdieron la conexión en el mismo instante en que disparó. Indiferente a lo que pasaba a su alrededor, mantenía una suave y perpetua sonrisa, incluso cuando dormía. Era como si viviera con la tranquilidad de saber que el espíritu de su hermano la acompañaría eternamente. Igual que la acompañarían, desde entonces y de por vida, las murmuraciones y los comadreos sobre su pérdida de razón.

Rosario no se perdonaría nunca haber llevado a los niños a la sala de proyección. Había dudado entre el cinematógrafo y una representación de títeres en el parque de María Cristina, pero esa obsesión por ser la hermana más divertida, moderna y emocionante le había hecho tomar la decisión. La culpa de todo lo que estaba pasando era suya y de su soberbia.

Remedios lamentó no haber estado pendiente de la llegada de sus hermanos. Su labor en la casa era mantener un orden en las costumbres y los horarios. Tendría que haberse dado cuenta de que ya era tarde para ellos, y jamás debería haber permitido que se entretuvieran jugando en el almacén. Si no hubiera sido por su pereza, nada habría ocurrido.

Rocío rezaba continuamente para conseguir el perdón por haber permitido que su familia viviera una vida amoral e irreverente. Si no hubiera estado pensando solo en ella y en sus deseos y hubiera impuesto antes unas costumbres piadosas y más decentes, nunca se habría llegado al punto donde se encontraban. Su egoísmo los había llevado a esa situación. Estaba dispuesta a hacer lo necesario para reparar el daño. Ningún sacrificio sería lo bastante penoso. Desgraciadamente, para Rafaelito ya era demasiado tarde. Su único consuelo era saber que su alma inocente estaba con Dios.

Pero el que vivía un terrible infierno era Antonio. Sabía que él era el verdadero culpable, el que había llevado el dolor y la desgracia a la familia. Su obsesión por Rosario lo había vuelto torpe, descuidado y negligente. Era imperdonable que hubiera dejado el arma al alcance de cualquiera sin comprobar antes si quedaba algún proyectil en la recámara. Tuvo la tentación de desaparecer, de huir de aquella casa que tanto amaba y no volver nunca más. Pero don Rafael había hecho de él una persona responsable que sabría cargar con las consecuencias de sus actos. Nunca nadie le echó nada en cara, excepto él mismo, y a lo largo de su vida encontraría multitud de formas para castigarse por el terrible crimen que había cometido.

Durante varios meses, la oscuridad se coló en la casa y la rutina de sus habitantes. Se comunicaban con frases cortas y susurros, apenas compartían mesa y un breve saludo por las mañanas. Se limitaban a sobrevivir.

La actividad en la armería se redujo notablemente. Don Rafael no estaba en condiciones de recibir a sus clientes y muchos de ellos, con la excusa de respetar su duelo, decidieron cambiar de centro de reunión y de proveedor. Los ingresos disminuyeron y hubo que despedir a los dependientes. Antonio se hizo cargo de todo el trabajo, cosa que en el fondo agradeció porque le mantenía la cabeza ocupada. Rocío siguió encargándose de la contabilidad y poco a poco también de la relación con comerciales y banqueros, hasta que se hizo con el gobierno total del negocio y de las finanzas de la familia. Ningún gasto de la casa escapaba a su control. Ya que la providencia la había apartado de lo que ella creía su destino, demostraría que era merecedora de esta nueva tarea y con ella se ganaría el cielo. Los caminos del Señor eran inescrutables.

Vestidas de negro de pies a cabeza, tristes en su interior, desesperanzadas dos de ellas, con paso seguro la tercera, las tres hermanas salían de misa de doce un soleado domingo de invierno; la Mari iría a la iglesia por la tarde, porque alguien tenía que quedarse con Rosita. Su padre seguía encerrado en sí mismo.

Habían pasado frío en el templo. Rosario recibió el sol en la cara como uno de los pocos placeres que se les concedían. Cerró los ojos para disfrutarlo, hasta que Remedios la tomó del brazo, apremiándola. Había mucha gente alrededor. Familias enteras compartiendo el día de fiesta, niños corriendo por todas partes, adolescentes coquetas ayudando a sus abuelas a bajar las escaleras, apuestos muchachos observándolas, jóvenes parejas de novios disfrutando de su único día semanal de encuentro. La plaza Alta rebosaba de actividad y bullicio festivo. Los vecinos miraban a las hijas de don Rafael con cierta condescendencia y las saludaban con amabilidad, pero ellas sabían que continuaban siendo tema de conversación en los corrillos de la plaza. Rocío se abría paso con orgullo, Remedios sentía vergüenza y andaba con la cabeza gacha, Rosario empezaba a estar cansada de todo aquello.

Pasaron por delante de la terraza de la cafetería Mercedes. Entre la gente que estaba sentada tomando el aperitivo, Rosario vio, reflejadas en los cristales del establecimiento, tres ancianas que avanzaban con prisa, oscuras y trágicas. Y reconociéndose en ellas, algo en su interior se resquebrajó. Esa no era la vida que quería. Su dolor no era menos legítimo que el del resto de la familia, pero este ya había dejado paso a la tristeza y después a la nostalgia. En ese instante decidió que era un buen momento para dar fin a su duelo público y regresar a la vida.

Cuando llegaron a casa subió a su habitación con prisa, abrió el armario y cogió del fondo una blusa blanca y una rebeca azul. La imagen que le devolvió el espejo después de cambiarse de ropa le resultó desconocida. La mujer rebelde y decidida que veía ahora no se parecía en nada a la que había entrado en el cuarto hacía apenas unos minutos. El color le había vuelto a la cara, estaba más erguida, tenía brillo en los ojos. Abrió la puerta con determinación y con la firme intención de dirigirse directamente a casa de su profesor de canto y reanudar sus clases. Pero en mitad del salón Rocío le interceptó el paso.

—Adónde te crees que vas.

—No te importa. —Sabía que su hermana no se lo iba a poner fácil, que tendría que enfrentarse con ella.

—No creas que voy a permitir que traigas la deshonra a esta familia.

—Qué deshonra ni qué deshonra. Que nos estás enterrando en vida.

—Como debe ser.

—Que sepas que voy a salir.

—Ni se te ocurra.

—No podrás impedirlo.

—Eso lo veremos.

Rocío sabía cuáles eran las intenciones de su hermana mayor. Y cuáles sus posibilidades. Lentamente esbozó una especie de sonrisa maliciosa y le dijo con ironía:

—¿Cómo vas a pagarlo?

Rosario no había pensado en eso. Su padre siempre había costeado todas sus necesidades y caprichos, y ella nunca se había preocupado de guardar una peseta. Mirándola fijamente a los ojos, se dio cuenta de que Rocío había ganado la batalla. Vio cómo adoptaba esa desagradable mueca de complacencia que mostraba cuando se sentía triunfadora y cómo se daba la vuelta despacio, con la cabeza muy alta, disfrutando de su victoria. Antes de salir del salón, volvió a dirigirle una mirada de advertencia. Rosario, que no había parpadeado una sola vez, notó que una lágrima de rabia le resbalaba por la mejilla. Rocío cerró la puerta, y cuando oyó al otro lado un fuerte grito que retumbó por toda la casa sonrió satisfecha. Pero en ese momento Rosario, sola en el salón a oscuras, decidió que no se rendiría. Aún no sabía cómo iba a hacerlo, pero encontraría la manera.

La naturaleza no sabe de duelos. Después de un invierno oscuro, la primavera hizo por fin su aparición en el patio de la casa del armero.

Rocío estaba convencida de que había hecho volver al redil a la oveja descarriada de la familia. Nada más lejos de la verdad.

Con la complicidad de Remedios, Rosario aprovechaba las ausencias de su carcelera para reunirse con el maestro Galán –«Solo Galán, por favor»–, su profesor de canto –«Yo lo llamaré maestro, si no le importa»–, que estaba encantado de volver a trabajar con su mejor alumna.

Rosario empezaba a disfrutar de esa especie de guerra de guerrillas en la que se había convertido su vida. Salía de casa envuelta en su abrigo negro, pero debajo de él se fue atreviendo poco a poco con el rosa, el celeste y el malva. El andar pausado se volvía más airoso, casi saltarín, a medida que se alejaba de la casa, y entonces se soltaba el pelo. Algeciras no era una ciudad pequeña, pero Rosario era consciente de que tarde o temprano los rumores llegarían a oídos de Rocío, por mucho cuidado que pusiera o por precavido que fuera su comportamiento. No era algo que ahora le preocupara demasiado, se enfrentaría a ello en el momento oportuno. Mientras tanto, se sentía cada vez más cerca de la felicidad.

Su padre, que no podía negarle nada por doloroso que le resultara, se había avenido a sufragar el gasto gracias a un dinero que tenía guardado y que Rocío no controlaba. El maestro también propuso reducir sus honorarios, en atención a las circunstancias. Remedios contribuía con lo poco que podía sisar en la compra y con los cuentos que inventaba cuando Rosario se retrasaba un poco. Era su forma de rebelarse. En cuanto las dos salían de casa —la una a misa, la otra a canto—, ella se sentaba en su banco del patio a disfrutar del sol y de los brotes de los geranios, que ya empezaban a asomar después de un invierno tan duro, hasta que una de las dos regresaba. Si la primera era Rosario, ella respiraba tranquila, todo iría bien. Si por el contrario era Rocío, tenía que encontrar la forma de distraerla para que no se diera cuenta de la ausencia y darle así tiempo a su hermana mayor de entrar a escondidas y fingir que salía de su habitación como si nada hubiera pasado. El miedo y la excitación que le provocaba esa situación la hacían sentir más viva, y también empezó a disfrutar de esos momentos.

Rosario recuperó enseguida el tiempo perdido, mejorando tan rápido y a tan buen nivel que el profesor de canto volvió a plantearle la idea de ir a ampliar estudios a la Ciudad Condal.

Para él suponía vivir a través de su discípula los proyectos de juventud que no había podido cumplir. Para ella imaginar un futuro que ni la voluntad férrea de su hermana ni la condición económica de su padre le permitirían nunca lograr. Ambos fantaseaban por separado un sueño común. Los dos sabían que era muy difícil. Pero seguían trabajando. Y después de cada clase planeaban una etapa más. Quizá algún día...

Galán procedía de una familia con cierta fortuna y buena posición de algún lugar del interior de la provincia de Tarragona. Como a todos sus compañeros de colegio, de vez en cuando le tocaba ayudar en misa al párroco de la localidad, y en la iglesia demostró que además de ser buen monaguillo también tenía una hermosa voz para cantar salmos. El párroco le consiguió una plaza en una famosa escolanía de la región, de manera que con solo diez años, para orgullo de su pobre madre viuda, ingresó interno en la escuela de la escolanía. Durante los primeros años de estudio se dio cuenta de que la vida religiosa no era lo suyo. Sin embargo, descubrió su vocación para la música, que se sentía más cómodo de lo normal en compañía de sus profesores y que disfrutaba con las atenciones que más de uno le dedicaba.

Continuó su educación en Barcelona en cuanto su voz y el desarrollo de su cuerpo dejaron de interesar a sus profesores. Finalmente decidió, sin mucho entusiasmo, estudiar abogacía, siempre que pudiera compaginar los estudios, y esa era una condición innegociable, con su formación musical.

Durante esa época descubrió que en la facultad no era apropiado presumir de sus dotes artísticas ni de su tendencia sexual. Mantenía oculta esa faceta mientras compartía con sus compañeros horas de estudio y juergas nocturnas. Fue un tiempo feliz. Le encantaba ese ambiente de camaradería que le permitía estar cerca de Fernando, su amigo y compañero de residencia.

Grande, mucho más alto y corpulento que él, Fernando gustaba de la compañía de alcohol, féminas y colegas de borrachera. Pertenecía a una familia muy influyente y poderosa de la ciudad. No era buen estudiante, pero lo respaldaba su fortuna familiar. Apreciaba a Galán a pesar de lo serio y recatado que era y se lo llevaba a todas partes como si fuera una mascota. Lo consideraba un buen amigo de confidencias que además le ayudaba con los trabajos de clase. A menudo debía agradecerle que lo acompañara de vuelta a casa las noches en las que acababa tan borracho que no se tenía en pie.

Galán no pudo evitar enamorarse de él hasta la médula. Y esa fue su perdición.

La noche que cambió dramáticamente su vida, habían salido a celebrar su licenciatura con todos los compañeros de promoción. Entre canciones, vítores y risas, se comió y se bebió mucho. Y Fernando, que no tenía límites, llegó prácticamente a la inconsciencia etílica.

Galán lo acompañó a casa como tantas otras veces, lo subió a la habitación y le quitó la ropa para meterlo en la cama. El roce de la piel de su amigo y el silencio de la residencia vacía le provocaron más de una agradable sensación, y no pudo evitar la tentación de desnudarse él también y tumbarse a su lado, tan solo por el placer de sentir el calor que desprendía su cuerpo. Se sentía tan a gusto que, sin darse cuenta, se quedó dormido.

Lo salvó de una muerte segura el hecho de que, cuando Fernando se despertó tal y como su madre lo había traído al mundo —cosa bastante habitual en él, por otra parte— y vio a su amigo tumbado a su lado, no fue capaz de acordarse de lo que había pasado la noche anterior. Pero lo poco que pudo intuir, a pesar del terrible dolor de cabeza, le despertó tal arranque de ira que Galán tuvo que huir precipitadamente, con lágrimas en los ojos y una terrible tristeza en el corazón, para no ver todos sus huesos esparcidos por la residencia.

Solo volvieron a verse una vez más. Sin mirarlo a la cara por el asco que le provocaba y muy bajito para que no lo oyera nadie, Fernando le dijo que, en atención a la amistad que habían tenido y a toda la ayuda que le había prestado, intentaría olvidar el incidente, pero que si se enteraba de que seguía en la ciudad se encargaría personalmente de que le partieran las piernas antes de colgarlo por los huevos de lo alto de la torre de la catedral con un letrero enorme atado al cuello en el que se leyera la palabra MARICÓN. También le dijo que le convenía desaparecer antes de que la vergüenza llegara a su familia. Y que no lo decía en broma. Sin esperar respuesta, se dio la vuelta y desapareció de su vida para siempre.

Con la excusa de un trabajo imaginario en el sur, Galán se despidió de su madre y empezó su penosa peregrinación por toda España hasta que llegó a Algeciras, donde poco a poco fue resucitando gracias al grupo de artistas que encontró allí y que lo acogió con cariño desde el primer momento.

Encerrados como estaban e inmersos en sus pequeños mundos particulares, nadie en la casa había advertido los profundos cambios políticos que se estaban viviendo en el país. Se acababa de instaurar la Segunda República y los conflictos entre Estado e Iglesia habían comenzado a manifestarse con cada vez mayor vehemencia, provocando una serie de disturbios en la capital que llegaron a la ciudad de Algeciras el 12 de mayo de 1931 y amenazaron con destrozar el mundo que tanto se había esforzado en construir Rocío.

Ese día, la muchacha volvió de misa como si se le hubiera aparecido el mismo diablo. El horror en la cara de Rocío conmovió incluso a Rosario, que la miraba con cierta tristeza. Se le entrecortaba la voz entre el hipo y los sollozos mientras contaba cómo su iglesia había sido saqueada por unos forasteros —porque estaba segura de que nadie de los alrededores podía haber sido capaz de una aberración como esa—; las imágenes de los santos habían sido profanadas, atadas con cuerdas a un camión y arrastradas por las calles; había desaparecido la preciosa custodia que sacaban en procesión el día del Corpus, tampoco estaban las hermosas urnas del Santo Entierro, y el altar mayor de su idolatrada Señora de la Palma estaba completamente destrozado. Había llegado el día del Juicio Final.

Con esa mezcla de indignación, tristeza y amargura, se encerró en su habitación, no sin antes dar la orden de cerrar las contraventanas y exigir ayuno y recogimiento a toda la familia. Antonio se encargaría del negocio. Arriba volvían a estar de luto riguroso, y no había más que hablar.

Al poco tiempo, fuera de la casa todo pareció volver a la normalidad, aunque las consecuencias de lo que ocurrió durante aquellos días no fueron sino el principio de lo que al cabo de unos años llevaría al país a un auténtico desastre.

Durante varios días, Rocío mantuvo a toda la familia encerrada. Rosario dispuso de mucho tiempo para pensar, imaginar y tomar una decisión. Definitivamente, aquella no era la vida que quería.

En uno de los momentos de recogimiento de su hermana, bajó a la armería, cruzó el almacén y salió al patio.

—Buenos días, Antoñito.

—Buenos días tenga usted, señorita Rosario.

Ni siquiera Antoñito es el mismo, pensó.

El contraste del patio con el interior de la vivienda era extraordinario. La primavera había explotado en ese pequeño trocito de paraíso. Los colores, la luz, los olores… Las flores cubrían paredes y suelo. A Rosario le pareció que los pájaros cantaban más fuerte y alegre que en ningún otro lugar. Vio a Remedios sentada en el banco, en silencio como siempre, con las piernas juntas, las manos entrelazadas encima de la falda y los ojos cerrados, respirando despacio. Se fijó en su ropa negra, su moño apretado, sus ojeras, y pensó que aquel atuendo no hacía justicia a tanta belleza.

Se sentó a su lado y le tomó una mano. Remedios no se movió. Rosario cerró también los ojos y, sin pensar, dijo:

—Ha llegado el momento. Tú y yo nos vamos.

Las dos hermanas se miraron unos instantes, y Remedios sonrió.

8

Lucy tuvo mucha paciencia con Tobías, que era un enfermo abominable. Habían vuelto a la granja de Weburn, donde les habían ofrecido una habitación para que Tobías pudiera recuperarse cómodamente. Después de casi un mes de vida hospitalaria, Félix se había reincorporado con alivio al trabajo e iba a visitar a su amigo todos los días, al menos al principio. Pero en cuanto comprobó que Lucy lo cuidaba tan bien, empezó a retomar sus actividades nocturnas y a descuidar la atención hacia su amigo, que añoraba las tonterías y anécdotas que solía contarle. Félix, que observaba los mimos que Lucy le prodigaba, veía en los ojos de la chica algo más que un simple deseo de ser útil, y eso le dio un motivo de burla pero también le provocó algo muy parecido a la envidia y los celos.

La primera vez que Tobías se enfrentó con el espejo sufrió una recaída anímica catastrófica y, como suele pasar con la gente que está más cerca y normalmente menos se lo merece, descargó su frustración contra la pobre Lucy, que seguía desviviéndose por él. Ella ya se sabía de memoria el camino de la enorme cicatriz de la espalda. La recorría con sumo cuidado cada vez que le hacía las curas, pero Tobías no era capaz de valorar la buena voluntad y el cariño de la muchacha y se quejaba a menudo de su torpeza y del dolor que le provocaba. El médico les decía a ambos por separado que tuvieran un poco de paciencia, pero Lucy se había marchado llorando más de una vez después de haber aguantado una nueva tanda de improperios.

El único pensamiento que tenía Tobías entonces era el de volver a ponerse en pie. Cada día que pasaba sin conseguirlo aumentaba su mal humor. Muy poco a poco fue recuperando las fuerzas, y más despacio aún el optimismo y las ganas de hacer cosas. Cuando por fin el doctor le dio permiso para comenzar a hacer vida normal, ya había pasado medio otoño y empezaba a hacer frío otra vez. Algunos días, con el último sol de la tarde, Lucy y Tobías, abrigado con una colcha de *patchwork* de colores, se sentaban en el porche y tomaban café. Allí veían llegar la noche y saludaban a los hombres que regresaban de los campos y los corrales. Sus compañeros se alegraban de verlo otra vez por allí y algunos se paraban a charlar un rato.

—Sé que me he comportado como un desagradecido —le dijo una de esas tardes a Lucy.

Había pensado mucho en ello. Ahora que se encontraba mejor, estaba en condiciones de valorar todo lo que había hecho por él y se sentía avergonzado del comportamiento injusto que había mostrado hacia ella. Lucy lo miró sorprendida y sonrió.

—No importa. Imagino que debía de dolerte mucho... y yo soy torpe con las manos.

Los dos sabían que eso no era verdad, pero servía como excusa para quitar hierro al asunto. Lucy no quiso que Tobías se diera cuenta de lo mucho que le alegraba el cambio, y tuvo la sensación de que las cosas serían distintas a partir de ese momento.

—Solo quería disculparme.

Tobías se levantó despacio, le agarró una mano y la invitó, con un gesto, a que lo acompañara a caminar un poco.

Empezaron a dar paseos cortos por los alrededores, aprovechando los pocos días que quedaban antes de las primeras nevadas, y los fueron alargando a medida que Tobías se iba sintiendo más fuerte. En esos momentos de intimidad compartieron confidencias, besos, caricias y algo más que confirmaba que Tobías mejoraba rápidamente. Lucy se sentía muy satisfecha de recoger los frutos que llevaba meses sembrando. Para Tobías fue una buena terapia que le sirvió para recuperar la confianza que le quitaba el espejo cada vez que se miraba la espalda. Nunca hablaron de amor. Su relación era algo distinto; una suerte de confianza absoluta, de complicidad perfecta.

Félix había hecho las gestiones necesarias para cancelar las dos siguientes etapas del viaje, pero como Tobías se había recuperado antes de lo previsto decidieron continuar con los compromisos que tenían pactados.

La última noche en Weburn fue gloriosa. Se celebró una gran fiesta para despedir a los estudiantes, con comida abundante y brindis continuos. Alce Negro fue muy aplaudido por la provisión de licores.

Tobías le dedicó gran parte de la fiesta a Lucy. Bebieron y bailaron con más energía que nadie para apartar la sombra de tristeza que los iba envolviendo a medida que avanzaba la noche. Al final solo quedaron ellos, sentados en el porche, envueltos con la misma manta.

—¿Seguro que tienes que irte?

Tobías asintió en silencio. Ella sabía desde el primer momento que se iría, pero hasta que no lo viera marchar conservaría la esperanza.

—¿No hay nada que pueda hacer para que te quedes?

Tobías negó con la cabeza, alzó el brazo, lo pasó por encima de los hombros de Lucy y la abrazó con fuerza. Ninguno de los dos se veía con ánimos de ofrecerse algo más.

Ambos sabían que de todas las promesas que se hicieron esa noche, la única que iban a poder cumplir era la de no olvidarse nunca.

El viaje fue largo y pesado. Hacía ya mucho frío cuando llegaron al rancho Adams de Wildwood, al oeste de Edmonton, en la región de Alberta. El rancho se dedicaba a la cría del ganado más extraño que Félix y Tobías hubieran visto nunca. Grandes manadas de alces, búfalos, renos, caballos salvajes y vacas de varias razas —algunas con unos cuernos tan grandes que daba miedo acercarse— pacían tranquilamente por las extensas praderas de los alrededores. Era necesario disponer de una enorme cuadrilla de vaqueros para manejar todo aquel ganado.

Ese verano había habido una gran sequía, seguida de una terrible plaga de saltamontes que había dejado completamente arrasadas la mayoría de las plantaciones agrícolas. Una terrible catástrofe que había hecho que muchos agricultores se arruinaran pero que permitió a Tobías poder llevar a cabo un extenso estudio sobre el efecto de las grandes plagas, sus consecuencias en la tierra y el entorno y la manera de extinguirlas. No daba la sensación de que a los ranchos ganaderos les fuera a ir mal, pero ese año tendrían que conseguir el forraje más lejos y posiblemente mucho más caro. El siguiente iba a ser un invierno difícil.

En atención a su estado de salud, Tobías fue asignado a las oficinas y al trabajo administrativo, mientras que Félix se unió enseguida al grupo de acción y se pasaba el día a caballo, corriendo por las praderas. Como siempre, su comportamiento estaba entre la valentía y la inconsciencia. Aprendió a manejar con habilidad rifles y revólveres, a reducir las reses con el lazo y a marcarlas a fuego. Tobías estaba asombrado de la maestría que había adquirido su amigo sobre el caballo. Incluso la doma de potros salvajes se le daba bien. Había días en que la actividad era tediosa, como cuando había que reparar kilómetros de vallado, pero si tocaba recoger un rebaño o cambiarlo de ubicación, entonces Félix era feliz. La cuadrilla se pasaba días enteros lejos del rancho, durmiendo al raso a pesar del frío, alrededor de una fogata o en alguna cabaña perdida sin ningún tipo de comodidades. Por su tez curtida, sus manos rudas, el color de la piel cada vez más tostado, el cambio de acento y los modales que había perdido, parecía que había nacido entre esas montañas. Era difícil reconocer al Félix de antes. Allí su espíritu salvaje tenía espacio para explayarse.

A Tobías siempre le había gustado más el ejercicio intelectual que el físico. Le divertían todos esos asuntos de papeles que a Félix le horrorizaban. Aprendió mucho sobre optimizar recursos, y a tomar decisiones —ese año más que nunca— respecto al tipo y la procedencia del forraje para el invierno y los mejores pastos donde instalar las manadas. Ayudó a contratar y a despedir personal en función de las necesidades de la hacienda. Trabajó con los veterinarios de la finca, y con ellos estudió todo lo que tenía que ver con vacunas e inseminaciones, asistió a varios partos, algunos muy complicados, y los acompañó a varias ferias donde aprendió a distinguir rápidamente las mejores reses.

Por las noches se reunían todos en la pequeña cantina de la finca, siempre llena de ruido y humo, para comentar los acontecimientos de la jornada y comer unas enormes hamburguesas de carne de bisonte acompañadas de una buena cerveza. A pesar de que muchos predicadores, influenciados por la prohibición americana, hacían campaña en contra del alcohol, en tierras rurales apenas tenían influencia y nadie se hubiera atrevido a prohibir a esos rudos vaqueros beber después de sus durísimas jornadas de trabajo. Eran noches de risas y discusiones, de partidas de billar y de borrachera. Y allí, a pesar de las advertencias, Tobías empezó a fumar de nuevo.

Acababa la última etapa del viaje de estudios, que había durado alrededor de dos años. Les habían entregado múltiples cartas de recomendación que les habían escrito los distintos capataces de todas las granjas y ranchos que habían visitado, así como el título que certificaba los conocimientos que habían adquirido; el último paso sería convalidar toda esa documentación en la Universidad de Barcelona.

Como todos los años, en la feria de otoño de Merritt se organizaba uno de los últimos rodeos de la temporada. Animado por la experiencia y por sus nuevos camaradas, que lo consideraban suficientemente hábil, Félix no se lo pensó dos veces y se inscribió en un par de pruebas junto con algunos de sus compañeros. Le pareció una manera perfecta de terminar su temporada vaquera en Wildwood y su época de aprendizaje en el país.

Dejaron los petates en el camión que los había llevado a Merritt. Dentro estaban sus pertenencias, su documentación y los papeles que demostraban su competencia. Esa noche dormirían en alguna habitación de alquiler y al día siguiente se trasladarían a Vancouver, desde donde emprenderían el viaje de vuelta. A pesar de llevar tanto tiempo fuera de casa, Tobías no acababa de estar convencido de querer regresar. Pero hoy no iba a darle más vueltas; tenían un fantástico día de fiesta por delante y muchas ganas de divertirse. Félix no podía pensar en nada más que en la competición. Contagiado por el excitante ambiente del rodeo, se sentía capaz de cualquier cosa y estaba dispuesto a demostrarlo.

La primera prueba en la que participó fue la de lazo sencillo. Debía atrapar un novillo de ciento cuarenta kilos con el lazo, bajar del caballo, tirar al animal al suelo y atarle tres patas con una cuerda de dos metros. Cuando hubo terminado, levantó las dos manos y una bocina marcó su tiempo. Tobías gritaba entusiasmado, jaleando a su amigo. Félix había conseguido un tiempo excelente. Al terminar la prueba, obtuvo el tercer puesto y una buena dosis de adrenalina.

La última prueba, y la segunda en la que participaba Félix, era la de caballo con montura. Esta vez no estuvo tan hábil y no pudo mantenerse sobre el bronco, que, agitado y dando tumbos, lo tiró antes de que sonara la señal que marcaba los ocho segundos reglamentarios. De esta prueba no se llevó más que una gran ovación, las risas y los aplausos del público, un fuerte golpe en el costado y un susto de muerte cuando, colgado de uno de los estribos, creyó que el caballo lo patearía.

Al final del día, dolorido pero entusiasmado, celebró con sus compañeros los éxitos del grupo. Varios habían obtenido buenos resultados en distintas pruebas y era hora de festejarlo. Tobías miraba a su amigo con admiración. Aunque últimamente se veían poco, estaba muy orgulloso de él. Fue una jornada de camaradería, polvo, caballos y reses. De golpes, de risas y bravuconadas. De enormes filetes sangrantes y mucha cerveza.

Cuando el resto tuvo que regresar, las despedidas fueron rápidas e indoloras, dominadas como estaban por la bebida. Con el camión en marcha, el propietario del rancho les estrechó la mano y les deseó buena suerte; sus compañeros los vitoreaban mientras se iban alejando. Los dos amigos saludaron con los brazos en alto, y cuando perdieron de vista el camión cogieron sus petates y se dirigieron hacia el motel donde iban a pasar la noche.

Félix estaba entusiasmado, necesitaba más. Había sido un día muy especial para él y convenció a Tobías para ir a tomar una última copa al bar más próximo. No quedaba mucha gente dentro del antro, solo algunas parejas en los rincones y un grupo de vaqueros borrachos y ruidosos que jugaban al billar. Había poca luz, hacía mucho calor y olía a tabaco rancio y a sudor. El suelo estaba pegajoso, lleno de cáscaras de cacahuetes mezcladas con cerveza. La cadencia lenta del ventilador del techo apenas movía un poco el aire caliente. Se percibía cierta atmósfera de decadencia.

Con una copa en la mano y el petate a los pies, Félix se giró hacia los jugadores, los observó durante un rato y después, con gesto conciliador, se dirigió hacia la mesa para seguir el juego de cerca. Tobías se quedó junto a la barra. Uno de los jugadores lo reconoció.

—¡Mira a quién tenemos aquí! Mike, ¿no es este el cerdo extranjero que te ha robado el tercer puesto? —dijo en tono pendenciero, dirigiéndose a su compañero de la derecha.

—¿A quién estás llamando cerdo y ladrón?

La cara de Félix había cambiado en pocos segundos. Cuando bebía le costaba controlarse, y Tobías se temió lo peor.

El vaquero, con gesto burlón, miró despacio hacia un lado y después hacia el otro de forma claramente provocadora.

—Aquí no veo a nadie más —dijo el amigo del tal Mike con una sonrisa irónica a la que le faltaban algunos dientes, cosa que hizo sospechar a Tobías, que empezaba a sentir cómo el corazón se le aceleraba, que no era la primera vez que empezaba una pelea. El resto de los jugadores se apartaron de la mesa de billar y, sin soltar los tacos, fueron situándose alrededor de Félix.

—Tienes razón —dijo este sin pensar dirigiéndose hacia aquel a quien llamaban Mike, a quien no conseguía recordar—. Yo aquí solo veo a alguien con pocos arrestos que la próxima vez va a tener que esforzarse más si quiere ser mejor que yo.

No tuvo tiempo de reaccionar. De repente, su vaso salió volando por los aires y Félix cayó al suelo víctima del mayor puñetazo que había recibido en su vida. Encendido de ira y sangrando por la nariz, se levantó y se lanzó como un toro bravo contra su agresor.

Mal que le pesara, en ese momento Tobías se sintió obligado a intervenir. Con el tono más conciliador del que fue capaz, se acercó al grupo para intentar apaciguar los ánimos y hacer entrar en razón a aquella pandilla de exaltados que ni siquiera habían reparado en él.

Todo sucedió en apenas unos segundos, pero a Tobías le parecieron eternos. Félix se abalanzó contra Mike. Este lo recibió con un golpe de taco que lo mandó a varios metros de distancia con la cara destrozada. Al mismo tiempo, Tobías intentaba razonar con otro de los vaqueros, que, cuando sintió su mano apoyada en el hombro, se giró irritado y le propinó un terrible puñetazo en la barbilla que lo noqueó inmediatamente. Tumbado en el suelo, solo consiguió oír una gran cantidad de risas amplificadas dentro de su cabeza y notar un gusto desagradable en la boca, antes de quedar inconsciente sin saber qué había sido de su amigo.

Se despertó en un charco de barro, sucio y dolorido, con el frío calándole los huesos. Amanecía, y las primeras luces del día le ofrecieron una imagen desoladora. Félix estaba un poco más allá, tumbado boca abajo. Sus petates, vacíos, estaban tirados en medio de la carretera, y todas sus pertenencias se hallaban desparramadas hasta donde sus ojos podían ver. Multitud de papeles corrían por todas partes, arrastrados por el viento. No tenía ni idea de dónde se encontraban.

Con mucho esfuerzo, se levantó y se acercó a Félix. En cuanto le dio la vuelta y le vio la cara no quiso ni pensar en el aspecto que tendría él mismo. Pero estaba claro que su amigo necesitaría unos días para recuperarse.

—Menuda pelea la de anoche, ¿eh? —fue lo único que este le dijo socarronamente cuando pudo abrir un poco los ojos y lo reconoció. Tosió un par de veces y empezó a reírse muy despacio.

Tobías no se lo podía creer. Dejó a Félix otra vez en el suelo de un empujón y, completamente indignado, fue a ver qué se podía recuperar de todo aquel desastre.

Empezó a recoger papeles. Era lo más urgente, porque muchos ya se perdían en el horizonte. Por suerte, encontró su documentación y la de su amigo. La ropa era lo de menos, se apañarían con un par de piezas. Vio la cartera donde guardaban el dinero que les quedaba para regresar a casa y miró en su interior. Tal y como se temía, estaba vacía. En ese instante se le cayó el alma a los pies.

Sentado en el suelo, miró hacia su amigo y le pareció que seguía riéndose recordando las hazañas de la noche anterior. Por un momento tuvo la tentación de largarse de allí sin más y dejar a ese insensato a su suerte. Estaba tan enfadado que no se había dado cuenta de que tenía la camisa manchada de sangre. La cabeza le daba vueltas. Notaba un desagradable zumbido en los oídos.

Tomó aire para infundirse un poco de ánimo. Continuó recogiendo, lo metió todo en los petates y, resignado, se acercó a Félix y lo ayudó a levantarse. Mirando a ambos lados de la interminable carretera, eligió una dirección al azar. Félix apenas podía abrir la boca pero, entre quejido y quejido, seguía riéndose por lo bajo.

—Menuda paliza nos han dado —dijo por fin, sin la menor intención de asumir la cantidad de reproches que contenía la mirada de su amigo.

Caminaban despacio, apoyados el uno contra el otro. Contagiado por su compañero, finalmente Tobías no pudo evitar esbozar una sonrisa.

9

Remedios no había dormido en toda la noche, pero el cansancio no impidió que sintiera cómo el corazón le golpeaba dolorosamente el pecho mientras veía acercarse el tren. Estaba muerta de miedo. La determinación de Rosario le daba fuerzas, pero a ella le temblaban tanto las piernas que creía que no podría seguir adelante.

Cada una tenía a su lado una pequeña maleta que no había costado mucho llenar, ya que las dos habían decidido desterrar el negro de sus nuevas vidas y poca cosa más les quedaba. Apenas lo puesto, unas cartas de recomendación, algunos consejos, la dirección de una pensión decente que les había dado Galán y unas buenas pesetas que les había proporcionado su padre, resto de lo poco que quedaba fuera del control de Rocío, pero suficiente para sufragar el viaje y un par de meses más.

Las últimas semanas en la casa habían sido un martirio. Estuvieron meditando el plan durante unos días y organizando la partida durante algunos más. A escondidas, Rosario le explicaba a su hermana los planes que tramaban ella y Galán al final de las clases de canto. Cada día volvía más tarde, por lo que las mentiras que había que contarle a Rocío resultaban cada vez más inverosímiles, tal como expresaban las miradas de sospecha que esta le lanzaba a Remedios. Finalmente una noche, durante la cena, comunicaron su decisión. A Rocío, que creía tener a la familia controlada, le cambió la cara. Se lo tomó como algo personal y, sin mostrar la más mínima corrección, se levantó de la mesa tirando la silla al suelo y dejándolos a todos con la palabra en la boca. A partir de ese momento empezó a hacerles la vida imposible, en especial a Remedios, quien aparentemente era más débil pero tenía una enorme capacidad de aguante y resistía los ataques con entereza, lo que sacaba más aún de sus casillas a la hermana. No las perdonaría en la vida.

A don Rafael, que se hallaba en lo más profundo del pozo de su existencia, la noticia de las niñas, aunque lo pilló completamente desprevenido, le encendió una pequeña luz. Ya no esperaba nada de la vida, pero lamentaba, entre muchas otras cosas, que sus hijas se consumieran enterradas en esa especie de mausoleo en que se había convertido su casa. La esperanza de que pudieran llevar una vida feliz le dibujó en el rostro una ligera sonrisa, quizá la última. Como quería lo mejor para ellas, las animó a iniciar su aventura, a pesar de saber que probablemente no volvería a verlas.

Nadie las acompañó a la estación ni se despidió de ellas cuando el tren se puso en marcha en dirección a Bobadilla. Nadie volvió a casa triste por la despedida pero esperanzado ante las nuevas posibilidades de futuro. Estaban solas. Dejaban atrás un panorama desolador y tenían por delante otro bastante incierto.

El espíritu aventurero de Rosario la llenaba de ilusión; imaginaba nuevos escenarios y ya se veía instalada en Barcelona llevando la vida que siempre había soñado. Sabía que no iba a ser fácil, pero ella lo conseguiría.

Sin embargo, Remedios estaba muy alterada, le faltaba el aire y creía que se ahogaba. Para ella era imprescindible encontrar un refugio seguro donde sentirse tranquila, y ya era la segunda vez que se lo quitaban. Primero perdió su paraíso de La Macarena, en Málaga, y ahora dejaba atrás el oasis que había conseguido construir en la casa de Algeciras. No sabía adónde iba ni lo que encontraría, y eso la llenaba de ansiedad.

El viaje no estaba siendo agradable. El tren iba lento, vibraba constantemente y era muy ruidoso. Hacía mucho calor, pero cuando bajaban las ventanas para que entrara el aire la carbonilla de las calderas invadía el ambiente. Aunque al principio los asientos les habían parecido cómodos, llevaban tanto tiempo sentadas que ya no sabían cómo colocarse: habían hecho el transbordo en Bobadilla y también en Granada y empezaba a oscurecer. No tendrían que cambiar más de vagón, el Expreso de Barcelona las llevaría directas a su destino, pero aún les esperaban dos días de viaje y ya tenían todo el cuerpo dolorido.

Después de cenar cualquier cosa, Remedios pensó que era el momento adecuado para darle a Rosario la carta.

Mientras la buscaba en el fondo del bolso, recordó el momento en que Antonio se la había entregado al despedirse de ella. Le había tomado las manos y, con lágrimas en los ojos, le había dicho:

—¿Se la dará usted cuando estén lo suficientemente lejos de aquí?

El día anterior se habían despedido de todos. La Mari lloraba —«Tengan mucho cuidado, señoritas»— abrazada a Rosita, que las miraba sin ver con su sempiterna sonrisa. Su padre lloraba también mientras les daba el último abrazo y las últimas pesetas, antes de irse a dormir: no podría soportar ver cómo se marchaban, era mejor que se despidieran ahora, cómo si mañana fuera a ser un día normal. Pero las lágrimas que a Remedios más le impactaron fueron las de Antonio, que aguantó con entereza frente a Rosario pero no pudo contenerse con ella.

Remedios había estado a punto de decirle a su hermana que no se iba, que no tenía el valor de abandonarlo todo, pero luego pensó que ya bastaba de lágrimas, de tristeza y de oscuridad. También quería otra vida.

Rocío no quiso despedirse de ellas. Cerró la puerta de su habitación con un portazo indignado y rencoroso. No volvió a abrirla hasta que no se hubieron marchado. A ninguna de sus dos hermanas pareció importarle demasiado.

Algeciras, 25 de junio de 1932

Mi querida señorita Rosario:

Me aventuro a escribirle estas líneas porque creo que es la última oportunidad de darle a conocer mis sentimientos. Y me atrevo a hacerlo porque tengo el convencimiento de que no volveremos a vernos.

Desde el primer día que la vi supe que mi corazón no podría ser para nadie más a pesar de tener la certeza, durante todos los años que he tenido la fortuna de estar cerca de usted, de que jamás llegaría el día en que pudiera ser correspondido.

Usted ha hecho de mí la persona que soy. Todos los esfuerzos de progreso y de superación personal los he hecho para usted. La esperanza de verla todos los días era lo que hacía que me levantara con ilusión. Ha sido la luz que iluminaba mis días, la música que alegraba mi existencia, la brisa que refrescaba mis pocas esperanzas de un futuro feliz.

Ahora que se marcha, se lleva con usted los restos que quedan de mi corazón roto por culpa de los desgraciados sucesos que la vida nos ha hecho compartir. Es un justo castigo por haber sido la causa de la desdicha de su familia. Yo le hago juramento de que cuidaré de ella y que haré todo lo posible por enmendar mi culpa.

Seguiré amándola cada uno de los días de mi vida y rezaré para que la suya sea dichosa.

Suyo por siempre, el que ha sido su...

Antoñito

Remedios nunca supo, porque Rosario jamás se lo contó, qué había escrito Antonio en esa carta ni los pensamientos que rondaban la cabeza de su hermana, pero vio cómo esta giraba la cara hacia la ventana y perdía la mirada en el infinito, sin ninguna expresión en el rostro, y cómo lentamente, con el

91

traqueteo del tren, se quedaba dormida. La carta resbaló de sus manos y fue a parar debajo del asiento, donde quedó para siempre junto con los restos del corazón roto de Antoñito.

Llegaron a la estación de Francia hambrientas, cansadas, sucias y doloridas. El barullo y la agitación eran enormes. Había mucha gente por todas partes y ellas, paradas en medio del andén, no sabían hacia dónde dirigirse. No dejaban de recibir golpes e improperios de las personas que, con mucha prisa, chocaban contra ellas. Completamente aturdidas, consiguieron salir de la estación y ante las hermanas apareció la primera imagen de una Barcelona soleada y muy activa. El mundo se movía muy deprisa a su alrededor. Jamás habían imaginado tanta grandeza. De repente se sintieron muy pequeñas y la determinación y el coraje se desvanecieron.

Aunque el viaje había sido largo y aburrido, aún no había terminado. Ahora debían encontrar la pensión —«Cerca del Paralelo, zona de artistas, Rosario, zona de artistas...»— que les había recomendado Galán. Como el profesor les había sugerido, tomaron un taxi; no era una solución barata, pero sí segura y rápida. No les gustaron la mirada y la media sonrisa que les dedicó el taxista cuando le dijeron la dirección de destino, pero eran tales la excitación y el miedo que no tardaron en olvidarlo.

Las dos hermanas no salían de su asombro. Venían de una ciudad pequeña, y aunque conocían Cádiz y Málaga, nunca habían visto tanta gente, tanto bullicio. Les pareció extraordinaria aquella cantidad de automóviles, mezclados con carros de caballos que llevaban todo tipo de mercancías, así como las colas de enormes tranvías que esperaban turno para cruzar las calles. La gente caminaba a buen ritmo, sin parar siquiera a saludarse. Todo el mundo parecía tener mucha prisa.

Aunque el trayecto se les hizo corto, tuvieron la sensación de que iban muy lejos. La ciudad, a través de la ventanilla del vehículo, era espléndida. Remedios, hundida en el asiento, pensó que le iba a costar mucho adaptarse, a diferencia de Rosario que, con grandes expectativas, se entusiasmaba por momentos.

El taxi las dejó delante del café Español, en medio del Paralelo. A esas horas, el establecimiento hervía de actividad en sus cuatro filas de mesas, tan largas como ancho era el local. Era jueves por la tarde, por lo que todas las muchachas de servicio de casa bien tenían la tarde libre y se dejaban ver por los lugares donde pudieran encontrar un hombre decente que las sacara de servir. Los jóvenes también lucían palmito esperando encontrar alguna señorita con ganas de divertirse. Una pareja de la Guardia Civil estaba sentada en la terraza del café con una copa en las manos. En la acera de enfrente, los teatros resplandecían.

Las hermanas, con la boca abierta, miraban a un lado y a otro sin saber dónde fijar su atención. La ropa de la gente, los peinados de las señoras, la forma de moverse, de hablar, de relacionarse... Todo era distinto, moderno, atrevido.

En una de las pequeñas calles que iban a parar al Paralelo estaba la pensión de la señora Paquita —«Una gran mujer», les había dicho Galán—. Tuvieron que preguntar en un colmado para encontrarla. La puerta de la calle era estrecha, pero daba paso a una entrada cómoda cuya escalera, al fondo, las condujo a la segunda planta.

Galán había escrito a la señora Paquita, hermana de un tío segundo político o algo parecido, desde Algeciras. Ella había sido un refugio para él en su época de estudiante. Por un lado, el más clandestino, le había abierto las puertas de los mejores garitos y burdeles para sus juergas de juventud, lo que le había granjeado cierta popularidad entre sus compañeros. Por otro lado, le había presentado a grandes artistas, músicos, cantantes, pintores y algún que otro revolucionario que le habían abierto la mente y habían contribuido a su educación. Pero sobre todo había sido un gran consuelo en sus momentos de mal de amores —ya no había nada que escandalizara a la buena señora—, le había aconsejado cautela y precaución, lo había recogido y arropado después del rechazo. Fue la madre cariñosa que le faltó cuando tuvo que dejar su ciudad. Y ella lo quería como al hijo que no había tenido.

La señora Paquita había sido una «querida». Y realmente había sido muy apreciada por don Sebastián, su protector. La esposa de este, que presumía de que la querida de su marido era una de las más hermosas de la ciudad, le permitió asistir a los funerales cuando el hombre murió y consintió en que se le dejaran unas pesetas en herencia. Con ese dinero compró un pisito de cuatro habitaciones en el Poble Sec que convirtió en pensión y que le permitió engordar y subsistir con dignidad.

—¡Señora! ¡Las niñas ya están aquí! —gritó la muchacha que les abrió la puerta mientras se secaba las manos en el delantal.

Por el fondo del pasillo apareció la oronda señora Paquita, con los brazos abiertos y una sonrisa complacida, y las recibió con el mismo cariño que hubiera prodigado a sus propias sobrinas.

—¡Pero míralas! —exclamó.

Sí, míralas, pensó, se las van a comer en dos días; tan frágil era la imagen provinciana que transmitían. Y en ese mismo momento decidió que las protegería y que cuidaría de ellas como si realmente fueran sus sobrinas. ¿No eran las protegidas de su casi hijo Galán? Pues como si fueran de la familia.

Las niñas, como las llamarían a partir de entonces, la miraron desconfiadas. Apenas las tranquilizó el sonido de fondo de la radio, que les devolvía el recuerdo de una época feliz.

—Por fin habéis llegado, ya empezábamos a preocuparnos —dijo la señora Paquita ante la mirada burlona de la muchacha que había abierto la puerta—. Hortensia, haz el favor de coger sus maletas, y vosotras pasad, que debéis de estar rendidas. Os enseñaré vuestro cuarto y ya charlaremos después de que os cambiéis y os lavéis un poco, que parecéis mulatas de tanta carbonilla como lleváis encima.

Aturdidas por el recibimiento, las dos hermanas se dejaron conducir por el pasillo oscuro sin decir una palabra, seguidas de Hortensia, que estaba sorprendida de lo poco que pesaban las maletas. Algunas cabezas curiosas asomaron a modo de saludo por las puertas, atraídas por las exclamaciones de la propietaria.

El cuarto del que hablaba la señora Paquita apenas tenía espacio para dos camas separadas por una mesita de noche de mármol y madera tallada y un armario de una sola puerta que costaría abrir. Había un pequeño balcón que daba a un patio interior. El papel pintado de grandes flores de la pared tenía manchas de humedad y empezaba a levantarse por las esquinas. Un crucifijo en el dintel protegería el sueño de las nuevas ocupantes. Daba la sensación de que habían doblado a la fuerza una habitación individual. El baño común estaba dos puertas más allá.

En cuanto se quedaron solas, Rosario y Remedios se dejaron caer cada una en una de las camas. Una frente a otra, mirándose a los ojos, se tomaron de las manos.

—Ni una lágrima más —dijo Rosario viendo cómo le brillaban los ojos a su hermana—. Ni una más.

Remedios asintió despacio, a pesar de que respiraba muy deprisa. Entonces Rosario miró hacia el balcón, la invitó a levantarse y juntas lo abrieron.

—Lo primero que vamos a hacer es llenarlo de geranios.

—Y de jazmines.

—Pondremos cortinas alegres.

—Y cantarás.

—Cantaré para ti todos los días.

10

Gracias a la buena voluntad de la gente que hallaron por el camino, Tobías y Félix pudieron salir de Canadá. Sin dinero y en el estado en el que se encontraban, les habría sido difícil conseguirlo de otra manera.

Al día siguiente del triunfo de Félix en el rodeo y de la espantosa paliza que habían recibido ambos amigos, un granjero de origen alemán y de excelente conciencia los recogió en la carretera y se los llevó a casa. Su mujer, una oronda y risueña matrona, se ocupó de sus heridas y de su ropa. Durante algunos días, en los que ayudaron en los quehaceres de la granja, los dos jóvenes fueron recuperándose a base de sol y abundantes guisos. Cuando se marcharon, no sin antes despedirse agradeciéndoles efusivamente su ayuda, incluidos los dos dólares canadienses que les dieron para poder continuar —«Nada que no os hayáis ganado, muchachos»–, volvían a tener un aspecto bastante aceptable. Tobías se había recuperado bien, pero el rostro de Félix había sufrido ciertos cambios: cerca de la boca tenía una cicatriz, de la que se sentía muy orgulloso, y su nariz nunca volvería a ser la misma.

Compartieron vino, pan y queso con algún que otro caminante, fregaron platos para pagar más de una comida, durmieron varias noches al raso y, cubriendo algunas etapas en camión y otras en trayectos clandestinos en algún vagón de tren, lograron llegar a Seattle.

La ciudad los recibió con la imagen de las graves consecuencias que la depresión había marcado a fuego en la piel de una cantidad importante de su población, resultado de macerar durante casi dos años más el triste recuerdo que ya se habían llevado de su estancia en Nueva York. Las zonas rurales por las que habían pasado requerirían mucho trabajo para salir adelante, pero al menos tenían una opción. Sin embargo, el panorama era desolador en los barrios de barracas que vieron al entrar en la ciudad: los niños, descalzos y sin ganas de jugar, se sentaban llenos de moscas sobre latas vacías al lado de sus madres, quienes con la mirada perdida y un bebé colgado del pecho esperaban el regreso de sus maridos con la esperanza de que hubieran encontrado la manera de conseguir algo para comer. Muchos de esos maridos nunca volvían, unos con conciencia de estar abandonando a sus familias, otros con mejor voluntad pero que tras tanto tiempo de ausencia acababan rehaciendo su vida en otro lugar. Más de uno terminaba en el calabozo o en una cuneta por haber intentado algo poco lícito. Algunos, dominados por la impotencia o la vergüenza, decidían poner fin a sus sufrimientos y a sus vidas.

Félix y Tobías entendieron enseguida las escasas probabilidades que tenían de encontrar allí un trabajo con el que ganar algo de dinero para poder continuar el viaje de vuelta, y mucho menos para comprar el pasaje del barco a España.

A medida que se iban acercando al centro, la situación parecía cambiar. Se podían ver clientes en las tiendas y en los bares, hombres de negocios que entraban y salían de los bancos y gente que se saludaba al cruzarse por la calle. Todo aparentaba normalidad a pesar de la cantidad de personas, sobre todo niños, que pedían limosna en cualquier esquina.

Caminando por una de las avenidas principales, con el petate al hombro y casi arrastrando los pies, pasaron por delante de un restaurante que les resultó familiar: el rótulo del establecimiento estaba escrito en castellano. Aunque solo fuera por oír hablar un poco su lengua materna, entraron a pedir un vaso de agua, ya que no podían permitirse nada mejor.

—¡Hombre! ¡Pero qué alegría me dais! ¡Cuánto tiempo hacía que no oía hablar español!

Mauricio, el propietario, un optimista hombre de campo que había llegado desde Extremadura hacía ya varios años, los invitó a beber algo más fuerte y se dispuso a escuchar su historia. Para los muchachos fue agradable recibir una sonrisa después de todo lo que acababan de ver. Estuvieron charlando un buen rato y, como solía ocurrirles, cayeron simpáticos. Mauricio les ofreció alojamiento en el altillo y comida, y como había suficiente trabajo podían echarle una mano en el restaurante a cambio de algunos dólares. Mauricio solía ayudar a sus vecinos; qué no iba a hacer por un par de compatriotas en apuros.

El extremeño era un hombre generoso que se había casado con una mujer irlandesa a la que había ayudado cuando esta se había encontrado sola en el país después de que una grave enfermedad se llevara a toda su familia. La pareja tenía dos hijos pequeños, uno moreno como su padre y el otro con el pelo más rojo que habían visto en su vida. Los niños adoptaron rápidamente a Félix y a Tobías y los trataban como si fueran sus tíos venidos de tierras lejanas. A Mauricio le complacía ver cómo practicaban el castellano con sus nuevos amigos, ya que él, con la excusa del trabajo, había descuidado mucho su aprendizaje.

Después de un mes y pico en la casa, ya estaban acostumbrados a la vida familiar y laboral. Aprendieron rápidamente a conocer los gustos de los clientes habituales y empezaron a alternar con vecinos y amigos de la familia. Su presencia en el restaurante se convirtió en algo tan natural que parecía que siempre hubieran estado allí.

En cuanto Félix cogió un poco de confianza, volvió a hacer de las suyas. Empezó a volver tarde algunas noches, y muchas ni siquiera dormía en casa. A menudo preguntaban por él mujeres despampanantes o fornidos hombres de mundo, la mayoría de las veces de forma amistosa, otras no tanto, pero como nunca llegaba tarde al trabajo y jamás perdía la sonrisa ni la paciencia con ninguno de los clientes, él creía que no había nada que reprocharle.

—Pero, a ver, Tobías, ¿hago daño a alguien? No, ¿verdad? Pues entonces...

Félix siempre decía lo mismo, y Tobías se quedaba sin argumentos.

—Me preocupo por ti.

—Chico, eres como mi madre. Tú déjame estar. No sufras tanto por mí y fíjate más en ti, que parece que hayas hecho votos. Eso sí que debería preocuparte, cada vez te pareces más a tu abuelo. Que me tienes ya aburrido, todos los días con la misma historia.

—Solo quiero asegurarme de que sabes dónde te metes.

—Tanto saber, tanto saber... El chico siempre tiene que tenerlo todo controlado. Que al final se te va a quemar el cerebro de tanto uso y se te va a secar la minga de tan poco. Mira, en lugar de ser tan cenizo, ¿por qué no vienes a divertirte un rato conmigo? Te presentaré a un par de hermanitas que son una delicia.

—Quita, quita.

Félix ya se conocía todos los antros, todos los circuitos de alcohol, drogas y prostitución, todas las personas más o menos influyentes en ese ambiente. Había hecho algunos «buenos» amigos y trapicheaba para conseguir algo más de dinero y posición. Se sentía en su ambiente. Le encantaba estar rodeado de mujeres hermosas en los locales de moda y sentado a la mesa de las personas más relevantes de la vida nocturna de la ciudad. No veía nada malo en divertirse un poco, y consiguió ganarse la confianza de lo mejorcito de cada casa.

Félix salía de la cocina cargado de platos para servir. Tobías le sujetaba la puerta esperando para entrar.

—Me han ofrecido trabajo para los dos en San Francisco —le dijo Félix en voz baja cuando pasó a su lado.

Tobías lo paró, cogiéndolo por el hombro y forzándolo a dar la vuelta. Félix tuvo que hacer equilibrios para que los platos y lo que contenían no fueran a parar al suelo.

—¡Cuidado! —dijo en tono de burla.

—¿Qué has dicho?

—Luego te lo cuento.

—Luego no. Ahora.

Félix se soltó y continuó trabajando con una sonrisa pícara en los labios. Había logrado inquietar a su amigo, y eso le encantaba. Tobías, por su parte, tuvo problemas para controlar los nervios durante el resto de la jornada. Algo estaba maquinando el muy tunante. Conocía bien a su compañero y no imaginaba nada bueno.

Al final del día, después de recoger la cocina y el salón y de que Mauricio repartiera las propinas, se sentaron en el patio trasero del restaurante, encendieron un cigarrillo y Tobías le pidió a Félix que se explicara.

—He conocido a un tipo italiano muy divertido. Su padre tiene negocios en San Francisco y necesitan gente. No es un gran trabajo, pero pagan muy bien. Tú siempre dices que para ti lo más importante en este momento es conseguir cuanto antes el dinero para volver. Esta es una oportunidad. ¿Qué me dices?

—Dame más detalles.

—No sé más. Mis amigos lo conocen bien y me han dicho que es gente de confianza. Además, es un buen cambio, yo ya estoy harto de fregar platos. Podríamos irnos la semana que viene. ¿Qué me dices?

—No sé. Te veo muy entusiasmado, pero... —Los nuevos amigos de Félix no le inspiraban demasiada confianza.

—Pero, pero, siempre pero... Pero ¿qué? Hay que seguir adelante, continuar camino, nueva gente, nuevos lugares. ¿O te vas a quedar aquí toda la vida? ¿Dónde está tu espíritu de aventura?

Se quedaron un rato en silencio. El espíritu de aventura de Tobías se había quedado entre el quirófano del hospital de Regina y la cuneta de Merritt, pero no habían vuelto a hablar de eso y ahora tampoco era el momento. Félix se estaba impacientando.

—¡Qué! ¿Qué me dices?

—¡Déjame ya con tanto «qué me dices»! —le gritó Tobías nervioso.

Mauricio asomó la cabeza para ver qué pasaba. Félix le hizo un gesto para que no se preocupara.

—¡No lo sé! ¡Tengo que pensarlo!

Esa misma noche, Félix presentó a Tobías y a James Lanza, y una semana después los tres iban camino de San Francisco.

Aunque Mauricio y su mujer sabían que los chicos estaban de paso, les habían cogido cariño y lamentaron que se fueran. Los niños lloraron mucho cuando los vieron marchar.

Los negocios del padre de James resultaron tener su sede en un local nocturno de la zona más sórdida de la ciudad. A pesar de que los recibieron con camaradería, les ofrecieron copa, cena y después alojamiento, dinero y buenos trajes, a Tobías todo aquello le daba muy mala espina. Ya solo el hecho de que a James le llamaran allí Jimmy el Sombrero no auguraba nada bueno. Tobías no entendía cómo había vuelto a dejarse enredar por su amigo.

Enseguida les dieron trabajos sin importancia: descargaban cajas, recogían coches, entregaban en mano cartas, sobres y pequeños paquetes o acompañaban a señoritas a las direcciones indicadas. Eran los nuevos chicos de los recados. Nada que requiriera una preparación especial ni mucha responsabilidad. Los trataban bien y les pagaban mucho más de lo que se merecían. Félix estaba encantado con la vida que llevaban, pero Tobías desconfiaba.

—¡No seas aguafiestas! Nunca habíamos vivido tan bien, y no hacemos daño a nadie. ¿Por qué siempre tienes que sospechar de todo? Es un golpe de suerte. Disfrútalo y déjame en paz.

En eso tenía razón, pero Tobías estaba convencido de que era cuestión de tiempo; intuía que los estaban poniendo a prueba, y cuando empezaron a ofrecerles incentivos como mujeres, fiestas o cierto polvo blanco, decidió apartarse un poco de la inercia que estaba tomando la situación y se apresuró a reunir el dinero que necesitaban.

Pero la vida fácil es muy golosa, y hasta Tobías acabó por acostumbrarse a levantarse tarde, a tener a su disposición cualquier cosa que se le antojara, a fumar, a beber y a estar con una chica distinta cada noche. En el fondo, esa manera de proceder no le gustaba y al día siguiente solía arrepentirse, pero no podía evitar dejarse llevar. Aun así, guardaba gran parte del dinero que conseguía y ya hacía tiempo que había reunido lo suficiente como para salir de todo aquello. Solo les faltaba encontrar el momento oportuno.

Y este se presentó una noche en la que estaban descargando unas cajas de whisky. El alcohol ya no estaba prohibido, pero la organización para la que trabajaban era una de las que dominaban la distribución. Las botellas de mejor calidad, las más caras, precisamente las que estaban descargando esa noche, solían ser de contrabando. Nunca supieron si fue un chivatazo o una coincidencia; el caso es que, prácticamente sin darse cuenta, se encontraron rodeados de varios coches de policía y encañonados por infinidad de rifles. Con las manos en las cajas no tuvieron ninguna opción, y esa noche durmieron por primera vez en un calabozo.

A Félix no parecía importarle demasiado. Con un cigarrillo colgando de los labios, bromeaba a voces con el resto de los detenidos. Pero Tobías, sentado en el banco de cemento con los codos apoyados en las rodillas y las manos en la cabeza, no acababa de explicarse cómo habían podido llegar a esa situación.

Los tentáculos de Frank Lanza, el padre de Jimmy el Sombrero, eran muy largos y llegaban a todas partes, por lo que al día siguiente ya estaban en la calle. Fanfarroneando entre risas y empujones, los detenidos salieron con la impresión de tener mucho más poder que el resto de los mortales. Tobías se paró un momento para respirar de nuevo la sensación de libertad. De repente, la imagen de la magnífica estatua que habían admirado al llegar al país le cruzó por la mente y pensó que salir de prisión no quería decir exactamente ser libre. Todo lo que le estaba pasando lo desbordaba. Su vida, en esos momentos, escapaba por completo a su control.

El abogado de la organización los acompañó hasta las oficinas. El jefe los llamó al despacho y los recibió sentado detrás de su escritorio, con un puro enorme humeando entre los dedos. La habitación parecía una sala de interrogatorios más que un despacho. Era oscura y no tenía ningún tipo de ventilación ni salida al exterior. Las paredes estaban cubiertas de cajas de madera selladas, y una lámpara que colgaba del techo iluminaba débilmente lo único importante que había en la estancia: don Frank Lanza. El hombre se levantó, mirándolos fijamente, y asintiendo con la cabeza se acercó a ellos. Con el puro en la boca, apoyó las dos enormes y pesadas manos sobre los hombros de Félix.

—Mmm... Coraje y fidelidad... Me gusta. —Y le dio unos golpecitos de aprobación en el hombro derecho.

Después se dirigió a Tobías y repitió el gesto.

—Mmm... Sensatez y fidelidad... Me gusta.

Tobías pensó que por fin habían pasado la prueba. No le hizo ninguna gracia. Sin embargo, Félix parecía muy complacido.

Don Frank Lanza volvió a su sillón y al pasar al lado de su secretario, que estaba de pie junto a la mesa con las manos en los bolsillos, le dijo:

—Bien, dales un par de armas, se las han ganado.

Fuera los esperaban Jimmy el Sombrero y el resto de sus compañeros de celda, que los recibieron como dignos miembros de «la familia» y los llevaron en volandas hasta una habitación a la que nunca habían tenido acceso. Con un gesto algo ceremonioso, Jimmy abrió una caja semejante a las que habían visto en el despacho de su padre y sacó una metralleta Thompson que puso en las manos de Félix. Era un gesto simbólico, ya que la metralleta sería sustituida por un revólver que podrían llevar siempre encima. Solo en contadas ocasiones recurrirían a armas tan contundentes. Aun así, durante los próximos días, los dos nuevos miembros de la organización tendrían que practicar con ella y aprender a montarla con velocidad. Jimmy volvió hacia la caja para entregarle la suya a Tobías.

—No, gracias. No sabría qué hacer con ella.

—Te acostumbrarás.

—No lo creo.

Tobías se disculpó y salió de la habitación desabrochándose el cuello de la camisa, que lo estaba ahogando. Cada vez le gustaba menos cómo se iba desarrollando la jornada. Dejó a Jimmy con la metralleta en las manos, sorprendido por la reacción; nunca antes había conocido a alguien que no recibiera un arma de semejante envergadura con orgullo.

—Dadle tiempo, yo hablo con él —dijo Félix, temiendo por la reputación de su amigo, pero encantado con su nuevo juguete.

—Lo dejo en tus manos —contestó Jimmy, molesto por el desprecio.

Por suerte para Tobías, solía mostrarse bastante condescendiente con su gente. Solo con su gente. Pensaba que había sabido calar bien a esos dos muchachos. Iba a tener que afinar más. A fin de cuentas, grandes colaboradores de la organización se habían negado a mancharse las manos y sin embargo habían sido muy útiles. No sería la primera vez. Todo quedaría olvidado con un par de copas. Era hora de celebrarlo.

Tobías se pasó la noche vagando por las calles de San Francisco. Lleno de miedos y de incertidumbre por el futuro, le hervía la cabeza de tanto pensar en lo que quería y en lo que no, en lo que debía y en lo que sabía que no era correcto. Y de repente dejaba de pensar y se veía como un monigote llevado por la corriente. Se encontraba en una encrucijada, y tenía que tomar una decisión que en el fondo ya estaba tomada desde hacía tiempo.

Sin darse cuenta, se encontró frente al mar, mirando las obras de un nuevo puente que empezaban a construir y que llamarían Golden Gate. Una puerta de oro que podía llevarlo a la ruina. De repente se imaginó a sí mismo lejos de allí, en Hawái, por ejemplo.

Empezó a fantasear con la idea. Tenía que salir de allí, Hawái no era una mala opción. Claro que regresar a casa tampoco lo era. Hawái o regresar a casa. Se preguntó qué preferiría Félix. Hawái suponía continuar con la aventura, un futuro incierto pero emocionante, la posibilidad de ir aún más allá. Regresar suponía recuperar su vida anterior, ofrecer todos los conocimientos que habían adquirido, la familia, la estabilidad. Hawái o regresar a casa. En ese momento, las dos opciones eran buenas.

Amanecía, y la vida en las calles empezaba a despertar. Perdido en sus pensamientos, caminando con las manos en los bolsillos, se puso a juguetear con una moneda olvidada en uno de ellos. La sacó y empezó a darle vueltas entre los dedos.

—Si sale cara, Hawái; si sale cruz, vuelvo a casa —se dijo a sí mismo en voz baja y sin darle mucha importancia.

No era muy consciente de lo que estaba haciendo, pero lanzó la moneda al aire, la recogió en su puño y le dio la vuelta sobre el antebrazo. La decisión estaba tomada.

De repente volvió a sentirse fuerte y con determinación. Fue directamente a una oficina de correos, y con la misma moneda que había decidido su futuro pagó el telegrama en el que informaba a su familia de que regresaba a casa.

11

La señora Paquita conocía bien el barrio, y el barrio la conocía a ella. Todos sabían que era buena gente, pero también que nunca había permitido que nadie la humillara ni le tomara el pelo. Tenía influencias y sabía usarlas. Era una mujer muy respetada a ambos lados del Paralelo, casi una institución. Las niñas no podrían haber caído en mejor casa.

Había que darles un poco de vida a esas muchachas anquilosadas en costumbres provincianas. Dejó que durmieran todo lo que necesitaran y luego se puso manos a la obra. Estaba encantada con la novedad. Pero antes de nada debía hacer que se sintieran cómodas en la pensión, así que les fue presentando a sus compañeros de alojamiento.

La habitación principal la ocupaban ella y Esteban, un exbailarín —«De primera fila», decía la señora Paquita— un poco entrado en años y en carnes que había empezado a hacer sus pinitos en el diseño de maravillosos vestidos para las cupletistas de moda y que compartía con ella colchón, calor, cariño y penas, «Pero poco más —les dijo la señora Paquita guiñándoles un ojo—, porque el pobre es más maricón que un palomo cojo». Las niñas la miraban con los ojos como platos. Tardarían en entender ciertas expresiones y en acostumbrarse a ese tipo de vocabulario.

Esteban era un hombre dócil y muy sensible. Se sentaba en la cabecera de la mesa y ejercía de anfitrión. Amable y cariñoso con todo el mundo, besaba el suelo que pisaba su Paquita, a quien cuidaba y mimaba con esmero, siempre y cuando no apareciera algún muchachuelo que lo distrajera más de la cuenta y que lo acababa abandonando irremediablemente.

Siempre se quedaba destrozado, y entonces acudía a su querida Paquita en busca de consuelo, pero jamás en público, porque, elegante como solo él podía serlo, nunca la había dejado en evidencia en su propia casa. Y a ella le gustaba sentirse necesaria, querida y respetada. Ya hacía tiempo que no precisaba saciar grandes apetitos físicos, más allá de un poco de calorcito en invierno y una buena comida en la mesa. Habían llegado a una especie de acuerdo tácito que los dos respetaban escrupulosamente.

La habitación del fondo la ocupaba la señorita Reina, Sarita Reina para sus admiradores, decía ella. Una cupletista madura que vivía anclada en tiempos mejores y en felices recuerdos de breves momentos de triunfo. Había sido la oveja negra de una familia con dinero que ahora la mantenía escondida y pagaba por su manutención más de lo que costaba. La buena mujer se maquillaba con esmero a diario, le dedicaba mucha atención al lustre de sus zapatos gastados y no salía de su habitación hasta comprobar que la costura de sus medias y cada pliegue de su vestido pasado de moda o de su abrigo ya un poco rozado estaban en su sitio. Siempre decía que se debía a su público, y este no se merecía menos. Se paseaba por la vivienda con un aire místico que le daba una apariencia muy frágil; sus andares eran tan ligeros que parecía etérea, como si levitara. Hablaba con voz suave y tranquila, con una dicción castellana impecable. En el barrio la adoraban.

La cuarta habitación era la de Felipe, poeta, escribano, libretista, compositor, descubridor de talentos cuanto más jóvenes mejor, libertino, noctámbulo, encantador, políticamente comprometido, amante del Paralelo y muy guapo. Las niñas tuvieron suerte de superar con creces la edad máxima que el joven estaba dispuesto a admitir. Hacía lo que le venía en gana y seducía con sus zalamerías a todo el que pasaba por su lado.

—Y a Hortensia ya la conocéis, es como una hija para mí. Si la necesitáis para algo, la encontraréis en la cocina —les dijo displicente la señora Paquita mientras Hortensia la miraba de medio lado, un poco harta del trato y del jergón que ocupaba junto a la cocina de carbón, pero también agradecida de que la hubiera sacado del antro del que provenía y que no le prometía un futuro muy halagüeño.

A los dos días, con todas las presentaciones hechas, la señora Paquita pensó que había llegado el momento de «mostrarlas en sociedad». Tomando a cada una de un brazo, las llevó a dar una vuelta por el barrio, dejando claro a todo el mundo con la mirada que a estas no solo no se las tocaba, sino que además se iba a trazar una red de protección para que nadie nunca pudiera hacerles daño. Órdenes de la señora Paquita.

Bajaron la calle hasta llegar al Paralelo. Por el camino les enseñó dónde estaba el estanco, les presentó al dueño del colmado, a quien habían pedido ayuda el día que llegaron, y les indicó dónde encontrar la mercería, la farmacia, la perfumería y la droguería más cercanas. En fin, todo lo que una muchacha decente necesitaba saber para manejarse por el barrio. También estaban por allí la carbonería, la lechería, el trapero —«Pero vosotras no os preocupéis, que eso es trabajo de Hortensia»— y los puestos de libros de ocasión, imprescindibles para estas chicas que parecían tan leídas, pensó.

Llegaron al café Español, una vez cruzada la avenida.

—Un buen sitio donde dejarse ver los domingos —les dijo.

Como siempre, estaba lleno de gente. Justo cuando pasaban por delante quedó libre una de las mesas de la terraza y aprovecharon para sentarse a tomar una leche merengada. Desde allí tenían buena vista.

—Ese local de ahí es La Tranquilidad. —Les indicó la acera de enfrente con un gesto de la barbilla—. Un café de revolucionarios, mejor no acercarse. Los del Sindicato de la Madera vienen a beber después de sus reuniones en la calle Roser. La Policía detiene a muchos ahí. Esa gente acabará trayendo problemas, hacedme caso.

A la sombra del enorme toldo, disfrutaron juntas del ambiente de los teatros y los locales colindantes. Las niñas miraban asombradas la cantidad de establecimientos que había a ambos lados de la calle. Luces encendidas incluso de día, gente elegante esperando para entrar, grandes letreros y fotografías de artistas conocidos y no tan conocidos. La señora Paquita les aconsejó no pasear por allí a ciertas horas, y mucho menos solas. Les explicó cuáles eran los sitios decentes y cuáles no, los hábitos recomendables y los que no debían adoptar, los lugares que no debían frecuentar si querían mantener una buena reputación y en cuáles era conveniente que las vieran a menudo.

También les enseñó a partir de qué calle empezaba el barrio chino; quedaba cerca, pero la frontera estaba muy clara. Era zona prohibida. Por el momento no necesitaban saber más detalles. Lo de las gomas, lavajes, mataladillas y clínicas venéreas ya tendrían tiempo de averiguarlo. En otra época, la señora Paquita había frecuentado esa zona de pobreza y marginación y mantenía buena amistad con muchos de los que no habían tenido tanta suerte como ella. Por esa razón su red era tan amplia, y por eso las niñas, aunque aún no lo sabían, podían sentirse protegidas.

En un par de horas las puso al corriente de chismes, usos y costumbres de los alrededores. En un par de horas, todo el mundo en las calles colindantes sabía de las dos muchachas que paseaban del brazo de la señora Paquita.

Hacía una semana que habían llegado a Barcelona. Ya empezaban a conocer el barrio y a saludarse con varios de sus habitantes. Sobre todo Rosario, a quien le costaba poco entablar conversación y que enseguida tuvo a su alrededor una pequeña corte de admiradores, a pesar de que muchas veces no entendía lo que le decían.

—Estos catalanes hablan muy raro —le comentaba a su hermana mientras se reía—. Despacio aún se les entiende un poco, pero cuando se embalan es imposible.

A pesar de las recomendaciones de la señora Paquita, acostumbraba a pasar por delante de La Tranquilidad. Allí solía estar Felipe, el poeta, con sus amigotes, y este siempre le dedicaba un saludo.

Remedios quiso sentirse cómoda rápidamente y, después de llenar su balcón de geranios, pidió permiso para llenar los demás. En un par de días, la casa estaba colmada de colores y olores. Todos los miembros del peculiar grupo parecían estar de mejor humor. Era la especialidad de Remedios: allí donde iba, pasando casi desapercibida, llenaba de alegría los espacios cotidianos. Tan grande fue el cambio que ni siquiera hizo falta renovar las cortinas.

La señora Paquita estaba encantada con sus nuevas inquilinas. Además, habían llegado rápidamente a un acuerdo económico que satisfacía a las dos partes por el alojamiento y la pensión completa. Enseguida se dio cuenta de que se iban a llevar muy bien.

—Vamos a ver, niñas —les dijo un día mientras tomaban café después de comer—. Pero vosotras ¿a qué habéis venido exactamente?

Entonces Rosario fue a la habitación y volvió con las recomendaciones que le había dado Galán. Mostrar las cartas implicaba tener que empezar a buscarse el sustento. Les hubiera gustado poder demorar el momento, pero apenas tenían dinero para un par de meses, así que no podían retrasarlo mucho más.

Remedios explicó que necesitaba encontrar un buen trabajo para poder costear la manutención de ambas hasta que Rosario empezara su andadura como artista. Era consciente de que el camino podía ser largo, y por eso convenía empezar cuanto antes. Rosario debía visitar a un conocido de Galán que se suponía que la iba a ayudar. Pobres niñas, pensó Paquita. ¿Cómo puede haberles hecho esto? El muy sinvergüenza.

La señora Paquita echó un vistazo a las cartas. Había una para ella. Después de leerla sonrió, y enseguida entendió qué pretendía Galán y qué tenía que hacer ella. Lo primero era conocer la historia completa. Ya podían empezar a contarle.

Experta en conspiraciones, la señora Paquita embaucó a su buen Esteban, lisonjeándolo para que intentara conseguirle un puesto a Remedios en casa de ese empresario tan atractivo con quien estaba empezando a tratarse, que se dedicaba a vestuarios y escenografías para teatro y que se estaba abriendo camino en el mundo del cine. Seguro que necesitaría colaboradores.

Remedios era una chica con muy buenas maneras y tenía unas manos hábiles, acostumbradas al trabajo fino. Esteban le dio una pieza de brocado para comprobar su destreza y quedó muy satisfecho con los resultados. Si él diseñaba, dibujaba los patrones, cortaba y cosía y ella se dedicaba a los acabados y los bordados, podían formar un buen equipo. Con este argumento convenció al empresario, y de esta forma consiguieron el primer trabajo. No cobraban mucho, pero para empezar serviría.

Felipe se enteró de lo que se cocía en la casa y quiso aportar su granito de arena. El «poco tiempo libre que le quedaba» lo dedicaba a escribir, para las pobres muchachas del otro lado del Paralelo que no sabían de letras ni números, maravillosas cartas de amor o para la familia que ellas le dictaban y él transformaba en auténticas obras de arte, a cambio de una voluntad que siempre era escasa. Unas veces le suponían demasiado trabajo, otras veces le faltaban las ganas, pero lo que le desagradaba sobremanera era tener que simular aquella caligrafía femenina tan distinta a la suya. Vio la oportunidad de deshacerse de esa carga y ofreció a las hermanas la tarea. Remedios la recibió agradecida, y ya fuera por su manera de expresarse, más acorde a lo que las chicas sentían, ya fuera por lo bien que las aconsejaba, tardó poco en ganarse una reputación.

Gracias a esas cartas, algunas de las muchachas consiguieron salir del barrio y casarse con forasteros que nunca sabrían de su pasado. Otras obtenían ingresos extras haciéndoles creer a los pobres incautos que se reunirían con ellos después de recibir el dinero que estos les enviaban para el viaje. Algunas engañaban a padres y parientes contándoles que habían prosperado y tenían una vida mejor que la que el pueblo les habría ofrecido. Y las demás sencillamente vivían un sueño paralelo a la sórdida vida que les había tocado. Sea como fuere, las cartas hicieron feliz a tanta gente que Remedios no tardó en ganarse el aprecio de sus convecinas.

La muchacha se sentía bien. Se asomaba a su florido balcón y veía cómo poco a poco los balcones colindantes también se llenaban de flores, contagiados por la alegría del suyo. Las vecinas empezaron a salir a disfrutar de las flores pero también de la compañía, mientras tejían o desgranaban guisantes. El patio interior, antes triste y desangelado, ahora estaba lleno de vida.

Bien, con Remedios colocada, le tocaba el turno a Rosario.

–Ponte guapa, bonita, que nos vamos a ver a Ramiro Palacios, buen amigo mío y de Galán.

Tomaron el tranvía que las llevaría hasta el paseo de Gracia. Allí estaba el despacho de don Ramiro, representante de muchos de los mejores artistas de la región, tanto en el mundo del cabaré como en el de la ópera, pasando por cualquier género mundano o elegante que se pudiera imaginar. A Rosario le encantó el ambiente sofisticado y distinguido del barrio. Viendo a la gente que paseaba por allí, se dio cuenta de lo mucho que tendría que cambiar su estilo y su aspecto para estar a la altura de las circunstancias. La seguridad de la que normalmente hacía gala volvió a confundirse con el miedo y la desconfianza.

Don Ramiro recibió a la señora Paquita con grandes aspavientos. Le ofreció asiento al otro lado de la mesa, y ella lo aceptó junto con una copita de anisete. Estuvieron charlando un buen rato de cómo los trataba la vida y de algunos chismes más, sin hacer demasiado caso a Rosario, que permanecía callada en un rincón, muy nerviosa, esperando a que alguien le prestara atención.

Al rato empezaron a hablar de viejos tiempos y compañeros de fatigas, hasta que por fin la señora Paquita sacó del bolso la recomendación que había traído la niña desde Algeciras y, entregándosela a su amigo, señaló a Rosario con un gesto de barbilla.

–Sé bueno con ella, que nos la manda Galán.

–¿Y tú qué sabes hacer? –le preguntó Ramiro a Rosario sin muchas ganas, como si la viera por primera vez.

—Cantar.

Otra cantante, qué sorpresa, pensó el hombre sin levantarse del sillón, lanzando un lento suspiro mientras leía por encima la carta de su amigo.

—Demuéstralo.

Rosario empezó a cantar una de las canciones que había preparado meticulosamente con su profesor. «Estas tres piezas serán tu carta de presentación; hazlas tuyas como si tu vida dependiera de ellas», le había dicho. Al oír su propia voz se sintió algo más segura.

Mientras ella cantaba —«pues parece que sí sabe cantar, no ha hecho un mal trabajo este Galán»—, Ramiro se levantó despacio y se acercó a la muchacha, la miró de arriba abajo —«un poco flaca, pero dibuja buenas curvas»—, le indicó con una mano que se diera la vuelta —«bonita cara, pero le falta picardía»— y finalmente hizo un leve gesto de asentimiento. Rosario estaba muy incómoda.

—¿Cómo te llamas, niña?

—Rosario.

—¿Qué más?

—De Torres.

—¿Y de dónde vienes?

—De Algeciras, pero nací en Málaga.

—Rosario de Torres... —empezó a murmurar el hombre—. Algeciras... —«Así que es allí adonde ha ido a parar el tunante de Galán, ¡cómo lo echo de menos!»—. Málaga... Rosario la de Málaga... La algecireña... No, no nos sirve. Rosario... Charo... Charito... Charito de Torres... Charito de la Torre. No está mal... —seguía murmurando sin dejar de observarla—. Mira, lo primero va a ser acercarse al Salón Primavera, a ver qué se puede hacer con ese pelo. Después te la llevas a Can Jorba —dijo dirigiéndose a Paquita, que puso cara de «caramba, cómo nos las gastamos» al oír mentar los grandes almacenes de Puerta del Ángel, los más caros y exclusivos de la ciudad— y le compras ropa decente, que con estas pintas no puede ir a ninguna parte. Y habrá que hacer algo con ese acento. Después, ya hablaremos.

Acto seguido volvió a sentarse, dando la conversación por terminada.

La señora Paquita tomó a Rosario del brazo y con una amplia sonrisa la condujo a la puerta. Antes de salir, se giró hacia su amigo y él le guiñó un ojo con complicidad.

—Le has gustado, niña —le dijo la señora Paquita mientras salían a la calle—. ¡Charito de la Torre! —exclamó, riéndose a carcajadas.

Rosario la seguía como un perrito faldero, sin acabar de entender lo que había pasado.

—Vamos allá, que tenemos mucho trabajo. Ya me lo pagarás cuando triunfes, bonita.

La transformación fue sensacional. En poco tiempo, Rosario se fue diluyendo y dio paso a una Charito espectacular. Aprendió a peinarse la melenita corta con la que había salido del salón de belleza, a maquillarse y vestirse según los cánones de la moda de una ciudad cosmopolita. Copiando un par de modelos que habían comprado en Can Jorba y que después habían devuelto, y mirando en los quioscos las fotografías de las actrices del momento, Esteban y Remedios confeccionaron un nuevo guardarropa para ella. Con unos cuantos pares de medias, otros tantos de zapatos y dos o tres sombreros tendrían el conjunto completo. A Charito le costó poco meterse en el papel, y cuando empezaron a advertir que los hombres se giraban en la calle para mirarla se dieron cuenta de que iban por buen camino. La señorita Reina, que estaba encantada de participar, completaba el proceso con sesiones diarias de declamación mientras se hacían la manicura.

Camino del despacho del representante, Charito ya no se sintió fuera de lugar. Entró con paso seguro e hizo notar su presencia desde el primer instante. La señora Paquita estaba muy satisfecha, y por lo que parecía, don Ramiro Palacios también.

—Bien, bien, bien... —dijo mientras se levantaba, daba la vuelta a la mesa y se apoyaba en una de las esquinas al tiempo que cruzaba los brazos.

No le quitaba los ojos de encima, pero, lejos de intimidarla, ella se sintió más segura de sí misma, y eso gustó a don Ramiro. La estuvo observando un buen rato. Charito le sonreía.

—¡Empecemos a trabajar! —exclamó de repente.

Se dio la vuelta rápidamente, se sentó en su sillón, abrió el cajón de la derecha, sacó una tarjeta del interior y se la ofreció a la señora Paquita.

—La llevas de mi parte a la academia del maestro Quirós y que nos diga hacia dónde la encaminamos.

La señora Paquita sonreía encantada. Sabía que ni Galán ni ella —en cuanto llegara a casa le escribiría para contárselo— se habían equivocado con la niña. El maestro Quirós era un prestigioso profesor de música que últimamente había adquirido fama por haber lanzado al estrellato a muchas jóvenes promesas. Ponerse en sus manos era casi garantía de éxito.

Pero no todo iba a ser tan fácil. Don Ramiro pidió amablemente a Charito —que agradeció la diferencia de trato respecto a la primera vez— que esperara fuera de la sala, pues tenía algunos asuntos privados que tratar con la señora Paquita. La acompañó hasta la puerta, y después de cerrarla regresó despacio hasta su sillón bajo la mirada suspicaz de su amiga.

—La niña tiene mucho futuro, pero entenderás que, dadas las circunstancias, vamos a tener que buscarle un padrino.

La señora Paquita, con el semblante neutro que tan bien había aprendido a adoptar, asintió.

—Intentaré encontrarle una buena persona —continuó él—, pero vas a tener que explicarle cómo van a ir las cosas.

Poco más tenían que decirse. La señora Paquita se levantó, se acercó al hombre, le tomó la cara y le besó suavemente los labios, como recordando tiempos pasados. Sabía que en el fondo era un buen hombre y un buen profesional. Haría que todo fuera bien. Todo lo bien que estuviera en sus manos.

12

Tobías encontró a su amigo dormido en el sillón. Félix no
había querido hacerle un feo al hijo del jefe, pero se había quedado muy preocupado por la reacción de Tobías. En cuanto
llegó al apartamento que compartían y vio que no estaba, pensó en esperarlo, pero por culpa del cansancio, la excitación de
la jornada y el alcohol se había quedado dormido.

Tobías estaba completamente desvelado y fue a la cocina
a preparar lo único que tenían en el armario, café. Alertado
por el ruido, Félix se despertó y medio atontado fue a reunirse con su amigo. Les bastó con mirarse a los ojos.

—Te vas —le dijo Félix con el sueño pegado a los párpados.

Tobías asintió.

—Y tú te quedas.

Félix asintió a su vez.

Se sentaron a la mesa con una taza de café y estuvieron
largo rato sin decir nada, compartiendo minutos de intensa
intimidad, dejando que el café se enfriara entre las manos.

—Tendrás que hablar con ellos.

—Lo sé.

—No va a ser fácil.

—Lo sé.

—Vas a necesitar ayuda.

—Cuento contigo.

Hacía ya tiempo que no tenían aquellas largas conversaciones que acostumbraban en su época de estudiantes. Habían
pasado muchas cosas y los intereses de ambos habían ido por
caminos distintos, pero el cariño que se tenían era el mismo.
Compartían una complicidad trabajada durante muchos años

que hacía que se entendieran sin decir apenas un par de palabras. Este momento de ruptura les hacía daño a ambos, pero también sabían que era inevitable y que había llegado la hora de separarse.

Otra vez apoyado en la barandilla de popa del buque, Tobías observaba cómo la hermosa figura con la antorcha en la mano se iba haciendo cada vez más pequeña. Venía de atravesar el país en un largo y pesado viaje en un tren, lleno de dudas, y ahora le esperaban quince días más de travesía antes de llegar a casa. Apenas había tenido tiempo de pasarse por La Nacional, pero no había querido marcharse sin despedirse de sus amigos.

Confiaba en que Frank Lanza y su hijo el Sombrero —no pudo evitar sonreír ante lo absurdo del apodo— no cambiaran de opinión y eso pudiera traerle algún problema. Parecieron muy comprensivos cuando les planteó su situación —alegó problemas de salud, para lo cual el pulmón que le faltaba resultó muy útil—, y en ese momento le dieron unas palmaditas en la espalda, lamentaron que los dejara y le desearon suerte. Pero Tobías conocía lo volubles que eran sus decisiones y podía ser que tanta generosidad se acabara convirtiendo en un tiro en la nuca. No hubiera sido la primera vez.

Convinieron con Félix en que su situación era muy delicada y que lo mejor sería que se marchara cuanto antes. Esa misma tarde cogía un tren hacia Nueva York. Antes de irse, Félix le dio, en un último gesto de amistad, el dinero que tenía —«Yo no lo voy a necesitar y tú tienes que empezar de nuevo»— y un abrazo largo, cálido y fuerte que sirvió para contener las lágrimas que estaban a punto de aflorar.

Se había marchado sin hacer mucho ruido, intentando pasar desapercibido y prometiendo enviar noticias en cuanto llegara, aunque esa sería otra de las promesas que nunca cumpliría. Y ahora, triste pero con la convicción de estar haciendo lo que quería y lo que debía, cerraba una etapa y encaraba con ilusión otra nueva.

A Félix, la pena le duró lo que tardó en hacerse con sus nuevas actividades. Aunque era uno de los últimos peones en el escalafón de la organización, el escaso poder que tenía le hacía sentirse más hombre que nunca. Toda la educación que sus padres se habían empeñado en imponerle fue dejando paso a la brutalidad y a sus instintos más primarios, que ahora encontraban el caldo de cultivo idóneo. Poco a poco le fueron encomendando pequeñas misiones, cada vez con más responsabilidad. Se fue posicionando cerca del jefe y acabó siendo uno de sus más fieles guardaespaldas. Don Frank Lanza confiaba en él y en su protección. Todo ello le hacía sentir muy bien, pero cada vez lo situaba más cerca del punto de mira de las bandas rivales. Con el tiempo, el fiel Félix acabó convertido en un miembro más del club de los cadáveres anónimos encontrados sobre un manto de basura, un número más en la estadística de la Policía. Pero durante los años que pasaron desde la marcha de Tobías hasta entonces fue un hombre feliz.

Tobías no esperaba una bienvenida tan multitudinaria como había sido su despedida años atrás, pero tuvo una desagradable sorpresa cuando se vio solo en el muelle de su ciudad. Antes de embarcar había enviado otro telegrama informando del día que llegaba. Durante todo el trayecto había estado fantaseando con la reacción de sus padres y de sus hermanos. Se imaginaba la alegría de estar otra vez todos juntos, los abrazos emocionados. Tenía unas ganas enormes de reunirse con ellos y esperaba con ilusión que fueran a recibirlo. Por lo menos alguien.

Desconcertado, cogió la maleta y se dirigió hacia su casa.

La estatua de Colón, con el dedo indicándole el lugar de donde venía, hizo que le rondara por la cabeza la idea de que quizá se había equivocado. Pero ahora ya estaba allí. Un mes después de tirar la moneda al aire, tenía que replantearse su vida, y si algo no había sido nunca era un cobarde. De modo que se quitó la idea de la cabeza, miró hacia las Ramblas, cogió aire y empezó a caminar.

—¿Quiere que las pajaritas le lean el futuro, señor? —lo distrajo una muchacha con un pequeño quiosco plegable de «pajaritas quirománticas», que por veinticinco céntimos sacaban un papelito con la solución a todos los problemas.

Con una sonrisa le dio las gracias y siguió andando. El azar ya había hecho bastante por su porvenir. Sintió como una muestra de bienvenida las palabras de esa muchacha, las primeras que le habían dirigido desde que había llegado. Se paró, y como era un hombre agradecido volvió sobre sus pasos y le dio una moneda de veinticinco centavos americanos, lo único que llevaba encima. La chica, mirando la extraña moneda, debió de pensar que estaba un poco chiflado.

Hacía un día bonito. Las Ramblas estaban preciosas. Sus rincones eran estampas más que conocidas, pero Tobías los redescubría ahora. Los quioscos redondos, los puestos de flores y las pajarerías, los bares y cafés de toda la vida, el Gran Teatro del Liceo, incluso los urinarios públicos tenían su encanto.

La fuente de Canaletas, con las sillas de alquiler a su alrededor, y el café Zúrich rozando la plaza Cataluña le dieron, por primera vez, la sensación de paz que brinda el saber que vuelves a estar en casa.

Siguió subiendo por el paseo de Gracia. Nunca le habían parecido tan hermosos los numerosos edificios modernistas que enmarcaban esa avenida. Miraba hacia arriba como si fuera un turista, deslumbrado por su valiente arquitectura, dejando que el sol le acariciara los pensamientos.

A medida que se acercaba a casa, la excitación dominaba sus nervios y le hacía caminar cada vez más deprisa. El portero de la finca apenas lo reconoció; en un principio hizo un gesto para detenerlo, pero después lo dejó continuar. Tobías no tuvo paciencia para esperar a que bajara el ascensor. Subiendo los escalones de dos en dos, llegó hasta la puerta de su casa y, jadeando, llamó al timbre.

La cara de Marieta, la doncella, cuando lo vio al abrir la puerta fue todo un poema. Vestida de negro de pies a cabeza, tardó un poco en reconocerlo, abrió los ojos como si de una

aparición se tratara y acto seguido empezó a llorar desconso-
ladamente.

—Ay, señorito...

Tobías dejó la maleta en el suelo, se quitó la chaqueta y se
la dio, junto con dos impulsivos besos en las mejillas que la
dejaron muy sorprendida. Marieta seguía llorando. El recién
llegado empezó a pensar en lo desproporcionado de la reacción de la chica, pues nunca se hubiera imaginado que le
tuviera tanto cariño. La doncella colgó la chaqueta y se dirigió al salón para anunciar su llegada.

—Ay, señorito...

Tobías pretendía hacer una entrada triunfal, pero esta quedó en nada cuando vio el triste panorama que le esperaba en
el salón.

—Señora... Ha llegado el señorito Tobías.

La pequeña mujer vestida de negro, anciana de repente, se
giró despacio, incrédula. Tobías apenas la reconoció. Su cara
debió de manifestarlo, porque la buena señora le dedicó una
sonrisa comprensiva, se levantó con cierta dificultad y se dirigió
hacia él para darle un amoroso abrazo. Tobías estaba perplejo.

—Cómo te hemos echado de menos, hijo mío —le dijo con
una voz suave, calmada.

Tobías tuvo que agacharse para recibir el cariño de su
madre. De repente se sintió muy bien, y todas sus dudas desaparecieron. Cogidos de la mano, fueron hacia el sofá y se
sentaron juntos. La mirada de la señora Dolores era triste.
Tobías empezó a preocuparse.

—Tu padre te estaba esperando con ilusión, Tobías. Contaba los días para volver a verte desde que recibimos tu telegrama hace un mes. Últimamente sabíamos tan poco de ti...

—¿Dónde está, madre? Me gustaría abrazarlo.

—Estábamos jugando a las cartas...

Había pasado aproximadamente una semana. Jugaban una
partida de canasta después de cenar, como de costumbre. Don
Tobías era rápido en las primeras jugadas, su mujer era algo más
reflexiva. A don Tobías no le importaba tener que esperar, le
encantaba observar a su menuda esposa colocando los naipes a

un lado y a otro. Esa noche, él había echado ya sus cartas y la señora Dolores meditaba la siguiente jugada. Cuando, satisfecha de su decisión, puso sus cartas encima de la mesa, se dio cuenta de que su marido, supuestamente aburrido por la espera, se había quedado dormido.

—No se volvió a despertar —le dijo su madre con lágrimas en los ojos.

Había sido rápido, sin ruido, sin dolor. La familia, sabiendo que él estaba de vuelta, había esperado un tiempo para que Tobías pudiera verlo, pero ya no se podía aguantar más y le habían dado sepultura hacía tres días.

Algo en las entrañas de Tobías se resquebrajó. De repente se quedó vacío, sin respiración, con la mirada perdida. Tardó unos minutos en reaccionar. De golpe, como si su único pulmón tuviera vida propia, empezó a tomar aire muy fuerte y muy deprisa y comenzó a marearse. Su madre se asustó y le pidió a Marieta que llamara urgentemente al médico, que vivía en la puerta de enfrente.

La señora Dolores acompañó como pudo a Tobías a su antigua habitación, que seguía exactamente igual que como la había dejado. Tumbado en la cama, aferró las manos de su madre. ¡Olían tan bien!

El médico, amigo de la familia desde hacía mucho tiempo, trataba a Tobías desde niño. Le aflojó la corbata y empezó a quitarle la camisa para reconocerlo. Entonces vio el principio de la cicatriz. Le giró el cuerpo un poco más y pudo ver el resto de la espalda.

—¡Ave María Purísima! ¡Pero si a este hombre le falta...!

Tobías, algo recuperado, le agarró con fuerza la muñeca en una reacción rápida y muy serio le hizo un ligero gesto de negación con la cabeza. El doctor Sala entendió.

—Me gustaría reconocerlo con tranquilidad. ¿Podría dejarnos solos unos minutos?

En cuanto la señora Dolores salió de la habitación, el doctor Sala pidió explicaciones a su paciente. Tobías le contó todos los detalles de su enfermedad.

—¡Por el amor de Dios, criatura!

—Doctor, no quiero que nadie lo sepa.

—Pero ¿cómo vamos a ocultarle esto a tu madre?

—Por lo que más quiera, doctor. No quiero que se preocupe. Si es necesario, ya se lo diré yo cuando corresponda. Para cualquier problema, con que usted lo sepa es suficiente. Hágame el favor.

En atención al mal momento que estaba pasando su vecina y amiga, el doctor Sala cedió a las peticiones de Tobías bajo firme promesa de que se realizara controles periódicos. Restó importancia a lo ocurrido cuando habló con la señora Dolores, que no ganaba para disgustos últimamente, y se despidió. La última mirada la dirigió severamente hacia Tobías.

Madre e hijo aún compartieron unos momentos de intimidad antes de que llegara Miquel con Eulalia y su marido, que habían convenido reunirse para comer en casa de su madre. No querían que estuviera demasiado tiempo sola.

La alegría del reencuentro, mezclada con la tristeza de la pérdida reciente, daba a la situación una apariencia surrealista. No había manera de saber a qué se debían las lágrimas y los abrazos. Las reacciones fueron muy diversas, especialmente fría la de su hermano Miquel, pero todos coincidieron en agradecer la distracción, que últimamente escaseaba. Sentados a la mesa, escucharon con atención las aventuras de Tobías, que exageraba las más divertidas y censuraba un poco las más atrevidas. Habló de caballos, vacas y bisontes, de música y paisajes, de costumbres y compañeros, ante la mirada escéptica de los hombres y la sonrisa divertida de las mujeres. Pero había mucho que contar y necesitarían más tiempo. Cansada por las emociones, la señora Dolores se excusó y se retiró para echar una siesta, dejando a sus hijos en plena charla.

Poco tardó Miquel en hacer reproches. Tanto tiempo sin saber nada, sin pensar en los problemas de la familia, sin interesarse por las preocupaciones de sus padres, que parecía que solo vivían para asistir al regreso del hijo pródigo desde que mandó aquel oportunísimo telegrama en el que no decía nada, solo daba falsas esperanzas, otra vez. Que la fábrica pasara por un mal momento, eso no importaba, porque volvía Tobías. Que el patrimonio se estuviera desintegrando no era grave, Tobías ya se había llevado su parte. La señora Dolores no sabía nada, pero toda la familia debía aportar parte de sus ingresos para no tener que vender el piso en el que habían nacido. Pero qué más daba, ahora Tobías estaba allí. Tobías, el único valiente que se había atrevido a recorrer mundo. Tobías, el único que tenía cosas interesantes que contar. Tobías, Tobías, siempre Tobías. Estaba hasta las narices de tanto Tobías. Y encima ni siquiera había tenido la delicadeza de llegar a tiempo para ver a su padre, ni vivo ni muerto.

Jamás, ni en el peor de los casos, podría haber imaginado un recibimiento como ese. No entendía de dónde venía tanto resentimiento. Su hermana Eulalia lloraba a mares pidiéndole a Miquel que se callara mientras su marido, con aire de suficiencia, permanecía callado como mero espectador.

Entonces llegó Santiago, ya a la hora del café. Se encontró a su hermano mayor encendido de ira, gritándole a alguien que estaba hundido en el sofá y que, para su sorpresa, resultó ser el pequeño Tobías. Santiago reaccionó enseguida y acompañó a Miquel fuera de la habitación. Este, indignado y completamente descontrolado, cogió su chaqueta y regresó a la fábrica. Después Santiago le pidió a su hermana que se llevara a su marido, que parecía bastante complacido por la situación, y una vez a solas con Tobías lo abrazó con fuerza. Notó al instante que al tórax de su hermano le faltaba un buen trozo. Tobías también se percató de que se había dado cuenta. Santiago se separó de él tomándolo de los hombros y lo interrogó con la mirada, pero intuyó que no era el momento de preguntar y volvió a abrazarlo. Sin decir nada, Tobías se lo agradeció. Con el tiempo sería el único miembro de la familia a quien contaría toda la verdad de lo que había vivido durante los dos últimos años.

Con los ánimos un poco más calmados, llamaron a Josep y al bueno de Enric. Los hermanos se alegraron mucho con la noticia de su llegada y quedaron en reunirse con ellos al día siguiente.

Esa noche, después de cenar con su madre, que no sabía nada del desagradable incidente del almuerzo, se quedó solo en el salón tomando una copa de brandy a la salud de su padre mientras hojeaban distraídamente algunos papeles que había encima del secreter. Fue entonces cuando, debajo de algunas notas de condolencia, encontró el telegrama que había enviado desde Nueva York antes de embarcar, avisando de la fecha de su llegada y del nombre del buque. El telegrama estaba sin abrir. Nuevos pensamientos empezaron a inundarle la cabeza. Su padre no llegó a saber nunca qué día volvía a casa. Por eso nadie había ido a recibirlo. Porque nadie lo esperaba. Tuvo un sentimiento extraño, como si todas sus ilusiones se hubieran quedado dentro de ese telegrama. Se sentía un desconocido en su propia casa.

Dejó la copa sobre la mesa, buscó su chaqueta y decidió salir a la calle. Las paredes de toda la vida se le caían encima y necesitaba reconciliarse con la ciudad.

El ascensor estaba ocupado y decidió bajar por las escaleras. El artilugio pasó por su lado y ambos llegaron abajo al mismo tiempo. Tobías se dirigió hacia la puerta con prisa, no tenía ganas de encontrarse con nadie. Oyó cómo se abría la puerta de hierro de la cabina, pero no quiso darse la vuelta ni tener que saludar a ningún vecino cotilla.

—¡Hombre, Tobías!

No tuvo más remedio que girarse.

—Cuánto tiempo sin verte, muchacho. Oye, siento mucho lo de tu padre, era un buen hombre. Pero ¿cómo tú por aquí? Cuéntame, ¿cómo te han tratado las Américas? Ya nos iba diciendo tu madre por dónde andabas. Pero, chico, más de dos años sin saber nada de ti. Te veo bien, chaval. Te has hecho un hombre. Caray, si hasta parece que has crecido.

Aturdido por la verborrea, Tobías se dejó abrazar, coger por el hombro y acompañar hasta la puerta. El reencuentro con Frederic, el vecino de arriba, amigo de infancia y compañero de trastadas adolescentes, le proporcionó cierto alivio. Era unos años mayor que él y algo así como su padrino entre los chicos del barrio. Con él siempre se había sentido protegido, y esta vez tampoco le estaba fallando.

Frederic era un hombre desbordante, con una gran seguridad en sí mismo, de esos a los que les gusta llevar la voz cantante. Presumía de ser artista de profesión. Era cierto que pintaba y esculpía muy bien, pero seguía viviendo de sus padres y de la ilusión de llegar a ser famoso gracias a sus obras. Le gustaba la vida nocturna, decía que le proporcionaba inspiración.

—No tienes buena cara, muchacho. Lo que tú necesitas es un par de copas, y mientras tanto me cuentas qué se te había perdido por esas tierras lejanas. ¿Es verdad que las americanas son tan despampanantes como las que salen en las revistas? Te voy a enseñar un par de sitios nuevos que han abierto por el centro...

Con el brazo de Frederic agarrándolo por el hombro y sus palabras taladrándole el cerebro, por fin Tobías tuvo la bienvenida que esperaba.

El sereno de toda la vida, que los conocía desde que eran pequeños y les había abierto la puerta tras sus primeras juergas, cuando no eran capaces ni de sacar las llaves del bolsillo, les dio las buenas noches y esperó a que desaparecieran antes de seguir con la ronda.

13

Parecía que las cosas iban bien, de modo que Remedios era cada vez más Remedios y Rosario, cada vez más Charito. O quizá no iban tan bien, porque muy lentamente volvía a abrirse una pequeña grieta en la relación de las dos hermanas, pero en esta ocasión Remedios tenía una vida que le gustaba. Y a medida que cada una se parecía más a sí misma, la brecha también se hacía más profunda.

La hermana pequeña disfrutaba de su entorno reducido. Encontraba en la habitación que compartían un refugio seguro; en su florido balcón, un lugar donde reencontrarse con el sol, el viento o la lluvia y sentarse a respirar con los ojos cerrados –costumbre que no había abandonado–; en la compañía de Esteban, una agradable sensación de sentirse útil; y en el resto de sus compañeros, un fuerte sabor a hogar que la reconfortaba.

Sin embargo, la mayor se ahogaba entre esas cuatro paredes abarrotadas de gente. Sus expectativas iban mucho más lejos. Hacía lo posible por estar fuera de la pensión y empezó a relacionarse con otros artistas y gente de la farándula. Le había cogido cariño a la señora Paquita, la consideraba algo parecido a una madre y como tal le tenía un respeto, pero ya no permitía que influyera en sus decisiones ni que formara parte de la vida que llevaba fuera de la casa. Y menos desde el día de aquella desagradable conversación.

Habían ido juntas al despacho de don Ramiro, que las había citado para comentarles varios temas importantes. Fue la última vez que la señora Paquita la acompañaría.

–Bueno, Charito –empezó don Ramiro–. El maestro Quirós me ha dicho que tu voz tiene un timbre especial, que

126

no es adecuada para cuplé, que vale la pena apostar por el lírico; no sé, zarzuela, ópera... Te está preparando una serie de piezas para que empecéis a trabajar. ¡Tengo grandes proyectos para usted, señorita!

Charito estaba encantada. Ese era el sueño que llevaba varios meses imaginando. A don Ramiro le sorprendió el inocente entusiasmo de la niña y miró extrañado a la señora Paquita, que le hizo un gesto dándole a entender que todavía no había hablado con ella, que la chica aún no sabía el precio que tendría que pagar. Eso contrarió al representante, que puso mala cara y no quiso continuar con la conversación.

—Ahora debo resolver ciertos asuntos —dijo bruscamente—. Os dejo, que tenéis cosas de que hablar. —De nada servía continuar si la niña no estaba dispuesta a aceptar las reglas del juego.

La señora Paquita parecía nerviosa, incluso asustada. Había retrasado el momento todo lo que había podido. Sabía lo que iba a pasar y no le gustaba, pero ya no quedaba más remedio. Era el momento de poner las cartas sobre la mesa. La mujer se humedeció los labios con la lengua, como hacía siempre que tenía que enfrentarse a algo que no le agradaba. Dejó pasar unos incómodos segundos mientras buscaba la manera de empezar. Charito la miraba extrañada.

—Vamos a ver, niña. ¿Tú quieres seguir adelante con esto? —le preguntó, y ante el contundente gesto afirmativo de Charito, continuó—: Entonces hay algunas cosas que debes saber.

Empezó explicándole el estado de la situación. Todo lo que se estaba haciendo por ella comportaba unos gastos muy elevados. Charito no había pensado en eso, estaba acostumbrada a que su padre se hiciera cargo de todo. Nunca le habían hablado de costes. Jamás había pensado que tendría que preocuparse por el dinero. La señora Paquita prosiguió: de momento era don Ramiro quien estaba ocupándose de esos costes, pero su crédito no era ilimitado y hacía falta encontrar otra fuente de financiación. Charito asintió. Había una serie de personas que estaban dispuestas a invertir en la carrera de jóvenes artistas prometedoras, como era su caso. La muchacha seguía asintiendo, pero empezaba a comprender. Esas personas eran hombres ricos que estaban dispuestos a gastar dinero a cambio de una compensación por el esfuerzo económico que iban a realizar. Cuanto mayor fuera esa compensación, mayor sería la inversión. A la señora Paquita le dolía ver cómo lo último que quedaba de la Rosario que había llegado de Algeciras desaparecía poco a poco mientras le daba detalles de lo que se esperaba de ella y de los grandes beneficios que podía conseguir a cambio. A medida que esos detalles eran más explícitos, la expresión de escándalo y asco de la muchacha era más patente. Paquita continuaba explicando y Charito abría los ojos cada vez más. Hasta que ya no pudo seguir escuchando. Se levantó de repente y salió del despacho como una exhalación, golpeando con la puerta a don Ramiro, que estaba a punto de entrar en ese momento, y dejando a la señora Paquita con la palabra en la boca y el ánimo descompuesto.

Salió a la calle llorando de rabia, de impotencia, de autocompasión. No le importó que la gente la mirara. Pero ¿quién se creían que era? ¿Cómo se atrevían siquiera a sugerir un comportamiento semejante? Empezó a caminar muy deprisa paseo de Gracia arriba, disminuyendo la velocidad a medida que se quedaba sin aire. Empezó a marearse y a sentir náuseas. Entonces se sentó unos minutos en un banco que había delante de una extraña casa que había construido hacía algunos años un tal Gaudí, y mirando entre lágrimas sus balcones torcidos pensó en qué estaría pensando el arquitecto para transgredir de esa forma las reglas, y cuántas concesiones y sacrificios tendría que haber hecho para seguir adelante con su proyecto. Rosario se sintió más tranquila y comenzó a respirar con normalidad. Estaba indignada, pero sopesó sus posibilidades y se dio cuenta de que no tenía muchas opciones. Volvió a fijarse en el edificio. No le gustaba especialmente, pero a partir de ese momento se convirtió para ella en un símbolo de fuerza, de determinación, de perseverancia y de valor. Estaba a punto de tomar una decisión. Quería continuar con sus sueños, así que iba a tener que claudicar. A partir de ese momento, su vida cambiaría para siempre.

Sacó un pañuelo de su bolso, se secó las lágrimas, cogió un espejo y se recompuso el maquillaje. Antes de levantarse tuvo un último pensamiento para su padre, que se moriría de pena y vergüenza si llegaba a saber lo que su hija mayor estaba a punto de aceptar.

Dejando a un lado sus sentimientos, más determinada que nunca, regresó al despacho de don Ramiro, abrió la puerta y los encontró discutiendo, lamentándose y pidiéndose explicaciones.

—De acuerdo, hagamos lo que haya que hacer —les dijo con contundencia y el semblante muy serio.

Don Ramiro sonrió, la invitó a sentarse y se dispuso a explicarle los planes inmediatos que tenía para ella, sin mencionar todavía al ricachón que iba a apadrinarla. Él no se manchaba las manos, eso se lo dejaba a la señora Paquita. Charito la ignoró entonces y también durante todo el camino de vuelta a casa, que transcurrió en absoluto silencio.

Cuando llegaron, entró sin saludar a nadie y se encerró en la habitación. Remedios y Esteban, que estaban trabajando en el salón, la siguieron con la mirada. En cuanto se cerró la puerta interrogaron con los ojos a la señora Paquita, que negó con la cabeza. Después se miraron entre ellos, se encogieron de hombros y continuaron con su tarea. No sabían qué había pasado, pero empezaban a acostumbrarse a los desplantes de Charito.

Al rato, esta salió de su habitación y fue directa a la cocina.

—Hortensia, ¿dónde está el vestido de flores que te di para lavar?

—Está lavado, señorita, lo tengo pendiente de plancha.

—¿Qué quiere decir pendiente de plancha, pedazo de inútil? ¿Es que no se te puede confiar nada importante?

—Usted no me había dicho que corriera prisa. Enseguida...

Charito la interrumpió con un gesto, sin darle tiempo a excusarse, y salió de la cocina hecha una fiera.

—Por cierto, señorita —le gritó Hortensia resentida y con lágrimas en los ojos—, ha llegado una carta para usted, la tiene encima del mueble de la entrada.

Algeciras, 5 de mayo de 1933

Apreciada señorita Rosario:

La presente es para comunicarles a usted y a su hermana las nuevas que afectan a su familia, que ahora es también la mía.

Lo primero y principal, hacerle saber que su hermana Rocío y yo, después de las amonestaciones correspondientes y con el beneplácito de su padre, contrajimos matrimonio el pasado domingo y de esta manera aseguramos la continuidad del negocio y el bienestar de su hermana pequeña y de su padre. Hemos traído a mi madre a vivir con nosotros. Bajo las instrucciones de Rocío y con su permiso, la hemos instalado en la habitación que antes ocupaba usted.

Antonio levantó la cabeza, dejó la pluma sobre la mesa y se frotó la cara con las manos. Le resultaba extraordinariamente difícil escribir esa carta. Se sentía en la obligación de contarle a Rosario los acontecimientos que se habían producido durante las últimas semanas, pero la desolación que lo invadía le impedía ser más elocuente.

Rocío se había hecho con el poder absoluto de la armería, la vivienda y todo lo que contenían ambas, incluidos sus habitantes. Nada escapaba a su control. Cuando decidió que era necesario y decente casarse con Antonio, nadie se atrevió a llevarle la contraria. Ella creía que era imprescindible atar al pobre hombre al negocio, y pasaban tantas horas juntos que no quedaba otra alternativa. Por supuesto, puso sus condiciones. Dormirían en camas separadas, y el contacto físico sería el justo para poder concebir un heredero. Lo que hiciera su esposo después, fuera de la casa, le importaba poco siempre que no diera lugar a habladurías. La madre de Antonio viviría con ellos. No le tenía ningún cariño, pero sabía que él nunca abandonaría a su madre, con lo que se aseguraba que tampoco la abandonaría a ella. Rocío seguiría gobernando la casa, el negocio y los ingresos que este proporcionara. Antonio,

130

que no había conseguido recuperar la voluntad que había perdido a base de tristeza y culpa, aceptó todas las condiciones como penitencia última. Con el tiempo, el sometimiento y el único hijo que engendraron acabarían trayéndole la paz.

Desde que se fueron, su padre no ha vuelto a ser el mismo. En raras ocasiones sale de su cuarto, y no quiere más compañía que la de sus fotos y sus recuerdos. Apenas come, ni atiende sus necesidades básicas. Rocío y yo tememos por su salud y rezamos para que recupere el ánimo lo antes posible.

Había sido generoso en la descripción de don Rafael, que parecía un fantasma de sí mismo. Su mirada no tenía brillo ninguno, y su único consuelo era la esperanza, en lo más hondo de sus pensamientos, de que las dos hijas que se habían marchado tuvieran una vida dichosa. La suya la daba por perdida. Igual que la de Antonio, a quien compadecía profundamente. Los dos compartían tristeza y partidas de dominó, cuando Rocío lo permitía.

La pequeña Rosita está cada vez más alta y sigue sin decir nada, pero con su perpetua sonrisa nos ayuda a seguir adelante. La Mari cuida de ella con cariño, así como de todos nosotros, aunque es mucho trabajo para ella sola.

La pobre Mari. Había envejecido tantos años como meses habían pasado. Rocío no la dejaba vivir. Descargaba sobre ella toda la ira que había acumulado y la mujer aguantaba con estoicismo con tal de mantener unida a la poca familia que quedaba. Después de ver cómo se desmembraba, cómo se iba desintegrando aquello a lo que había dedicado su vida, se consagró en cuerpo y alma al cuidado de los que más la necesitaban, la pequeña Rosita y su querido don Rafael.

Escribo esta carta a escondidas de su hermana Rocío, que no ha permitido que se las vuelva a nombrar desde que se marcharon. Pero puedo asegurarles que en el corazón de todos están siempre presentes, así como en nuestras oraciones.

En efecto, Rocío había reducido literalmente a cenizas lo que quedaba de sus hermanas. Quemó la ropa que no se llevaron, libros, fotografías, cualquier cosa que pudiera recordarle la existencia de aquellas que la habían traicionado. El patio de Remedios fue arrasado; las flores, cortadas y arrojadas al fuego también. No podría olvidarlas porque las odiaba demasiado, pero sí podía suprimirlas de la historia de la familia. Para ella sería como si nunca hubieran existido.

Lo que no podía evitar era sentirlas en la mirada de su padre y de su marido, en los silencios que ambos compartían cuando los interrumpía con su presencia.

Suyo afectuoso, un amigo que lo es y ahora también su hermano

Antonio

Charito dejó caer las manos que sostenían la carta y, mirando al infinito, suspiró. En ese momento entró Remedios en la habitación. Charito se levantó precipitadamente y sin decir una palabra le entregó la carta a su hermana, cogió el bolso y los guantes y se marchó.

No volvieron a tener noticias de la familia hasta que, unos meses más tarde, recibieron un telegrama urgente de Galán comunicándoles la muerte de su padre.

Y después de eso, nunca más.

Enrique no podía quitarle los ojos de encima cuando la veía pasar por delante de la imprenta. Estaba completamente seducido por aquella cara de ángel que hacía que su pecho pareciera un tambor cada vez que la muchacha pasaba por allí.

Remedios era completamente ignorante de las pasiones que levantaba. Se sentía a gusto en su nuevo ambiente, feliz y acompañada como nunca.

Siempre le habían gustado las labores del hogar, le daban seguridad. Ahora no se le caían los anillos por ayudar a Hortensia a hacer los recados de la casa, y le gustaba ir con ella al colmado, la lechería o la bodeguilla que había cerca de la imprenta, compartiendo con ella la carga de la compra. Hortensia estaba muy agradecida, y Enrique se moría de amor cada vez que la veía con la cara un poco tiznada de carbón o recogiendo algo que se le había caído a su compañera. Siempre alegre y agradable con todo el mundo, le parecía una criatura adorable.

Por fin, un día se armó de valor y le preguntó al bodeguero, el señor Natalio, el nombre de la señorita. Ponerle nombre a su cara supuso para él un gran triunfo y salió del establecimiento satisfecho, como si hubiera llevado a cabo una gran gesta. El señor Natalio, que era un poco alcahuete y tan redondo como uno de sus toneles, no lo vio capaz de ir mucho más lejos. Lo miró con una sonrisa pícara y se propuso ayudarle a llamar la atención de la niña. El chico era amable, compartían a menudo buenas conversaciones sobre fútbol y ferrocarriles y le tenía cariño por los muchos años que llevaban trabajando frente a frente.

Enrique era un hombre grande, reservado y muy tímido a quien ya no podía calificarse como joven. Había venido de Córdoba a aprender el oficio de linotipista de la imprenta de un pariente lejano. No era especialmente culto, pero sabía de letras y había leído mucho de lo que caía en sus manos, desde recetas de cocina y biografías de personajes ilustres hasta panfletos políticos de varias ideologías. Era lo que toda madre desearía para su hija. Un hombre bueno y trabajador que no se metía en líos. Hasta el momento había tenido una sola ilusión en la vida: volver a su tierra y abrir un negocio propio, pero la aparición de Remedios había trastornado todos sus planes.

Una mañana de las muchas en que el señor Natalio invitaba a Enrique a un vinito, Remedios entró en el establecimiento ante la consternación del mozo, que tuvo que volver la cara para ocultar su azoramiento.

–¿Una garrafa como siempre, reina? –dijo Natalio alegremente–. Mira, este es Enrique. Trabaja aquí delante. De vez en cuando viene a hacerme una visita. –Cogió la garrafa, se dio la vuelta para llenarla y sonrió con malicia, satisfecho de su triunfo.

Enrique le ofreció la mano a Remedios con un «encantado» tímido que la conmovió. En cuanto se tocaron, un agradable escalofrío recorrió la espalda de ambos. Intercambiaron una enorme sonrisa, algo poco frecuente en el rostro de Remedios pero que le sentaba de maravilla. Enrique cayó definitivamente rendido de amor.

Desde ese día, las visitas de Remedios a la bodega fueron más frecuentes, así como los encuentros casuales de la pareja. La chica disfrutaba de la compañía de Enrique, y poco a poco también se fue enamorando. Empezaron tomando un café de vez en cuando, luego se atrevieron con paseos por el barrio y más tarde se lanzaron a descubrir juntos la ciudad. Enrique la invitaba a alguna sesión doble de cine, a una horchata o a ver las fieras al parque de la Ciudadela. Hasta que un día le pidió relaciones y ella, con el beneplácito de la señora Paquita y de Esteban, aceptó.

Don Ramiro la había citado en el hotel Ritz. Tenía que presentarle a alguien importante y era imperativo hacerlo en un lugar elegante. Charito, como le hubiera pasado a cualquier muchacha con un resto de inocencia, imaginaba la situación del mejor modo posible: esperaba un hombre elegante, distinguido, más o menos joven y bien parecido, que la llevaría a lugares hermosos, la respetaría y la trataría con caballerosidad. Algo parecido a los protagonistas de las novelas que tenía por costumbre leer. Aun así, la desagradable sensación que tenía en el pecho, como si una rata le estuviera comiendo las entrañas, la llenaba de angustia.

Cuando entró en el salón de té y vio a don Ramiro acompañado de un anciano de pelo blanco apoyado en su bastón con las dos manos, incluso sentado, el alma se le cayó a los pies y unas terribles náuseas le subieron por la garganta. Tuvo el impulso de darse la vuelta y salir corriendo, pero entonces los dos hombres la vieron y se levantaron al mismo tiempo. Ella, sintiéndose atrapada, se acercó despacio a la mesa que ocupaban.

—Bueno..., ya la tenemos aquí. Charito, te presento al señor Gutiérrez.

—Fernando Gutiérrez de Vilamatriu. Para servirle, señorita —se apresuró a decir el anciano, que le besó la mano y la invitó a sentarse en el silloncito que quedaba libre a su lado.

Charito bajó la cabeza para disimular su desazón, cosa que don Fernando interpretó como una muestra de pudor. La encontró adorable, además de muy hermosa.

Hablaron de asuntos sin ningún interés hasta que, al rato, don Ramiro se levantó con un pretexto para marcharse. Charito lo miró como un cordero degollado, pidiéndole que se quedara. Pero él hizo caso omiso y, acercándose a su oreja como si se despidiera de ella con un beso, le susurró un «pórtate bien» que la chica recibió como una puñalada por la espalda.

El señor Gutiérrez de Vilamatriu estaba encantado. La muchacha superaba con creces sus expectativas, y mientras le preguntaba por sus proyectos de futuro dejó el bastón apoyado en la mesa y colocó una mano encima de la de su protegida.

Charito tuvo que disimular mucho para que no se notara la arcada que le subía por la garganta. Creía que todo el mundo la estaba mirando y tenía la sensación de que la juzgaban. Hizo de tripas corazón e intentó pensar en otra cosa. Aunque en ese momento no se creía capaz de seguir adelante, la decisión estaba tomada. Llegaría hasta donde fuera necesario para conseguir su objetivo, costara lo que costara. Sin poderlo evitar soltó un suspiro de angustia que al señor Gutiérrez le pareció encantador, y a continuación se obligó a componer una sonrisa que complació enormemente a su acompañante.

14

En muy poco tiempo, la vida de Tobías cambió radicalmente.

Con la experiencia que demostraba, y avalado por la universidad, le resultó muy fácil conseguir un buen trabajo en la Dirección de Agricultura, Ganadería y Colonización, dependiente del Ministerio de Obras Públicas creado ese mismo año. El equipo estaba formado por personal joven con mucha iniciativa y grandes ideas, por lo que la información que Tobías traía de América y Canadá fue bien recibida y enseguida se pusieron en marcha ambiciosos proyectos.

Pasaba mucho tiempo fuera de casa, de feria en feria, de granja en granja, comentando nuevas técnicas, promoviendo el uso de máquinas e incitando a la creación de cooperativas para optimizar el trabajo de la tierra y la cría de ganado. En el aspecto profesional le iba francamente bien.

Su madre presumía de buen hijo, ya que buena parte de su sueldo revertía en la casa. «Acabáramos —decía continuamente Miquel—, solo faltaría que el señorito estuviera a pan y cuchillo, despilfarrando en Dios sabe qué vicios todo lo que gana.»

La relación entre ambos era peor que mala. Intentaban esquivarse mutuamente, porque a Miquel se le encendía la sangre cada vez que veía a su hermano pequeño. No podía evitar echar sobre él toda la caballería ni que de su boca salieran sapos y culebras. Vivía muy presionado por las infinitas preocupaciones que le daba la fábrica. Las cosas no iban bien en su casa, ni en su trabajo, ni tampoco en el país. Últimamente los clientes pagaban tarde y mal. Jofre, el contable de la fábrica y marido de Eulalia, hacía lo imposible para que las cuentas cuadraran e intentaba cobrar de los clientes morosos, pero sus esfuerzos no daban resultados. Los proveedores no querían seguir sirviendo si no se les pagaban las facturas pendientes. Los trabajadores no tenían nada que hacer, y las tensiones entre ellos no tardaron en aparecer. Empezaron a oírse rumores de despido y los sindicatos comenzaron a movilizarse. Pronto no habría manera de pagar los sueldos, a no ser que se produjera un milagro. Miquel no quería preocupar a su madre. La subsistencia de la familia y el nivel de vida que llevaban dependían de esa fábrica. Además, él era el mayor y el heredero, suya era la responsabilidad de sacar adelante el negocio, pero la realidad lo desbordaba. La mejor forma de desahogo que encontró Miquel fue arremeter contra Tobías y descargar sobre él sus frustraciones. La relación entre ambos empeoraba con el tiempo y la pobre señora Dolores sufría cada día más.

—Mire, madre, yo no sé qué le he hecho a mi hermano, pero entenderá que esto es un sinvivir.

Ella le pedía paciencia. Miquel era un hombre con muchas responsabilidades y últimamente estaba nervioso. Ya como esposa había pasado muchos disgustos por culpa de esa dichosa fábrica, y ahora como madre volvía a sufrir por la misma causa.

—Madre —le dijo un día Tobías—, solo le pido que no nos haga sentarnos más a la misma mesa. Vamos a ahorrarnos disgustos. Si él viene, no vengo yo y sanseacabó. Y no me llore más, por favor, que yo siempre estaré a su lado. Pero no me haga pasar por eso. Que todos tenemos lo nuestro y nadie va por el mundo arremetiendo contra el primero que pasa.

Frederic, el amigo de infancia de Tobías, dedicaba su vida a la conquista, ya fuera una buena moza o la voluntad de sus padres para que siguieran financiando sus actividades artísticas. Poseía tal encanto que seducía a todo el mundo, con tanta gracia que casi le agradecían concederle los favores que pedía continuamente.

Disponía de un piso en el barrio del Borne donde desarrollaba sus habilidades. Todas sus habilidades. Allí pintaba, esculpía, se divertía bebiendo con sus amigos y durmiendo con sus amantes. Las mujeres más influyentes de la ciudad paseaban complacidas del brazo de sus maridos por las diversas estancias del apartamento intentando convencerlos de la buena inversión que suponía comprar a ese prometedor artista los bustos o retratos que hacía de ellas. En un tiempo relativamente corto había conseguido una corte de mecenas que le permitía llevar el tipo de vida que le gustaba. Bien relacionado, no descuidaba a sus padres, e incluso logró que estuvieran orgullosos de él a pesar de la vida que llevaba.

Tobías se sentía muy a gusto en su compañía. En cierta manera, le recordaba al amigo que había dejado en América, aunque su carácter fuera muy distinto. A diferencia de Félix, Frederic actuaba de forma natural, con cierta inocencia. No forzaba ninguna situación, había nacido para vivir así, todo el mundo lo sabía y colaboraba en ello, no podía ser de otro modo.

Era un hombre generoso, especialmente con sus amigos, respetuoso y atento con las necesidades de los demás. Daba de comer al que tuviera hambre, de beber al que tuviera sed, compañía al que se sintiera solo y a quien estuviera falto de cariño, lo amaba.

Frederic introdujo al recién llegado en su mundo. Tobías se adaptó rápidamente al ritmo noctámbulo que su amigo marcaba y le costaba poco cambiar su serio semblante de trabajador ministerial por el porte bribón y bohemio que lucía de noche. Las zonas del Borne, el Raval y el Paralelo se convirtieron en su espacio habitual. Solían empezar la ronda en el Borrell, un local situado delante del Moulin Rouge, y tras pasar por varios bares y cafés acababan en el Pastís, sentados al lado de los habituales bebedores de absenta. Algunas noches iban a abrazar a alguna modistilla enamoradiza a los bailes del Dancing Eden o de La Paloma, y otras alternaban con algún avispado muchacho en La Criolla, el cabaré-baile-bar donde se reunía lo mejorcito de Barcelona bajo la atenta mirada de Pepe, el encargado, que, como siempre decía, permitía «las expresiones obscenas, las formas atrevidas y las escenas procaces, siempre que nadie intente causar desórdenes». Allí se encontraban con artistas de la pluma, el pincel, el cine y el toreo, políticos, queridas, entretenidas de primera y de segunda clase, turistas y periodistas, seguros de hallar todo lo que necesitaban para terminar la noche.

Los días de sol sacaban a pasear su resaca lenta y cansina por los Baños de San Sebastián, y si la noche no había sido muy exigente se calzaban las botas y paseaban por la montaña de Montjuic, cuyos bosques y caminos acabaron aprendiéndose de memoria.

Esa rutina le encantaba. Se pasaba los días trabajando en algo que le gustaba y las noches disfrutando de la vida canalla. Su vida familiar también era satisfactoria, excepto por las discusiones –por fortuna cada vez menos frecuentes– con su hermano mayor. No es que estuvieran arreglándose las cosas, simplemente evitaban encontrarse. Seguía ocupando su habitación de adolescente, acostumbraba a comer con su madre y se reunía a menudo con Santiago y Josep, con los que tenía una relación excelente.

Uno de los amigos noctámbulos de Frederic era Felipe, el poeta. Tobías y él se entendieron enseguida. Tobías tenía el extraño don de complementarse a la perfección con caracteres muy distintos al suyo. Poseía la habilidad de aportar su sensatez y sentido común y absorbía fácilmente la inconsciencia y la libertad de espíritu de los demás. Tenía una gran capacidad de adaptación y sacaba lo bueno y lo mejor de cada uno.

Felipe, el poeta, se aburría pronto de todo. Cualquier actividad que empezaba con entusiasmo, aquella que parecía la más atractiva y definitiva, perdía interés en pocos días. Le gustaba lo inmediato. La poesía breve, los amores efímeros, las discusiones cortas. Cambiaba de opinión continuamente. Siempre impredecible, su criterio era voluble. En casi todo menos en política. Y Tobías, que nunca se había preocupado por esos temas, empezó a mostrar cierto interés.

Felipe era un gran conocedor de la vida nocturna del Paralelo. Le entusiasmaba el cóctel de *glamour* europeo, dinero, excesos y lo más sórdido de la ciudad. La alta burguesía también frecuentaba ese ambiente. Hombres y mujeres con poder, tradición o pesetas en busca de espectáculo y nuevas experiencias que los sacaran de su vida aburrida y ociosa se mezclaban con chusma sin escrúpulos, dispuesta a sacarle los cuartos a cualquiera, con gente superviviente de malas decisiones y con los espíritus cándidos que creían en las oportunidades. Para Felipe era un mundo perfecto, fuente de continua inspiración. Conocía cada rincón, cada persona, cada historia. Últimamente se dedicaba a escribir cuplés para aprendizas de artista que quisieran debutar. Daba igual que tuvieran voz de gallina, cuerpo de avestruz o carácter de mosquita. Siempre que contaran con algo que ofrecer, tenían una oportunidad. Por un par de perras o un par de piernas, él les escribía la canción adecuada y las mandaba al cabaré de turno. Lo que pasara después ya no era asunto suyo, porque él ya estaba ocupado escribiendo una nueva letra tan procaz como la chica en cuestión fuera capaz de interpretar. A Tobías le asombraba ver con qué facilidad atraía y expulsaba de su vida a todas esas muchachas que, en el fondo, no tenían ningún futuro.

—Les estoy dando una esperanza —decía Felipe—. Ellas son felices, y yo también.

Tenía acceso a todos los teatros del Paralelo, desde los más elegantes hasta los más miserables. Era un «claca» profesional; a cambio de aplaudir en los momentos oportunos, accedía a los espectáculos, camerinos, coristas y rincones escondidos de cada local. Frederic y Tobías empezaron a acompañarlo y no tardaron en ser conocidos también como habituales del mundillo. De este modo Tobías conoció a personas influyentes, grandes y pequeños artistas, transformistas, gente del circo y vendedores de ilusiones y cuerpos. Gracias a Felipe asistió gratuitamente a todo tipo de espectáculos, pero también a mítines y reuniones políticas en las que empezó a hacerse una idea de cuál era la situación del país.

La señora Dolores era mayor, pero aparentaba más edad de la que en realidad tenía. Siempre había sido el puntal de la familia, la auténtica cabeza de la casa, el consuelo de los dolores físicos y de las penas del corazón. Pero desde que don Tobías faltaba se la veía fatigada y débil. Echaba mucho de menos el apoyo de su marido, a quien adoraba, y sin él su vida se deshacía poco a poco. Recuperar a todos sus hijos le había alegrado los últimos meses, pero se sentía cansada y ya no tenía mucho más por lo que luchar, así que, con la esperanza de reunirse con él, se dejó ir y aguantó el tiempo justo para que su hijo Enric, que ya había sido ordenado sacerdote, pudiera darle la extremaunción.

La familia estaba deshecha. Tobías, particularmente, sentía una culpabilidad que su hermano mayor se encargaba de alimentar.

—No te preocupes, Tobías, está desquiciado —le decía Santiago—. No puedes culparte por no haber estado aquí los dos últimos años. Cada cual tiene que hacer su vida, y te prometo que los papás estaban muy orgullosos de ti. En el fondo, eso es lo que le molesta.

Durante el multitudinario funeral no se dirigieron la palabra. La salida de la iglesia fue larga y pesada. Tener que dar la mano a tanta gente que no conocía no era lo que Tobías necesitaba en ese momento. Y cuando alguien, después de abrazarlo con supuesto cariño, se lo había quedado mirando con extrañeza y le había preguntado «¿Y tú quién eres?», ya no había podido aguantar más tanta hipocresía y en cuanto vio la ocasión se alejó de allí bajo la desagradable mirada de reproche que le dirigió su hermano mayor.

Le molestaba tener que mostrar en público un dolor que, aunque era real, solo quería para sí mismo. Un funeral no dejaba de ser un acontecimiento social, y mucha gente aprovechaba la ocasión para relacionarse. Algunos de los presentes hacía mucho que no se veían y se alegraban de encontrarse. Las lágrimas de unos se mezclaban con las risas de otros y el conjunto resultaba un tanto grotesco. A cierta distancia, Tobías se dedicó a observar el espectáculo. Entonces reparó en lo sola que parecía su hermana, cuyo marido, apartado del grupo, estaba haciendo negocios alegremente con otro tipo con un aspecto tan desagradable como el suyo. Nunca le había gustado mucho su cuñado, pero por un momento creyó ver en él algo perverso. Tobías intentó desprenderse de esa sensación. Ese día veía fantasmas por todas partes.

Despertó de sus pensamientos cuando alguien tiró de su brazo. Sus amigos poetas, escultores y demás, que lo estaban esperando algo más lejos, se lo llevaron a tomar un par de copas en honor a la fallecida, cosa que Tobías agradeció.

Un par de semanas después, con el espíritu y la mente algo más relajados y antes de que el abogado los hiciera llamar para la lectura del testamento de su madre, Miquel convocó a todos los hermanos a una reunión familiar urgente.

Desde el día del funeral no habían vuelto a verse, y a Tobías le pareció que su hermana había oscurecido aún más. Estaba sentada en el sillón de su madre, con la mirada perdida y las manos agarradas con fuerza al bolso, que descansaba en su regazo. Miquel recibió al resto de los hermanos en silencio, ofreciéndoles una copa de brandy a medida que fueron llegando. El bueno de Enric fue el único que la rechazó. Todo tenía un aire excesivamente solemne que no prometía nada bueno.

—¿Los señores necesitarán algo más? —preguntó Marieta, y como nadie respondió salió de la habitación y cerró la puerta.

Hubo un momento de silencio expectante. Miquel, apoyado en la chimenea, sentía todas las miradas quemándole la nuca.

—El malnacido de Jofre se ha largado —empezó, escupiendo las palabras a bocajarro—. Ha dejado a Eulalia y a la niña con lo puesto y se ha llevado los activos de la fábrica. El hijo de puta ha estado cobrando en secreto las deudas pendientes y las ha ido ingresando en una cuenta privada.

En ese momento, Eulalia rompió a llorar. Sus hermanos la miraban incrédulos, sin saber qué decir. Un enorme sentimiento de compasión hacia ella inundó el alma de Tobías.

—He hablado con nuestros clientes —continuó Miquel con un discurso que parecía tener muy bien preparado—, y todos disponen de un recibo en regla firmado por el muy desgraciado, pero nuestras cuentas siguen en números rojos. No hay nada que podamos hacer. Estamos arruinados.

Eulalia abrió el bolso con cuidado, como si en su interior hubiera algo muy peligroso, y extrajo un sobre. Santiago sacó la nota que contenía y la leyó. Hacía tiempo que Jofre tenía una amante a quien mantenía con el dinero que desfalcaba de la fábrica. Estaba cansado de esa doble vida, y había decidido que su felicidad dependía de poder deshacerse del lastre que suponía seguir vinculado a la familia. De manera que consideraba que lo mejor que podía hacer por el bien de todos era desaparecer, pero tenían que entender que necesitaba un mínimo para subsistir. Les agradecía todo el tiempo que habían compartido, lo bien que lo habían tratado, los años que le había dedicado con devoción su esposa Eulalia y la confianza que habían depositado en él, posibilitándole el acceso ilimitado a las ganancias del negocio. No hacía falta que lo buscaran, porque a esas alturas ya estaría fuera del país. Finalmente, les deseaba suerte.

¡Qué despilfarro de cinismo! Todos, empezando por el propio don Tobías, habían confiado plenamente en el contable. ¡Parecía tan preocupado por la marcha del negocio! Eulalia había sufrido mucho por él y cuidaba de no importunarlo y de no quejarse por sentirse tan desatendida. Ese hombre había sido un artista del engaño y el disimulo, aunque en el fondo a Tobías no le sorprendió.

—Y ahora... ¿Qué vamos a hacer? —consiguió decir Eulalia, ahogada en lágrimas—. ¿Qué va a ser de nosotras?

Su llanto fue lo único que se oyó durante un buen rato.

Una mujer de su posición, abandonada, sin dignidad, muerta socialmente a partir de entonces, dependía de la caridad de su familia, y en esos momentos la suya poco podía ofrecerle.

Tobías estaba acostumbrado a solucionar problemas, Santiago era un hombre con mucha imaginación, Josep tenía iniciativa, el bueno de Enric, influencias, y Miquel conocía como nadie la fábrica. Con la traición carcomiéndoles las entrañas, pusieron en marcha todos sus recursos. Eulalia, con su hija en brazos, esperaba sin mucha ilusión alguna posibilidad milagrosa.

Vendieron el piso familiar del Ensanche y la casita de Vallvidrera donde pasaban el verano para huir del calor de la ciudad, y con el dinero que consiguieron pagaron deudas e intentaron remontar. Pero todo esfuerzo fue inútil, y después de consultar con varios abogados no hallaron más solución que desmantelar la fábrica. En subasta pública, nadie quiso quedarse con ella y hubo que despedir a todos los trabajadores. Recibieron amenazas de muerte, denuncias, extrañas visitas y presiones de todo tipo. Se malvendieron las máquinas y el solar. Con los años, todas las instalaciones desaparecieron y el lugar acabó convirtiéndose en una granja de cerdos.

Ninguno de los hermanos disponía de renta suficiente como para mantener a su hermana y su sobrina. Enric intentó que ingresaran en una institución religiosa, pero ningún convento las aceptaba a las dos juntas. Gracias a Dios, una tía soltera, beata, refunfuñona y aburrida que vivía sola en Tárrega, un pueblo de la provincia de Lérida, y a la que apenas conocían, se ofreció a acogerlas a cambio de compañía. A falta de una opción mejor, todos pensaron que era una buena solución y madre e hija acabaron enterradas en el oscuro y caluroso caserón de la anciana. Sin ser soltera, ni viuda, ni divorciada, Eulalia nunca tuvo opción de rehacer su vida. Su hija fue más afortunada y con los años se casó con un buen hombre que se la llevó lejos y que le dio un par de nietos a los que apenas veía. Con el tiempo, Eulalia heredó el oscuro y caluroso caserón y acabó siendo ella también una abuela beata, refunfuñona y aburrida.

Desprestigiado y hundido, Miquel se despidió de todos sus hermanos menos de Tobías y, fracasado, se marchó. Nunca más supieron de él. Enric volvió al monasterio donde seguía estudiando, Josep se fue a París a terminar la carrera de Arquitectura, Santiago se casó con su novia de toda la vida y se fue a vivir a casa de sus suegros en Vilassar y Tobías se instaló provisionalmente en el apartamento de Frederic en el Borne, donde hizo lo posible por continuar con su vida.

Segunda parte
(1933-1940)

15

Desde la llegada de las niñas a la casa, tenían la sensación de ser una familia. Pero era especialmente Remedios quien les había cambiado la vida. A la señora Paquita le encantaba ver lo contento que estaba su Esteban cuando lo observaba mientras trabajaban en el salón, cuya decoración había cambiado por completo para convertirlo en una especie de taller lleno de telas hermosas, maniquíes y abalorios. El enorme ventanal de cristal y hierro forjado que ocupaba casi toda una pared, la que daba al interior de la manzana, les proporcionaba suficiente luz y calor en las cortas y soleadas jornadas de invierno y una buena corriente de aire cuando lo abrían de par en par los sofocantes días de verano. Las cosas les iban bien y hubieran podido permitirse alquilar un pequeño local y trasladar allí el taller, pero los dos estaban de acuerdo en que les gustaba trabajar en casa, y al resto de los inquilinos no parecía importarles. Excepto a Charito, que, siempre despectiva, decía que aquello parecía una fábrica. Pero a la señora Paquita le gustaba verlos encerrados en su mundo, mirando revistas y catálogos, comentando diseños, contándose los últimos cotilleos de la cupletista de turno, discutiendo por la elección de una tela o una pasamanería. Además, Remedios sonreía mucho últimamente y eso la hacía muy hermosa, sobre todo cuando el sol que entraba por la ventana le iluminaba la cara.

Charito, sin embargo, llevaba una buena temporada de mal humor. Le desagradaba ver cómo su hermana, que siempre se había dejado llevar y que aceptaba sin rebelarse cualquier golpe del destino, parecía tan feliz. Mientras que ella, que se suponía que llevaba las riendas de su vida, que había elegido lo que quería hacer y no había permitido que nada se interpusiera en su camino, no conseguía sentirse satisfecha y necesitaba más.

· Intentaba pasar el mínimo tiempo posible en la pensión. Aquel no era su sitio. Se sentía a disgusto en compañía de esa gente —según ella— fracasada y sin ambición alguna; ni siquiera la señorita Reina podía ofrecerle mucho más. Otra vez la soberbia dominaba su comportamiento, y no era capaz de acordarse de las terribles consecuencias que eso le había comportado en otra época de su vida.

No era difícil entender lo que pasaba en su interior. Lejos de la pensión, su existencia se dividía entre el *glamour* y el sórdido vasallaje. Por las mañanas estudiaba con ahínco en las mejores escuelas de canto de Barcelona y su progreso era notable. Por las tardes se rodeaba de gente elegante, de lujos y caprichos que costeaba su protector a cambio de un poco de cariño y de satisfacer sus deseos. Por el momento, su «chato» no le pedía demasiado. Aun así, ella no se enorgullecía de su conducta. Pagaba lo uno con lo otro. No tenía nada que no se ganara. Por eso la vida sencilla de su hermana y sus compañeros de pensión se le antojaba pusilánime y tediosa.

La única persona que le aportaba algo era Felipe, el poeta. Lo encontraba divertido y atrevido, y era lo que ella necesitaba. Solía verlo con sus amigotes, sentados frente al café La Tranquilidad, y, a pesar de las advertencias que en su día le había hecho la señora Paquita, Charito había empezado a contestar con un gesto de cabeza a los piropos que le dedicaban cuando pasaba por delante de ellos.

Como casi cada tarde en las últimas semanas, los tres amigos se habían reunido para tomar un café y comentar los últimos acontecimientos mientras esperaban el momento de ir al teatro. El interior del establecimiento hervía de actividad. El lugar era grande y ruidoso. En todas las mesas había gente discutiendo y defendiendo sus ideas políticas. Había sindicalistas, anarquistas y muchos que solo iban a escuchar, algunos para formarse una idea de cómo iba el país y otros para poder informar, a quien interesara, de lo que se cocía por allí. Entre otras cosas, les gustaba ir a La Tranquilidad porque Cisteró, el dueño del local, les permitía ocupar una mesa tanto tiempo como quisieran sin consumir más que un café y varios vasos de agua del grifo, que no les costaban ni un real. Tobías y Frederic eran de los que escuchaban y se guardaban la opinión. Pero Felipe discutía con alguien día sí día también, y en más de una ocasión tuvieron que llevárselo antes de que llegara a las manos con algún otro cliente exaltado. La mayoría de los asiduos se conocían las caras y las opiniones, algunos se la tenían jurada a otros y dirigían sus comentarios sarcásticos siempre en la misma dirección. Los ánimos no tardaban en caldearse, así que no era extraño que de repente algunos explotaran y se enzarzaran en pequeñas riñas que se transformaban en auténticas batallas campales, cosa que la Policía, siempre atenta a no perder ninguna ocasión, aprovechaba para presentarse en el café y ponerse una medalla por detener a cuatro o cinco de aquellos indeseables. Cuando eso ocurría, el local se quedaba en silencio hasta que alguien levantaba el vaso en honor a los desafortunados camaradas a quienes había tocado pasar la noche en el cuartelillo, y en pocos minutos el ambiente volvía a ser el acostumbrado. A los tres amigos les encantaba ir allí, porque estaban convencidos de que algo importante estaba a punto de suceder y querían verlo desde la primera fila.

Dentro del café fumaba todo el mundo y solía hacer mucho calor. Cuando el ambiente se volvía irrespirable, sobre todo para Tobías, salían a tomar el aire y se sentaban en alguna de las mesas de la terraza.

Allí fue, delante de La Tranquilidad, donde Tobías la vio por primera vez. Y le pareció perfecta.

—Charito... Que eso que tú haces no es andar..., que es hacer cosquillas al pavimento, preciosa... —soltó Felipe con toda naturalidad.

Ella le devolvió una sonrisa, acostumbrada a los piropos que le dedicaba a menudo en la pensión. Para él Charito era distinta a las demás chicas; sabía demasiado de sus conquistas y ya la había visto recién levantada, lo que le restaba emoción al asunto. Además, las dos hermanas eran como de su familia, y a la familia no se la tocaba.

Tobías, que no podía dejar de mirarla, se quedó con el nombre de la muchacha, con su sonrisa pegada en la frente y con una cara de atontado que hizo que sus amigos se burlaran de él durante un buen rato.

—¡Cuidado, que se te van a caer los ojos! —le dijo Frederic propinándole un codazo en un costado, muerto de la risa.

—¡Pero qué dices! —le contestó Tobías, riéndose también.

—¡Cisteró! Tráete una palangana, que aquí al amigo se le cae la baba a cascadas.

—Anda, déjame en paz.

—Oye, Tobías, no te la mires tanto que esa no es para ti —terminó diciéndole Felipe al ver en la expresión de su amigo que aquello podía acabar en algo más que un simple capricho; el poeta conocía bien el mundo del artisteo, sabía en qué estaba metida Rosario e intuía que no era tan libre como parecía.

Por mucho que Remedios le preguntara, su hermana no soltaba prenda. Nadie sabía de su relación con Gutiérrez de Vilamatriu, excepto don Ramiro y la señora Paquita, que en ese tema era pura discreción. Charito pretendía que así siguiera siendo.

El anciano Gutiérrez de Vilamatriu solo quería un poco de cariño. Tenía influencias y mucho dinero para pagarlo, y demandaba exclusividad. Para sorpresa de Charito, que ya se había hecho a la idea de lo que se esperaba de ella, lo único que le pidió fue compañía y alguna caricia. Le gustaba que le leyera ligerita de ropa, que le cantara y bailara, que le contara cotilleos picantes... Él le hablaba de su vida, le enseñaba fotos de su amada esposa y su hijita, fallecidas ambas por culpa de una enfermedad devastadora, le lloraba y le decía lo solo que se había sentido hasta ahora. La colmaba de joyas, vestidos y prendas íntimas carísimas que nunca salían de la casa. Algunos días jugaban al parchís, Charito ataviada con un pijama rosa de niña, otros días jugaban a la canasta, ella vestida con un picardías negro bordado en pedrería. Si hacía frío se sentaban frente a la chimenea, él en su sillón y ella en el suelo, envuelta en un abrigo de piel y con la cabeza apoyada en su regazo. A veces lo afeitaba con suavidad o le aplicaba linimento en sus doloridos músculos. Lo besaba en la mejilla y lo llamaba gatito. Solían cenar juntos, tomaban un brandy, fumaban un cigarrillo, bailaban un vals o jugaban una partida de billar, pero después siempre la mandaba a casa.

Charito tuvo que aprender un vocabulario procaz nada habitual en ella y que al principio le daba mucha vergüenza. Tuvo que acostumbrarse a que la miraran y a moverse de forma provocativa. Alguna vez tuvo que tragar bilis y soportar caricias que le desagradaban.

—Soy un hombre mayor, Charito. Me conformo con poco.

Lo que el anciano no quería reconocer era que hacía tiempo que su cuerpo no respondía como a él le hubiera gustado. Cuando Charito se dio cuenta, aliviada y con un gesto de ternura, le prometió guardarle el secreto.

Él le fue tomando cariño. Y ella se fue acostumbrando. Se sentía un poco niñera, un poco enfermera, un poco algo que le daba apuro reconocer, y cada vez más agradecida de no tener que vender a nadie lo que en su día quería poder regalar. Aunque, a esas alturas, lo cierto es que había momentos en que empezaba a importarle un comino. Su relación con Gutiérrez de Vilamatriu la protegía de los moscones y le permitía concentrarse en lo que a ella le gustaba llamar «su carrera», esperando —cada día con menos paciencia— que todas las promesas que le habían hecho se materializaran. A nadie le hablaba de su doble vida y en su fuero interno se sentía aliviada de no tener que entregarse por completo, lo que le permitía mantener la cabeza bastante alta.

Eran las fiestas del barrio y en la calle Roser habían montado un entoldado para celebrar el gran baile. Remedios estaba muy emocionada. Era el primer baile al que iba con Enrique y le hacía mucha ilusión.

Esteban llevaba tiempo preparándole una sorpresa. Nunca había imaginado encontrar una colaboradora tan perfecta para su proyecto profesional, una persona que entendiera tan bien su concepto creativo y con la que pudiera compartir tantas horas de trabajo. Era un hombre agradecido y quiso regalarle el vestido ideal. Observó su obra y sonrió satisfecho. Había confeccionado un precioso vestido en tonos malvas –contrastará perfectamente con su tono de piel y esa bonita melena negra, pensaba–, inspirado en el que lucía Claudette Colbert en *Sucedió una noche*. Habían ido juntos a ver la película una tarde en la que, a pesar de tener mucho trabajo, necesitaban distraerse un poco. Él había regresado enamorado de Clark Gable, y ella del vestido de la actriz.

La señora Paquita, su cómplice, se moría de ganas de ver la cara que ponía la niña. Los dos aguardaban con impaciencia a que volviera de un recado para darle el regalo.

La carita de Remedios cuando vio el vestido pagaba los esfuerzos realizados. No pudo esperar para probárselo. Esteban había estudiado a escondidas el cuerpo de Remedios y se sabía de memoria cada una de sus curvas. El vestido le sentaba como un guante. Estaba preciosa.

–Pero mírate, mi niña. ¡Si pareces una modelo de alta costura!

Remedios llamó emocionada a Charito, que estaba en su cuarto preparándose para salir, y le enseñó su vestido nuevo.

–Es gracioso... Un poco largo, ¿no? –dijo con cierta indiferencia para disimular la envidia que le provocaba darse cuenta de que en la casa querían tanto a su hermana–. Me tengo que ir. Tengo una reunión urgente. No me esperéis para cenar.

–No me esperéis para cenar, dice. Como si últimamente hubiera venido a cenar algún día. Son ganas de darse importancia. ¡Cómo ha cambiado esta niña! –dijo la señora Paquita mientras veían cómo se marchaba Charito–. No hagas caso de tu hermana, bonita, que el vestido es perfecto. ¡Ya verás la cara que va a poner Enrique cuando te vea!

154

—¡Ay, si la envidia fuera tiña…! —susurró Esteban para sus adentros.

Charito salía muy contenta del despacho de don Ramiro. La había hecho llamar para comunicarle que Gutiérrez de Vilamatriu y su maestro de canto consideraban que había llegado el momento de comenzar a diseñar su carrera. Se estrenaría con algunas colaboraciones radiofónicas en programas de prestigio, para que se la empezara a oír. Tenía que seguir trabajando el lírico, porque pretendían introducirla en el coro del Liceo como primer paso para abrirse camino en el mundo del bel canto. En unos meses estaba previsto el estreno de la ópera *El estudiante de Salamanca,* cuyo autor, Joan Gaig, era conocido de su protector, y si trabajaba duro, sería fácil conseguirle un papelito, lo que supondría entrar por la puerta grande.

Por fin parecía que todo empezaba a tomar forma. Sus sueños y proyectos empezaban a tener sentido. Hacía tiempo que no estaba tan ilusionada. Necesitaba contárselo a alguien y celebrarlo como Dios mandaba. La lógica le decía que debía ir a casa de Gutiérrez de Vilamatriu, pero en ese momento era la última persona a la que quería ver. Lo llamó desde el despacho para darle las gracias efusivamente y para decirle que se había puesto muy nerviosa, que no se encontraba muy bien y que la disculpara, que lo vería en unos días.

Sin darse cuenta, los pies la llevaron hacia casa. Se supone que debería contárselo a Remedios y a la señora Paquita, pensaba. Pero en realidad no era eso lo que le apetecía hacer.

Al pasar por delante de la terraza del café Español vio a Felipe, que la saludaba desde el otro lado de la calle, sentado con sus amigos en una de las mesas de La Tranquilidad. Normalmente le hubiera devuelto el saludo y luego habría seguido su camino. Pero hoy era un día especial y le pareció buena idea compartir con ellos sus alegrías. Cruzó la calle hacia el grupo y, por fin, aceptó la invitación de acompañarlos, para asombro y jolgorio de los muchachos.

Charito estaba pletórica. Fue el centro de atención duran-te la tarde entera. Estuvo simpática, divertida, ocurrente, supo esquivar con gracia las indirectas y entusiasmar a todos con sus nuevos proyectos. A Tobías no le cabía la sonrisa en la cara de tanto como le gustaba la chica. La miraba de arriba abajo y absorbía toda la alegría que desbordaba. Apenas decía una palabra, para no interrumpirla. Le gustaba su voz, su acento divertido, el vocabulario cuidado y culto que usaba, lo bien que sabía combinarlo con expresiones arrabaleras y palabras que en su boca no sonaban tan soeces, el desparpajo con el que se movía, la línea perfecta de sus medias en esas piernas intermi-nables que cruzaba con más gracia que nadie, cómo se apar-taba el pelo de la cara, cómo le brillaban los dientes enmarca-dos por esos labios tan rojos. Visto desde fuera, más de uno se hubiera reído de la cara de idiota que ponía el hombre, sor-prendido por unas sensaciones que desconocía. Empezaba a enamorarse.

Después de varias copas y con la chispa instalada en la cabeza, Rosario aceptó ir a cenar con ellos. Rodeada de los muchachos, a cual más guapo, volvió a ser la reina de la fiesta, igual que aquella lejana noche en La Macarena en que bajó las escaleras del brazo de su padre.

Los tres hombres estuvieron pendientes de ella durante toda la cena. Se sentía como había querido sentirse tantas veces, admirada y envidiada. Estaba donde hacía tiempo que-ría estar. En esos momentos creyó que era feliz.

A lo lejos se oía la música del baile, que acababa de empe-zar. Frederic se disculpó con la excusa de haber bebido más de la cuenta, pero lo que de verdad le rondaba la cabeza era la carita de alguien que había conocido el día anterior. Felipe tenía un plan parecido y, justificándose de forma bastante infantil, le confió a Tobías el cuidado de Charito.

—Doy por supuesto que la dejarás en casa sana y salva. ¡Mira que a esta chica me la quiero como a una hermana! —le dijo el poeta en tono sarcástico mientras pensaba: como si necesitara que alguien la cuidara, ¡a ver si a quien hay que pro-teger es a este pardillo enamorado! Pero Tobías se tomó muy

156

en serio su misión y agradeció la oportunidad de quedarse a solas con Charito. A ella también le gustaba su compañía.

Se quedaron un rato más, conociéndose mientras tomaban el café. Charito se descubrió contando cosas que a nadie más había revelado, y él la escuchaba con admiración. Tobías también le relató a Charito, que raramente escuchaba a nadie, experiencias que la mantenían interesada. Enseguida intuyeron que ese encuentro podía ser más importante de lo que parecía.

—¡Cómo pueden ser tan sinvergüenzas! —exclamó Tobías riéndose cuando se dio cuenta de que sus amigos se habían ido sin pagar.

Apenas se oía la música, pero Tobías tenía unas ganas locas de bailar y le propuso a Charito ir juntos hasta el entoldado. Ella, para su propia sorpresa, aceptó. Consideraba que los bailes populares eran vulgares y que la gente que los frecuentaba lo era aún más; pero hoy estaba contenta, alegre por la bebida y bien acompañada, así que ya se encargaría ella de aportar una buena dosis de clase y *glamour* al festejo.

Tomados del brazo, Enrique y Remedios llegaron al baile presumiendo el uno del otro. En el barrio todo el mundo los conocía y sonreían cuando pasaban. Eran la viva imagen de la ternura, que contrastaba enormemente con lo que se veía por los alrededores.

Enrique miraba a su novia embelesado. Ella creía que era por el vestido nuevo, que le sentaba de maravilla, pero a él le daba igual la ropa que llevara. La admiraba de todas las maneras. Era una mujer tan hermosa por dentro y por fuera que lo único que quería era amarla lo que le quedaba de vida. Le daba miedo tocarla, como si fuera a romperse, y Remedios agradecía que todo fuera despacio, tranquilo.

La pareja estuvo bailando mucho rato, y en la media parte, Enrique le ofreció salir a tomar el aire. Ya hacía tiempo que una idea le rondaba por la cabeza, y creyó que era un buen momento para contársela.

—Mira, Remedios. Tú sabes por qué vine a Barcelona. —La agarró de la mano, nervioso—. Mi tío lleva un tiempo diciéndome que no me puede enseñar nada más, que ya estoy preparado.

Paseaban en dirección a la plaza. Cada vez le apretaba más la mano. Llegaron a un banco y Enrique la invitó a sentarse.

—Llevo muchos años ahorrando para abrir mi propio negocio. Pero ya te he contado muchas veces que me gustaría hacerlo en mi tierra. Creo que ha llegado el momento.

Remedios empezaba a asustarse. De repente, Enrique se hincó de rodillas y, con la voz temblorosa y el corazón galopante, le tomó las dos manos. Apenas podía respirar. Era consciente de que el paso que iba a dar era muy importante y que podía cambiar sus vidas.

—Cásate conmigo.

Soltó de golpe todo el aire que tenía acumulado en los pulmones y sonrió.

Lo dijo tan de repente que la pobre Remedios no supo reaccionar. Hasta entonces todas las decisiones de su vida las habían tomado otros, y ahora no sabía qué hacer. Necesitaba pensar. Le gustaba cómo estaban las cosas, y no quería que nada cambiara. Tenía un trabajo que le entusiasmaba, una nueva familia, un balcón soleado lleno de geranios y un novio bueno que se preocupaba por ella. Se le llenaron los ojos de lágrimas. Enrique pensó que estaba emocionada.

—¿Te vendrás conmigo a Córdoba? ¿Querrás ser mi esposa y la madre de mis hijos?

El joven se iba entusiasmando por momentos. Nunca había sido muy delicado en la forma de expresarse, las palabras le salían a borbotones, pero los sentimientos que manifestaba eran profundos. Estaba satisfecho de cómo había llevado la situación.

Pero Remedios no quería irse. Amaba a ese hombre y la idea de formar una familia a su lado le gustaba, pero ¿por qué no podían construir esa vida allí, cerca de Charito, la señora Paquita y Esteban? Y así se lo dijo, sin poder dejar de llorar.

—Yo te quiero, Enrique —le decía—. Me casaré contigo, seré la madre de tus hijos, pero no nos vamos de aquí.

Se produjo un largo silencio. Un poco decepcionado, Enrique volvió a sentarse a su lado. Había esperado otra reacción. En su torpeza, había creído que ella se sentiría halagada. Nunca pensó en lo importante que eran para Remedios su trabajo y su familia, ni en lo difícil y traumático que resultaba dejarlo todo otra vez.

Pero Enrique no era un hombre que se rindiera fácilmente. Sabría esperar, tampoco había tanta prisa. Ella le había dicho que se casaba con él, y eso ya lo hacía muy feliz.

Remedios, con la cabeza hundida en el pecho, no dejaba de llorar. Con una delicadeza desconocida en él, Enrique le tomó la barbilla y la miró a los ojos.

—De acuerdo, te casas conmigo y nos quedamos.

A Enrique nunca se le olvidarían los ojos de su amada en ese instante, que, aun hinchados de tanto llorar, le parecieron más hermosos que nunca. Entonces la besó por primera vez, y la cara de ambos quedó empapada por las lágrimas de Remedios, que ahora eran de felicidad.

«Todos dicen que es mentira que te quiero / porque nunca me habían visto enamorado.» A Tobías le sorprendió lo adecuada que era la letra del bolero que estaba bailando con Charito y que el cantante de la orquesta, ya cansado, defendía de forma más o menos aceptable.

«Yo te juro que yo mismo no comprendo / el porqué de tu mirar me ha cautivado.»

La canción parecía estar escrita para ellos. A Charito le complacía la destreza de Tobías en la pista, no era fácil encontrar hombres que bailaran tan bien. Hacía un buen rato que no hablaban. Su única comunicación, a esas alturas de la noche, era a través del roce de las mejillas y de las piernas mientras se desplazaban con pasos que parecían ensayados, y eso les dijo mucho más del otro que toda la conversación que habían mantenido hasta el momento. Era fácil darse cuenta, a poco que uno se fijara en la pareja, de lo bien que se entendían.

«Júrame / que aunque pase mucho tiempo / pensarás en el momento / en que yo te conocí.»

Se miraron y empezaron a reírse. En ese instante, Charito vio a Remedios entrar por la puerta del entoldado del brazo del novio ese que se había echado. La gente ya empezaba a retirarse y le sorprendió verla allí tan tarde. Estaba distinta, tenía un brillo especial, y la sonrisa de él también era diferente. Pero ahora ella estaba bailando con un hombre extraordinario; ya tendría tiempo de preguntarle a su hermana al día siguiente.

«Mírame / pues no hay nada más profundo / ni más grande en este mundo / que el cariño que te di.»

Enrique tomó a su prometida de la mano y empezaron a bailar en el otro extremo de la pista. Era un hombre feliz, aunque Remedios le había pedido mantener en secreto su decisión durante algún tiempo. Quería compartir el compromiso solo con él y encontrar el momento oportuno para contárselo a todo el mundo.

Entonces vio a Charito, y conociendo su opinión sobre ese tipo de bailes, le resultó divertido verla allí. Parecía contenta, como hacía tiempo que no la veía. Remedios pensó en lo especial que estaba siendo ese día y se dejó llevar por la música.

«Bésame / con un beso enamorado / como nadie me ha besado / desde el día en que nací.»

A Charito le subía el calor por el pecho. No sabía si por lo mucho que le gustaba su pareja o si era más bien cosa del alcohol, pero, al dictado de la canción y porque el momento le pareció propicio, no pudo evitar besar a Tobías. Él se quedó un poco desconcertado, pero le gustó su espontaneidad y reaccionó rápidamente agarrándola de la mano y llevándola fuera de la pista. El final de la noche se prometía muy distinto al esperado. Tobías se moría de ganas de abrazarla. Había pensado invertir más tiempo en la conquista, pero no iba a despreciar el cambio de planes. El cerebro le iba muy deprisa. Decidió no precipitarse, quería hacerlo bien y conseguir enamorarla. A pesar de lo fácil que parecía todo, iría más despacio, aunque su cuerpo le pedía otra cosa. En la primera esquina donde creyó sentirse a salvo de miradas, tomó a Rosario por la cintura, la arrimó a la pared y la besó larga y profundamente.

«Quiéreme / quiéreme hasta la locura / así sabrás la amargura / que estoy sufriendo por ti.»

16

Tumbado en el camastro del cuartucho que Frederic le prestaba en el piso del Borne, Tobías sonreía pensando en las últimas semanas. Había pasado mucho tiempo dando tumbos por el mundo, volver no le había traído más que disgustos y necesitaba encontrar cierta sensación de estabilidad. Últimamente parecía que las cosas estaban cambiando, que todo se ponía en su sitio. Tenía un trabajo que le gustaba y que le proporcionaba el dinero suficiente para llevar la vida que quería, unos amigos con los que compartía noches y fiestas y, por fin, la compañía de una mujer maravillosa. Miraba al techo con los brazos cruzados bajo la cabeza. Se sentía bien.

Charito le gustaba mucho. Para ser sincero, la chica lo traía loco. Con esas ansias de vivir y ese entusiasmo por todo lo que hacía, a uno le entraban ganas de estar siempre cerca de ella. Su alegría era contagiosa. La verdad es que no se la podía sacar de la cabeza. Se sorprendía a sí mismo pensando en ella en los momentos más inoportunos.

—¡Eh... Vila! ¡Vila! —le decía, dándole un codazo, alguno de sus colegas—. Despierta, que estás en Babia.

Y el sueño de estar con ella en la Atalaya del parque de atracciones del Tibidabo, con Barcelona a sus pies, se desvanecía entre un montón de vacas, en plena feria del ganado de Berga. No sabía qué era, pero esa sensación de turbación, ese hormigueo en la zona del plexo solar, esa inquietud en la boca del estómago le hacía pensar que posiblemente se estaba enamorando.

Todo sería perfecto si en el fondo no creyera que había algo que no acababa de ser como debiera. No sabía qué era exactamente, pero había un punto enigmático en esa mujer que lo inquietaba, aunque al mismo tiempo la hacía mucho más atractiva. Una vez más se decía a sí mismo que su obsesión por analizarlo todo estaba empezando a poner en peligro algo que tenía muchas ganas de que saliera adelante.

Se levantó de golpe del camastro. No podía perder tanto tiempo dándoles vueltas a las cosas para estropear lo que se prometía tan perfecto. Se dio una buena ducha, se engominó el pelo, se perfumó y se puso su mejor traje, dispuesto para ir a cenar con sus amigos antes de dirigirse al lugar donde había quedado con Charito, cuando ella saliera de ese extraño trabajo que la tenía ocupada hasta tan tarde y del que nunca quería hablar. Siempre que se encontraban iba vestida de forma impecable, con el maquillaje perfecto, y olía maravillosamente a algún perfume ajazminado. Verla tan elegante había propiciado que Tobías la imaginara en la pasarela de algún salón de alta costura. Le hubiera gustado pasear con ella del brazo, presumiendo de ir acompañado de tanta belleza, pero a Charito no parecían gustarle las muestras de cariño en público y él quería respetar sus deseos. El velo que cubre el principio de cualquier relación hacía que todo alrededor de la chica le resultara lógico, y ese no saber lo mantenía feliz.

Charito se dejaba querer. La aparición de Tobías había sido como un soplo de aire fresco en un día de calor sofocante. ¡Le contaba tantas cosas nuevas! Era un hombre de mundo con una buena posición y una presencia imponente. Aún no lo conocía bien, pero intuía que la vida a su lado podía ser estimulante. Por alguna razón se sentía muy cómoda en su compañía, y tenía la sensación de que era una persona en la que se podía confiar y de que podía ser el primero a quien lograra abrir su corazón. Con él todo era perfecto excepto por ese gran secreto, esa decisión equivocada que podría malograr cualquier cosa.

Charito era consciente de que no había hombre decente en el mundo que aceptara una vida como la que ella llevaba en esos momentos. Había tomado un camino que debía recorrer sola. Era una parte de su vida de la que no estaba orgullosa, pero de la que ya no podía desprenderse. Por un lado, quería ser completamente sincera con él. Era lo correcto. Pero también advertía el riesgo que corría. Con la verdad en la punta de la lengua en más de una ocasión, acababa decidiendo que Tobías de ninguna manera podía llegar a saberlo. No, eso lo estropearía todo. Pensaba muy a menudo en ello, y el secreto empezaba a construir un muro entre los dos.

Tenía que hacer auténticos malabarismos para continuar con la doble vida que llevaba. Se inventaba clases extras y trabajos extraordinarios para poder excusarse con Tobías cada vez que este le proponía un plan inesperado, y sufría enfermedades imaginarias, mareos y dolores de cabeza cuando no quería reunirse con Gutiérrez de Vilamatriu. En su ignorancia, los dos hombres parecían conformes con la situación, pero ella sabía que tenía una bomba de relojería en las manos.

A Enrique le empezaba a pesar la promesa que le había hecho a Remedios de quedarse en Barcelona. De hecho, ella era lo único que lo ataba a la ciudad. Toda su vida había soñado con tener un negocio propio en su tierra, se había estado preparando para ello durante muchos años, había ahorrado hasta la tacañería para conseguirlo. Nunca pensó que el amor podría desbaratar sus planes. Se había dado cuenta de que amaba profundamente a Remedios y de que ya nada tenía sentido sin ella. Pero el recuerdo de su casa y de su familia era un fuerte contrapeso, y el equilibrio amenazaba con romperse en cualquier momento.

Remedios intuía que algo no iba bien. Veía que su prometido se esforzaba por parecer contento, pero la alegría y la determinación que la habían enamorado empezaban a difuminarse. Todos los planes de futuro que habían trazado se iban aplazando, y no había en él ningún entusiasmo ni ganas de prosperar. La amaba, de eso no tenía la menor duda, pero todo lo demás no parecía hacerle feliz.

Las cosas dieron un vuelco por sí solas. Un día llegó una carta de Córdoba. La madre de Enrique le hablaba de una enfermedad grave y de asuntos familiares que requerían su atención. Le pedía que se reuniera con ella lo antes posible, antes de que fuera demasiado tarde. La llamada de socorro surtió efecto y Enrique se puso en marcha de inmediato.

—Amor mío... —Le rodeó la cara con las dos manos y la miró con más amor del que podía expresar—. Te voy a echar mucho de menos. Serán solo unas semanas. Le hablaré a mi madre de ti y te querrá tanto como yo. Te juro que te escribiré todos los días.

Remedios lo despidió con lágrimas en los ojos y volvió a dejar que la vida escogiera por ella. Sentada en su balcón lleno de geranios con los ojos cerrados y las manos apoyadas en la falda, se dispuso a esperar de nuevo. La tristeza empezó a rondarla, y por más esfuerzos que hizo por evitarlo, la muchacha miedosa que llegó de Algeciras volvió a recuperar su sitio.

La señora Paquita miraba preocupada a su niña. Ninguna palabra de consuelo servía, ningún proyecto nuevo la animaba. Solo parecía iluminarse cuando llegaba el correo, pero la alegría le duraba el rato que tardaba en leer la carta que Enrique le enviaba diariamente, cumpliendo su promesa. No decía nada, no contaba nada. Se hundía cada día más después de esa pequeña chispa de felicidad.

—Tienes que hablar con ella —le dijo la señora Paquita a Charito uno de esos pocos días que conseguía verla—. La niña no está bien y conviene que la arropemos. Ahora necesita a su hermana.

Fastidiada por la circunstancia, Charito se sentó impaciente al lado de Remedios y le tomó una mano como cuando eran niñas. Creyendo que ofrecía el mejor de los consuelos, le habló de independencia y de construir su propia vida. Remedios no abrió los ojos ni dijo una palabra. La voz de su hermana ya no la tranquilizaba.

–Ningún hombre se merece tanto sufrimiento. Tenemos que aprender a sobrevivir por nosotras mismas. Piensa si esto no era lo mejor. Esta separación te servirá para descubrir lo que quieres en realidad. Quizá es la oportunidad para que te des cuenta de que no es el hombre que te conviene. Tú puedes aspirar a más.

Charito no se daba cuenta del dolor que estaba infligiendo a su hermana. Quería marcharse pronto y dejar zanjado el asunto lo más rápidamente posible. Hablaba sin pensar sobre lo poca cosa que le parecía Enrique y el mediocre futuro que Remedios tendría con él. Le prometió una vida más interesante, le ofreció un nuevo mundo lleno de personas atractivas que ella iba a presentarle. Le besó la frente con prisa, cogió su bolso, se arregló el vestido y se marchó satisfecha. Ya había cumplido como hermana mayor.

Inmersa en su soberbia, no fue capaz de advertir en la mirada de Remedios todo el resentimiento que acababa de sembrar y cómo la determinación por conservar y defender su felicidad crecía en su corazón. De repente todo tenía sentido, todo se iba poniendo en su sitio. Era cierto, había hecho falta esa separación para darse cuenta de lo que tenía y de lo que quería. En el fondo, su hermana tenía razón. Charito había conseguido su objetivo, la había sacado de golpe de ese agujero resbaladizo del que se sentía incapaz de salir. Remedios también había tomado su decisión. Lucharía por el hombre que amaba y por lo que quería conseguir en la vida. Nadie le diría lo que debía hacer. Y mucho menos su hermana.

Por fin había llegado el día. Concentrada en sí misma, Charito solo pensaba en su aspecto, en su voz y en los admiradores que la rodearían después de su debut en el programa de radio. En esa época, cantar por la radio era algo bastante común; cualquiera podía ir a uno de esos programas concurso en los que necesitaban voluntarios para llenar tiempo de emisión y en los que tenía cabida cualquier persona ilusionada con sus diez minutos de gloria. Pero lo suyo, tal como le había hecho creer don Ramiro, era algo distinto. La de hoy iba a ser la primera de una serie de actuaciones en un maravilloso programa sobre la trayectoria de las grandes voces de la música española, que Charito ilustraría cantando los temas más emblemáticos de cada artista. Los ensayos habían sido un tanto accidentados, pero los problemas ya se habían solucionado y la tarde prometía.

—Esta niña tiene una voz demasiado potente —había dicho uno de los técnicos que controlaban el sonido—, o le quitamos el micrófono o nos revienta los equipos. Mira, niña, echa cuatro pasos atrás y a ver ahora... Probando... Aún distorsiona. A ver, niña, un poco más lejos... Probando... Vamos a tener que poner el micrófono al otro lado de la sala... Probando... Mucho mejor. Lo dejamos así.

Gutiérrez de Vilamatriu había preferido quedarse en casa y escucharla por el receptor. Don Ramiro estaba allí, en Radio Barcelona, y Charito esperaba que Tobías llegara en cualquier momento acompañado de sus amigos.

El público iba llenando la sala poco a poco y ella estaba cada vez más nerviosa. Había cantado en público a menudo, pero nunca con tanta expectación. Además, era la primera vez que cantaría delante de Tobías. Nunca había querido hacerlo, a pesar de su insistencia, esperando el momento más oportuno, y eso era quizá lo que más la inquietaba.

Remedios y el resto de la familia del Poble Sec tampoco estaban en el estudio. La verdad es que ella no había insistido en que fueran, y ellos tampoco se habían esforzado mucho en acudir. A Remedios, que quería mucho a su Rosario, le costaba cada vez más soportar a Charito. La zanja que se había abierto entre las dos se iba haciendo muy profunda. Aun así, pensó que a su hermana le hubiera encantado ver el corro de sillas que se había colocado alrededor del aparato de radio, porque nadie en aquella casa estaba dispuesto a perderse ni un segundo del programa de esa tarde.

Había llegado el momento. Impecable, con su vestido nuevo, perfectamente peinada y maquillada, Charito volvía a sentirse la reina de la fiesta. No iban a ser más que tres minutos de protagonismo, sus primeros tres minutos, pero muchas personas lo vivirían con mucha intensidad.

La voz de Charito sonaba fuerte, clara y segura. Don Ramiro sonreía con la satisfacción de haber acertado con su apuesta. Tobías la miraba sorprendido, cada vez más enamorado. Sus amigos se daban codazos y lo miraban burlones, intentando disimular la risa. Al otro lado de las ondas, un anciano se sentía orgulloso de su niña. Y en el piso del Poble Sec, Remedios, aún un poco dolida, sonreía con cariño mientras el resto del grupo miraba a un punto infinito escuchando la voz familiar de su amiga.

Charito disfrutaba. Sabía que lo estaba haciendo bien. Miró desafiante a don Ramiro y después, con mucho salero, hacia el público. Don Ramiro también estudiaba atentamente la reacción del respetable. Charito se movía despacio y dedicaba un momento a cada uno de los espectadores. Por fin se detuvo en Tobías, y con mirada cariñosa cantó para él el resto de la canción. A don Ramiro no se le escapó que algo pasaba. Vio la expresión del joven, miró a su pupila, volvió a mirarlo a él y de repente intuyó problemas.

Solo fueron tres minutos, pero cuando terminó y vio a Tobías levantarse deshecho en gritos y aplausos, y después de él al resto del personal que allí se encontraba, Charito se dio cuenta de que había nacido para vivir muchas veces la intensidad de aquellos momentos. Se sintió crecer y crecer por semejante sensación de victoria y tales muestras de admiración. Pasaron varios minutos más de vivas y aplausos, y la joven empezó a marearse en esa auténtica borrachera de éxito.

El programa debía continuar y la artista se retiró a camerinos. Cuando por fin se sentó, no pudo evitar romper a llorar de pura satisfacción. Las lágrimas caían a borbotones por sus mejillas y con ellas parte del maquillaje, que dejaba feas marcas en su cara. La imagen que le devolvía el espejo era esperpéntica, y sin embargo ella se sintió más feliz que nunca.

Tobías la esperó un buen rato en la puerta de Radio Barcelona, pero Charito ya se había marchado. Don Ramiro sabía lo que tenía que hacer y se había dado prisa en acompañarla hasta la puerta de la casa de Gutiérrez de Vilamatriu, quien, después de haber dado la noche libre al servicio, también la esperaba para celebrar el triunfo con una copa de champán francés y un regalo muy especial.

—Pasa, mi niña. —La recibió con una enorme sonrisa protectora—. Has estado sublime.

Según los cánones de la más antigua cortesía, el anciano le besó la mano y la acompañó hasta el interior de la vivienda. Con mucha ceremonia, la invitó a sentarse y la besó en el cuello. Charito no pudo evitar un escalofrío. Él la miraba complacido.

—Encima de la cama tienes algo muy especial, para que siempre recuerdes el día de hoy. Me encantaría vértelo puesto.

Charito se levantó despacio y se dirigió a la habitación de su anfitrión. Estaba muy cansada, pero al mismo tiempo muy excitada por esa tarde llena de experiencias y sensaciones. Sabía que ese era el lugar donde tenía que estar, pero la contrariaba no poder compartir su alegría con la persona que últimamente ocupaba su pensamiento a todas horas. Quería ser agradecida con su protector, pero lo que imaginaba era estar en brazos de Tobías. Mientras entraba, se dejó llevar por la situación y pensó que todo tenía su momento, que a todos dedicaría su tiempo, que quería disfrutar de cada segundo y que iba a hacer lo que se esperaba de ella. A esas alturas ya no podía permitirse demasiados remilgos. Con Gutiérrez de Vilamatriu, poca cosa le quedaba por ocultar. ¡Y hoy desbordaba tanta satisfacción! Cerró la puerta detrás de ella y fue hasta la pequeña caja que había sobre la colcha.

La increíble esmeralda rodeada de brillantes se reflejó en sus deslumbradas pupilas. Nunca había visto una joya tan magnífica. Aquello tenía que ser muy caro. Le gustaba mucho y se la merecía.

La cogió con cuidado, se la puso y se acercó al espejo. Fue un momento de intimidad absoluta. Definitivamente, había nacido para vivir de esa manera; disfrutaba con los vestidos bonitos, con las joyas caras y con la idea de que al otro lado de la puerta la esperaban con una copa de champán. Se bajó los tirantes del vestido para poder apreciar mejor la esmeralda sobre su piel y dejó que este cayera a sus pies. El resultado mejoraba sustancialmente. Se bajó también los tirantes del sujetador y se lo quitó. Indiscutiblemente, esa pieza estaba hecha para su cuello y merecía todo el espacio posible.

Casi sin pensar, sacó un pie del vestido, después el otro, y lentamente se dirigió hacia el salón, con las medias perfectamente alineadas y sujetas por un precioso liguero de encaje negro a juego con su culote y unos zapatos de tacón de aguja como única vestimenta. Con toda naturalidad abrió la puerta, fue directa hacia su protector, que la miraba embelesado, lo besó en la mejilla, cogió la copa que el anciano sostenía en una mano, se sentó en uno de los sillones Luis XVI y con un gesto satisfecho cruzó las piernas.

Tobías no era un ingenuo. Hacía tiempo que intuía algo que se esforzaba por sacarse de la cabeza. Pero cada vez resultaba más difícil. Charito era una gran chica y caía bien a todo el mundo, pero cuando sus amigos, alertados por los síntomas, empezaron a preguntarle si se daba cuenta de que se estaba colando por una corista y lo que ello significaba, no pudo cerrar los ojos por más tiempo y los demonios se presentaron. Sin poder evitarlo y como si fuera el protagonista de una gran ópera romántica, empezó a imaginar escenas de amor, traición, celos, venganza y arrepentimiento.

Pero esa tarde, después de haber oído esa voz que desconocía, tuvo que añadir a sus sentimientos el de admiración. Habían quedado en verse después de cenar, como era costumbre, pero sentía la necesidad de decirle muchas cosas y por eso estuvo más de dos horas plantado en la puerta de la emisora, hasta que Frederic y Felipe fueron a buscarlo hartos de esperarlo en el café del otro lado de la calle, cansados de tanta tontería.

—Chico, tú estás enfermo. Lo que necesitas es un buen trago. —Y casi a rastras se lo llevaron.

Hacía un tiempo que el poeta había encontrado en Tobías una gran fuente de inspiración. Visto desde fuera, su amigo era un auténtico bufón. Los versos satíricos que le sugería su comportamiento eran extraordinarios, y todos en La Tranquilidad reían sus ocurrencias. Tobías admitía los comentarios jocosos, sabía que no tenían maldad y se sentía feliz arropado por sus amigos. Pero Felipe, que en ningún momento había querido herir a Tobías, se tomaba muy en serio sus sentimientos. Tanto que últimamente había empezado a mirar a Charito de otra manera y se había dado cuenta de que era algo más que una vecinita simpática o alguien muy cercano y familiar. Ahora la veía como una mujer capaz de levantar pasiones, mucho más bella que cualquiera de sus conquistas ocasionales, con un gran talento y muchas cosas que ocultar.

A veces, cuando se quedaba solo, otro tipo de versos surgían en su mente, y estos eran más auténticos, más profundos, de una calidad tal que, al releerlos, tenía la sensación de haber sido poseído por otro poeta al que no reconocía. La obsesión lo guiaba. Y entonces oía entrar a Charito en la casa, dirigirse a su habitación y cruzar un par de palabras con su hermana. Él apoyaba las manos al otro lado de la pared que compartían y se la imaginaba desnudándose y metiéndose en la cama vestida con un sugerente camisón. Rápidamente cogía papel y lápiz y, enfebrecido, empezaba a escribir todo aquello que la musa le dictaba. Eran sus versos secretos, que no se atrevería a publicar a pesar de saber que eran lo mejor que había escrito nunca.

Verla aparecer, mezclada entre la gente, bajando por el paseo de Gracia con esa manera de andar característica y ese estilo tan personal, hacía que a Tobías se le borraran de inmediato todas las dudas que pudiera tener.

A Charito aún le duraba la alegría y se moría de ganas de celebrar el día con su chico. Estaba achispada por el champán que había bebido y satisfecha por la joya que le brillaba en el bolso. El encuentro con Tobías iba a completar un día perfecto.

Todavía había mucha gente en la calle, y casi sin darse cuenta la pareja se perdió por los rincones del barrio gótico, entusiasmados con la conversación. Hasta que no llegaron a los alrededores de Santa María del Mar, Tobías no se atrevió a tomarla de la mano para guiarla hasta la puerta del edificio donde estaba el apartamento de Frederic.

—Mira —le había dicho su amigo esa misma tarde—, hoy es un día muy especial, ¿me equivoco? Y me parece que tienes cosas que celebrar. Creo que hace mucho que no visito a mis padres y se alegrarán de que me quede a dormir. Supongo que no te importará que te deje solo en casa esta noche, ¿no? —Y le guiñó un ojo cómplice.

Tobías había comprado una buena botella de vino —mucho mejor de lo que acostumbraban a beber—, había limpiado dos de las mejores copas que había encontrado en la casa, había arreglado con impaciencia el salón lleno de obras de arte inacabadas y había dispuesto una especie de mantel en la única mesita que quedaba libre, entre dos sillas viejas que ahora estaban cubiertas por un par de sábanas limpias. Los rayos de luz que entraban por la ventana permitían ver el polvo que se levantaba a cada movimiento que hacía, pero confiaba en que, por la noche, la poca luz que solía haber en la habitación disimulara todas las carencias de la estancia.

Tobías y Charito subieron despacio los tres pisos, diciéndose mil cosas con la mirada.

Al entrar en el apartamento, Charito sintió que una oleada de magia los envolvía. No era un lugar extremadamente humilde, aunque sí estaba muy desordenado. Pero había tantos cuadros y esculturas hermosas… Realmente, Frederic tiene mucho talento, pensó. Sintió que el alma se le llenaba de belleza. Tobías encendió la única bombilla que había y que estaba colocada justo encima de la mesa. Se sentaron, y después de brindar por infinidad de cosas, empezaron por primera vez a hablar de sentimientos.

A Charito le parecía tan tierno y conmovedor lo que Tobías le decía que no pudo evitar levantarse, rodear la mesa y abrazarlo por la espalda. Él se giró un poco, ella se sentó sobre sus rodillas y comenzó a desabrocharle los botones de la camisa. Sorprendido por la iniciativa de Charito y con el corazón galopando como un caballo desbocado, tuvo el impulso de sujetarle las manos e impedir que continuara.

—Ya te hablé de los problemas que tuve en Canadá.

Ella se soltó y continuó desabrochándole la camisa.

—Sabes que me operaron y me quitaron un pulmón.

Ella le bajó la camisa hasta los brazos y le besó el cuello. La sangre de Tobías corría muy rápido, por la excitación o por el miedo a una reacción adversa.

—El resultado no es agradable.

Charito le quitó la camisa y se levantó provocativa mientras le acariciaba los hombros. La primera impresión fue devastadora. Una enorme deformación horadaba el lado izquierdo de la espalda de Tobías, de tal manera que el lado derecho parecía una joroba. Una gran cicatriz atravesaba el hueco. Charito contuvo una exclamación de horror que no pasó desapercibida para Tobías. Los segundos de silencio que siguieron fueron terroríficos para ambos, y él creyó que era el final.

Pero Charito acercó el dedo índice al principio de la cicatriz y la recorrió despacio hacia abajo, hasta llegar al final de la espalda. Tobías no se atrevía a moverse, pero toda la emoción del momento le subió por la garganta y habría arrancado a llorar si no le hubieran enseñado que no era lo correcto en un hombre.

A pesar de la deformidad, la piel de Tobías era fina y tersa. Más aún si la comparaba con la textura fofa y arrugada con la que, hacía apenas un par de horas, había tenido que jugar.

Charito disfrutó acariciando el cuerpo joven y dejándose acariciar por unas manos fuertes aunque algo torpes. Los dos dejaron a un lado miedos y cargas y se entregaron el uno al otro sin reservas. Tobías se dio cuenta de que él era el primero. Una oleada de respeto y amor brotó y arrasó con cualquier sospecha que pudiera seguir atormentándolo. Para Charito fue un regalo que se hizo a sí misma. Había vendido al diablo parte de su alma a cambio de mucho de lo que había conseguido, pero el azar le había concedido un diablo demasiado viejo como para apropiarse de todo. Se sentía feliz de haber conseguido ofrecerle al hombre que amaba —porque ahora estaba segura de que lo amaba– una parte de ella que nadie más podría volver a tener.

Satisfechos, tumbados en el estrecho camastro de Tobías, brillantes de sudor, ambos estaban inmersos en sus pensamientos, muy alejados el uno del otro pero igualmente felices.

Tobías se sentó y contempló el hermoso cuerpo de Charito. Aún le tenía reservada una última sorpresa. Abrió el cajón de la mesilla de noche y sacó de su interior un colgante en forma de cruz con cinco granates montados en oro, la única joya que conservaba de su madre. Estaba seguro de que Charito era la persona adecuada para lucirla, y muy emocionado se la puso en el cuello.

Charito no sabía qué decir. A pesar de tener mucho menos valor que la esmeralda que le quemaba la piel desde el interior de su bolso, la cruz le pesaba mucho más en el pecho y le exigía una responsabilidad que no estaba segura de querer asumir. Oleadas de sentimientos y pensamientos la golpeaban con fuerza. Verdades y mentiras se debatían en su mente. Lo que quería, lo que debía, aquello a lo que podía estar dispuesta a renunciar, sus más profundos deseos. La mirada de Tobías lo cambiaba todo. Por un pequeño instante lo maldijo. Era consciente de que en los próximos días tendría que tomar decisiones. Pero hoy no iba a permitir que nada estropeara el día más perfecto de su vida. Nunca se le había concedido tanto en tan poco tiempo, y quería disfrutarlo hasta el exceso.

17

Ese verano estaba haciendo más calor de lo normal. Una niebla de pereza y mal humor se mezclaba con el olor de la basura y el sudor de la gente, envolviendo el ambiente y haciendo que todo el mundo estuviera irascible. Los reproches, las quejas, los llantos y las peleas entre los que no podían permitirse el lujo de marchar a tierras más frescas eran habituales, y la aglomeración en los Baños de San Sebastián –una de las pocas alternativas que la ciudad ofrecía para refrescarse, aparte de las playas populares, que eran impensables entre la gente decente– convertía una jornada lúdica en una lucha sin cuartel por conseguir unos centímetros de agua.

Todo el mundo estaba contrariado menos Charito y Tobías, que vivían un sueño cuando estaban juntos y soñaban con vivirlo cuando estaban separados. Ni el calor, ni las exigencias de los demás, ni los acontecimientos que se vivían en la ciudad y que parecía que iban a cambiarlo todo lograban hacer explotar la burbuja en la que se habían instalado.

Charito era feliz. Hasta ahora no había tenido que renunciar a nada. Había conseguido manejar con habilidad su delicada situación y los dos hombres parecían satisfechos con el tiempo que les dedicaba. En algunos momentos de sensatez era consciente de que estaba paseándose por la cuerda floja, pero por el momento se mantenía en equilibrio y no quería renunciar a ninguno de los dos. Uno le daba lujos, caprichos e influencias sin pedir demasiado a cambio. El otro le inspiraba grandes pasiones y la energía vital que necesitaba para seguir adelante con entusiasmo. Gutiérrez de Vilamatriu se conformaba con su parte más superficial y había llegado a cogerle mucho cariño. Con Tobías se sentía viva, podía comportarse como la niña que solo con él dejaba salir y al mismo tiempo se sentía muy mujer.

Y respecto a su público, se sabía querida y admirada. El programa de radio había tenido un éxito muy por encima de las expectativas y su nombre ya estaba en boca de muchos. Y no solo cantaba los temas programados, sino que también opinaba e incluso había realizado alguna entrevista a grandes artistas, de esos que uno solo veía en fotografías de revistas. Su voz empezaba a formar parte de la vida de muchas casas y más de una vez la habían reconocido por la calle al oírla hablar. Además, pronto empezarían los ensayos para ese estreno en el Gran Teatro del Liceo que le habían propuesto hacía un tiempo. Estaba muy ilusionada. No podía pedirle más a la vida. Por su parte, Tobías vivía en su cielo particular. Y la ignorancia formaba parte de ese cielo.

Se levantaba con entusiasmo, lleno de buenas ideas y dispuesto a ponerlas en práctica a la primera oportunidad. Unos días eran técnicas de ordeñado; otros, nuevas formas de regadío. Hacía estudios de terruño para encontrar la semilla óptima para cada tipo de terreno y buscaba zonas de pasto idóneas para la cría de ganado. Se movía como pez en el agua por toda la Cataluña rural y las Baleares. Por allí lo conocían como el chalado de las ideas extrañas y lo apreciaban por su disposición al trabajo y por echar una mano siempre que hacía falta.

Después de las duras jornadas en el campo, en las granjas y en el ministerio, cambiándose continuamente el mono azul y las botas por el traje, lavándose las manos a menudo para quitarse el olor a tierra o a animal e intentando convencer a gente muy tradicional de las bondades del progreso, regresaba a casa, se arreglaba y volvía a salir hecho un pincel a tomar cualquier cosa con sus amigos mientras esperaba el momento de verse con Charito.

Para tenerlo contento, Frederic y Felipe aguantaban sus peroratas sobre las maravillas de su chica día sí y día también. Entre chato de vino y café, Frederic hacía semanas que ni lo escuchaba, pero en Felipe Tobías había encontrado una grieta por donde dar rienda suelta al cariño, la admiración, la pasión que sentía por Charito, y a él le confiaba los secretos íntimos que un hombre solo comparte con sus mejores amigos. Felipe se reía, le decía a Tobías lo afortunado que era y le deseaba toda la felicidad del mundo, pero en su interior le hervía la sangre. Apreciaba mucho a su amigo, y por eso su tortura era mayor. Cuando ya no podía más se excusaba con cualquier frase tonta, cosa a la que el resto ya estaba acostumbrado, y se iba a algún lugar alejado a beber o a buscar alguna víctima femenina que le calmara la fiebre. Últimamente ya casi ni dormía. Bebía, fumaba y trasnochaba más de la cuenta, y esos excesos empezaron a hacer mella en su carácter. Tobías y Frederic estaban preocupados, pero cuando quisieron ayudarle el demonio que Felipe intentaba ocultar empezó a despuntar. Entonces arremetía contra ellos y les gritaba que lo dejaran en paz.

—No sabemos qué le pasa —le decía Tobías a Charito—, no nos cuenta nada. Lo que está claro es que, si sigue así, no acabará bien. Para mí que alguna personita especial le ronda la cabeza, alguien que le está haciendo sufrir mucho, pero no sé. ¿Tú no has notado nada? ¿Ha pasado algo en la pensión que pueda haber provocado que esté así?

Charito andaba poco por la casa. Solía llegar muy tarde, y por las mañanas salía pronto para ir a clase o aprovechaba para hacer recados. Apenas veía al poeta, pero prometió estar atenta.

A pesar de que a veces Remedios parecía ausente, Esteban tenía la sensación de que por fin la había recuperado.

Las últimas semanas habían sido muy duras para la muchacha. Las cartas de su prometido empezaban a llegar más espaciadas y ella estaba triste, muy triste. Había perdido el optimismo, el ánimo, la alegría. Incluso había dejado de cuidar de sus flores. Era una sombra de sí misma, y hacía que todo a su alrededor se ensombreciera también. Los proyectos que tenían entre manos no salían con el brillo habitual y sus clientes comenzaban a quejarse. Esteban llegó a temer que, si las cosas continuaban así, podían perder todo lo que habían conseguido después de tanto trabajo.

Pero algo había sucedido, porque de un día para otro el estado de ánimo de la chica cambió. No era exactamente la de siempre, pero después de la charla que había tenido con Charito una nueva fuerza inspiradora la había poseído, una nueva fuerza más agresiva que volvió a dar alegría a sus vidas y un vuelco a sus creativos diseños, que al principio fueron recibidos con cautela pero que habían acabado por entusiasmar a sus últimos clientes por su valentía y su originalidad.

Esteban estaba exultante. Los encargos se habían multiplicado, tenían más trabajo que nunca, incluso había tenido que rechazar algún pedido y ahora podían permitirse el lujo de escoger a sus clientes y de subir los precios a voluntad. Para él era un sueño; para ella, la mejor manera de mantenerse ocupada, ahorrar lo máximo posible y no pensar demasiado en la ausencia de Enrique.

Acababan de salir de casa, y Remedios iba tan deprisa que parecía que se le agotaba el tiempo.

—Nena, no corras tanto, que mis piernas ya no son lo que eran.

Esteban pasaba de los sesenta y llevaba una buena temporada pagando las consecuencias de su pasado como bailarín. Le dolían las rodillas siempre que permanecía mucho rato sentado y también cuando pasaba demasiado tiempo de pie, sufría ataques de ciática y no había noche que no se despertara con algún calambre o alguna nueva molestia que le recordara los excesos a los que había sometido su cuerpo durante tantos años.

Remedios desbordaba energía y no se daba cuenta de lo rápido que caminaba mientras iban a casa de un nuevo proveedor que les había prometido unas telas mágicas y casi imposibles de conseguir. Se paró, y mientras lo esperaba le hacía gestos de impaciencia con las manos.

—Cualquier día de estos las piernas me darán un disgusto importante —le dijo él cuando la alcanzó.

Remedios bajó el ritmo, lo tomó del brazo y juntos continuaron su camino.

—Mira, nena, toma nota de lo que te digo. Yo podría ser tu abuelo y solo por edad mis consejos deberían ser sabios.

—Dejó pasar unos segundos, intentando encontrar las palabras adecuadas—. Si caminas siempre delante de la gente que te quiere, no vamos a poder seguirte. Pero si caminas a nuestro lado —dijo, y le dio unas palmaditas cariñosas en la mano—, entonces podremos acompañarte.

Y es que Esteban veía que últimamente Remedios iba muy deprisa y siempre sola. Toda esa energía que desbordaba no era más que una forma de desahogar su frustración. Pero esa no era manera de solucionar las cosas. Vivir así estaba bien si duraba poco y se hacía para conseguir un fin, pero a la larga producía un desgaste y un agotamiento que dejaban huellas muy profundas y acababan generando frustraciones aún mayores. Esteban lo había vivido antes y sabía que no llevaba sino a la más profunda soledad. Poca gente podía seguir un ritmo semejante, y cuando se tomaba carrerilla era difícil parar. Él había tenido mucha suerte encontrando a su Paquita, pero conocía a muchos que lo habían perdido todo en un sacrificio inútil. Esteban no quería eso para su Remedios.

Ni siquiera gracias a su intuición femenina Charito era capaz de imaginar que la causa de todos los males de Felipe era ella. Por eso se comportó con naturalidad el día en que las casualidades se unieron para hacer que ella estuviera sola en casa cuando él regresó bien entrada la mañana, más beodo que sobrio, y lo recibió como quien recibe con paciencia y cariño a un hermano que ha pasado una mala noche.

Como todos los días de ese verano, hacía mucho calor. Las ventanas estaban abiertas y las persianas bajadas se apoyaban sobre la barandilla de los balcones para que dejaran pasar el aire pero no el calor del sol. Remedios y Esteban habían ido a ver a un nuevo cliente, la señora Paquita aprovechaba para visitar a una parienta enferma, la señorita Reina, que se había medio reconciliado con parte de su familia, había ido a pasar el verano a casa de una sobrina y Hortensia estaba persiguiendo al muchacho del hielo, que últimamente estaba muy solicitado. Charito apenas había podido dormir y se paseaba en combinación por la casa, buscando el rincón más fresco mientras se abanicaba el cuerpo.

Cuando Felipe entró en el salón y la encontró sentada delante del balcón, a media luz, con las piernas separadas y la cabeza echada hacia atrás para que el pelo no se le pegara en la nuca, la bomba que tenía en el cerebro, ayudada por el alcohol que había ingerido, explotó.

—¡Buenos días, caballero!

La chica se enderezó con una sonrisa cómplice y apoyó los codos en las rodillas. La visión de su escote fue como un puñal en las retinas de Felipe.

—Hemos pasado mala noche, ¿eh? ¿Un café largo y a dormir? Qué mala cara traes, compañero...

Charito se levantó para dirigirse a la cocina y prepararle una taza de café, pero Felipe la agarró del brazo, obligándola a darse la vuelta, y la acorraló contra la pared. El aliento del hombre y la mirada de loco asustaron a Charito hasta el punto de sentir arcadas, lo que la salvó del primer envite. Para no perder el equilibrio, Felipe la sujetaba contra la pared a golpe de pelvis. Charito notó la excitación del poeta y se temió lo peor. Entonces el miedo se convirtió en pánico y empezó a gritar y a patalear. Felipe, furioso por la resistencia, se puso todavía más agresivo, la tiró al suelo, se le subió encima y empezó a desabrocharse el cinturón. Mojada como estaba por el sudor provocado por el calor y el esfuerzo, Charito conseguía resbalarse de sus manos y alcanzarlo con las uñas, pero Felipe era fuerte y los arañazos aún lo excitaban más.

Ya le estaba arrancando la ropa interior cuando de repente se oyó un grito que venía de la puerta. Ambos se volvieron y vieron a Hortensia horrorizada por la escena, con un enorme trozo de hielo en las manos que goteaba insistentemente.

Felipe reaccionó con rapidez y se puso de pie mientras se subía el pantalón. Toda la osadía que le había dado el alcohol se había convertido en vergüenza, que lo empujó a correr y encerrarse en su habitación. Charito se levantó como pudo y recompuso su indumentaria.

—De esto, ni una palabra, ¿entendido?

Hortensia se había quedado muda, tampoco hubiera podido decir gran cosa en ese momento. Charito la miraba muy seria, con ira en los ojos, con desconcierto en el corazón, con dolor en el alma.

—A nadie. ¿Entendido?

Hortensia asintió despacio.

—¡Júralo!

Hortensia volvió a asentir.

Charito fue directa al cuarto de baño y se lavó las huellas de las manazas que le cubrían el cuerpo. Regresó a su habitación, se puso su mejor vestido con intención de salir a reconciliarse con la vida y con un portazo se dispuso a intentar olvidar el incidente lo antes posible. Dejó la casa con prisas y con rabia contenida, a Felipe inconsciente roncando la borrachera y a la pobre Hortensia conmocionada y llorando mientras picaba el hielo.

Algo extraño pasaba, Charito llevaba unos días distinta. Por más que le preguntaba, no soltaba prenda, solo sonreía con gesto sombrío. Tobías tenía la sensación de que le ocultaba algo. Pero como estaba más cariñosa que nunca y no paraba de pedirle que la abrazara, e incluso le aceptaba muestras públicas de cariño, prefería no insistir demasiado.

Afortunadamente, Felipe parecía haber recuperado su buen humor. Aunque había dejado de hacerle bromas sarcásticas sobre su enamoramiento, volvía a estar en forma y las tardes de risas en La Tranquilidad habían regresado.

El poeta estaba realmente recuperado, nadie sabía hasta qué punto. Había tenido que tocar fondo antes de poder volver a la superficie. Y él había tomado tanto impulso en ese fondo, que subía rápido y ya veía la luz. Después de aquella espantosa mañana se había prometido a sí mismo no volver a beber de esa manera. La noche debió de ser realmente terrible, pero él solo recordaba haberse despertado en su habitación con el dolor de cabeza más insoportable de su vida y con el recuerdo de fatales alucinaciones que le habían dado mucho que pensar. No recordaba haberse caído ni nada seme-jante, pero era obvio que algo había pasado; si no, no se explica-ba las marcas y heridas que tenía en la cara. Debió de llegar a la pensión en un estado deplorable, porque desde ese día Charito no le dirigía la palabra. Tendría que hablar con ella, pero primero debía dejar que el recuerdo de las pesadillas que había sufrido y que volvía muy a menudo se borrara de la memoria. Le costaba iniciar una conversación con Charito después de lo que le había hecho en esos sueños. Era cierto que últimamente había estado muy obsesionado con ella, pero por fortuna su subconsciente había hecho bien su trabajo y gracias a las pesadillas había conseguido quitársela de la cabe-za. Porque Felipe estaba convencido de que todo había sido un mal sueño y de que el monstruo en el que se había con-vertido no había sido más que una broma pesada que le había gastado el alcohol en un momento de debilidad. Aun así, le daba vergüenza pensar en todo eso mientras estaba con sus amigos. Y cuando Charito lo observaba con ese semblante tan serio, él no podía evitar apartar la mirada.

—Oye, espera —le dijo un día agarrándola de un brazo, cuando por fin se decidió a hablar con ella. Charito se soltó con un movimiento brusco.

—No me toques.

—Es que no entiendo...

—Lo entiendes perfectamente.

La mirada de Charito, el tacto de su piel, pero sobre todo su olor, le abrieron los ojos. No había sido una pesadilla. Aun-que no conseguía recordar con exactitud, algo le hizo deducir una verdad que lo escandalizó, y una enorme sombra de arre-pentimiento y de vergüenza le hizo agachar tanto la cabeza que no pudo ver la mueca de rencor y de deseo de venganza en la cara de la chica.

—No vuelvas a tocarme en tu vida. No me mires. No me hables. No quiero volver a verte. Desaparece de mi vida. Oja-lá no te hubiera conocido nunca.

Durante un tiempo, sus amigos volvieron a echarle de menos. Charito era la única que sabía la razón.

Era «la nueva», y en el estudio donde se llevaban a cabo las lecturas y las audiciones la miraban con recelo. Cuando alguien entraba como lo había hecho ella, directamente por la puerta principal, ya se sabía que era gracias a un padrino, y aunque la mayoría lo había conseguido de la misma forma no dejaba de provocar cuchicheos.

Las influencias y los contactos le habían permitido llegar hasta allí, pero a partir de entonces nadie le iba a regalar nada que no se ganara gracias a su talento y, sobre todo, a su esfuerzo. Así que era hora de ponerse a trabajar y demostrar que merecía la oportunidad. No le faltaban ganas ni ilusión. Por fin aquellos sueños de adolescencia fraguados en el estudio de Galán, en Algeciras, empezaban a tomar forma. Se sentía orgullosa de sí misma. Pensaba en todo lo que había vivido durante el camino, pero no se arrepentía de nada.

Todos tenían ya en las manos el nuevo libreto y uno de los ayudantes del director se levantó para alcanzarle uno a ella. Ese día empezaban los ensayos de *El estudiante de Salamanca,* primera ópera de un nuevo compositor que habitualmente se dedicaba a la sardana y los ballets basados en músicas populares, pero que había querido dar un salto a la composición culta. Ya tenía cierto prestigio, y en la dirección del Gran Teatro del Liceo consideraron oportuno respaldarlo para que la presentación en público de su obra tuviera la repercusión adecuada.

Los papeles principales estaban asignados pero todavía no se habían decidido los secundarios. A Charito le habían dado un puesto en el coro, con alguna frase importante. Era lo pactado y se contentaba con eso. Algunas divas venidas a menos se disputaban los papeles que quedaban, sin darse cuenta de que el director las miraba con desprecio. Él decidiría quién haría cada papel, y le disgustaba ver cómo esa colección de gallinas histéricas intentaban destripar su obra a picotazos.

—Disculpen, señoras... Procuremos mantener la calma y el orden —les dijo molesto, a punto de perder la paciencia—. Escucharé sus voces y después veré a quién asigno los papeles.

183

Las cantantes, que hasta ese momento ni siquiera habían advertido su presencia, dejaron de discutir y lo miraron incrédulas. La que parecía tener más influencia sobre las demás dio un paso al frente.

—¿Perdón? —Dejó pasar unos segundos para darse importancia—. ¿Nos está diciendo que va a probarnos? ¿Sabe usted con quién está hablando? —dijo, sin darse cuenta de que era ella la que parecía no saber con quién hablaba.

Todas sus compañeras asentían, dándole la razón.

—Si tiene que hacer alguna prueba, hágala con las novatas como esa. —Y señaló a Charito con un gesto de la barbilla. Ella sonreía divertida por la escena—. ¿Y tú de qué te ríes, mocosa?

A Charito se le borró la sonrisa y agachó la cabeza.

El director de la obra, cansado de tanta tontería, se dirigió hacia Charito bajo la mirada incrédula de todas aquellas mujeres y le pidió amablemente que le cantara la primera estrofa de uno de los temas.

Charito empezó a temblar. No había preparado la voz ni se esperaba que algo así pudiera pasar en una simple lectura de libreto. Observada por la compañía al completo, empezó a cantar con voz miedosa y entrecortada. Tuvo que parar al oír las risitas de las veteranas. Suspiró profundamente y miró al director a los ojos, y ya con las lágrimas de impotencia a punto de aflorar intentó decirle sin palabras que necesitaba un poco más de tiempo para preparárselo. Pero él le devolvió una mirada que significaba «lo siento, el momento era ahora, me hubiera encantado darles en las narices a estas arpías».

En cuanto el hombre se dio la vuelta, Charito cogió todo el aire que le cabía en los pulmones y empezó a cantar.

El mundo se detuvo.

Y el mundo siguió detenido y en silencio cuando Charito terminó. El director se giró despacio, se acercó a ella, la tomó de las manos y en voz muy baja le dijo:

—La canción es tuya.

De repente, los miembros del coro empezaron a aplaudir. Las candidatas no podían creer lo que acababa de pasar. A la mujer que se había enfrentado al director le cambió la cara y salió indignada de la sala, seguida de todo su séquito.

Charito no sabía si reír o llorar. Y cuando empezó a recibir los abrazos y las muestras de aprobación de sus compañeros se dio cuenta de que, en un momento, su situación había cambiado radicalmente.

El director de la compañía sonreía desde un extremo de la sala. Estaba encantado de cómo se había desarrollado la escena.

Últimamente su vida era un auténtico torbellino. Los días pasaban volando y apenas le quedaba tiempo para nada. Continuaba con sus clases, preparando con mucho entusiasmo los temas que correspondían a su papel en la obra. Después tenía horas de ensayos en los que daba lo mejor de sí misma y de los que solía salir muy satisfecha. Había pruebas de vestuario, maquillaje y peluquería. También procuraba no descuidar su trato con Gutiérrez de Vilamatriu, y las noches continuaba reservándoselas a su amor. Y así pasaban los días.

Los nervios se le agarraban al estómago, la comida le sentaba mal y se sentía cansada muy a menudo. Cada vez que se tomaba un respiro, se quedaba dormida. Se decía a sí misma que el trajín duraría solo una temporada, pero la verdad es que estaba desbordada. Pero era todo tan perfecto, estaba saliendo todo tan bien, que no quería desaprovechar ni un segundo de la vivencia. Quería estar allí, exactamente donde estaba, y hacer exactamente lo que estaba haciendo.

—Pero niña, come algo, que te vas a quedar sin fuerzas —le decía por la mañana la señora Paquita al ver que el tentempié que le dejaba preparado cada noche seguía intacto al día siguiente.

—Es que llego tan cansada, señora Paquita, que en lo único que pienso es en acostarme. Yo le agradezco la preocupación, pero no sufra por mí, que estoy bien. ¡Lo estoy consiguiendo, señora Paquita, lo estoy consiguiendo!

Pero por más que intentara engañarse a sí misma lo cierto era que hacía días que se encontraba más débil, e incluso había tenido momentos de desfallecimiento.

Se miraba en el espejo antes de maquillarse y veía a una mujer cansada y ojerosa. Incluso había perdido peso y la ropa ya no le sentaba tan bien. Las curvas estaban desapareciendo, la cintura se desdibujaba. En cambio, el pecho parecía cada vez más grande. Una sombra de duda empezó a rondarle por la cabeza y no pudo evitar echar cuentas.

De repente, la certeza la invadió y se le cayó el alma a los pies. Estaba embarazada.

18

–¡Que estás ¿qué?! –gritó don Ramiro, que no cabía en sí de indignación.

Se acercó a Charito y, con las manos apoyadas en la mesa, puso su cara a escasos centímetros de la de ella.

–Pero ¿tú eres idiota? –le dijo muy despacio.

Sin moverse prácticamente, giró la cabeza y dirigió su mirada hacia la señora Paquita, que la había acompañado y estaba sentada en un rincón tratando de pasar desapercibida.

–Y tú, ¿en qué estabas pensando? ¿Cuándo ibas a explicarle a la señorita los misterios de la vida? –le dijo con sarcasmo.

Intentando simular calma, volvió a sentarse en su butacón. El cerebro le iba a toda velocidad. Era lo último que se esperaba cuando su secretaria le había comunicado que su amiga había ido a visitarlo con la niña. De repente, todos los proyectos que tenían en marcha, todas las influencias que había malgastado, pero sobre todo la cantidad de dinero que había pensado ganar con ella, se convirtieron en arena que le resbalaba entre los dedos.

–Qué ha dicho Gutiérrez de Vilamatriu.

–Él no es el padre.

–¡JA! –Don Ramiro levantó los brazos y puso los ojos en blanco–. Y encima no es el padre. ¡Estarás segura, claro!

De repente recordó al muchacho de la radio que ya le había dado mala espina. No, si en el fondo él ya lo había visto venir. Volvió a apoyar las dos manos ruidosamente sobre la mesa, esperando una respuesta.

–Completamente segura.

Don Ramiro se levantó apartando con brusquedad el butacón y salió del despacho hecho una furia. No tardó ni un minuto en regresar, pero a las dos mujeres se les hicieron eternos. Cerró de un portazo, y acercándose otra vez se apoyó en los brazos del sillón donde estaba sentada Charito y la miró de frente. Ella tuvo que echarse hacia atrás para que sus cabezas no chocaran. Su aliento con olor a puro habano le golpeó la boca del estómago. Sintió náuseas. El hombre estaba tan encolerizado que ni siquiera podía hablar, las palabras se le atascaban en la garganta. Con un gesto agresivo, volvió a salir del despacho, dejando esta vez la puerta abierta.

En la habitación de al lado, la cara de su secretaria era un poema. Hacía rato que oía los gritos de su jefe a través de la puerta. No entendía nada de lo que estaba ocurriendo, pero empezaba a sospechar que no iba a tener un día tranquilo.

Don Ramiro parecía un poco más calmado cuando regresó casi veinte minutos después. Charito y la señora Paquita no se habían atrevido a moverse ni un milímetro. Su secretaria tampoco.

—¿Tú eres consciente del estúpido lío en el que te has metido?

Si algo no le faltaba a Charito, era conciencia de lo que le estaba pasando. Había podido aguantar con cierta entereza hasta ese momento porque ya no le quedaban reproches que hacerse a sí misma ni lágrimas que derramar por todo lo que estaba a punto de perder.

—Buscad una solución —dijo sin mirarlas—. Tú, Paquita, ya sabes lo que tienes que hacer. De lo contrario, no quiero volver a veros.

Paquita sabía perfectamente lo que había que hacer en esos casos, no era la primera vez que solucionaba problemas semejantes. Pero en esta ocasión era diferente. Las muchachas a las que solía ayudar eran pobres ignorantes, fácilmente manipulables y con muy poco que perder. Pero Charito tenía una clase y una educación que la hacían muy distinta a las demás, y un carácter lo suficientemente fuerte como para tomar sus propias decisiones. Había sido una gran ventaja a la hora de diseñar su carrera, pero ahora iba a ser un inconveniente. Y después de todo lo que había pasado los últimos días, Charito ya había tomado una decisión.

La señora Paquita miró con tristeza a su amigo Ramiro. Habían vivido muchas cosas juntos y compartían más pasado de lo que nadie suponía. Pero Ramiro había cambiado; en un momento dado habían escogido caminos distintos y la transformación que había sufrido empezaba a no gustarle demasiado. Tomó a Charito del brazo y, sin despedirse, la sacó del despacho.

Y es que esos últimos días habían sido un infierno. Desde el principio, Charito concentró toda su energía en no derrumbarse. Para que no la molestaran, se inventaba malestares y dolores de cabeza con tanta convicción que acababa sufriéndolos realmente. Lo único que quería era que la dejaran en paz y que le dieran tiempo para pensar. Pero el desespero, los brotes de llanto y la insistencia de toda su gente, empeñada en meterse donde no la llamaban, se lo impedían. No hacía más que recibir mensajes de su maestro, del director del espectáculo, de Gutiérrez de Vilamatriu a través de don Ramiro, de Tobías..., sobre todo de Tobías. La continua presencia de Remedios intentando averiguar lo que necesitaba la exasperaba aún más. Y ella seguía inventando excusas para que la dejaran tranquila, porque lo que necesitaba era tiempo para calmarse y poder verlo todo con suficiente perspectiva.

La señora Paquita, que sabía mucho de la vida, se dio cuenta enseguida de lo que pasaba y esperó tres días antes de entrar a la habitación de sus niñas con el propósito de hablar seriamente con Charito. La encontró tumbada en su cama, encogida contra la pared, lo que le dejaba espacio suficiente para sentarse a su lado. Le ofreció una taza de caldo; llevaba varios día sin comer apenas. Charito no reaccionaba. La señora Paquita dejó la taza en la mesilla de noche y empezó a acariciarle el pelo sin decir una palabra.

Charito se dio la vuelta, apoyó la cabeza en el regazo de la señora Paquita y se puso a llorar. Era lo más parecido a una madre que había tenido en su vida. En esos momentos era lo que necesitaba.

—Qué voy a hacer ahora.

—Para empezar, tranquilizarte y tomarte esta taza de caldo. Después hablaremos.

—Pero la radio, el estreno, mi carrera...

—Cada cosa a su tiempo.

Aún permanecieron un rato en esa posición. Poco a poco, Charito se fue recomponiendo y consiguió sentarse y tomarse el caldo muy despacito. El calor del líquido bajándole por la garganta hizo que su ánimo también se reconfortara y cuando terminó se vio con fuerzas suficientes como para hablar de futuro.

—Mira, niña. Lo hecho, hecho está y no tiene vuelta atrás. Ahora debes pensar en lo que quieres y en lo que estás dispuesta a sacrificar por conseguirlo. Tienes que pensar en ti y en tu hijo. Tienes que decidir si lo resuelves sola o si quieres decírselo al padre. Yo puedo ayudarte, pero la decisión es tuya.

Hacía relativamente poco que conocía a Tobías, y aunque estaba segura de su amor, era demasiado pronto para tener un hijo con él. ¡Todo estaba yendo tan bien! ¡Había conseguido tanto y tenía un futuro tan esperanzador! La decisión se tomaba por sí misma.

—No puedo tener este hijo.

—¿Estás segura?

No, no lo estaba, pero asintió. La señora Paquita se entristeció.

—De acuerdo, pues manos a la obra. Mañana mismo. Ahora descansa. Después te traeré una buena cena, que tienes que recuperar fuerzas rápidamente. Lo que vamos a hacer no es agradable y comporta cierto peligro. Tienes que estar completamente segura.

Mirando al suelo, Rosario volvió a asentir.

—Muy bien.

La señora Paquita se levantó y dejó a su niña dándole vueltas al par de ladrillos que acababa de añadir al muro que estaba construyendo entre Tobías y ella.

Paquita ya había desplegado sus redes de contactos y después de hablar con unos y con otros tenía claro adónde iba a llevar a Charito. Al otro lado del Paralelo, lo que estaban viviendo ellas era muy común, y las formas de resolverlo muy variadas. Por la calle se veían muchos niños jugando que lo único que tenían claro era quién era su madre, pero no pocas muchachas, víctimas de circunstancias desafortunadas o simplemente de algún desliz, y no todas de ese barrio ni de esa condición social, habían escogido la otra solución con mejores o peores resultados. Aunque se oían rumores de que los de la República tenían intención de hacer algo al respecto, interrumpir un embarazo se consideraba delito en ese momento, y las mujeres que se dedicaban a ello, por supuesto de modo clandestino, no eran profesionales de la medicina y trabajaban en las peores condiciones en cuanto a instrumental e higiene. Recurrir a ellas era peligroso y más de una lo había pagado muy caro, con lesiones permanentes que le impedían volver a engendrar o incluso con la vida. La señora Paquita lo sabía mejor que nadie. Y todas esas cosas tuvo que contárselas a Charito antes de enfrentarla con la realidad.

Pero Charito parecía tenerlo muy claro y no pensaba echarse atrás. Tan convencida estaba de lo que iba a hacer y de que todo iba a salir bien que no creyó necesario mencionar nada a nadie, ni siquiera a Remedios. No tuvo ni un momento de duda en el que creyera que debía despedirse de alguien. No pensó en nada ni en nadie, y mucho menos en Tobías. Sería un secreto entre la señora Paquita y ella, y así se lo hizo prometer. Parecía empeñada en coleccionar secretos.

Como si fueran a dar un paseo por el barrio, las dos mujeres salieron de la pensión tomadas del brazo, seguidas por la mirada extrañada de Esteban y Remedios, que, entre agujas y tijeras, estaban sorprendidos por lo inusual de la estampa.

191

Calle abajo, Charito luchaba contra sus piernas, que parecía que tuvieran vida propia y no quisieran llevarla a su destino. Al mismo tiempo, el corazón le marcaba una cadencia tan fuerte y rápida que hacía que su vida estuviera completamente fuera de ritmo. Todo era un gran desequilibrio dentro de su cabeza. Repasaba a la velocidad de la luz las circunstancias que la habían llevado hasta allí. Su casa en Málaga y después en Algeciras, su padre, su hermano, y el pobre de Antoñito, al que no había dedicado un solo pensamiento más y que de pronto aparecía en el fondo de su memoria como si quisiera decirle algo, su gente en Barcelona, su hermana Remedios. Y por otro lado su carrera como cantante, con Gutiérrez de Vilamatriu a un lado y Tobías al otro. De repente, la imagen de una tercera personita en su interior parecía llegar para poner orden en todo aquel batiburrillo de recuerdos y realidades. Y cuando ya estaban entrando en el oscuro portal que olía a penas y sufrimientos y que solo prometía desgracias, Charito se paró en seco.

—No —le dijo a la señora Paquita soltándose de su brazo—. No voy a hacerlo. No puedo.

La señora Paquita no dijo nada. Se limitó a tomarla otra vez del brazo y, volviendo sobre sus pasos, se encaminó hacia el Paralelo y la llevó hasta el café Español, donde ocuparon una de las mesas centrales. Estaba manejando la situación de forma magistral. Llena de pensamientos contradictorios, Charito se sentía más vacía que nunca. No era capaz de discernir si lo que acababa de hacer era un acto de cobardía o si lo realmente cobarde había sido no enfrentarse a su nueva realidad.

La señora Paquita esperó con prudencia a que les trajeran los refrescos que había pedido antes de empezar a hablarle de cómo se alegraba de su cambio de opinión. Le hacía mucha ilusión tener en casa el bebé que ella nunca pudo tener, y se iba entusiasmando por momentos. La apoyarían en lo que necesitara, y en caso de que tuviera que enfrentarse sola a todo le darían un buen hogar al niño o a la niña, que eso daba igual mientras viniera sano. Esteban y ella serían unos abuelos maravillosos y se encargarían de que nunca le faltara de nada. Pero seguro que no había de qué preocuparse: Tobías era un buen hombre y no le cabía la menor duda de que asumiría su responsabilidad...

Charito no la escuchaba. La voz de su acompañante se unía a las del resto de los clientes del café, formando un ruido de fondo que la aturdía. Apenas podía pensar en lo que se le venía encima. Sí, había tomado una nueva decisión. Y eso lo cambiaba todo. Mil preguntas le bombardeaban el cerebro, dominadas por la primera y principal: «¿Y ahora qué?».

–Lo primero que vas a hacer...

Charito retornó de golpe y le agradeció a la señora Paquita una respuesta tan rápida.

–... es hablar con todas las personas afectadas. No va a ser fácil, pero de todas formas vas a tener que hacerlo. Primero vas a ir a Ramiro, es buena gente, está muy interesado en ti y es posible que nos dé opciones; después...

Charito volvía a no escuchar. Veía cómo la señora Paquita movía los labios, pero sus pensamientos no eran capaces de asumir nada más. Primero irían a ver a don Ramiro, y después ya verían. Estaba emocionalmente agotada. Empezaba a aceptar, con resignación, que no siempre se podía decidir sobre el futuro. A veces era la vida la que lo ponía a uno entre la espada y la pared, y en ese momento a ella no le quedaba más remedio que aceptar que cualquiera de las soluciones posibles estaba completamente fuera de su control.

–¡Qué decepción, chiquilla! –Gutiérrez de Vilamatriu estaba completamente abatido.

Sentado en su sillón, miraba a Charito como quien mira una pieza carísima de porcelana que se acaba de romper. Obviamente, el bebé no era suyo, lo que significaba que durante cierto tiempo su niña había estado... No quería ni pensar en ello.

–¡Qué decepción!

A Charito se le encogía el alma viendo cómo al pobre hombre se le escapaban por momentos todos los años que había rejuvenecido estando a su lado y rápidamente volvía a convertirse en el anciano triste y gris que había conocido en el Ritz.

Como si la meteorología quisiera enmarcar bien el instante, el cielo se encapotó de repente y una típica tormenta de primavera dejó caer toda su fuerza sobre una Barcelona doblemente oscura. Llovía delante y detrás de los cristales.

A Charito le estaba costando mucho más soportar esta situación que la que había sufrido con don Ramiro. Era mucho más fácil enfrentarse a un ataque de ira que a una pena tan grande. En un impulso lleno de remordimiento, se acercó a su protector con la hermosa joya que este le había regalado hacía unos meses y tuvo el honrado gesto de devolvérsela.

A pesar de la conducta disipada que había llevado los últimos meses y que lo había hecho enormemente feliz, Gutiérrez de Vilamatriu era un hombre tradicional de fuertes convicciones y respetaba la vida por encima de todas las cosas. Mirando el vientre aún plano de Charito, imaginó a su propia hija dándole la oportunidad de ser abuelo y una pátina de consuelo envolvió su corazón agrietado.

—Quédatela, chiquilla. Quizá la necesites algún día. Y, si no, la tendrás siempre como recuerdo de alguien que te quiso mucho.

Se levantó con esfuerzo, tomó la cara de Charito con manos temblorosas y le dio un beso en la frente. Después le hizo un gesto como para que se fuera y, acercándose a la ventana, se puso a mirar cómo, en la calle, el agua se llevaba la poca ilusión que le quedaba.

Charito se marchó sabiendo que había hecho lo que tenía que hacer, pero también consciente de que dejaba por el camino otro corazón roto. Agradeció que la elegante calle en la que vivía su protector no luciera en absoluto por culpa de la lluvia. El pequeño paraguas apenas daba para protegerle el peinado y, empapada de cintura para abajo, le dio por pensar que nunca más volvería a pasar por allí. Le extrañó no sentirse desamparada, ni triste, ni culpable, ni avergonzada. La verdad es que no sentía nada. Solo quería llegar a casa y librarse de los zapatos mojados. En el fondo se había quitado un peso de encima.

¡Un hijo! ¡Una familia! ¿Matrimonio? Últimamente se había atrevido a fantasear con la posibilidad; quería mucho a Charito y esa era una consecuencia lógica. Pero no tan pronto.

Charito se lo había dicho con toda la delicadeza de la que había sido capaz y esperaba con impaciencia, sin apenas respirar, la reacción de Tobías. Ya llevaban varios segundos sin moverse ninguno de los dos, cogidos de las manos, y la espera se le estaba haciendo eterna. Él la miraba sin verla, intentando procesar rápidamente todos los pensamientos que se le agolpaban en la cabeza. No le cabía la menor duda de que el niño era suyo, pero la precipitación desbarataba todo sus planes y le generaba un sinfín de dudas que no le permitían razonar con coherencia.

Charito empezaba a asustarse —«Por el amor de Dios, que diga algo»—, el miedo comenzó a descender por su garganta —«Tobías, mi amor, estás tardando demasiado»—, bajó la mirada completamente descorazonada —«Estoy sola en esto... ¿Qué voy a hacer?»—, sintió que Tobías le había fallado sin querer darse cuenta de que, en el fondo, era ella quien lo había traicionado antes.

Pero ahora que estaba dispuesta a renunciar a todo, que había pensado mucho en ello y había tomado la decisión de seguir adelante después de sopesar todas las posibilidades y de enfrentarse a todos sus temores, pretendía que Tobías tomara la misma decisión en apenas unos segundos. No le concedió ni un momento de reflexión, no le aceptó ni la más mínima vacilación. Inconscientemente, le exigía una respuesta rápida y positiva. Al fin y al cabo, ella consideraba que renunciaba a muchísimo más y creía que tenía ese derecho.

Entonces Tobías, con un gesto repentino, se hincó de rodillas y, no muy seguro de lo que hacía, le pidió que se casara con él.

—Me hubiera gustado tener un bonito anillo que ofrecerte, pero quiero que sepas que eres lo más hermoso que me ha pasado en la vida y que me haría muy feliz crear una familia contigo.

Ella le sonrió, satisfecha, pero en algún lugar escondido de sus entrañas le quedó la amarga sensación de que había llegado tarde, de que Tobías ya había sembrado una sombra de desconfianza que el orgullo y el egoísmo de Charito no podrían olvidar.

A Tobías le había caído una losa encima. Sabía cuál era su deber, pero se debatía entre la ilusión y la fatalidad. Todo iba demasiado deprisa, todo era muy precipitado. Él era un hombre acostumbrado a improvisar, se le daba bien, pero una boda... un hogar..., una familia... Había que organizarlo todo en menos de dos semanas. Sí, sabía que amaba a Charito y estaba seguro de que ella también a él, pero hacía muy poco que se conocían, apenas unos meses. De acuerdo, eran adultos, podían asumir ese tipo de responsabilidad. Saldría bien. Pero ¿cómo podía haberles pasado? En realidad, los dos eran conscientes de que en más de una ocasión habían sido imprudentes. Correr riesgos implicaba asumir las consecuencias, pero... Justo ahora que ella empezaba a encaminar su carrera y él se estaba situando en el ministerio. De repente sentía vértigo. Hubieran necesitado un poco más de tiempo. Pero ya no servía de nada lamentarse. Las cosas estaban así, y así había que afrontarlas.

Con todos esos pensamientos, algunos alentadores y otros derrotistas, Tobías empezó a construir el futuro. Lo primero era buscar una casa, algún lugar que pudiera llegar a ser un hogar. Ni la guarida donde él vivía ni la habitación de Charito eran lugares apropiados para criar a un niño. Empezaría a dar voces. También había que organizar la boda antes de que la causa fuera evidente. Buscaría una parroquia pequeña en la que no los conocieran. Hablaría con su hermano. ¿Debía invitar a mucha gente? Mejor no. ¡Un hijo! Volvía el vértigo, mezclado con ilusión y con rechazo. Le gustaba la vida que llevaba y el cambio iba a ser muy radical. Una esposa y un hijo a su cargo. Ataque de pánico. Ganas de salir corriendo.

Sentido de la responsabilidad. Tendría que pedir algo de dinero prestado a sus amigos para empezar, pero saldrían adelante. Aunque dormía poco y se sobresaltaba por cualquier cosa, estaba seguro de que todo acabaría saliendo bien.

Un vestido de novia era todo un reto para Esteban. La ilusión que le hacía el proyecto disipó rápidamente la sorpresa de la noticia. Tener un bebé en la casa era una nueva alegría. Sabía lo maravilloso que iba a ser para su Paquita. Pero veía que la buena de Remedios no sentía lo mismo. La pobre llevaba un par de días como ida. A pesar de los esfuerzos que hacía por sonreír, la conocía lo suficiente como para intuir la cantidad de sentimientos cruzados que rondaban su cabeza.

Y es que Remedios empezaba a estar cansada de bailar siempre al son que tocaba su hermana. Todo el mundo tenía que estar a su alrededor, pendiente de sus necesidades, y ella actuaba sin tener en cuenta los sentimientos de los demás. Y otra vez volvía a ser la protagonista de la historia de todos. Se daba cuenta de que lo que tenía no era sino celos, y le molestaba que Charito la hiciera sentirse así. Ella no era una persona envidiosa, y siempre había procurado la felicidad de las personas que la rodeaban. ¿Qué le estaba pasando? ¿Por qué se sentía tan mal? Un bebé siempre era una buena noticia. Era verdad que las circunstancias no eran las más adecuadas, pero iba a tener un sobrinito y eso debería alegrarla. La señora Paquita era feliz, Esteban estaba muy ilusionado, Charito volvía a sonreír... ¿Por qué ella no podía alegrarse como todos los demás? No hacía más que acordarse de su Enrique. La enfermedad de su madre se estaba alargando más de lo que los dos esperaban. Hacía algún tiempo que no tenía noticias suyas y lo añoraba más que nunca.

Decidida a no aceptar a la persona en la que se estaba convirtiendo, Remedios hizo de tripas corazón. Convenciendo a los demás, esperaba convencerse a sí misma de que ese aire de maldad que la envolvía, ese alegrarse de que a su hermana empezaran a irle mal las cosas, no era más que un espejismo.

Ella no era así, y no quería convertirse en un ser resentido. Además, ahora había muchas cosas que hacer, y en cuestiones de la casa y la intendencia ella era una experta. No irían muchos invitados a la boda, pero había que encontrar un lugar adecuado, hablaría con el señor Natalio, y había que organizar un banquete. Hortensia sería de mucha ayuda. La muchacha tenía más habilidades de las que nadie se imaginaba. Y mucho más sentido común. Entre las dos organizarían una boda que nadie podría olvidar.

Esteban estaba entusiasmado con el resultado. Había creado el traje perfecto. Aunque la niña no se casaba virgen, eso era obvio, quiso vestirla de blanco; pero de largo y con velo..., eso era demasiado. Así que diseñó un traje tres cuartos muy vaporoso que a Charito le sentaba de maravilla. Para completar una estampa perfecta, le colocó una gran pamela en la cabeza que coronaría con unas preciosas flores naturales a juego con las que llevaría en la cintura. La pamela la había comprado para forrarla de lentejuelas y complementar con ella un traje que estaba haciendo para una gran vedete, pero de momento tendría otro uso más íntimo. La niña llevaría en el cuello la cruz de granates que le había regalado su novio. Con el vestido ya tenía algo nuevo, con la pamela algo prestado, con la cruz algo viejo, y él le estaba confeccionando una liga azul para completar la tradición. A su niña ningún descuido le traería mala suerte en el matrimonio. Estaría preciosa. Para acabar de redondear el cuadro, quería comprarle unas medias de seda blanca que quedarían perfectas con su creación.

Se puso el abrigo y la bufanda y salió de casa contento y distraído con sus pensamientos. Iba al centro, a visitar una nueva mercería que habían abierto en la Puerta del Ángel, Santana la llamaban, o algo así, a ver si encontraba alguna novedad que incorporar a sus trajes y de paso buscar las medias que necesitaba.

Aunque hacía frío, recibir en la cara los primeros rayos de sol de la primavera recién estrenada resultaba muy agradable.

Esteban sonreía mientras esperaba el tranvía. Podía haber ido andando, no estaba muy lejos, pero últimamente sus piernas tomaban decisiones por sí mismas y hoy habían decidido no esforzarse. No tenía prisa. Se había propuesto disfrutar del día con calma.

El tranvía venía lleno y eran muchos en la parada. Dejó pasar delante a una mamá joven con su hijito de la mano y a una señora que iba muy cargada con varios paquetes pesados. Apenas quedaba espacio para él, pero bien agarrado a la barra haría el viaje sin problemas. El conductor del tranvía tocó la campanilla anunciando que iba a poner en marcha el vehículo, y en ese momento a la señora de los paquetes se le escurrió uno de las manos y se le cayó a la calzada. Esteban reaccionó rápidamente y bajó del tranvía con intención de recogerlo, pero las piernas le fallaron y él cayó al suelo al mismo tiempo que el vehículo se ponía en marcha. Nadie pudo evitar que las afiladas ruedas del tranvía le pasaran por encima de las piernas.

19

Después de muchos días de angustiosa espera, Esteban empezó a tener cortos períodos de consciencia en los que se daba cuenta de que nunca saldría del hospital. Había perdido mucha sangre, y las dos piernas, que le dolían como el demonio, habían desaparecido. Entre desmayos y calmantes, cada vez que recibía una visita solo manifestaba un deseo: ver casadas a las niñas.

Nadie estaba para celebraciones, pero la boda ya no se podía retrasar más. El maravilloso vestido que le había hecho Esteban a Charito empezaba a quedarle un poco estrecho. No es que tuviera especial preocupación por estar perfecta, al fin y al cabo la ceremonia no era más que un permiso público para poder seguir adelante con sus vidas, pero quería recordar el día de su boda como algo más que un mero trámite y le preocupaba no parecer una auténtica novia.

Estaba nerviosa. Ella y todos los habitantes de la casa, que, casi en silencio, hacían los últimos retoques y se arreglaban para la ocasión.

Sola en la habitación, Charito se vistió con cuidado procurando no olvidar ninguno de los detalles y siguiendo las instrucciones que Esteban, con mucho esfuerzo y en voz muy baja, le había dado en su última visita al hospital.

«Que Hortensia vaya a las Ramblas a buscarte media docena de gardenias, tres para la pamela y tres para el cinturón. Ponte las medias con guantes, vigila que la costura quede bien recta y cálzate enseguida, no sea que con un mal paso las eches a perder. Sobre todo, no olvides la cruz de Tobías ni la liga azul, que es lo último que debes ponerte. No te perfumes, que la fragancia de las gardenias es suficientemente elegante. Estarás preciosa. Deja que te dé un beso en la frente. Que seas muy feliz, chiquilla.»

Charito se peinó y maquilló con esmero y ya bien arreglada salió a la sala, lista para esperar al padrino, que tenía que traerle el ramo. Cuando Hortensia, atareadísima, salió de la cocina y la vio, se llevó las manos a la boca por la emoción y empezó a llorar sin poder decir una sola palabra. Era la primera vez que veía una novia antes de ir a la iglesia. Tenía la sensación de haber aportado su granito de arena a la celebración, ya que gracias a las flores que le había traído la novia estaba mucho más bonita. Iba a ser un día muy emocionante para ella. Charito le había regalado uno de sus viejos vestidos, que para Hortensia era un tesoro. Se moría de ganas de ponérselo.

Remedios, que también se había arreglado con esmero, miró lo bella que estaba su hermana y suspiró. No pudo evitar fijarse en que una de las pinzas de la cintura se abría un poco e inconscientemente se acercó a su caja de costura, cogió unas tijeras y con sumo cuidado cortó algunas puntadas para aflojar la presión. La señora Paquita observaba la escena con cariño. Nunca creyó que vería a una hija saliendo vestida de novia de su casa. Y es que, en esos momentos, la buena mujer se sentía como una gallina clueca protegiendo a sus polluelos. Le hubiera encantado plasmar ese instante: hacía mucho tiempo que entre las dos hermanas no había tanta complicidad. Se acercó a las muchachas, las tomó de la mano y les besó las dos mejillas, primero a Charito y después a Remedios.

Frederic se presentó a la hora prevista con un precioso ramo de lirios blancos y un torpe poema que alababa las cualidades de la futura esposa de su amigo. Lo lógico hubiera sido que fuera Felipe el encargado de componerlo pero, por alguna razón que nadie entendía, Charito le había pedido insistentemente a Tobías que no se lo encargara a él y Tobías se lo había concedido.

—Vamos allá, señorita, el coche nos está esperando en la puerta.

Hoy era un día especial. La novia no podía llegar a la iglesia en tranvía. Frederic se había ocupado de decorar el coche de su familia y lo conduciría él mismo.

Y así, casi un mes después del accidente, el último domingo de abril de 1935, Tobías y Charito se casaron en la iglesia del Sagrado Corazón de la calle Caspe.

Demasiada iglesia para tan pocos invitados. Tobías la esperaba a los pies del altar con una sonrisa. El bueno de Enric no había podido completar los trámites para oficiar la ceremonia pero no quiso perderse la boda de su hermano, tampoco Santiago y Josep. Frederic, Felipe y un compañero de trabajo que lo apreciaba mucho completaban la lista de invitados de Tobías.

A Charito la acompañaban Remedios, la señora Paquita, la elegantísima señorita Reina y una Hortensia llorona, más por la emoción de haber ido en coche por primera vez y de estrenar vestido que por la importancia del acontecimiento.

La novia entró sola a la iglesia. Era su manera de homenajear a Esteban, que era quien la tendría que haber entregado.

La ceremonia fue corta, triste y deslucida, a pesar del empeño del organista novato, que se esforzaba en sacar cuatro notas al instrumento que acababan de instalar y que hacía que Felipe tuviera que morderse la lengua para no morirse de la risa mientras Frederic le daba codazos para disimular él también lo cómico de la situación. Ninguno de los dos acababa de tomarse en serio todo aquello. No entendían cómo podía su amigo meterse en ese lío. No era necesario casarse para contentar a una mujer. Ellos tenían experiencia en esos trances, pero Tobías no había querido escucharlos siquiera. A pesar de las promesas que les había hecho, sabían que las cosas cambiarían y que las noches de camaradería, discusiones, juego y confidencias etílicas se iban a terminar.

Las mujeres lloraban. Remedios pensaba en su Enrique y en lo que tardaría en volver a verlo; la señora Paquita pensaba en su pobre Esteban y en lo mucho que lo iba a echar de menos; Hortensia se preguntaba cuándo podría volver a ponerse su vestido nuevo. Nadie sabía por qué lloraba la señorita Reina, lo hacía a menudo y sin razón aparente.

Los novios se miraban con amor, pero con muchas dudas. Aun así, dieron su consentimiento y al poco rato ya estaban en la puerta de la iglesia, rodeados de su gente, tomándose una foto en la que nadie sonreía.

Dadas las circunstancias, todo el mundo estaba de acuerdo en que una gran celebración no era lo más apropiado, de modo que convinieron en reunirse alrededor de una única mesa que Remedios había instalado en el centro del salón de la pensión y que se había esmerado en vestir adecuadamente. Ella y Hortensia llevaban dos días preparando platos exquisitos con la intención de sorprender a los invitados. Después de la ceremonia, las mujeres fueron a hacer los últimos preparativos y los hombres se acercaron a La Tranquilidad a tomar un vermut. Todos menos Frederic, que acompañó a los novios al hospital para ofrecerle el ramo de novia a Esteban. Fue un hermoso detalle que la señora Paquita agradeció a la pareja con una ración extra de lágrimas; sabía que a su Esteban iba a proporcionarle un gran consuelo.

La imagen de los novios entrando en el recién estrenado edificio modernista del Hospital General de Cataluña, de la Santa Creu i Sant Pau, hubiera hecho las delicias de cualquier fotógrafo. Durante todo el trayecto por los jardines a través de los hermosos pabellones, hasta llegar al de Cirugía, fueron la principal distracción del personal y de los parientes de los enfermos ingresados. Charito se sentía admirada, como una estrella de cine acompañada por un apuesto galán. Ese sería el mejor recuerdo que guardaría del día de su boda.

Fue una maravillosa sorpresa para Esteban. Los vio llegar como si fueran una aparición, envueltos en un velo de luz que oscurecía cualquier cosa a su alrededor. A medida que se acercaban a él, despacio, como si el tiempo se ralentizara, tuvo ocasión de contemplar a la niña luciendo su vestido como la mejor modelo de alta costura mientras el novio, a su lado, completaba el cuadro perfecto. Con mucho esfuerzo, tomó una mano de cada uno de ellos, puso una encima de otra y les dio unas suaves palmaditas a modo de bendición. Apenas le quedaban fuerzas. Charito le colocó el ramo entre las manos, él se lo llevó al pecho y cerró los ojos con una gran sonrisa.

—Ahora debe descansar —les dijo una enfermera que aguardaba a los pies de la cama—. Demasiadas emociones. —Su cara expresaba claramente que ya quedaba poco—. Está muy débil.

Charito le dio un beso en la frente y Tobías intentó un apretón de manos. Se fueron con el corazón encogido, pensando que quizá le habían dado la última alegría a su amigo moribundo.

Paquita y Remedios aún tuvieron una oportunidad de abrazar a Esteban. Fueron juntas al día siguiente de la boda. Querían contarle todos los detalles que habían ido atesorando durante el día para que su relato hiciera que Esteban lo recordara como si hubiera estado allí. Lo encontraron dormido y todavía abrazado al ramo que el día anterior le había llevado Rosario.

—No ha habido manera de quitárselo. Parece mentira qué fuerza pueden llegar a tener los condenados cuando quieren —les dijo una monja malhumorada que acababa de cambiarle los vendajes—. Hagan el favor de explicarle que las flores van en un jarrón o a la basura. Ya se encargarán ustedes de ponerle ropa limpia, no ha consentido que lo toquemos.

Pero Esteban estaba sereno, tranquilo. Y si algo tenían claro las dos mujeres era que no iban a cambiar eso. En el último mes todo había sido dolor, sufrimiento y disgusto. Si algo alegraba los últimos días de Esteban, si algo podía consolarlo de alguna forma, así se quedaba.

Se sentaron cada una a un lado de la cama. Sin abrir los ojos, Esteban alargó la mano derecha hacia Paquita y ella se la aferró con fuerza.

—Paquita, compañera de mi vida, amiga del alma... Esto se acaba —empezó a decir en una suerte de discurso que parecía haber preparado.

A Remedios le corrió un escalofrío por la espalda al recordar que esas habían sido las mismas palabras que había dicho la Tere en la casa de Algeciras un día antes de que la fatalidad se adueñara de su familia. La serenidad con la que ambos se enfrentaban a la muerte le ponía los pelos de punta. La perspectiva de perder a otro ser amado le destrozaba el corazón.

—Hemos vivido tanto, hemos sido tan felices juntos —continuó Esteban—. Nunca estaré lo suficientemente agradecido a nuestro Señor por haberme concedido el privilegio de vivir a tu lado. Y tú, mi niña… —Esteban soltó a Paquita y alargó el brazo hacia Remedios, que también le agarró la mano—. Tú has sido una bendición. Desde el día en que llegasteis habéis sido la alegría de la casa, y con esa alegría me voy. Quiero que me hagas una promesa: deja de esperar. Si quieres una profesión, trabaja duro, pero si amas a un hombre, síguelo. No permitas que nadie te diga lo que tienes que hacer. Haz lo que quieras con tu vida y, si te equivocas, por lo menos te quedará el haber intentado algo para encontrar el camino de la felicidad.

Agotado por el esfuerzo, Esteban volvió a abrazar el ramo y se durmió. Esta vez para no despertarse más. La última imagen, la que se llevaron su Paquita y Remedios, fue la de un hombre en paz.

Tener a Charito en casa todo el día era una auténtica tortura.

Con el corazón lleno de dolor, Remedios terminaba los trajes que se habían quedado a medias antes del accidente. Ya había anunciado que esos iban a ser sus últimos trabajos, lo que generó un alud de nuevos encargos que ella rechazaba uno tras otro. Sin Esteban, nada de aquello tenía sentido.

Charito cada vez estaba más gorda y más pesada. Siempre tenía calor, y el aburrimiento le caía por la espalda en forma de goterones de sudor. El día antes de la boda había ido a la radio a cantar por última vez, pero desde entonces lo único que hacía era presionar a Remedios para que estuviera pendiente de ella y la acompañara a comprar lo necesario para la llegada del bebé. Remedios aún tenía mucho trabajo por terminar, y todos sus intentos de pedir ayuda a su hermana eran inútiles. Charito no era capaz de coser ni un botón.

Para no precipitar demasiado las cosas, la señora Paquita había ofrecido su habitación al nuevo matrimonio mientras encontraban un hogar. Dadas las circunstancias, ella no necesitaba la habitación grande y mucho menos una cama de matrimonio. Durante ese tiempo se trasladaría a la cama de Charito. Remedios estaba encantada con el cambio.

Pero el casado casa quiere, y Charito estaba cansada de vivir allí; necesitaba una casa propia, la espera se le estaba haciendo eterna. Tobías salía cada día después del trabajo a buscar algún piso adecuado para los tres, pero no disponía de mucho tiempo y el tema se estaba alargando; eso hacía que, además, pasara poco tiempo con su esposa. Ella le reclamaba atención mientras sentía, con cierta aprensión, cómo el niño se movía dentro de su barriga. Tobías le decía que lo acompañara, Charito le respondía que no se encontraba bien y que no quería que nadie en el barrio la viera tan fea y gorda. Él se enfadaba, ella se desquiciaba. Todo eso creaba tensiones en la pareja y discutían a menudo. La señora Paquita daba gracias a Dios cada día por la paciencia de Tobías, pero si no hallaba rápidamente una solución el carácter irascible de la niña acabaría con todos.

Charito tenía mucho tiempo para pensar y empezó a obsesionarse con el parto. La obsesión se transformó en miedo, el miedo en pánico, y al final pensar en ese momento se convirtió en una auténtica pesadilla. Entre unas cosas y otras, la vida en la pensión era muy poco agradable.

Tobías llevaba mucho tiempo visitando inmuebles fantásticos pero totalmente fuera de su alcance, y otros que entraban en su presupuesto pero no merecían la más mínima consideración. Todo cambió de repente a finales de julio, cuando un día llegó entusiasmado con la noticia de que había encontrado la casa perfecta.

—Te va a encantar, Remedios. Cuatro habitaciones, un baño grande. La portería es de lo más señorial. ¡Y tiene ascensor!

Para variar, fue fantástico ver a Charito tan contenta. Tan deprisa como su estado se lo permitía, llevaba del brazo a su hermana por la ronda de San Antonio hacia una calle ancha cerca del mercado, donde estaba esa maravilla. Un amplio paseo hasta la universidad, con muchas tiendas y una línea de tranvía, el mercado a un paso, el metro a pocas manzanas y relativamente cerca de la casa de la señora Paquita. Parecía que el piso estaba muy bien situado.

A Remedios le gustó la finca. Tenía unos hermosos ventanales que prometían mucha luz. La portería era realmente espaciosa, con unos techos altísimos que permitían ver la hermosa estructura de hierro del ascensor. Detrás, a continuación del primer tramo de escaleras que rodeaban la estructura, estaba la garita de la portera, doña Patro, que las saludó con una gran sonrisa.

Remedios nunca había subido a un ascensor y le dio cierto reparo.

—No seas tonta, si no es nada. Además, tenemos que subir hasta el tercero. ¿Para qué quieres ir a pie habiendo ascensor? —le dijo Charito orgullosa—. Ya verás, es divertido.

Mientras subían, Remedios vio que cuatro grandes puertas en cada planta daban espacio más que suficiente en el rellano para una banqueta de cortesía de terciopelo rojo, lo que le hizo pensar que no debía de ser la única a la que le daban miedo esos artilugios modernos.

Lo primero que le llamó la atención cuando Charito le abrió la puerta del 3.º 1.ª fue la oscuridad y el olor a cerrado que reinaban dentro del piso. Urgía abrir las ventanas, ventilar y dejar que la luz mejorara algo esa desagradable primera impresión. Frente a la puerta había una habitación...

—... que podría ser el despacho de Tobías —le explicaba Charito entusiasmada—. Así, si tiene que recibir a alguien, podemos aislar el resto de la casa cerrando...

... una puerta doble acristalada que daba a un corto pasillo. A la derecha se abría otra habitación enorme y un baño muy grande, y al fondo estaba la cocina, con una económica a carbón. A la izquierda del pasillo había una tercera habitación, un pequeño salón con dos sillas apoyadas en la pared y una puerta en el lateral para acceder al cuarto dormitorio.

—¿Qué te parece?

Oscuro. Le parecía triste y oscuro. De acuerdo, todas las estancias tenían ventana, pero las que no se abrían al patio de luces daban al interior de la manzana y abajo solo había almacenes y fábricas, con el correspondiente problema de ruidos y olores. Y lo peor es que no había ni un pequeño balcón donde poner un solo geranio que tuviera opciones de sobrevivir y que diera algo de color.

—Sí, ya lo sé. —Charito se derrumbó en una de las sillas sin poder disimular ni un minuto más—. Pero Tobías me ha prometido que es provisional, que tiene apalabrado uno de los que dan a la calle pero que aún falta un tiempo para que se desaloje. Es una oportunidad haber encontrado este, y de momento no podemos permitirnos nada mejor. Además, mira... —Se levantó de golpe, como si el corto descanso hubiera sido suficiente para devolverla a la vida—. Pintaremos todo de blanco y aquí pondremos un mueble precioso que ya tenemos visto, y allí...

Empezó a explicarle cómo tenía intención de decorar la casa. No le faltaba gusto y era muy posible que el resultado fuera coqueto. Ya tenía decidido dónde pondrían la cama de matrimonio y cuál sería la habitación del bebé.

—Y lo mejor de todo —le dijo con cierto misterio mientras abría la puerta de la izquierda—: tu habitación.

Remedios entró despacio. La habitación era espaciosa y tenía un gran ventanal con cristales esmerilados por el que, sorprendentemente, apenas entraba luz. Habrá que cambiar esos cristales, fue lo primero que pensó. Se acercó al ventanal y lo abrió, solo para ver las fantásticas vistas... al ascensor. Y si miraba hacia abajo, podría mantener interesantes conversaciones con doña Patro.

La perspectiva de encerrarse en esa especie de celda le daba una imagen de su vida muy desesperanzadora. Empezó a tener mucho calor y a respirar con dificultad. Mientras veía cómo subía el ascensor sentía a Charito detrás de ella, complacida, esperando a que le diera las gracias por tanta generosidad. De repente, algo desde el fondo de sus tripas empezó a subir por el estómago y fue tomando fuerza mientras le atravesaba el pecho.

Cuando llegó a la garganta, Remedios ya tenía la suficiente determinación como para, por primera vez, dar muestras de rebeldía.

—No —dijo, contundente.

—¿Cómo? —respondió Charito extrañada.

—Que no. Que yo no vengo a vivir aquí.

—¿Cómo que no? ¿Y dónde vas a vivir? ¿Y quién va a ayudarme con el niño? ¿De qué estás hablando? —le preguntó, cada vez más nerviosa y exaltada.

—Mira, Charito —empezó a decir, sosegada, sorprendiéndose gratamente a sí misma—, yo me quedo en la pensión de la señora Paquita, que es mi casa. Puedes contar conmigo hasta que nazca el bebé, pero en cuanto compruebe que los dos estáis bien me iré a Córdoba, que es donde tendría que estar desde hace mucho tiempo. Y no se hable más.

Muy satisfecha de sí misma y con una alegría en el cuerpo que desconocía, se dio la vuelta y cerró la ventana ceremoniosamente mientras abría su corazón a la vida.

20

Charito se sentía pesada, fea y gorda, pero sobre todo, muy decepcionada con la vida. Ya hacía unas semanas que se habían instalado en el nuevo piso, y a pesar de tener mucho espacio solo para ellos y muchas ideas, le costaba encontrar la manera de convertirlo en un hogar. Tobías le había dado carta blanca y algo de presupuesto para poner el piso enteramente a su gusto, pero la ilusión de la novedad era menor de lo que había esperado y prefería dar largos paseos por el barrio, explorarlo y distraerse con sus posibilidades, antes que pasarse demasiado tiempo entre esas cuatro paredes disfrazadas de felicidad en las que tan sola se sentía.

Tobías se iba muy temprano a trabajar y volvía tarde. Él también se sentía encerrado. Retrasaba el regreso a casa y cuando acababa su jornada quedaba con sus amigos para tomar, por lo menos, un chato de vino. Ellos lo recibían con la algarabía de la sorpresa. A pesar de ser una costumbre, tenían la sospecha de que cualquier día de esos Charito haría prevalecer sus privilegios y Tobías tendría que replantearse sus hábitos. Pero mientras tanto seguían encantados haciéndole cómplice de sus devaneos y partícipe de sus discusiones políticas, religiosas y de faldas, siempre añadiendo burlones una coletilla del tipo «pero tú ya tienes otras cosas de las que preocuparte» que en ocasiones le fastidiaba bastante. No se arrepentía de la decisión que había tomado, pero había ciertas cosas que echaría de menos.

Fue en el transcurso de esas tardes de amigos sisadas a su mujer cuando Tobías empezó a hilvanar un tejido de opiniones, presentimientos y sensaciones de que algo importante se estaba gestando. Algo importante y para nada bueno. Se oían opiniones en Madrid que no estaban muy en concordancia con lo que se comentaba en Barcelona. El Ejército parecía nervioso. Tobías podía comparar los discursos de bar, colegas y revolución con lo que se comentaba en el ministerio. Tenía la sensación de que las cosas estaban a punto de írsele de las manos a todo el mundo.

El barrio del Poble Sec y el de la Barceloneta llevaban un tiempo siendo cuna de revolucionarios y anarquistas. Tobías los veía discutir airadamente entre ellos, a pesar de hablar el mismo idioma político y de manifestar de forma distinta las mismas ideas de izquierdas y progreso. Algo no iba bien. Él intentaba mantenerse al margen. Con la excusa perfecta de las responsabilidades familiares, solía retirarse antes de meterse en camisa de once varas y veía desde lo más lejos posible cómo sus amigos se comprometían cada vez más en una lucha de palabras a la que le faltaba poco para llegar a los hechos.

Con andar cansino, Charito y su barriga volvían a casa después de un largo paseo. En las manos llevaba un escurreplatos de madera y una cesta llena de productos de limpieza y por eso no podía mantener cerrada la chaqueta, que ya no conseguía abrocharse. Empezaba a refrescar y estaba cogiendo frío.

Haciendo malabarismos, intentaba abrir la puerta del edificio mientras renegaba sobre el horario de doña Patro, y justo cuando malhumorada se planteó dejar la carga en el suelo, una mano amiga, con una manicura impecable, se ofreció a ayudarla.

—No se preocupe, yo le aguanto la puerta. Deme, que le ayudo con la cesta.

Mientras entraba, Charito dedicó una sonrisa agradecida a la elegante mujer que estaba a su lado.

Se acercaron juntas al ascensor, y mientras la desconocida lo abría, le cedía el paso y cerraba las puertas, Charito observó la increíble caída del vestido y el maravilloso abrigo de cuello de zorro que llevaba la mujer. Era muy hermosa. Calculó que debía de tener unos diez años más que ella.

—¿A qué piso va?

—Al tercero, por favor.

—¡Qué coincidencia!

A la incomodidad de la conversación de ascensor había que añadir la vergüenza que estaba pasando Charito por la imagen que imaginaba estar dando. Al salir del ascensor, las dos se dirigieron a la izquierda del rellano y ambas se dispusieron a abrir su puerta, una al lado de la otra.

—¡Vaya! Parece que somos vecinas —dijo la desconocida—. Permítame que me presente: Magdalena Dampier.

Rosario le ofreció la mano.

—Rosario de Torres, mucho gusto. Pero todos me llaman Charito.

—Bueno, pues ya sabe dónde encontrarme. Algún día podríamos tomar el té, si le parece, antes de que llegue el bebé.

—Será un placer.

—Encantada. Buenas tardes.

—Adiós, buenas tardes.

Charito no podía creer tanta fortuna. Cerró la puerta de su casa con una gran sonrisa en los labios. ¡Qué mujer tan elegante, tan distinguida, tan sofisticada! La imaginó sentada en un diván, con las piernas cruzadas, fumando un cigarrillo en su correspondiente boquilla negra. De repente tuvo la sensación de que podría adaptarse al barrio, a la comunidad. No todo estaba perdido en ese edificio. Se prometió a sí misma que no volvería a descuidar su aspecto. La próxima vez que se encontrara con doña Magdalena estaría a la altura, y ese primer encuentro no sería más que una anécdota en la historia de su nueva amistad.

Efectivamente, Magdalena Dampier era una mujer de origen noble y educación impecable, feminista de gran temperamento, algo excéntrica e influyente dentro del círculo aristocrático barcelonés.

Soltera convencida, en su juventud la habían pretendido buenos partidos de su entorno, pero ella había entregado su corazón al más crápula. Una noche en la que Magdalena, amada hija única, acudió a una función en el Liceo acompañada de sus padres, el muy canalla –porque no tenía otro nombre– tuvo la desfachatez de presentarse del brazo de una mujer a la que concedía una atención más que especial. Si bien tener una querida era algo habitual, no se consideraba de buena educación hacer alarde de ello en público. Esa noche fueron la comidilla del teatro entero. Magdalena y su familia tuvieron que soportar el pésame de todas sus amistades durante días. Hasta que la niña dijo basta y, en contra de la opinión de su padre y las lágrimas de su madre, rompió el compromiso con ese malnacido. Lo borró de su cabeza y de su vida completamente y se prometió a sí misma que no habría hombre en el planeta que volviera a reírse de ella.

Su padre, que la quería más que a nada en el mundo, respetó su decisión, y cuando Magdalena manifestó el deseo de independizarse le asignó una pensión que le permitía continuar con su nivel de vida. Esta asignación se vio fortalecida por la enorme herencia que recibió a la muerte de sus progenitores, hacía ya un tiempo, y por la fortuna fruto de la venta del caserón familiar, del que quiso desprenderse enseguida porque solo le traía malos recuerdos. Lo del Liceo había sido un episodio escandaloso, pero la determinación de Magdalena no hizo sino aumentar el respeto de todo su entorno social, que ya estaba acostumbrado a sus excentricidades y que no consideraba completa una fiesta o reunión en la que ella no estuviera presente. Por supuesto, el causante de la vergüenza se vio obligado a dejar la ciudad y su familia cayó en desgracia, para triunfo y satisfacción de Magdalena Dampier.

Todo eso le fue contando a Charito en las tardes de té, chocolate y café que compartieron los días posteriores a su primer encuentro.

–Pero tutéame, que tampoco nos llevamos tantos años, y lo de doña Magdalena me lo guardo para los que no se lo merecen. Llámame Magda. Tía Magda para el chiquitín –le dijo un día mientras le acariciaba la barriga.

La casa de tía Magda era hermosa, grande, luminosa. Exactamente como a Charito le hubiera gustado que fuera la suya. Los muebles antiguos que había heredado de su familia quedaban de maravilla en aquellas habitaciones de techos altos y balcones con gruesos cortinajes que daban a la calle y permitían que entrara el sol desde primera hora de la tarde. A Charito le encantaba estar allí. Hasta el pelo brillante de *Gigi,* la gata siamesa que ronroneaba permanentemente sobre la falda de Magdalena, encajaba a la perfección en la estampa. La preciosa vajilla con que la agasajaba le recordaba tiempos mejores en La Macarena.

Enseguida se tomaron confianza y Charito también le contó parte de su historia a Magda, omitiendo el accidente del embarazo y por tanto el motivo de su matrimonio.

La amistad entre las dos mujeres creció en poco tiempo y las acompañó durante el resto de su vida.

Remedios estaba con su hermana cuando esta rompió aguas a principios del mes de octubre. La falta de experiencia e información y los dolores cada vez más fuertes hicieron que las dos se asustaran mucho, olvidando de repente la difícil relación que tenían desde el incidente en el cuarto con vistas al ascensor, cuando Remedios decidió reconducir su vida y Charito se sintió abandonada. La señora Paquita había intentado mediar entre ambas, pero algo más profundo que una simple discusión se interponía entre ellas.

Remedios tuvo que tomar la iniciativa. Charito, presa del miedo, solo era capaz de respirar muy deprisa y de gritar continuamente.

—¡Hay que avisar a Tobías! —Dependiendo del momento de la contracción en que se encontrara, era muy cariñosa o muy desagradable—. ¡Llama a la comadrona de una puñetera vez, que me estoy muriendo!

Remedios aprovechó un instante en que Charito parecía más tranquila para ir a casa de la vecina, que tenía teléfono, y pedirle que hiciera las dos llamadas.

—No te preocupes, que están los dos de camino. ¿O acaso creías que no íbamos a oír los gritos a través de la pared? —le dijo Magda con guasa, y *Gigi* asentía lanzando ligeros maullidos—. Hasta me extraña que no se hayan enterado antes de que los llamara. Venga, que te acompaño, igual necesitas ayuda. No, *Gigi,* tú te quedas aquí —le dijo a la decepcionada gata, que no quería perderse el acontecimiento.

Charito, al verse sola, tuvo un ataque de pánico. Muy alterada, se levantó pidiendo ayuda gritando más que nunca. Pero estaba débil y agotada por el dolor y las piernas le temblaban.

Remedios y Magda entraron en el momento en que el bebé había decidido empezar a salir y se encontraron a Charito en el suelo, fuera de sí, aterrorizada y llena de sangre. Intentaron subirla de nuevo a la cama, pero la cogieran por donde la cogieran se les resbalaba de las manos, así que decidieron acondicionar el suelo para que fuera lo más cómodo posible y se dispusieron a esperar la llegada del bebé.

Mientras Remedios, angustiada por el retraso de la comadrona, hacía acopio de sábanas y toallas, limpiaba bayeta en mano todo lo que podía y calentaba agua tal como había visto hacer al servicio cuando su madre iba a dar a luz a sus hermanos pequeños, Magda se sentó al lado de la parturienta y le tomó una mano. Charito estaba aterrorizada. Había sangre por todas partes. Magda intentaba aflojar un poco la tensión:

—Mira el lado bueno: ahora no hay ninguna posibilidad de que se te caiga el niño al suelo. Además, te ahorras cambiar el colchón. Y qué bien te sienta el rojo, vecina. Buen gusto hasta para eso.

Empezó a contarle chistes verdes y chismes de muchos otros colores. Entre dolor y dolor, Charito no podía evitar reírse, y más viniendo de una mujer tan compuesta como su vecina. Jamás hubiera podido imaginársela usando un lenguaje tan soez ni criticando a nadie de forma tan viperina.

—Venga, hermanita, que el bebé ya está aquí —dijo Remedios de repente—. Vamos a tener que hacerlo las tres solas. ¿Lista?

La determinación de su hermana sorprendió mucho a Charito, quien tuvo la sensación de que estaba en buenas manos. Claro que tampoco había más opciones.

–Lista... No, no, no, no estoy lista. Por favor, esto es horroroso. Os juro que ese hombre no va a volver a tocarme.

»Ya, lista. No, no, no...

La comadrona oyó los gritos en cuanto se acercó al edificio. Más le valía darse prisa si quería llegar a tiempo. El ascensor estaba ocupado, y subir tres plantas no era tarea fácil para una mujer de su volumen y edad. Llegó al rellano a punto de desmayarse, y en cuanto empezó a recomponerse llamó a la puerta.

Magda levantó la cabeza. Como para abrir estaban ahora. El bebé ya tenía media cabeza fuera y ni se le ocurrió pensar que era la ayuda que estaban esperando. Empezó a rezar para sus adentros para que todo saliera bien. Según sus cálculos, ese niño venía demasiado pronto, sería pequeño, delicado y posiblemente débil. Necesitaban toda la ayuda divina posible. Remedios le pedía a su hermana que empujara, y la cara de Charito parecía a punto de explotar del esfuerzo.

Tobías subía las escaleras de tres en tres. Se encontró en la puerta a la comadrona, casi azul por la falta de aire, que le decía como podía que nadie le abría. Tobías empezó a buscar sus llaves, pero con los nervios no daba con ellas.

Coincidiendo con un último grito, Tobías consiguió abrir la puerta de su casa justo en el instante en que oía el primer llanto de su hijo.

No podía encontrar las palabras adecuadas para explicar el sentimiento que tuvo la primera vez que vio a su hijo. Era tan profundo, tan tierno, tan esperanzador, que compensaba cualquier precio que tuviera que pagar a cambio.

A Tobías se le llenó el corazón de amor al ver a su esposa y a su niño, aunque debía admitir que la escena que encontró en el suelo de su habitación no era muy agradable. El bebé lloraba, la estancia olía a sangre. Nunca había visto a Charito con tan mal aspecto. Sin embargo, le pareció bellísima con su hijo en brazos.

La comadrona verificó que ambos estaban bien, felicitó a la madre por su coraje y se dio prisa en hacer su trabajo. Ató el cordón umbilical del recién nacido y se aseguró de que la joven madre expulsara la placenta. Aunque recomendó a Tobías que saliera de la habitación, él quiso quedarse al lado de su esposa aunque en más de una ocasión se arrepintió de haberlo hecho.

Entre las tres mujeres dejaron a Charito limpia y agotada sobre la cama y al bebé bien envuelto dormido junto a su madre, arreglaron el desastre de la habitación y después se retiraron discretamente para dejar que la nueva familia disfrutara de intimidad. Charito apartó el arrullo que envolvía a su hijo para volver a comprobar que era perfecto y, efectivamente, un varón. Después se giró hacia su marido con mirada interrogante.

—Cualquiera menos Tobías.

—Rafael, como mi padre, tampoco. A mi hermano le trajo muy poca fortuna.

—En el almanaque del despacho he visto que hoy había un san Francisco, un san Quintín, un san Petronio...

—¿Petronio? —Rosario se echó a reír.

—Espera, espera... —Tobías se sacó un papel del bolsillo.

A medida que se acercaba el nacimiento, había cogido la costumbre diaria de anotar los nombres del santoral.

—También tenemos un Agripino, un Monaldo, un Ursino y un Vitón.

Rosario, que ya no podía más de la risa a pesar de lo dolorida que estaba, iba negando enérgicamente con la cabeza.

—Hay un Enrique y un Rafael, pero ese ya lo hemos descartado —continuó Tobías.

—¿Qué te parece Santiago, como tu hermano? Me gustaría que fuera el padrino.

No hizo falta que Tobías contestara, su cara lo decía todo. Acababan de encontrar el nombre perfecto para su hijo.

—Y ahora vete a celebrarlo con tus amigos. Yo estaré bien, y tengo buena compañía —dijo Rosario mirando a su hijo.

Cuando salió de la habitación, Tobías encontró a las tres mujeres con una copa de anís en la mano, sentadas alrededor de la enorme mesa cuadrada que prácticamente ocupaba todo el espacio del comedor, en silencio, muy cansadas, pero con cara de satisfacción. Las abrazó una a una, agradecido.

–Por cierto, se llama Santiago –les dijo antes de irse con una enorme sonrisa de papá orgulloso recién estrenada.

–¡Bueno! Ahora tenemos que conseguir que el muchachote se coja a la teta –dijo la comadrona levantándose y regresando a la habitación–. A ver, mamá, despierta, que tu hijo tiene que comer.

Mientras Remedios iba a buscar la cunita donde Santiaguito pasaría sus primeros meses y la comadrona enseñaba a Charito cómo tenía que incitar al bebé para que aprendiera a mamar, la tía Magda observaba la estampa. De repente empezó a rondarle por la cabeza un pensamiento que no pudo evitar verbalizar.

–Charito, bonita... Tienes un hijo precioso, grande, rollizo. Por mucho que lo intentes, ¿de verdad crees que alguien se va a tragar que es sietemesino?

Las cuatro mujeres se miraron con el semblante muy serio durante unos segundos, hasta que ya no pudieron más y estallaron en carcajadas todas a la vez. Era un momento feliz, todo había salido bien. Y compartir ese «secreto» reconfortaba a Charito.

Para acabar de redondear el día, Santiaguito se agarró perfectamente al pecho. Chupaba con fuerza, y en unas horas su madre notó la subida de la leche.

21

Con su hijo en brazos, Charito recibió el año 1936 rodeada de la gente a la que más quería, con el corazón lleno de esperanza y la alegría desproporcionada que solo puede dar una feliz maternidad reciente.

El bebé lo había cambiado todo, y no solo porque el milagro de la vida fuera ya de por sí algo extraordinario. Aquella cosita tan pequeña había hecho que la existencia de muchas personas tuviera un sentido. El pequeño Santiago se convirtió en el centro de la vida de Remedios, de la señora Paquita y, por supuesto, de sus padres. Si el amor y el cariño fueran suficientes para garantizar la salud y la felicidad, a ese niño jamás iba a faltarle de nada.

Tobías trabajaba más que nunca. Hacía horas extras y aceptaba todos los viajes que le ofrecían, sobre todo a las islas, para poder llevar algo más de dinero a casa a fin de mes. Cuando él se marchaba, Charito se instalaba en casa de la señora Paquita. Tobías se iba más tranquilo sabiendo que su familia estaba bien acompañada, y para Paquita tenerlos en casa era siempre una alegría. Charito aprovechaba entonces para arreglarse como antes y salir a pasear con su hermana por su antiguo barrio. Se sentaban en el Español a tomar un café y se dejaban admirar por los jóvenes que salían de conquista. Durante esos días, que ella consideraba «de vacaciones», intentaba dormir todo lo que su retoño no le dejaba habitualmente. Mientras, la señora Paquita ejercía de abuela y enseñaba a la hermosura de su niño a sus conocidos de ambos lados del Paralelo.

Los fines de semana comían todos juntos en casa de «la abuela». Con la excusa de la proximidad, Tobías se calzaba las botas de montaña e iba a disfrutar de la naturaleza y a respirar aire puro a las laderas de Montjuic, que tenía un poco olvidadas desde que había conocido a su mujer. Esos momentos de soledad rodeado de bosque le proporcionaban la energía suficiente para empezar bien la semana. A pesar de que tenía más trabajo que nunca, también de cuando en cuando encontraba tiempo para reunirse con sus amigos y pasar un buen rato, aunque en sus conversaciones cada vez había menos risas y más desacuerdos y reivindicaciones. Después regresaba a casa. Su mujer lo esperaba sonriente, le contaba las nuevas gracias del pequeño Santiago —«Prométeme que nunca más lo llamaréis Santiaguito», le había pedido su hermano— y le servía la cena que había cocinado, cada día más aceptable.

Charito se esforzaba mucho para ser una buena esposa y ama de casa. Era un mundo nuevo para ella y continuamente tenía que recurrir al consejo de su hermana y de la abuela, que estaban gratamente sorprendidas por la transformación. Recetas de cocina, trucos de limpieza, hilo y aguja, contabilidad y economía doméstica... Todo un universo de nuevas actividades que Charito emprendía sin mucha convicción pero con la conciencia de que era eso lo que tenía que hacer. Y no se le daba del todo mal.

Algunos días se sentía fuera de lugar, pero cuando veía a Tobías levantándose tan animoso, sonreírles a ella y al pequeño, confiarle cada final de mes todo su sueldo, en fin, trabajar tanto para construir un buen hogar, sentía la responsabilidad de mantenerlo todo en orden. Y por la vida de su hijo que lo iba a conseguir.

Hacía un tiempo que tenían el pálpito de que La Tranquilidad estaba más vigilada que nunca. Había empezado a aparecer gente nueva por el local. Parecían partidarios de sus causas, pero eran más callados que participativos y no se involucraban demasiado. Los habituales se sentían observados. Las redadas se habían multiplicado, aunque también los mítines a lo largo del Paralelo. Las opiniones más vehementes acababan pasando la noche en el cuartelillo. Varios compañeros habían tenido algún que otro problema y más de un aviso. Todo el paseo hervía de ambiente político y social. Gente de toda condición creía tener un espacio donde dar su opinión. Todo aquel intelectual que se preciara quería estar allí. También los medios de comunicación empezaron a hacer acto de presencia. La trascendencia del momento era evidente.

Felipe había sustituido a Tobías en el cuartucho del piso de Frederic desde que los recién casados se instalaron provisionalmente en la habitación de la señora Paquita. A todo el mundo le pareció una buena idea, sobre todo a Charito, que ya no soportaba su presencia. Él nunca le contó a nadie que a pesar de todo lo que había pasado, había vuelto a encapricharse con ella. El embarazo le había sentado bien y ahora, con la felicidad en la cara, estaba más hermosa que nunca. Pero era terreno vedado, coto cerrado, prohibición absoluta, y eso hacía que la obsesión fuera cada vez más profunda. Ninguna otra falda era capaz de quitársela de la cabeza. Con semejante musa, se sentía inspirado, gracioso, sembrado en todas sus intervenciones. Algo tenía que hacer para terminar con aquello y de la forma más natural acabó volcado en la política, que lo abrazó con entusiasmo agradeciéndole todas sus habilidades.

Frederic estaba empezando a ganarse una reputación como artista y su estudio era frecuentado por lo bueno y lo mejor de la sociedad barcelonesa. La entrada y salida de gente en su casa era constante, cosa que ya no extrañaba a nadie. Era el lugar perfecto para poder hablar abiertamente de lo que quisieran sin tener la sensación de que alguien tomaba nota, por lo que Frederic y el poeta empezaron a convocar en su salón reuniones clandestinas.

Y así, alguna noche oscura, un grupo de personas muy preocupadas por el país y por el rumbo que estaba tomando la historia se reunían en el estudio del artista. Entraban en el portal por separado, ahora una persona y dentro de un rato otras dos; subían en silencio y se servían un vaso de absenta o cualquier otro licor, que nunca faltaba en casa de Frederic.

Hablaban bajito, brindaban, organizaban y discutían hasta altas horas de la madrugada. Tobías asistía ocasionalmente a estas reuniones, pero cada vez se sentía más fuera de lugar. Como decían sus amigos, él tenía ahora otras preocupaciones, y además no acababa de gustarle el cariz que estaba tomando todo aquello. Poco a poco empezó a tener sensación de peligro, y al final dejó de acudir.

El día se había levantado frío pero soleado. Le apetecía mucho dar una vuelta por el paseo de Gracia y ver las carrozas que desfilarían ese sábado de Carnaval. Llevaba muchos días encerrada en casa y necesitaba un poco de distracción.

A Charito le encantaba la imagen que, reflejada en los cristales de los elegantes establecimientos, daban los tres juntos, ella empujando el carrito de Santiago y su apuesto marido al lado. Los dos jóvenes, guapos, elegantes.

Había mucha gente en la calle con ganas de divertirse, la mayoría disfrazada. Ese año estaban de moda las recreaciones de las películas de Charlot y las enseñanzas de Gandhi. Muchos llevaban bombín o pasaban frío con la escasa túnica que los envolvía. También había hombres vestidos de mujer, algunos con mucho acierto, y muchas mujeres vestidas de hombre que quizá querían reivindicar algo más que un día de fiesta. De las carrozas magníficamente decoradas salía música, luz y espectáculo. En ellas, gente disfrazada de caras conocidas del mundo del cine hacía las delicias de un público entregado. Todas estas tonterías divertían a Charito, que no se dio cuenta de que Tobías estaba disimuladamente alerta.

Su marido sabía más de lo que quería saber. En las últimas reuniones en casa de Frederic se hablaba de reaccionar, de comprometerse, de combatir. Quizá era el único que se daba cuenta de que ese día había más policías a caballo de lo normal, fuertemente armados, para velar por las drásticas prohibiciones que se habían dictado para la ocasión, como la de no llevar máscaras ni banderolas «en colores ofensivos para la moral y los sentimientos políticos y religiosos».

Sabía que en cualquier momento aparecería un grupo de enmascarados con pancartas gritando consignas y con el propósito de provocar y desestabilizar. Sabía quién estaría detrás de esas máscaras, y tenía miedo por ellos. Pero también quería estar preparado para poder sacar de allí a su familia al primer movimiento que pudiera suponer algo de peligro. No había habido manera de convencer a Charito de dejar de ir al desfile, así que ahora le tocaba buscar vías de escape y empujarla disimuladamente hacia calles amplias que les permitieran salir corriendo en caso de necesidad.

La mañana transcurría tranquila, pero Tobías no bajaba la guardia. Quizá habían cambiado de opinión. Pero cuanto más tarde se hacía, más cerca creía que estaba el conflicto. Un nudo le estaba apretando el estómago cada vez más fuerte.

Por fin, la última carroza pasó por delante de la joven familia y Tobías decidió que era un buen momento para regresar.

—No sé por qué tienes tanta prisa, Tobías. Estás muy raro hoy.

Con la incertidumbre en el alma y ocupado en sacar de allí a su mujer y al niño, no tuvo oportunidad de ver cómo arriba del todo de la avenida, allí donde el paseo de Gracia confluye con la Diagonal, un tumulto creciente anunciaba que algo estaba pasando.

Después de comer, aprovechando que Remedios pasaba la tarde con Charito y el niño, Tobías se acercó con el corazón en un puño a casa de sus amigos en busca de noticias. Afortunadamente, los encontró con otros tres compañeros de manifestación brindando por el pobre desgraciado al que habían abierto la cabeza pero que parecía evolucionar bien en el hospital y por el par de novatos que pagarían tanto entusiasmo con un par de noches en el cuartelillo a cambio de una increíble aventura que contar. Estaban todos despeinados, con la ropa rota y manchada de sangre ajena, pero con un grado de excitación más cercano a la embriaguez que a la razón.

—No sabes lo que te has perdido, compañero —le decía Felipe entre abrazo y abrazo—. Habrías estado muy orgulloso de nosotros. Ha sido increíble. Tendrías que haberlos visto cargar. Estaban fuera de sí. La gente nos aplaudía y ellos venga a pegar palos mientras los caballos nos resoplaban en la cara. Cuánta adrenalina... ¡Mejor que tres mujeres juntas!

Frederic, mucho más sensato y consciente de lo que había pasado, le hizo un gesto como de que después hablamos, le puso un vaso en la mano y lo invitó a continuar la fiesta con ellos.

Mientras tanto, en un gesto mucho más mundano, Charito y Remedios pasaron a casa de la vecina a tomar un café y comentar el desfile de la mañana, que Magda también había presenciado desde un balcón del paseo de Gracia propiedad de uno de sus influyentes amigos.

Magda y Remedios se apreciaban. Desde el primer momento Magda se dio cuenta de lo difícil que era no querer a esa mujer siempre discreta y serena, cualidades que llamaban la atención en contraste con su espectacular hermana. Reconocía en Charito a una mujer muy inteligente, culta, ambiciosa y de fuerte carácter, por eso quiso su amistad, pero en cuanto conoció a Remedios le costó poco darse cuenta de cuál era el talón de Aquiles de su amiga.

Charito nunca lo admitiría, pero siempre había envidiado la capacidad innata de su hermana de hacerse querer sin tener que hacer ningún esfuerzo. La relación de Charito con Remedios era un «ni contigo ni sin ti», porque al mismo tiempo necesitaba tenerla cerca. Quería creer que era ella la que dirigía la vida de Remedios, la que solucionaba los problemas, la que tomaba las decisiones importantes. Eso le hacía sentirse fuerte y segura de sí misma. Hasta entonces, Remedios le había dejado hacer, ya le iba bien y no quería conflictos. Pero últimamente las dos hermanas discutían a menudo, y todo por culpa de la decisión de la menor de empezar a dirigir su propia vida.

Remedios ya había recogido todas sus cosas y tenía las maletas preparadas para salir en cualquier momento. La decisión estaba tomada, pero necesitaba un tiempo para reunir las fuerzas para ejecutarla. Había escrito una larga carta a su querido Enrique comunicándoselo y este le había contestado, con más amor del que cabía entre líneas, diciéndole que la esperaba con impaciencia.

Ya en casa, tres tazas de café más tarde, Remedios le dijo a Charito que tenía intención de irse después de Pascua.

La señora Paquita comenzó a temer que sus años de vacas gordas se estuvieran terminando. Desde que se les fue Esteban, Remedios había ido traspasando clientes, concluyendo encargos, cerrando cuentas, y con ellas la fuente de ingresos más importante de la casa. Hacía ya tiempo que no pagaba alquiler por la habitación, faltaría más, y con la marcha de Felipe la señora Paquita había tenido que recurrir a sus ahorros. Urgía hacer algo; de lo contrario, tendría que reducir gastos. Empezando por el pequeño sueldo de Hortensia, cosa que le dolía mucho, no solo porque le había cogido cariño a la niña, sino también porque era la que llevaba el peso de la casa y ella a su edad no se imaginaba haciendo su trabajo. Solo quedaba la señorita Reina que, cada vez más aburrida, hacía tiempo que se planteaba irse a vivir definitivamente con su sobrina. La cosa pintaba mal. ¡Qué rápido había cambiado todo en tan poco tiempo!

Pero a la señora Paquita no le faltaban recursos ni empuje para volver a empezar. Había sido muy feliz estos últimos años, y por el recuerdo de su querido Esteban volvería a conseguirlo.

Corrió la voz por el barrio y tardó poco en alojar a tres jóvenes aprendices, todos parientes y de edad parecida, que habían llegado desde un pueblo del Pirineo para trabajar en la misma imprenta donde Enrique había conseguido su maestría y a quienes instaló en la habitación más grande de la casa, la que había sido de Felipe. Llegó también otra aspirante a artista cuyo talento nada tenía que ver con el de Charito, pero que ocupó su antigua cama. Remedios se instaló con la señora Paquita el poco tiempo que le quedaba en la pensión.

A la hora de la cena, la mesa del comedor volvía a tener el bullicio de sus mejores tiempos, solo que los actores habían cambiado. La señora Paquita tendría que acostumbrarse a nuevas conversaciones, nuevas penas, nuevas alegrías. Hortensia tenía más trabajo que nunca, pero estaba encantada de que se hubiera acabado la tristeza en aquella casa.

Remedios vivía su rutina con normalidad, sin hacer ningún comentario sobre su marcha, como si nada fuera a cambiar. Visitaba cada día a su sobrino, tomaba café con su hermana, entregaba los últimos encargos y cenaba con la señora Paquita y los demás huéspedes de la pensión. Era de natural reservada respecto a sus sentimientos, y todos empezaron a creer que aquel disparate de irse al otro lado de España se había quedado en un arrebato. Todos menos la señora Paquita, que, o no conocía bien a su niña, o estaba segura de que en cualquier momento se despediría y se marcharía.

Remedios le había cogido mucho cariño al pequeño Santiago y Charito contaba con ello para convencerla de que no se fuera. La veía tan encandilada con el bebé que estaba segura de que era cuestión de tiempo que olvidara esa locura de irse a Córdoba y se trasladara a vivir con ellos, cosa que esperaba con impaciencia porque ya se le empezaba a caer la casa encima. Pero ningún tipo de chantaje emocional iba a hacer cambiar de opinión a Remedios.

El lunes de Pascua comieron todos juntos en la pensión. Fue un día alegre y festivo. El padrino había llevado una mona de Pascua de chocolate para el niño de la que comieron todos menos él, y con el crío ya dormido disfrutaban de una sobremesa muy agradable cuando de pronto Remedios dio la noticia:

—Bueno... Todos sabéis que hace tiempo que tengo la intención de marcharme para reunirme con Enrique. Pues ha llegado el momento. Por fin mañana cojo el tren para Córdoba.

La señora Paquita, que era la única que conocía los planes de Remedios, se temía ese momento más que cualquier otra cosa, así que no dejó pasar más que unos segundos de desagradable y sólido silencio e intentó quitarle hierro al asunto preguntándole alegremente a Remedios detalles sobre el viaje y felicitándola por la decisión. Enseguida se le unió el resto del grupo, brindando por ella y su nueva vida.

Todos menos Charito, que no pudo moverse de la silla. Al gesto de sorpresa le siguió el de incredulidad y, finalmente, un sentimiento de traición le colocó una desagradable mueca en la boca y la indignación la obligó a levantarse precipitadamente, dejando caer la silla detrás de ella.

—Sabes que te equivocas. Y cuando vuelvas, porque volverás, y si no al tiempo, no esperes que te recibamos con los brazos abiertos.

Y salió de la sala como una exhalación. No hubo manera de hacerla volver. No quiso hablar con nadie. Tomó a su hijo en brazos y se fue a su casa. Tobías se negó a seguirla. Sabía que lo pagaría, pero esta vez Charito se había pasado de la raya y ya era hora de que entendiera que el mundo no giraba a su alrededor.

El incidente dejó a todos un sabor agridulce en la boca y costó mucho continuar con la fiesta. Remedios se merecía una buena despedida, y se la iban a dar.

Al día siguiente, solo Tobías y Paquita la acompañaron a la estación del tren. Charito se negó a ir con ellos.

A pesar de estar ilusionada, Remedios también se sentía triste por dejar a su familia. Y además le dolía que su hermana no estuviera allí, que no se alegrara por ella, que no compartiera su ilusión.

—No se lo tengas en cuenta —le decía Tobías, intentando justificar a su mujer—, ya la conoces. Ha tenido que renunciar a mucho y siempre has sido un gran apoyo para ella. Te va a echar mucho de menos, ya verás como en pocos días te escribe como si no hubiera pasado nada.

Remedios lo sabía, pero eso no mitigaba su tristeza.

Un silbido anunció la partida del tren. Tobías ya había subido el par de maletas al compartimento correspondiente. Tomó a Remedios de las dos manos, la besó en las mejillas y le deseó mucha suerte. Remedios se alegró de tenerlo en la familia. Era un buen hombre y sabía que cuidaría de su hermana y de su sobrino. La señora Paquita, abrazada a su niña, lloraba calladamente pidiéndole que le escribiera enseguida contándole muchos detalles. A Remedios se le rompía el alma al verla así.

Agradeció ver caras amigas hasta el último momento. Estaba asustada. Era la primera vez que emprendía sola un nuevo camino, y aunque estaba convencida de lo que hacía, no podía evitar un nudo de miedo en la boca del estómago. Tobías abrazaba por el hombro a la señora Paquita e intentaba consolarla. Esperaron a que se fuera el tren antes de moverse del andén.

El convoy salía de una estación de Francia llena de gente que despedía a sus seres queridos. Desde el vagón, Tobías y la señora Paquita se veían cada vez más pequeños y ya estaban a punto de desaparecer. De repente, una gran sonrisa se dibujó en el rostro de Remedios, provocada por algo que necesitaba más que nada en el mundo: la aprobación de su hermana. Rápidamente se puso de pie y sacó la cabeza por la ventanilla. Y allí estaba, en el extremo final del andén, con su hijo en brazos, sin moverse, sin llorar, despidiendo con su presencia tantos años de complicidad y vivencias. Sus miradas no se cruzaron, no hubo ningún ademán, ningún guiño, pero Charito estuvo segura de que Remedios la había visto. Su orgullo y su carácter a veces inseguro pero dominante no le habían permitido acompañarla a la estación, pero estaba convencida de que su hermana entendería el gesto. Y efectivamente, cuando ya no había nada más que mirar, Remedios se sentó de nuevo en su sitio tranquila, relajada, convencida como nunca de que estaba haciendo lo que tenía que hacer. Y cerró los ojos, respirando, como hacía en La Macarena cuando era pequeña o en el patio de la armería antes de que su vida diera un vuelco.

22

El día que todo cambió, Tobías estaba en la isla de Mallorca.

A Charito le sorprendió que esta vez su marido le sugiriera que no fuera a casa de la señora Paquita.

La verdad era que esos días había mucha más gente en la ciudad y la señora Paquita tenía la casa abarrotada e iba a estar mucho más ocupada de lo normal. La razón era que a partir del día 19 y hasta el 26 de julio se iba a celebrar en Barcelona la Olimpiada Popular. Había en la ciudad más de seis mil atletas esperando el acontecimiento, y la afluencia de público era tan grande que todas las casas de huéspedes estaban haciendo su agosto un mes antes. La señora Paquita había aprovechado para alquilar incluso su propia habitación por un precio muy superior al que tenía establecido y esos días descansaba en un catre que había colocado al lado del de Hortensia, para desesperación de la pobre muchacha, que hacía ya una semana que no podía dormir tranquila tanto por la exigencia continua de su señora como por sus ronquidos. La señora Paquita le había propuesto a Charito enviarle los huéspedes que ella no pudiera atender y que estaban dispuestos a pagar lo que fuera por un lugar donde alojarse, pero Charito decía que no tenían ninguna necesidad —qué pensarían los vecinos—, y que con Tobías fuera y ella sola con el bebé tampoco quería tener extraños entrando y saliendo de su casa, aunque para sus adentros pensara en lo bien que les hubiera venido ese ingreso extra.

Toda Barcelona estaba llena de carteles que anunciaban los juegos. Por la radio no dejaban de hablar de la importancia de ese acontecimiento, concebido para deslegitimar las Olimpiadas alemanas moral y deportivamente mediante la ausencia de buenos atletas en la cita de Berlín. Según parecía, Hitler pretendía valerse de los juegos para hacer apología del nazismo y de sus valores fascistas, raciales y militares, lo que corrompía completamente el espíritu olímpico. Se produjeron múltiples protestas a escala mundial, pero aun así el Comité Olímpico Internacional mantuvo la celebración a cambio de varias condiciones que nunca llegarían a respetarse. Fue entonces cuando Barcelona, que era la otra gran candidata para esos Juegos Olímpicos, decidió organizar una celebración alternativa con el objetivo de recuperar el verdadero espíritu de paz y solidaridad entre naciones y acoger a todos aquellos deportistas que por cuestión de raza, religión o conciencia no podrían estar en Berlín. Se había conseguido reunir hasta veintitrés delegaciones nacionales, incluso de Alemania e Italia, que participaban con deportistas de élite que se habían exiliado y que competirían en quince deportes distintos en el fantástico estadio de Montjuic, construido en 1929 con motivo de la Exposición Universal.

En los ambientes conservadores y de derechas, tanto en el entorno político como en el deportivo, se intentaba desprestigiar el acontecimiento. Con ánimo de ridiculizarlo, decían que eran unos juegos «de andar por casa». Pero con el apoyo de Francia, del Gobierno de la República y de la Generalitat, que habían ayudado a financiar el cuento, esa Olimpiada iba a ser extraordinaria.

Charito, que no sabía nada de deporte ni de política, no acababa de entender todo lo que aquello significaba; solo veía que Barcelona hervía de ambiente joven, y eso le gustaba.

Pero Tobías estaba angustiado. Sabía que no había ninguna razón, por suficientemente bien argumentada que estuviera, que le impidiera hacer a su mujer lo que le viniera en gana. Sus amigos, cada vez más comprometidos con varias causas políticas, ya le habían advertido de la posibilidad de movimientos violentos en la ciudad. Tenían gente infiltrada en los cuarteles de Bruc y parecía que allí dentro se respiraba cierta tensión, o por lo menos todos los mandos y soldados estaban a la espera de noticias. Parecía que algo estaba a punto de ocurrir. Tobías no tenía más remedio que ir a Mallorca a ultimar unos proyectos que desde el ministerio estaban llevando a cabo en la isla y que ya acumulaban demasiado retraso. No tenía ninguna razón de peso que le permitiera quedarse en la Península, eran solo sospechas y conjeturas. De hecho, todo el mundo hacía lo posible por darle al día a día un aire festivo. Un gran acontecimiento con repercusión mundial iba a tener lugar en la ciudad. Pero la intuición de Tobías le decía que no tendría que haber emprendido ese viaje.

Había mucho movimiento en la calle Roser. Desde el balcón lleno de geranios que había dejado Remedios y que alguien se estaba encargando de regar convenientemente, Charito veía un extraño ir y venir de gente que no parecía tener mucho que ver con la Olimpiada. A pesar del consejo de su marido, con la excusa de echarle una mano, había cogido a Santiago y se habían ido a pasar la tarde a casa de la señora Paquita. Estaba oscureciendo y acababan de cenar. El niño se había quedado dormido. De la puerta del Sindicato de la Madera salían continuamente personas con una expresión poco halagüeña, hombres y mujeres con semblantes preocupados, algunos incluso asustados.

—Señora Paquita… ¿Usted sabe lo que está pasando ahí abajo? —le preguntó Charito apoyada en la barandilla, pillándola por sorpresa.

Por supuesto que lo sabía. La señora Paquita sabía todo lo que pasaba en su barrio, incluso colaboraba ayudando en la intendencia. Mientras repartía bocadillos y servía vasos de vino barato a altas horas de la madrugada, se había ido enterando de lo que se cocía por allí. Había sido testigo del descontento general y había visto cómo poco a poco todo el mundo se iba posicionando. Había oído rumores que ya se estaban confirmando y sabía quién disponía de algún arma, dónde tenían intención de conseguir más y quién saldría, si fuera necesario, con un simple cuchillo de cocina o cualquier herramienta de trabajo. Confiaba en que el acontecimiento deportivo calmara un poco los ánimos pero, por alguna razón que no entendía, algo la empujaba por dentro a rezar más de lo que acostumbraba.

—A ver, Charito, ¿tu marido no te ha contado nada?

Sí que hacía algunos días que Tobías le explicaba un montón de teorías políticas y de extrañas conspiraciones cuando volvía de esas reuniones tan misteriosas en casa de sus amigos, pero ella les quitaba importancia o se limitaba a fingir que escuchaba. Sabía que «todos esos amigotes que no tenían nada mejor que hacer» tendían a meterse en líos e instaba a Tobías a que se dejara de tonterías.

–Últimamente no hace más que decirme que vaya con cuidado, que esté atenta porque están a punto de pasar cosas y no sé qué más, pero ese siempre ve fantasmas en todas partes. No entiendo a qué viene tanta alarma.

La señora Paquita se hacía cruces de lo tonta que a veces parecía esa chica. No había más que darse una vuelta por el barrio para darse cuenta de que había un claro ambiente de descontento y de que las cosas estaban a punto de explotar.

–Mira, niña, que a veces parece que no quieras ver. Tu marido tiene razón, y ahora sería buena cosa que cogieras al niño y te lo llevaras para casa. Cierra bien la puerta y quédate allí. Que de buena gana me iba yo contigo.

–Escúcheme bien, señora Paquita –le dijo Charito indignada–: estoy harta de que todo el mundo intente mangonearme. Si no me quiere usted en esta casa solo tiene que decírmelo y me marcho, que ya veo que hoy la molestamos. Cada uno con sus asuntos, pero no me venga usted también con esas monsergas alarmistas.

La señora Paquita conocía bien los arrebatos de Charito y siempre intentaba evitarlos. Ya le había parecido imprudente que la niña se hubiera presentado esa tarde con la intención de quedarse a cenar, sabiendo como sabía que en la casa no cabía nadie más. Ella era así y así había que quererla, pero ahora convenía que se fueran, y cuando la vio recoger sus cosas no hizo nada para detenerla.

Charito no dijo ni una palabra más. Con gesto dramático, digno de la mismísima Xirgu, sacó de allí el carrito del niño y sin despedirse se marchó dando un portazo bajo la triste mirada de la señora Paquita, que, aun convencida de que hacía bien, sabía que pagaría caro el incidente.

Calle Roser abajo, Charito no era capaz de ver más lejos del desprecio que acababan de hacerle y ni se fijó en la gente con la que se cruzaba, hasta que un hombre joven le dio el alto. Entonces se dio cuenta de que llevaba un fusil al hombro, y de que no era el único. Un poco más allá, delante del Molino, un grupo de hombres y mujeres estaban cargando grandes sacos de tierra y destrozando la calle, arrancando adoquines del suelo para amontonarlos a ambos lados de la calzada. En los momentos más delicados, el cerebro tiene una especial tendencia a gastar bromas: Charito no pudo evitar pensar en un ejército de hormigas construyendo un nuevo nido.

—¡Válgame Dios! Señora Charito, pero ¿qué hace usted aquí? Haga el favor de volverse para la casa y cierre bien la puerta —le dijo el muchacho que la había parado mientras la agarraba del brazo y la acompañaba otra vez calle arriba—. Que estas no son horas de salir a pasear con el niño.

—Pero ¿de qué estás hablando? —le dijo molesta, intentando liberarse—. ¿Qué está pasando? ¡Haz el favor de soltarme!

—Usted váyase para casa y rece para que todo vaya bien.

Charito regresó a la pensión entre humillada, avergonzada, disgustada y desconcertada.

—¿Tú qué haces aquí? ¿No te he dicho que te fueras a casa? —le dijo la señora Paquita al abrirle la puerta.

—¡Bueno, ya está bien! ¿Es que todo el mundo va a decirme hoy lo que tengo que hacer? Paquito, el de la lechería, con una escopeta al hombro, me ha impedido el paso y me ha hecho volver. ¿Alguien puede decirme qué está pasando?

—Anda, entra. Vamos a ver dónde os metemos.

No era momento de reproches y Charito entró con el niño sin decir nada más. El chiquitín era el único que parecía divertido con todo aquel ir y venir.

La señora Paquita tuvo que sentarse. «Dios mío», «esto ya ha empezado», «ya me lo veía yo venir, suspiraba». Cuando se hubo repuesto, fue directamente hacia el aparato de radio y se dispuso a buscar de forma compulsiva una emisora donde pudiera encontrar alguna información.

Eran ya las tres de la mañana y hacía mucho calor. Esa noche nadie podía dormir en la pensión.

Dial un poquito a la derecha: «Alzamiento militar en Ceuta y Melilla...», dial un poquito a la izquierda: «De nuevo habla el Gobierno para confirmar la absoluta tranquilidad en toda la Península...», dial otra vez a la derecha: «¡El Ejército se subleva en Marruecos!...», y así, movimiento a movimiento se iban confirmando y desmintiendo los acontecimientos que cualquier persona con capacidad de observación temía desde hacía algún tiempo. Dueña, visitantes e inquilinos permanecían expectantes pegados al aparato, que iba informando sobre la situación del conflicto en los distintos puntos del país.

La calle estaba vacía excepto por los pocos vecinos que, exaltados y con las armas de que disponían, iban a encontrarse con sus camaradas. La señora Paquita se asomó al balcón a ver qué conseguía averiguar.

—¡Natalio! —gritó al orondo bodeguero, que iba a unirse al grupo que ya estaba levantando una barricada en el Paralelo.

—Paquita, quédate en casa y cuida de los tuyos. Cuando oigas la sirena, Dios no lo quiera, cierra puertas y ventanas y apaga la luz. Salud y suerte, compañera —le dijo con el puño en alto.

Lejos de quedarse tranquila, la señora Paquita se fue directa a la despensa para ver de qué recursos disponía y empezar a planear un posible racionamiento. Tenía a su cargo a trece personas —mal fario, pensó— que posiblemente no saldrían de allí en varios días y a las que tendría que alimentar. Además de Charito, el bebé, Hortensia y ella misma, estaban los tres aprendices de la imprenta que, sentados juntos, como si fueran la misma persona pero por triplicado, con los codos apoyados en las rodillas, se frotaban las manos con preocupación pensando en madres, novias o futuros inciertos mientras escuchaban con atención la radio. En ese momento había además tres matrimonios, padres de atletas franceses, que habían acudido a compartir con sus hijos el acontecimiento para el que se habían estado preparando durante tantos años y que ahora se encontraban en el epicentro de un conflicto que no entendían y que los angustiaba no solo por la sensación de peligro en sí misma, sino porque además no tenían manera de contactar con sus hijos. Madame Leblanch no hacía más que llorar y su marido intentaba consolarla. Madame Lacroix se quejaba a chillidos diciendo que ya sabía ella que no tenían que haber venido, que no debería haberse dejado convencer, que todo era culpa de su marido y que eso no eran las vacaciones que le había prometido. El pobre hombre, ya nervioso, la llamaba histérica y le gritaba que se callara de una vez. Por último, los Renaud se agarraban las manos, serenos y resignados, y le preguntaban a la señora Paquita si podían hacer cualquier cosa para ayudarla, que ahora lo que necesitaban era estar ocupados para no derrumbarse. Estos últimos se alojaban en la habitación de la aspirante a corista, que apenas había durado un par de meses de penurias y disgustos en la ciudad y cuyo padre apareció un día para llevársela al pueblo entre lágrimas, quién sabe si ya preñada.

Charito pensaba en Tobías. Estaba segura de que si volvía a casa y no los encontraba supondría que estaban con la señora Paquita. Pero la incertidumbre de lo que su marido pudiera estar pasando le apretaba la boca del estómago. El pequeño Santiago, mientras tanto, dormía intranquilo, contagiado por los nervios que se respiraban en la pensión.

Y efectivamente, aún era de noche cuando empezaron a sonar sirenas por toda la ciudad anunciando el principio de un conflicto que iba a cambiar la vida de todo el mundo. Durante varios segundos la gente se olvidó de respirar. Y de repente las calles se llenaron de personas subiéndose los tirantes, atándose los cordones de los zapatos o intentando no tropezar mientras se calzaban las alpargatas. Eran hombres y mujeres que estaban preparados para la acción, obreros y trabajadores que se habían ido a dormir con sus escopetas de caza o sus machetes apoyados en la cabecera de la cama, a punto para salir en cualquier momento, y que iban a unirse a sus compañeros tras la barricada que se había construido delante del Molino, jaleados por el ruido de persianas que bajaban y de puertas que se cerraban tras ellos.

Durante varias horas no se oyó nada. El día empezaba a despuntar y nadie había pegado ojo. La señora Paquita le dijo a Hortensia que repartiera pedazos de hielo para al menos poder mitigar un poco el intenso calor que hacía en la casa cerrada a cal y canto. La incertidumbre y la tensión los estaba matando. Ya nadie lloraba, ya nadie gritaba. Ahora solo podían esperar.

En Mallorca las cosas no iban mucho mejor.

Tobías estaba sentado a la mesa del despacho que le asignaban habitualmente en sus desplazamientos a la isla cuando alguien abrió la puerta de golpe, dijo «levantamiento militar» y desapareció de su vista. En el pasillo se oía mucho movimiento. Secretarias que iban y venían cargando documentación que posiblemente llevaran a destruir, visitas que salían precipitadamente, altos cargos que huían en desbandada.

Los peores pronósticos se habían cumplido.

Tobías tenía muy claro lo que debía hacer. Sacó la cartera, cogió su documentación y se la metió en uno de los zapatos. Él no tenía cargo político, lo que le daba cierto margen, pero trabajaba para la Generalitat y el Gobierno de la Segunda República y eso, dadas las circunstancias, no era nada bueno. Escogió entre el resto de los carnés que guardaba y separó el de la biblioteca, el del club de ajedrez y el de la federación de montaña. Los demás fueron a parar al cenicero, donde desaparecieron bajo la misma llama que utilizó para encenderse un cigarrillo. El siguiente paso era salir de la isla.

Descolgó el teléfono y empezó a hacer una serie de llamadas. El tráfico portuario se había interrumpido y no salía ni un barco sin supervisión de los sublevados. Se decía que había dos submarinos militares fondeados en el puerto de Palma cuya tripulación, que permanecía fiel a la República, se había negado a unirse al levantamiento y estaba a punto de partir hacia Barcelona, pero su uso era rigurosamente militar y Tobías no tendría acceso posible. Los consulados estaban reuniendo a todos los turistas de sus respectivos países con la intención de repatriarlos cuando las circunstancias lo permitieran. Era una vía digna de consideración. Con su impecable francés, quizá podría obtener un salvoconducto para llegar al país vecino; luego intentaría convencer a las autoridades galas de que había perdido la documentación, y con la precipitación de los acontecimientos no tendrían tiempo de comprobar su nacionalidad. A esas alturas, cualquier opción, por descabellada que fuera, era una posibilidad. Tobías ya solo pensaba en reunirse con su familia.

A pesar de que el levantamiento apenas había tenido oposición en la isla, quedaban unos pocos focos de resistencia por parte de algunos carabineros, militares y elementos de izquierdas que provocaban conflictos en las calles principales.

Esquivando cualquier enfrentamiento que pudiera encontrarse por el camino, Tobías volvió a la pensión donde se alojaba para recoger sus cosas, pero antes se detuvo en el bar de la planta baja, que estaba especialmente tranquilo, para tomarse un último chato de vino mientras acababa de decidir lo que iba a hacer. Sentado en una de las mesas había un fotógrafo extranjero que también se alojaba en la pensión, o al menos eso dedujo Tobías por la cámara que había encima de la mesa y el marcado acento con el que contestó a su «buenas tardes». Tobías necesitaba ordenar sus ideas. Pensó que charlar podría ayudarle, y un desconocido era el interlocutor perfecto.

—Cómo le va, amigo.

—Pues ya ve, esperando acontecimientos para ser el primero en fotografiarlos.

Tobías pensó que quizá era inglés.

—La suya parece una profesión peligrosa... ¿Puedo sentarme?

—Por favor.

Fue una conversación larga y agradable. El fotógrafo bebía como un cosaco y en poco tiempo las palabras empezaron a resbalarle. Tobías se enteró de que había un último barco que trasladaría a un importante general a Barcelona al día siguiente y al que solo la prensa acreditada tendría acceso. Philip, que así se llamaba el inglés, no tenía intención de embarcar; se quedaba en la isla, porque allí iban a pasar cosas y quería estar en primera fila para captar hasta el último detalle.

—¿Ves esto? —fanfarroneaba, dándoselas de valiente y atrevido mientras sacaba del bolsillo con cierta dificultad un carné de prensa—. Pues yo no lo necesito para nada, *my friend*. —Y lo dejó encima de la mesa con un fuerte golpe—. Yo me quedo.

De repente, Tobías supo lo que iba a hacer. Y no se sintió especialmente orgulloso.

Después de una noche tan larga, el cansancio venció a los habitantes de la pensión y en las primeras horas de la mañana uno tras otro fueron cayendo en un duermevela agotado. Todos menos Charito, que tuvo que ocuparse de un pequeño más inquieto de lo normal y a quien ningún acontecimiento cambiaba los horarios.

Muchas cosas le rondaban por la cabeza. Pensaba en Tobías y en Remedios, y en que quizá todo el mundo se había vuelto loco. Desde que se habían encerrado la noche anterior no había pasado nada especial, no se veía movimiento, ni siquiera el habitual de carros, animales, vendedores y niños jugando en la calle. Todo aquello le parecía una broma de mal gusto.

La luz no había entrado en la casa aún, pero el calor había seguido acumulándose en la habitación llena de gente que dormitaba. Charito estaba muy cansada y empezaba a faltarle el aire. El sol no daba de lleno en el balcón, y pensó que si lo abría sin levantar la persiana entraría algo de aire fresco, o por lo menos ventilaría el ambiente viciado que estaban respirando.

Entonces comenzaron los disturbios. Con el balcón abierto, gritos y disparos alcanzaron los oídos de los que dormían y una primera reacción de pánico dominó sus miradas, que iban de unos a otros sin saber qué hacer. Empezaron a escuchar cómo corría la gente y a notar el olor de la pólvora, que hasta ese momento solo traía recuerdos agradables de días de caza o fuegos artificiales. De repente, Charito recordó que era el mismo olor que había en el almacén de Algeciras el día en que murió su hermano, y ese fue el detalle que le hizo comprender realmente la gravedad de lo que pasaba. Abrazó a su hijo tan fuerte que el pobrecito empezó a llorar.

No podían ver lo que estaba ocurriendo, pero durante la mañana los sonidos y los olores les dieron suficientes datos para imaginárselo. Gritos enfurecidos de lucha dejaban paso a otros de dolor y prisa. Llegó un momento en que la señora Paquita no pudo más y se levantó de golpe, fue directa al armario de la ropa blanca y sacó todas las sábanas limpias que guardaba.

—¡Hortensia, coge al niño! —ordenó—. Tú, Charito, ven conmigo que abajo necesitarán ayuda. Vosotros tres —dijo dirigiéndose a los aprendices—, cuidad de los franceses.

Tomó a Charito por el brazo y se la llevó escaleras abajo.

En la calle había mucha gente corriendo, gritando, llorando, dando órdenes. Charito miraba a un lado y a otro, completamente aturdida. Pero en cuanto vio que sus vecinos cargaban con heridos o hacían lo imposible por encontrar refugio y socorro, reaccionó y corrió a auxiliarlos. No eran las únicas mujeres que había. Las más jóvenes e inconscientes estaban en primera línea, codo con codo con los hombres. Las mayores llevaban agua, cargaban munición o ayudaban a los heridos. Vio a algunas vecinas arrastrando pesados cuerpos a los lados para que no estorbaran en la lucha. Al final de la calle, en el Paralelo, más gritos, disparos y explosiones. Nadie pensaba en los suyos o en lo que podría pasar más adelante. Solo importaba el ahora. Y ahora había que estar por lo que había que estar.

El pobre Philip apenas podía andar. Tobías lo acompañaba hasta su habitación tarareando con él viejas canciones inglesas que en realidad desconocía. En Canadá había aprendido bien el idioma, y aunque hacía tiempo que no lo practicaba no le costó recuperar la fluidez. Durante toda la tarde había estado intentando imitar el acento del fotógrafo mientras estudiaba su comportamiento. Philip se reía de él, pero Tobías sabía lo que hacía.

Lo subió como buenamente pudo. El inglés se hallaba en esa fase etílica que suelta la lengua y se sinceraba envuelto en lágrimas hablándole de padres enfrentados, de amores truncados y de un inexistente lugar al que volver; era desolador ver tanto desencanto en un hombre tan joven. Tobías le quitó los zapatos, le vació los bolsillos dejando todo lo que encontró en la mesilla de noche y lo tumbó en la cama. Philip farfullaba palabras de agradecimiento y se quedó dormido inmediatamente entre profundos ronquidos.

—No, amigo. Gracias a ti. Quizá me has salvado la vida —le dijo Tobías.

Avergonzado por su comportamiento, comprobó que el resto de la documentación estaba en su sitio. Luego cogió el carné de prensa y salió de la habitación cerrando la puerta con cuidado.

Ahora debía actuar con rapidez. No le quedaba mucho tiempo y tenía muchas cosas que hacer. Lo primero era conseguir pegamento. En el despacho había, pero no le pareció prudente acercarse por allí. Al final resultó ser mucho más sencillo de lo que esperaba.

—Deje que mire —le dijo la casera—, sé que mi marido tiene en algún sitio un bote con piedras de goma arábiga, ¿le sirve?

Por supuesto que le servía. Mientras dejaba que se disolvieran los cristales en agua hasta formar un líquido espeso y pegajoso, despegó con mucho cuidado la foto de Philip del carné de prensa y buscó entre los suyos —menos mal que había decidido conservar algunos— una foto en la que las marcas de tinta de los sellos coincidieran un poco. Finalmente se decidió por la licencia de la federación de montaña. Una vez cambiada la foto, solo quedaba hacer unos pequeños retoques a pluma sobre el sello de la asociación de prensa inglesa. Había que fijarse mucho para descubrir que el carné era falso. Después quemó la foto de Philip junto con el resto de sus carnés y toda la documentación que pudiera delatarlo y, sin recoger su maleta, se despidió con la mayor naturalidad de su casera con un «hasta luego» y se dirigió hacia el puerto, murmurando continuamente: «Soy Philip Spencer, de *The Manchester Guardian*», en un castellano con fuerte acento inglés. De su antigua identidad solo conservaba aquello que había escondido entre el zapato y el calcetín.

23

Después de ese funesto, caluroso y largo día de verano, todo el mundo deseaba volver a la normalidad. Pero no era posible.

El Paralelo se había convertido en un campo de batalla donde a veces eran los sublevados los que ganaban terreno y a veces los obreros sindicalistas los que lo recuperaban. Llegaba gente de todas partes dispuesta a unirse a la lucha, con noticias de otros lugares de Barcelona donde la situación no parecía ser mucho mejor. Se oían sonidos de ametralladoras y amenazas de matar a mujeres y niños si no se deponían las armas. Pero el pueblo estaba encendido y defendía lo suyo con uñas y dientes.

Una vez pasado lo peor, el paisaje del barrio había cambiado. Había banderas en las ventanas y mucha gente en la calle cantaba alegres consignas a pesar de la matanza de la jornada anterior. Algunos se habían dejado la vida defendiendo lo que creían justo y otros la vivirían a partir de entonces con eternas ausencias. Demasiados vecinos, gente conocida y estimada, habían perdido padres, maridos, hijos; varios, piernas o brazos.

Hacía horas que solo se oían disparos esporádicos, pero había mucho movimiento. En el Sindicato de la Madera tenían retenidos a varios insurrectos: muchachos que muertos de miedo pedían clemencia, soldados que habían cumplido órdenes de sus superiores y que quizá ideológicamente hubieran preferido estar en el otro lado.

La señora Paquita sabía que, a pesar de su educación de señorita fina, a la hora de la verdad Charito no iba a fallar. Estuvieron codo con codo curando heridas, acompañando a los moribundos o consolando a los que habían perdido lo que más querían. Con la ropa manchada de tierra y sangre de otros, Charito sentía que la suya hervía de una forma distinta. Sin apenas dormir ni comer en todo el día, con un calor sofocante y el sabor del sudor en los labios, el olor amargo a pólvora, sangre y orín, los gritos, los llantos, las palabras de ánimo o consuelo, el sonido próximo de los pacos –así llamaban a los disparos, por el ruido tan característico que hacían al detonar–, con el temor a que el siguiente pudiera ser para alguna de ellas, las vecinas del barrio, unidas como nunca, hacían su guerra particular. Sin miedo, sin dudas, sin muestras de debilidad, un pequeño grupo de valientes luchadoras se dedicaban a recoger los restos de la batalla.

De pie en medio de la calle, Charito observaba cómo se marchaba la ambulancia que se llevaba a los últimos heridos al hospital. Miró a su derecha. Junto a la pared, los muertos ya estaban debidamente cubiertos y rodeados de sus familiares. Una mujer acariciaba la cara de su hijo; tres niños descansaban sus cabecitas sobre el pecho definitivamente tranquilo de su madre, vigilados por su padre, inmóvil a sus pies.

Charito estaba tan cansada que apenas podía moverse, ni pensar. Oía sonidos lejanos, como si estuviera flotando, como si estuviera vacía. Se llevó una mano al pecho y notó que la blusa estaba mojada. Al principio pensó que era sudor, pero un fuerte dolor en los senos que hasta ahora no había advertido la despertó del letargo y le recordó que hacía horas que no daba de mamar al pequeño Santiago. Se sintió culpable: se había olvidado por completo de su hijo. Con la blusa manchada de leche, echó a correr. Cuando llegó a casa encontró al niño durmiendo plácidamente.

–Tenía hambre –le dijo Hortensia con lágrimas en los ojos–. Le he hecho un poco de sémola, mezclada con una pera triturada. No sabía qué hacer.

242

Charito la abrazó, besó la frente del niño y se sentó en uno de los sillones, dejando a la desconcertada Hortensia con un remedo de sonrisa en los labios.

Ni siquiera el dolor en los pechos impidió que se quedara dormida de inmediato. Cuando subió, la señora Paquita se acercó, la miró orgullosa y pidió al resto de la casa que no hicieran ruido y la dejaran descansar. Hortensia tendría que seguir ocupándose del niño, cosa que hacía encantada; para ella suponía mucho menos trabajo del habitual. La señora Paquita le hizo un gesto satisfecho de conformidad y también se retiró a descansar.

Después de muchas horas, el silencio se adueñó de la casa. Las puertas de las habitaciones se fueron cerrando con cuidado y un último rayo de sol entró por la galería. Hortensia cogió el canasto del niño y se lo llevó a la cocina canturreando una melodía de moda.

Las torres de humo ya se veían desde bastante lejos y no presagiaban nada bueno para la ciudad. Saber que Barcelona también había vivido su propio infierno no tranquilizaba a Tobías en absoluto. La incertidumbre de que su familia pudiera haber sufrido algún daño lo estaba matando. Pero el barco iba lento y necesitaba su tiempo para atracar.

Por el contrario, el embarque había sido muy distinto. Se respiraba prisa en el puerto de Palma y todo fue rápido y relativamente cómodo. Nadie hizo ninguna pregunta ni cuestionó su presencia. El carné de prensa falso cumplió su función y no tuvo ningún problema para embarcar. Cuando algún colega intentaba entablar conversación, él simulaba que escribía algo importante, diciendo en un perfecto inglés británico: «Ahora no, estoy trabajando». Durante el trayecto, prácticamente todos los periodistas compañeros de viaje estaban escribiendo sus crónicas, así que a nadie le extrañó su reacción.

Llegar a Barcelona fue descorazonador. Aún se oían disparos, y desde tierra no permitían que nadie desembarcara. Era imposible saber en manos de quién estaba la ciudad; durante la travesía habían circulado algunas noticias, pero solo eran rumores y especulaciones. Finalmente, un grupo de milicianos armados abordó el navío y se llevó a los militares que viajaban con ellos. El resto del pasaje tuvo que demostrar procedencia y oficio en interrogatorios privados que se hacían eternos. La historia de Tobías fue suficientemente convincente, sobre todo cuando apareció su auténtica identidad dentro del zapato. Aun así, no le permitieron desembarcar hasta la madrugada.

Apenas tocaba el suelo de tan deprisa como corría en dirección a su casa. Mientras subía por las Ramblas, Tobías recordó aquel día que, también a solas, las recorrió tras su largo viaje por las Américas, aunque entonces caminaba con calma y una sonrisa. Aquella vez encontró desolación en su casa, y de repente un mal presentimiento le atravesó la espalda. A pesar de estar bastante en forma, no tardó en tener que detenerse. Se paró un momento a tomar aire, apoyando las dos manos en las rodillas. Un poco más arriba, al principio de la calle del Carmen, la iglesia de Belén, con toda la fachada ennegrecida, aún humeaba como consecuencia del desastre que había sufrido la noche anterior. Mucha gente de camisa y alpargata con el fusil al hombro pasaba por su lado. Hombres y mujeres que lanzaban consignas anarcosindicalistas se felicitaban por el éxito de la contienda. Estaba claro que algo había cambiado.

—¿Va todo bien, camarada? —le preguntó uno de ellos, dándole unos golpecitos en la espalda. Tobías asintió sin poder aún decir ni una palabra—. Únete a nosotros, todavía hay mucho trabajo que hacer.

Tobías negó con la cabeza mientras seguía respirando con dificultad. Con un hilo de voz, consiguió decirle que tenía que buscar a su familia.

—Suerte, camarada —le dijo el hombre, levantando el puño a modo de despedida.

En cuanto se hubo recuperado tomó la calle Hospital. Apenas era capaz de ver lo que pasaba a su alrededor, pero los comercios tenían las persianas bajadas y protegidas, las paredes estaban llenas de pintadas, las calles salpicadas de casquillos y los muros de agujeros, y la gente elegante y de sombrero rígido había desaparecido. Tropezando de vez en cuando con los niños, que divertidos recogían del suelo los casquillos y competían por ver quién tenía más, Tobías llegó a su casa.

Subió las escaleras de tres en tres. La encontró vacía. Tampoco estaba la portera. Desconcertado, se concedió el tiempo justo para pensar «la señora Paquita» antes de salir de nuevo a la calle y dirigirse al Paralelo.

Ronda de San Pablo abajo se cruzó con varios camiones cargados de gente y de suministros incautados, y cuando llegó delante del Molino y vio la barricada medio destruida, los signos claros de lucha y las caras de la gente conocida, la angustia empezó a subirle por la garganta amenazándolo con amargas arcadas.

La señora Paquita lo recibió con un abrazo y lo llevó directamente a la habitación donde estaba Charito.

—Se le ha cuajado la leche en el pecho y tiene mucha fiebre —le dijo en voz muy baja—. El pequeño está bien. Puedes sentirte muy orgulloso de ella.

Tobías asintió agradecido y se sentó a su lado. La señora Paquita le estuvo contando en voz baja todo lo que había pasado. La admiración de Tobías por su mujer crecía por momentos. No pensaba moverse de allí hasta que se recuperara.

Ya había pasado todo. Entre risas y llantos, entre desfiles jubilosos y fúnebres, Barcelona había triunfado ante el levantamiento. Los trabajadores y los sindicatos habían tomado el control y un aire de revolución y de cambio se respiraba en la ciudad. A pesar de que los dirigentes habían pecado de excesiva prudencia, el empuje del pueblo los mantenía en el poder. La República seguía viva. Aunque muchas cosas iban a tener que cambiar, por el momento se había salvado la situación.

Pero no en todo el país había sido igual.

A través de la radio y los periódicos supieron que en otras capitales el levantamiento había triunfado, que muchas personas se mostraban a favor y que España estaba en guerra, la peor de las guerras, la que enfrenta a familias, vecinos, amigos, la que no se gana porque todos acaban perdiendo. Barcelona y Madrid seguían siendo republicanas, lo que daba muchas esperanzas de poder recuperar el control, pero se oían noticias de todos los rincones del país que hacían pensar que no sería fácil ni rápido.

Se habían cometido muchas barbaridades en un par de días. Un pueblo descontento había descargado su frustración contra lo que consideraban el origen de todos sus males. El dinero y la Iglesia. Apenas habían pasado un par de horas desde el levantamiento y ya varias iglesias de Barcelona ardían. La gente con posibles sentía miedo y tuvo que esconderse. Algunos decidieron disfrazarse a fin de pasar desapercibidos, y muchos contaban con la fidelidad de un servicio que cuidaría de sus posesiones mientras ellos abandonaban la ciudad. Otros, los que se las daban de valientes, pagaron de la forma más dura la defensa de lo que consideraban suyo por mandato divino. Se robó, se saqueó y se quemó. La faceta indignada, furiosa y ruin que llevaba un tiempo macerándose en muchas personas habitualmente tranquilas y de bien salió a la luz.

Los siguientes días desaparecieron de la memoria de Charito, que solo conservó las pesadillas. Cuando por fin remitió la fiebre y fue capaz de tomar unos primeros sorbos de caldo de gallina, se dio cuenta de que tenía a su lado a un buen hombre con el que podría contar el resto de su vida. Un buen hombre que no se había movido de su lado, que la tomaba de la mano y le decía palabras de amor y cariño, que había estado pendiente de ella durante los últimos días, que se había ocupado de su hijo y que prometió no volver a separarse de su lado nunca más.

A pesar del dolor de los pechos, que tardaría mucho en desaparecer, Charito se recuperó rápidamente. Los últimos acontecimientos provocaron un cambio radical en su manera de ver la vida. Las prioridades habían cambiado. Lo más importante ahora en su vida eran los suyos y su bienestar. Durante los dos días de contienda su único pensamiento estaba en la gente a la que quería, y solo deseaba que si alguno de ellos se encontraba en una mala situación hubiera alguien que los ayudara como lo había hecho ella con gente conocida y desconocida. Hasta ese momento nunca había creído que pudiera añorar a alguien tanto, preocuparse tanto, amar tanto. Y su pensamiento estaba siempre con Tobías, el pequeño Santiago y su querida hermana Remedios. ¡Cómo la echaba de menos! De repente, su gran mundo se reducía a tres personas.

La primera vez que tuvo fuerzas para salir a la calle fue para asistir al desfile de despedida de lo que llamaban la columna Durruti, más de dos mil quinientos milicianos que partían a Zaragoza con el objetivo de «liberar la ciudad del yugo fascista y así extender la revolución social». Fue un gran acontecimiento festivo en el que todo el mundo vitoreaba con el puño en alto el paso de los valientes. Madres, esposas e hijas sacrificaban lo que más querían y despedían con orgullo y júbilo a un gran número de combatientes. No iban a permitir que caras de angustia y lágrimas fueran la última imagen que se llevaran sus hombres al campo de batalla, aunque por dentro se estaban rompiendo en pedazos. Algunas lo hacían por convicción revolucionaria; la mayoría, por contentar a aquel miembro de la familia que se sentía en el deber de defender una forma de hacer las cosas, el futuro que quería para sus hijos. Abuelos y adolescentes se quedaban para cuidar de las familias y también gritaban y levantaban el puño.

Una fila larguísima de camiones cargados de hombres sonrientes con banderas rojas y negras, esteladas y republicanas, gritando despedidas y vivas a la República, iba pasando lentamente entre el pasillo que había dejado la multitud a todo lo largo de la avenida Diagonal.

Rosario se sentía extrañamente afortunada. Podía respirar la tristeza y el temor contenido a su alrededor, pero ella sabía que, gracias a Dios, Tobías nunca sería admitido para ir al frente y no tendría que separarse de ella ni de su hijo. Esta sensación de tranquilidad le produjo también una especie de vergüenza: no podía mirar a esas familias a la cara, su sacrificio estaba muy por encima del que ella tendría oportunidad de ofrecer.

Por su parte, Tobías se fijaba bien en los ocupantes de los vehículos. Ahora que su familia estaba a buen recaudo, su foco de preocupación se hallaba en otra parte. No había tenido tiempo de contactar con sus amigos y estaba convencido de que aquel par de locos eran perfectamente capaces de estar en cualquiera de esos camiones. Apenas tenían responsabilidades, y su inconsciencia y su grado de implicación los convertía en carne de cañón convencida de lo que hacía. En cuanto dejara a Charito en casa iría a averiguar qué había sido de ellos.

La ciudad se estaba quedando vacía. Por supuesto, la Olimpiada Popular se había suspendido. El acontecimiento deportivo que había llenado las calles y las conversaciones se había convertido en apenas una breve nota en los periódicos de los últimos días. Los preparativos, los ensayos y la gran inversión que se había hecho se había quedado en nada. De un día para otro, la Olimpiada no tenía importancia ni sentido.

Casi todos los atletas y sus familias habían sido repatriados. Un barco especialmente fletado para la ocasión se llevó a todos los franceses que quisieron marcharse, entre ellos a los Leblanch, los Lacroix y los Renaud. La mayoría de los atletas regresó a casa, esperando volver a tener una oportunidad cuatro años más tarde, y algunos, aparcando sus convicciones, acabaron participando en los Juegos Olímpicos de Berlín. Los más idealistas, contagiados por las consignas revolucionarias, partieron en alguno de esos camiones y se convirtieron en los primeros de los muchos voluntarios extranjeros que se alistaron en las milicias populares republicanas.

Cuando hubo desaparecido el último camión, un silencio casi sólido se adueñó de la avenida. Los que quedaban regresaron a sus casas despacio, con la cabeza gacha y el ánimo hundido, a llorar una ausencia que se prometía larga e incierta y a pensar en cuánto iba a cambiar su vida a partir de entonces. Afortunadamente, había mucho que hacer. Lo primero era empezar a reorganizar una sociedad que en poco tiempo se iba a quedar sin hombres.

24

Los niños volvieron al colegio, las mujeres al mercado y Tobías a su rutina en el trabajo. A medida que pasaban los días, parecía que todo se iba poniendo en su sitio.

El auténtico poder pasó a manos de las Milicias Antifascistas. Se cambiaron los nombres a las calles y se detuvo a mucha gente. Hubo juicios y fusilamientos. Se confiscaron bienes y se repartieron. Se tomaron edificios donde diferentes grupos instalaron sus despachos y desde donde todos querían decidir sobre las mismas cosas. Ya desde el principio, los desacuerdos entre poderes complicaron una situación ya de por sí difícil. En el resto de España, la guerra continuaba. Conquistas y reconquistas se sucedían continuamente. Muchos miserables aprovecharon para cumplir venganzas ancestrales tanto en las ciudades como en los pequeños pueblos. Ya nadie podía fiarse de nadie. Denuncias, falsas acusaciones y traiciones estaban a la orden del día. Los codiciosos aprovechaban la desgracia ajena para hacer fortuna, los resentidos disfrutaban haciendo daño y los que alguna vez se habían sentido maltratados ahora se ensañaban con sus vecinos. Pero la mayoría intentaba sobrevivir a un conflicto que ni le iba ni le venía.

Pronto en las grandes ciudades los problemas de abastecimiento fueron evidentes. Hubo que acostumbrarse a improvisar el menú en función de lo que se podía conseguir en el mercado, y al cabo de poco tiempo las amas de casa tuvieron que empezar a hacer largas colas, a veces para volver a casa con las manos vacías. «No sé para qué voy a comprar si nunca consigo nada de lo que necesito», le decía Charito a Magdalena cuando se encontraban en la escalera.

Procurar alimentos fue el primer gran trabajo al que tuvo que enfrentarse Tobías. Sentado en su despacho, estudiando la pirámide de población cada vez más estrecha en su centro por la falta de hombres jóvenes en edad productiva, vio que en muy poco tiempo iba a ser casi imposible proveer a tanta gente como había en la ciudad. Durante las primeras semanas de euforia se había despilfarrado mucho y las reservas se habían agotado. Los comedores sociales, cada vez más concurridos, demandaban continuamente un mínimo abastecimiento que era prioritario. Lo poco que quedaba se mandaba al frente, porque era importante tener bien alimentados y con la moral alta a aquellos que luchaban por la República.

Mucha gente del campo abandonaba cultivos y ganado. Las familias se separaban: los hombres y los hijos mayores se quedaban para proteger lo poco que tenían o se iban al frente y las mujeres con sus niños y sus ancianos se desplazaban a la ciudad creyendo que allí estarían seguros. Sus familias los acogían y todos acababan hacinados en espacios muy reducidos.

Las raciones eran cada vez más escasas, y empezaron a ocurrir cosas extrañas.

—¡Qué tristeza da la plaza Cataluña! Si hasta las palomas se han ido, ya nadie les da de comer —decía una inocente señora en la cola de los encurtidos.

—Esas han caído en alguna cazuela, abuela. Igual que las del palomar de mi casa, que nadie sabe cómo pero se han ido escapando una a una.

—Pues a mí me han dicho que ya hay quien come gatos y perros.

—Eso lo sabe todo el mundo. Metiéndola en vinagre, la carne roja de los gatos se vuelve blanca y solo puedes saber que no es conejo por la forma del cráneo.

—Ya te digo. Mi patrona no hace más que decirme que no me deje dar gato por liebre.

Todas miraron hacia el puesto de la carne, vieron los conejos sin cabeza y se miraron entre ellas con cara de asco.

—Pues como alguien se acerque a mi minino lo muelo a sartenazos.

Todas empezaron a reír con el poco sentido del humor que les quedaba.

Charito recorría los mercados y se iba empapando de rumores. Las eternas colas eran una gran fuente de información, aunque no siempre fidedigna. Allí se enteraba de dónde tendría que ir al día siguiente para conseguir papel higiénico o un saco de kilo de garbanzos secos. Algunos días volvía completamente escandalizada por lo que oía. Se hablaba de gente que intercambiaba las mascotas para no tener que matarlas ellos mismos, de mujeres que se vendían por cuatro nabos para poder dar algo de comer a sus hijos, de padres de familia con estudios haciendo los trabajos más denigrantes y de niños adiestrados para realizar pequeños hurtos; del maestro o el músico, aquel intelectual que daba prestigio al barrio, revolviendo entre cubos de basura en los que ya no encontraba nada porque todo se consumía en las casas, incluso las pieles de las patatas y las pepitas de los melones.

—Qué pena de hombre... Si es que el hambre es muy mala.

En general, la actividad diaria de la mayoría de los ciudadanos se reducía a buscar algo que comer o conseguir un vale para algún comedor social. Se crearon las cartillas de racionamiento. Las colas eternas seguían existiendo, pero ahora eran para recoger una cantidad muy limitada de pan o arroz o patatas, la mayoría de las veces a precio de oro. Las vacas dejaron de dar leche y, cada vez más flacas, tampoco cundían mucho como carne. Mucha gente empezó a plantar verduras en los terrados. No había carbón para encender las cocinas económicas. Las excursiones a los bosques de alrededor de la ciudad eran práctica habitual entre los niños que, divertidos por perderse un día de escuela, volvían cargados de leña. Cuando el suelo quedó bien limpio, los más osados empezaron a talar árboles; llegó un momento en que hubo que poner vigilancia para evitar que esquilmaran completamente el bosque. Se quemaban pieles de naranja y cáscaras de avellanas y almendras. Y en invierno, hasta los muebles.

La población, cada vez más flaca, se iba debilitando y enfermaba. Había que hacer algo urgentemente.

Y entonces, en enero de 1937, el Departamento de Agricultura de la Generalitat creó la Oficina del Huevo, junto con un nuevo proyecto que llamarían «la Batalla del Huevo». Si cada familia cuidaba de algunas gallinas ponedoras, podría disponer de varios huevos diarios, lo que garantizaría una fuente importante de proteínas o de intercambio. Eran animales fáciles de mantener, ya que solo comían desechos y sus jaulas podían colocarse en corrales o eras, pero también en terrazas, patios interiores y balcones. Sacar adelante el proyecto fue el trabajo de Tobías a partir de ese momento.

—¡Llévate esos bichos apestosos de aquí ahora mismo!

Cuando Charito vio aparecer a Tobías con dos enormes jaulas llenas de gallinas casi le da un síncope. Guardar interminables colas para conseguir algo de pan o algún nabo cada día tenía un pase, pero gallinas en el piso... ¡ni hablar! De ninguna manera iba a consentir que convirtiera su casa en un corral.

—Ni se te ocurra pasar por la puerta con eso.

Tobías no contestó, no estaba de humor para discusiones. Apartó a Charito y dejó las jaulas en el cuarto de baño. Bajo la mirada indignada de su mujer, inspeccionó la casa buscando el lugar adecuado para instalarlas. Por cuestiones de salubridad, el pequeño balcón del comedor hubiera sido el sitio ideal, pero allí no cabían. Charito vigilaba los movimientos de su marido estupefacta. Cada vez más alterada, se puso histérica y empezó a gritar.

—¿Me estás oyendo? ¡Quiero a esos pollos fuera de mi vista ahora mismo! ¡Por el amor de Dios, pero ¿tú has visto cómo huelen?! No se van a quedar aquí. Te juro que las mato todas antes de que pasen una sola noche en esta casa.

Tobías se acercó despacio a su mujer y con mucha calma le plantó el dedo índice delante de la nariz a modo de advertencia.

—Mira, Charito... Toda Barcelona se va a llenar de gallinas. Yo me voy a encargar de ello. Y las primeras van a ser estas. Vamos a dar ejemplo, y esta vez me vas a hacer caso sin decir ni una palabra más. ¿Está claro?

El niño, que caminaba desde hacía pocas semanas, estaba encantado con los animalitos. Llevaba un rato trasteando alrededor de las jaulas, fuera de la vista de sus padres. En un momento del juego metió la manita en una de ellas y la gallina más próxima le dio un picotazo. Apenas le hizo daño, pero el pequeño se asustó mucho y se puso a llorar.

Era lo que le faltaba a Charito para acabar de sacarla de sus casillas. Abochornada por la humillación que suponía tener esos animalejos en casa y por darse cuenta de que estaba gritando como una arrabalera, aupó a Santiago y salió con él del piso pegando un portazo para ir a confesar la vergüenza que estaba pasando a su vecina, la única persona a su alrededor que le recordaba que alguna vez había sido una persona elegante y distinguida.

A Tobías le costó varios días de malas caras y desagradables silencios, pero las gallinas se quedaron. Y acabaron ubicadas en la azotea del edificio, junto con otro montón de jaulas que el resto de los vecinos, menos escrupulosos que su mujer, también habían instalado allí.

Charito tuvo que reconocer que en el fondo no había sido tan mala idea, pero nunca lo manifestó en voz alta delante de su marido. Subía a diario a recoger los huevos, media docena, cuatro piezas, dependía del día... Acabó poniéndoles nombre a las gallinas y les hablaba, agradeciéndoles el bizcocho que iba a hacer o la tortilla que desayunarían al día siguiente. Les subía los restos de comida, incluso las cáscaras de sus propios huevos para que no les faltara el calcio, y a veces las premiaba con un poco de pienso nutritivo que Tobías sacaba a escondidas del trabajo.

El pequeño Santiago no volvió a acercarse a las jaulas, escarmentado por su primer encuentro, pero se comía muy a gusto los huevos y crecía fuerte y sano a pesar de las carencias.

Disfrazada de visita de cortesía, Frederic acudió al despacho de su amigo para pedirle ayuda. Ya no se reunían en La Tranquilidad, porque había dejado de ser un lugar de encuentro y distracción. También eso había cambiado. Ahora solo se hablaba de política, y pese a la clara victoria compartida las discusiones entre camaradas de izquierdas eran cada vez más airadas. Algo nuevo se estaba gestando, le contó Frederic, algo nuevo y muy peligroso. Pero esta vez vendría de dentro.

Frederic y Felipe el poeta habían participado muy activamente en el conflicto, aunque a la hora de la verdad no habían tenido arrestos para alistarse a las milicias, y despidiendo a sus compañeros durante el desfile dieron por terminado el jueguecito revolucionario. Felipe estaba intentando meterse en política mientras trapicheaba con algún «negociete». Frederic había vuelto a su estudio e iniciado una etapa artística más madura y un tanto tenebrosa.

—Tú sabes cómo hacerlo, Tobías, ayúdame. Tengo que sacar a mamá y a papá de aquí. Si esto sigue así, la situación acabará matándolos. Hace semanas que no salen de casa y están aterrorizados. Tú los conoces. Sabes que son buenas personas. Nunca han hecho daño a nadie, pero ya han recibido alguna amenaza. El poco servicio que les queda no los trata bien. Por lo que más quieras, ayúdame a sacarlos de aquí.

Frederic estaba completamente abatido. Ya había organizado el traslado a París. Allí la familia de su madre poseía algunas propiedades en las afueras y les habían ofrecido un pequeño chalé. Los negocios que su padre tenía en el extranjero les proporcionarían ingresos más que suficientes para resistir una buena temporada. Mientras, la nana Dora, la nodriza que lo había criado, se instalaría con su familia en la casa de Barcelona para cuidar de la propiedad. Tobías conocía bien a la nana Dora. Cuando era pequeño, él mismo había estado bajo sus cuidados los días que visitaban a sus vecinos.

—Pero necesito papeles para poder sacarlos del país.

Tobías miraba a su amigo con tristeza. ¡Cómo habían cambiado las tornas! En el fondo se alegró de poder serle de ayuda. La familia de Frederic había sido un buen apoyo en su época más difícil, cuando volvió de América. Siempre habían sido buenos vecinos, además de amigos de sus padres. La madre de Frederic fue un gran consuelo para la suya en los malos momentos y nunca escatimaron esfuerzos para echar una mano. Ahora lo reconfortaba poder devolverles el favor.

Le dio una dirección donde podría conseguir pasaportes falsos y otra donde se los sellarían convenientemente. Era ese tipo de información de la que solo se disponía si se estaba situado en un lugar privilegiado y a la que solo debería acudirse en caso de extrema necesidad.

—Pero va a costar mucho dinero.

—Eso no es problema.

—Ya me lo imagino.

—Gracias, amigo.

—Id con mucho cuidado.

Apenas hubo conversación. Frederic le dio un largo y emocionado abrazo, cogió su chaqueta y salió precipitadamente del despacho, prometiendo que volvería en cuanto sus padres estuvieran instalados.

Tobías se quedó mirando la puerta abierta unos segundos, con el corazón encogido.

—Buena suerte, amigo.

Unas semanas más tarde, Tobías recibió por vía segura un pequeño paquete que contenía un juego de llaves, un título de propiedad a su nombre y una nota sin firmar en la que volvían a darle las gracias. Reconoció de inmediato las llaves del estudio del Borne, las mismas que usaba él cuando vivía allí.

Más por nostalgia que por interés, Tobías fue al estudio. Lo encontró prácticamente vacío. No había ningún cuadro, y apenas quedaban muebles que recordaran la intensa actividad que solía haber en ese espacio. Con las prisas, era imposible que Frederic se hubiera llevado todas sus cosas. La sorpresa le duró lo que tardó en ver la botella de absenta vacía junto a un vaso. Enseguida reconoció la huella y las maneras de Felipe el poeta, el oportunista, el aprovechado. No le sorprendió en absoluto, pero no pudo evitar una mueca de decepción. Lo único que Tobías se llevó de aquella casa fue un secreter del que siempre había estado enamorado. Quiso creer que Felipe, en un momento de romanticismo, lo había dejado para él en el centro del salón. Era un precioso mueble de madera de cerezo lleno de pequeños cajones, compartimentos secretos y estantes que Tobías ya recordaba desde que era pequeño en casa de su amigo y que se encargaría de mantener presente su amistad durante el resto de su vida. Presidiría el despacho de su casa a partir de entonces.

Frederic nunca regresó. En Francia acogieron su arte con los brazos abiertos, y cuando allí también hubo conflictos, él y los suyos no tuvieron ningún problema para viajar a Sudamérica, donde pudo trabajar con libertad y darle a su familia una vida tranquila.

Una vez por semana desde hacía ya muchos años, Magdalena recibía la visita de una mujer mayor y oscura, cargada con una pesada cesta. Su padre se había encargado de que la guardesa de la finca que la familia tenía en el pueblo, donde pasaban el verano cuando Magda era pequeña, la abasteciera generosamente de productos frescos. Conocía a la mujer desde que tenía uso de razón, habían comido en la misma mesa y más de una noche de tormenta se había acurrucado en su cama. Magdalena, siempre con la gata en brazos controlando la situación, recibía a la Joaquina con respeto, la acompañaba a la cocina y allí vaciaban la cesta de fruta madura y verduras del huerto recogidas esa misma mañana. Siempre le daba una buena propina, y por eso se creía en el derecho de comentarle que últimamente la cantidad y la calidad de los productos dejaban mucho que desear.

—Señorita —desde la puesta de largo de la niña, la madre de Magdalena le había prohibido tutearla—, esto que hacemos ya no es seguro. La gente me para por la calle, me empuja, me roba las piezas que se caen al suelo. Yo las defiendo como puedo, se lo juro, a veces tengo que correr mucho para que no me quiten la cesta entera. Hoy he tenido que bajar antes del tren, porque ya me esperan a la llegada. Y he visto que, en la estación, la milicia está empezando a confiscar todos los productos frescos que llegan a la ciudad. Señorita, yo le voy a traer lo que pueda, pero va a tener que darme más dinero. Mi primo y yo hemos pensado que si le tiro la cesta por la ventanilla antes de llegar a la ciudad, cuando el tren va más despacio, él me la guarda y después me la trae hasta la plaza esa de la Exposición. Es mucho más camino, y él quiere su parte, con lo que usted me da ya no tengo bastante.

Magdalena no estaba acostumbrada a que le hablaran así y en un primer momento se indignó. Pero era una mujer inteligente, disponía de dinero y sabía que de otra forma le costaría encontrar productos de calidad. No tuvo más remedio que llegar a un acuerdo con la guardesa porque, al fin y al cabo, era ella quien se jugaba la piel cada vez que venía, pero la maldita guerra estaba empezando a tocarle las narices más de lo que estaba dispuesta a aceptar.

Ya había escondido sus joyas y empaquetado sus abrigos de piel. Había cambiado las cortinas de la casa y las había sustituido por telas más sencillas. Los cuadros buenos y los muebles caros se habían envuelto en sábanas y amontonado con cuidado en la habitación del fondo. Magdalena había hecho desaparecer toda muestra de ostentación en su aspecto y en su vida. Le recomendaron que colgara la ropa en los balcones y quizá alguna bandera, pero eso era demasiado para ella. Además, la ropa sucia se la llevaba a lavar una vez por semana la muchacha que le limpiaba la casa y ese era un lujo al que, mientras pudiera, no renunciaría. Intentaba no aparentar demasiado, aunque era consciente de que su elegancia y su clase eran algo difícil de disimular. Apenas veía a sus amigos. Todos tenían miedo de dejarse ver o ya se habían marchado del país. Cuando se reunía casi clandestinamente con los pocos que quedaban, se reían los unos de los otros por el aspecto que presentaban. Pero eran risas amargas y conscientes de que la situación era mucho más seria de lo que querían reconocer.

Magdalena no se separaba de su querida *Gigi*. Sospechaba lo que les había ocurrido al resto de los gatos del barrio y no pensaba permitir que a su pequeña le pasara lo mismo. Apenas tenía familia con la que relacionarse, y esa gata había conseguido inspirarle mucho más amor que la mayoría de la gente que conocía. Siempre con el animalito en brazos, solía hacer una visita a su vecina a primera hora de la tarde.

–Charito, querida. –Acercaban las mejillas y lanzaban un beso al aire–. Hoy solo tengo un par de manzanas para darte. Y unas acelgas para el niño. Chica, esto está cada vez peor. Ya ves que ni en el campo tienen buena verdura. A ver si todo acaba pronto. Si no nos matan a tiros, lo harán de hambre.

Las dos amigas se sonreían con resignación, y después de un café con cada vez más achicoria, Magdalena se marchaba a casa con media docena de huevos que tenían que durarle toda la semana.

Pero los huevos empezaron a desaparecer. Y los tomates. Y también algunas gallinas. Nadie quería desconfiar del vecino, o por lo menos no lo decían en voz alta, pero todos sospechaban de todos. Se especuló con la posibilidad de que los ladrones fueran gente ajena al edificio que, saltando por las azoteas y amparados por la oscuridad de la noche, tenían fácil acceso a comida gratis. En reunión urgente se decidió que lo más adecuado era hacer guardia en parejas durante el día y que cada vecino se bajara sus jaulas a casa durante la noche. No era lo más salubre, pero sí lo más seguro. Los turnos y las parejas se decidirían semanalmente por sorteo.

No fue una mala solución. Lo que al principio era una obligación más bien engorrosa se fue convirtiendo en un placer. Se aprovechaba el rato para tender la ropa y tomar el sol. Los niños se juntaban y jugaban a las canicas en las canaleras de los desagües. Los vecinos se conocieron mejor, y algunos acudían fuera de su turno para jugar a las cartas, al parchís o al dominó. Subieron mesas, sillas y tazas de té aguado. Las mujeres se llevaban allí sus cada vez más imaginativas labores de punto o ganchillo, hechas con lanas que conseguían a base de deshacer jerseys rotos o que ya no valían a nadie; intercambiaban recetas de cocina de aprovechamiento; sentadas en corrillo, comentaban los últimos acontecimientos o se consolaban después de recibir malas noticias del frente.

Con la cesta de la ropa limpia apoyada en la cadera derecha y el niño sentado a horcajadas en la izquierda, Charito solía llamar a la puerta de Magda.

—Acompáñame un rato, que me toca turno.

Magdalena dejaba a la gata sentada en su cojín favorito, le pedía que se estuviera quieta y que no hiciera ruido, que ella volvía enseguida. Charito no sabía si era por obediencia o porque apenas hacía caso a su dueña, pero lo cierto es que el animal se enrollaba sobre sí mismo y se quedaba dormido casi de inmediato. Entonces subían a la azotea y se reunían con la vecina del quinto, una buena mujer con la que últimamente habían hecho amistad, tendían sus respectivas ropas mientras miraban de reojo lo que hacían los niños y fantaseaban con una Barcelona próspera y tranquila en la que cada uno estuviera en su casa y Dios en la de todos.

Era principios de marzo, uno de los primeros días de invierno en el que el sol concedía algo de calor. Magdalena sacó del bolsillo del abrigo de lana un paquete de cigarrillos. Cogió uno y les ofreció a sus compañeras. Charito se lo aceptó.

—A mi marido no le gustaría que fumara —dijo la vecina del quinto.

—Si tú no se lo dices, tu marido no se va a enterar nunca, querida.

Con un gesto de complicidad, también la mujer cogió uno. Mientras fumaban y se reían divertidas por la tos de la vecina, empezaron a oír un sonido extraño, una especie de rumor difícil de identificar que cada vez se hacía más próximo. Estaban habituadas a los ruidos de la guerra, pero este era nuevo y desconcertante.

El edificio donde vivían era alto y desde allí tenían buena visibilidad. Las tres vecinas se apoyaron con curiosidad en la barandilla y miraron hacia el horizonte. Tapándose la luz del sol con la mano, vieron a lo lejos, a contraluz, una línea negra que a cada momento se hacía más grande. Poco a poco fueron distinguiendo cuatro aviones que venían desde el mar. Al llegar a la ciudad, los aparatos dejaron caer unos objetos extraños y en pocos segundos empezaron las explosiones y las columnas de humo.

–¡Dios mío! ¿Qué es lo que están haciendo?

Un miedo intenso mezclado con curiosidad se les metió en el cuerpo. Había que averiguar qué había pasado. Bajaron inmediatamente a ver si la radio informaba de algo, olvidando por completo la ropa, las gallinas y por poco también a los niños. Barcelona ya había recibido agresiones, pero los proyectiles habían sido disparados desde algún barco y siempre sobre objetivos militares. Era la primera vez que los veían caer desde el cielo. Calcularon que habían impactado en la zona del puerto, así que no les pareció que quisieran hacer daño a la población civil. ¡Qué equivocadas estaban!

Ese fue el primero de los más de trescientos bombardeos que aterrorizarían Barcelona durante el transcurso de la guerra, bombardeos que, por ser la primera vez en la historia bélica que se experimentaban, cogerían desprevenidos a todo el mundo, cambiarían la rutina de la gente y convertirían su vida en un permanente estado de alerta a la espera de que el sonido de las sirenas les advirtiera que tenían que buscar un lugar donde protegerse de un próximo ataque.

25

Cuando Charito abrió la puerta, se encontró con una señora Paquita muy alterada y a Hortensia escondida detrás de ella.

—¿Podemos quedarnos con vosotros unos días?

Las vio tan excitadas que las dejó pasar sin preguntas. No hizo falta. La señora Paquita, con un hatillo en cada mano, entró como una exhalación verbalizando todos sus pensamientos.

—Se han vuelto todos locos —decía como para sí misma—. Se están matando entre ellos. No lo entiendo. Se conocen de toda la vida, sus madres van juntas al mercado. A esos muchachos tendrían que haberles dado alguna bofetada a tiempo, que hablando se entiende la gente.

La señora Paquita había envejecido veinte años en unos meses. Tenía la cara llena de surcos y había perdido mucho peso, además de la ilusión. Para colmo, su casa se había convertido en refugio de milicianos de paso que no pagaban más que con algo de comida que traían del pueblo. Ese día no había querido quedarse a ver cómo los ideales por los que supuestamente habían luchado se desmoronaban a su alrededor. Por lo menos esa era la desoladora sensación que traía consigo.

Fue hasta el fondo del pasillo y se dejó caer en una de las sillas del comedor. Hortensia iba detrás de ella como un alma en pena, sin atreverse siquiera a llorar. Con los ojos interrogantes, Charito las seguía.

—No lo entiendo. Hasta hace dos días se iban de chatos juntos y ahora se están acribillando a tiros. No sé qué ha pasado, niña, pero esto no es bueno.

Charito no entendía. Desde su piso interior no se oía lo que pasaba en la calle. Fue a buscar el Agua del Carmen. Sabía que la señora Paquita se tranquilizaba cuando tomaba un poquito en un terrón de azúcar. No tenía azúcar, pero se la ofrecería con algo de agua. Sonó el timbre de la puerta. Magdalena y su gata también venían a comentar los sucesos que estaban ocurriendo prácticamente delante de su casa.

—Niña, no sabes lo que está pasando ahí abajo...

Cuando vio a la señora Paquita interrumpió su discurso. No era correcto hablar con tanta naturalidad delante de una desconocida. Miró a Charito levantando una ceja con expresión interrogante.

—¿No nos presentas?

Casi al mismo tiempo oyeron una llave abriendo la puerta y apareció Tobías cargado con una caja grande llena de víveres.

—No preguntes —fue lo primero que le dijo en voz baja a su mujer mientras le daba un beso en la mejilla.

Charito estaba cada vez más desconcertada. A Tobías no le sorprendió encontrar a todas las mujeres reunidas en el comedor.

—Me alegro de que estén todas aquí. Señoras, me temo que vamos a tener que pasar unos cuantos días juntos.

La situación era la siguiente: el frente común que habían formado partidos, sindicatos y el Gobierno republicano de la Generalitat contra los sublevados, esos que ya se habían hecho con la práctica totalidad del resto de España por la fuerza y contra los que se suponía que había que luchar, hacía aguas casi desde su inicio. Poco a poco se fueron manifestando opiniones discordantes, cada uno había terminado posicionándose en el lado que más le convenía y acabaron creando bandos y defendiendo sus posturas de forma airada, en lugar de concentrarse en el enemigo común. Las cosas habían ido a más y habían explotado de la forma más violenta.

Las mujeres no entendían nada, pero Tobías pensó que no necesitaban saber más. Ellas insistieron y Tobías continuó: la cuestión era que las diferencias de opinión y la lucha de poderes habían llegado a un punto en que las disputas entre ellos los habían llevado a graves enfrentamientos, incluso al extremo de llegar a las armas. Para ilustrar la situación les contó que, camino de casa, avanzando pegado a las paredes por precaución, había visto nuevas barricadas en las Ramblas y gente atrincherada detrás de las mesas de los bares que había a ambos lados de la calle apuntándose los unos a los otros, esperando la reacción del contrario. ¡Los mismos que se abrazaban y se felicitaban cuando habían conseguido sacar a los sublevados de Barcelona! En la plaza Cataluña se oían otra vez tiros y explosiones. Por toda Barcelona volvía a haber conflictos, pero esta vez se estaban destrozando entre ellos mismos. La señora Paquita asentía con tristeza. Era lo que ella había visto delante y dentro de su casa y llevaba un buen rato intentando explicarles.

—De manera que vamos a organizarnos, porque durante algunos días va a ser muy peligroso salir de casa.

—¡Qué lástima! —dijo sarcástica y despreocupadamente Magdalena mientras acariciaba a su gata, dejando atónito al resto del grupo—. Con el bonito día de mayo que hace hoy, perfecto para salir a pasear.

Pasaron los sucesos de mayo y el verano y un año entero. La debilidad lo dominaba todo. Debilidad de la gente, del ánimo, de la moral, del Gobierno. La señora Paquita no se había atrevido a volver a la pensión y ahora la pobre Hortensia tenía que atender dos casas, la de Charito y la de Magdalena, que estaba encantada con el trato al que habían llegado. Su dinero e influencias se encargarían de que no les faltara de comer a cambio de tener una sirvienta cuando la necesitara, es decir, casi siempre.

Por culpa de los bombardeos, las gallinas estaban otra vez en el cuarto de baño. Al fin han conseguido convertir mi casa en un corral, pensaba Charito, completamente desolada. Cada vez ponían menos huevos, de modo que las gallinas más viejas acababan en la olla, convirtiendo esa jornada en un día de fiesta con aroma de caldo.

Habían perdido peso y la ropa les empezaba a quedar grande, excepto al pequeño Santiago, que no dejaba de crecer. A la señora Paquita se le ocurrió que ya era hora de que Charito aprendiera a hacer algo útil, así que hizo traer de su casa la máquina de coser de Esteban y la instaló en el poco espacio que quedaba en el comedor. Charito se resistió en un principio, pero buena era la señora Paquita cuando algo se le metía entre ceja y ceja. Al final, entre las dos renovaron el guardarropa de todos los habitantes de la casa con cortes, añadidos, algunas telas que encontraron y un poco de imaginación. Corrió la voz y los vecinos se subieron al carro a cambio de algo valioso, como una patata o un puñado de garbanzos. Así, entre arreglos y colas de racionamiento, se les fue pasando el tiempo sin tener que lamentar más que la triste vida que llevaban. La señora Paquita se instaló en el cuarto del ascensor y Hortensia acabó viviendo en la despensa ya prácticamente vacía de Magdalena.

La rutina solo se rompía con la sorpresa de los bombardeos. De repente sonaba la alarma, y tanto la radio como la megafonía instalada en las farolas anunciaban el desastre. No importaba en qué momento del día ni lo delicado que fuera lo que se estuviera haciendo, había que dejarlo todo y correr.

«Atención, barceloneses. Hay peligro de bombardeo. Id con calma y serenidad a vuestros refugios. La Generalitat de Catalunya vela por vosotros.»

—¿Velar por nosotros es construir agujeros para que nos metamos solitos en nuestra propia tumba?

Siempre había algún agorero que se encargaba de subir la moral. En la comunidad de Tobías y Charito era un vecino del segundo que ya antes de la guerra se dedicaba a hacer la vida imposible a los demás y de quien todos pensaban, en momentos de máxima tensión, que más valía que le cayera una bomba encima de una vez, a ver si así los dejaba en paz.

La mayoría de los refugios se habían habilitado en los sótanos de los edificios. También en las estaciones de metro. Allí tenían que ir Charito y los suyos si el bombardeo los sorprendía en los alrededores de la plaza Universidad. Si el aviso los cogía cerca de la casa de la señora Paquita corrían al refugio que se había cavado debajo de la montaña de Montjuic, y si donde estuvieran no había ningún refugio cerca, sabían que debían colocarse junto al muro de una casa maciza, lejos de cualquier ventana, y morder un palo que ya todo el mundo llevaba en el bolso, el bolsillo o colgado del cuello a modo de amuleto, para evitar que la onda expansiva de la explosión provocara daños internos. Hasta los niños lo sabían, porque así se lo habían explicado en el colegio. Las autoridades se habían encargado de dar claras instrucciones al respecto aunque eran conscientes de que las medidas eran un pobre arreglo, ya que los refugios apenas tenían capacidad para un veinte por ciento de la población y nadie podía garantizar que el muro de apoyo no fuera el siguiente en caer. Siempre era cuestión de minutos, porque los aviones venían del mar y, como aprovechaban el amanecer para tener el sol de espalda, solo se los veía cuando ya estaban prácticamente encima.

Al principio todo el mundo corría alarmado a refugiarse; se sentaban acurrucados en un rincón abrazados a los suyos y rezaban. Con el tiempo y la costumbre se fueron habituando a coger lámparas de queroseno, libros, labores y útiles que los ayudaran a pasar el rato y los distrajeran de pensamientos derrotistas.

En esas reuniones improvisadas de vecinos y desconocidos era donde la mayoría se enteraba de lo que estaba pasando.

—Son los malditos aviones italianos —decía el intelectual de turno que sabía un poco de todo—. Franco les ha regalado Barcelona para que hagan sus prácticas de tiro. Parece que se han hecho los amos de Mallorca, desde allí parten sus aviones para destrozar nuestra ciudad.

Hortensia se encargaba de distraer a Santiago, que parecía muy divertido con las prisas. Para él era una práctica habitual casi desde que había nacido, y como siempre se reunía con otros niños creía que los avisos señalaban la hora de ir a jugar. Pero a Charito le aterrorizaban las bombas. En cuanto llegaban al refugio, se sentaba contra la pared, se tapaba las orejas con las manos y escondía la cabeza en la falda, y mientras los demás jugaban al dominó o al parchís y especulaban sobre dónde habría caído el último proyectil, ella revivía continuamente la explosión que había matado a su hermano. Con el tiempo el recuerdo se había ido perdiendo, pero no la sensación de terror que le provocaba, de modo que incluso cuando no eran más que rayos y truenos en una noche de tormenta, Charito no podía evitar acurrucarse bajo las mantas y ponerse a rezar.

La señora Paquita la abrazaba mientras les caía arena en la cabeza por un impacto que había detonado demasiado cerca. Cuando la alerta terminaba y la megafonía anunciaba que ya no había peligro, todo el mundo suspiraba aliviado —esta vez, la adversidad parecía haber pasado de largo— y salía despacio, en orden, confiando en que no fueran su casa ni su gente los que habían pagado las consecuencias del último ataque. Se despedían amigablemente, como si hubieran pasado una agradable mañana de casino, deseando volver a verse en mejores circunstancias, y cada uno volvía a su rutina. Más de una buena amistad se gestó en esas reuniones. Y más de un matrimonio.

Durante los bombardeos, Tobías aprovechaba para estrechar relaciones laborales. Solía pasarlos en el sótano del edificio donde trabajaba y con él se reunían todos los cargos, grandes y pequeños, responsables de abastecer más mal que bien a la ciudad. Entre cigarrillos y sobresaltos se fue enterando de cuáles eran los mejores sitios donde encontrar productos y qué había que hacer para conseguirlos. De esta manera pudo regalarle a su mujer una botella de colonia por su cumpleaños y una lata de dos kilos de carne rusa que estaba reservada para los chicos del frente. Charito no habría sabido decir cuál de los dos regalos era más valioso. Estaba claro que la carne era un auténtico tesoro y tenía que durarles mucho tiempo, por lo que convenía tenerla a buen recaudo, pero unas gotas detrás de las orejas de esa colonia que en sus buenos tiempos ella nunca se hubiera comprado por encontrarla demasiado vulgar la hacían mucho más feliz.

Tobías tenía información de primera mano de cómo estaba la situación. Y aunque no lo dijera en casa, sabía que iba mal. Por los despachos se decía que el bando nacional recibía ayuda de alemanes e italianos, mientras que al republicano los rusos que lo habían apoyado desde el principio lo estaban abandonando. Entre muertos y heridos graves se estaban quedando sin hombres. Ya habían llamado a filas a los reservistas y estaban a punto de recurrir a los adolescentes. Una locura. Hacía demasiado tiempo que duraba la guerra y, a la desesperada, se recurría a cualquier cosa.

Había otro gran secreto que, de bombardeo en bombardeo, se susurraba en los pasillos de ese sótano lleno de gente. Tobías lo escuchaba en boca de personas con ciertas influencias y mucha información, que parecía que sabían lo que decían.

—Tú hazme caso. Oro y plata. Eso es lo único que al final tendrá algo de valor. Oro y plata, joyas y arte.

Un poco por precaución y otro poco por entretenerse, Tobías empezó a separar todas las monedas de plata de cincuenta céntimos, peseta y dos pesetas que caían en sus manos. Las iba reuniendo en paquetitos de veinticinco y las iba guardando en uno de los cajones del mueble que había conseguido rescatar del refugio de Frederic y que había colocado en la habitación de la entrada, la que era su despacho. Poco a poco reunió una cantidad considerable y tuvo que asignar un cajón a cada valor. Coleccionarlas se convirtió en una afición y comenzó a hacer lo mismo con las monedas de cobre y níquel de menor valor. Cada día, cuando volvía de trabajar, le cambiaba a Charito las monedas que tuviera en el monedero por billetes, cosa que a ella siempre le parecía muy bien.

Un día se dio cuenta de que empezaba a tener una pequeña fortuna acumulada en el mueble y pensó que sería buena idea poner una cerradura en la puerta del despacho. No le costó mucho conseguir una, tampoco colocarla. Para no crear ningún tipo de desconfianza, le dio una llave a Charito.

—Es mejor que nadie sepa que tenemos ese dinero aquí dentro. Si alguien te pregunta por la cerradura, dices que guardo cosas del trabajo y no le des más importancia.

A Charito le gustaba tener secretos, pero le fastidiaba que nadie le preguntara por ellos. La señora Paquita ni siquiera se dio cuenta porque nunca había entrado en esa habitación, y Magdalena era demasiado discreta para curiosear. Hortensia solo valoró que era un lugar menos que limpiar y no se cuestionó nada más.

Pero Tobías no había sido el único que había tenido la idea de acumular plata, y al cabo de un tiempo dejó de haber monedas en circulación. Los comerciantes tenían que devolver el cambio con pequeñas cosas de escaso valor, como cajas de cerillas o cigarrillos sueltos, y hacer vales o abrir cuentas para próximas compras. Pero muchas de las tiendas cerraban de la noche a la mañana, porque ya no tenían nada que vender o porque sus propietarios habían decidido emigrar a un lugar más seguro, dejando a deber a sus clientes esos pocos céntimos de cambio tan valiosos que no les podían devolver. La situación no estaba como para dejarlos perder, y eso generó nuevos conflictos entre la población. Esa escasez de moneda hizo que los ayuntamientos decidieran emitir una propia, billetes de colores que parecían de juguete y cartones redondos con un sello semejante a los de Correos que solo tenían valor en el mismo municipio, lo que no resultaba demasiado práctico.

Las monedas empezaron a ser más preciadas por su valor metal que por el nominal, y la pareja era cada vez más consciente del tesoro que tenían en el secreter del despacho. Charito estaba muy orgullosa de la iniciativa de su marido. Le hubiera encantado poder presumir de ello, pero eso formaba parte del secreto y podía resultar peligroso. Ese maravilloso mueble pasó a ser un símbolo para la familia. Allí se guardó siempre todo aquello que tenía algo de valor y, poco a poco, también los objetos, cromos o cualquier cosa susceptible de ser coleccionada, actividad a la que Tobías se aficionó desde ese momento.

—No puedo más, estoy harta de lentejas. Lentejas para comer, lentejas para cenar. Parece que no haya otra cosa que lentejas. Huy, perdón, que también pueden darte un poco de pan. Pan y lentejas. Fantástico pan de color negro, duro como una piedra y con más serrín que trigo. Lentejas llenas de piedras que dan más trabajo que el hambre que quitan. Y dales las gracias, que como te quejes te pasan de largo. Esto es un sinvivir.

Charito soltaba sapos y culebras por la boca cada vez que, después de toda una mañana de colas, llegaba a casa con apenas un puñado de lentejas y un chusco de pan. Los recursos de Magdalena, a quien últimamente solo le preocupaba conseguir algo de tabaco, también se estaban agotando, y tener dinero hacía tiempo que ya no servía para conseguir lo poco que había. La guardesa había dejado de acudir sin avisar siquiera y ya no quedaba más remedio que salir a buscar a la calle, sufrir las colas y soportar la humillación. A Charito la destrozaba tanta miseria y austeridad. El hecho de que fuera un mal común no la consolaba en absoluto. Ella no había nacido para pasar por todo aquello.

Dejó la bolsa con lo poco que había dentro encima de la mesa mientras se sentaba a llorar toda la impotencia que había acumulado durante el viaje de vuelta. La señora Paquita la miraba por el rabillo del ojo, sentada delante de la máquina de coser. Sabía que cuando la niña estaba así era mejor dejar que se desahogara.

—Es que no puedo más. Tantas horas de espera y de escuchar desgracias para conseguir esa porquería. Somos tantas que ya estamos empezando a pelearnos entre nosotras, y el tipo ese que dice que lo han puesto allí para poner orden, subidito él en su caballo, no hace más que burlarse de nosotras y arremeter con ese bicho contra la fila. Solo se libran las que le ríen las gracias, y vete tú a saber si no le dan algo más. Levanta tanto polvo que nos deja a todas hechas un adefesio, y le da igual si nos pisa o nos aplasta contra la pared. Mire, señora Paquita, de verdad que no puedo más. Si hasta mandan a viejas que casi ni se aguantan de pie y a niñas tan pequeñas que apenas las vemos para ver si se les tiene un poco de compasión y se les concede algún privilegio. Un día tendremos un disgusto, ya lo verá. Hoy se han llevado al hospital a una de las chicas con algo muy malo clavado en el estómago. Aquello es la selva. Cualquier cosa vale para adelantar algunos puestos. ¡Pero si las últimas se han quedado sin nada y también estaban allí desde la madrugada!

Guardar cola delante de los lugares donde se podía conseguir un poco de alimento se había convertido en algo muy peligroso. Había cada vez más gente, y cada vez menos que repartir. Además, la larga serpiente que se formaba parecía ser un blanco favorito durante los recientes bombardeos.

Los lagrimones le caían por las mejillas, llevándose el polvo que tenía pegado a la piel y dejándole la cara como pintada a rayas. La señora Paquita se levantó y apoyó la cabeza de Charito en su barriga mientras le limpiaba las mejillas con el delantal. Fue un momento de consuelo mutuo, porque ella también tenía sus penas. La pobre mujer estaba muy agradecida de tener un lugar más o menos seguro para ella y para Hortensia, nunca se lo repetiría bastante a Charito, a Tobías y a Magdalena. En un momento muy desdichado habían formado una pequeña familia y se habían protegido los unos a los otros, intentando hacer que cada día fuera un poco mejor que el anterior. Pero no dejaba de pensar en Remedios, perdida Dios sabía dónde en algún lugar de la España ocupada; la invadía la pena por todos los vecinos queridos que había perdido y padecía por el destino de los vivos, de los que ya hacía demasiado tiempo que no sabía nada. No quería ni hablar de la pensión. Se acordaba de su querido Esteban y daba gracias a Dios de que no hubiera tenido que ver tanta desgracia.

Charito no era consciente de que en ese escenario terrible ella y su familia gozaban de unas condiciones privilegiadas. El puesto de Tobías le permitía llevar de vez en cuando alguna sorpresa, y en esa casa eran suficientes mujeres como para repartirse el trabajo.

—Mira, niña, ve a lavarte la cara que hoy me encargo yo de la cena. No te preocupes, que no voy a hacer lentejas.

Esa noche cenaron algo nuevo y distinto. La sonrisa de Charito valía todo el esfuerzo de la señora Paquita. Había recogido ella misma unas verduras del huerto de un buen amigo, las había lavado con cuidado y les había dado un hervor. Con los huevos de las gallinas que aún tenían, había hecho una tortilla con un poco de pimienta y romero.

–Dale las gracias a tu amigo de nuestra parte, está realmente deliciosa –le dijo Tobías.

Hasta el niño se chupaba los dedos. Ella los miraba complacida. Se había asegurado de que esas verduras eran comestibles. Nunca los hubiera puesto en peligro, aunque no les dijo que lo que había arrancado eran las malas hierbas, porque no había nada más, y que lo que estaban comiendo era una tortilla de ortigas.

Todos pensaban en Remedios, pero nadie se atrevía a preguntar. Apenas sabían de ella desde que se había ido y estaban muy preocupados por su suerte. Pocos meses después de su marcha había empezado el conflicto, y con las comunicaciones cortadas no habían vuelto a tener noticias. Los periódicos a los que Tobías tenía acceso decían que Córdoba había sido una de las primeras capitales en caer gracias al apoyo de los terratenientes e industriales de la zona, no muy de acuerdo con los planes de reforma del Gobierno republicano. Saber eso no tranquilizaba a nadie.

Hasta que un día llegó un sobre en el que reconocieron la bonita caligrafía de Remedios. Llevaba fecha de hacía unas semanas y venía desde algún pueblo de Córdoba.

Rosario acariciaba con las yemas de los dedos el sobre, con cariño y un poco de miedo, mientras esperaba a que se reunieran todos para leerla juntos.

Córdoba, 6 de septiembre de 1938

Queridos hermanos, Charito y Tobías:

Es la tercera carta que os envío y nunca he tenido respuesta. Empiezo a estar preocupada. Espero que a la recepción de esta el niño y vosotros estéis bien.

¡Yo tengo tanto que contaros!

Cuando llegué a Córdoba, Enrique me estaba esperando como agua de mayo. Nos casamos dos semanas después bajo la bendición de su madre y enseguida abrimos una pequeña imprenta con lo que teníamos ahorrado y una ayudita que nos dio doña Angustias, que me trata como si fuera su hija.

No fue exactamente así, pero Remedios no quiso preocupar a su familia. La verdad era que doña Angustias, haciendo honor a su nombre, era una mujer triste que no acababa de ver con buenos ojos que una desconocida se llevara al niño de sus entretelas. Era una mujer controladora y dominante que enfrentaba a menudo al matrimonio con desagradables chantajes emocionales.

Al principio de la guerra tuvimos que cerrar la imprenta y venirnos al pueblo, porque en la capital no se podía vivir. Aquí ha nacido nuestra hija. Se llama Natalia y es la alegría y el consuelo de toda la familia.

Natalia había supuesto un desahogo para Remedios. Toda la casa se volcó en sus cuidados, especialmente la abuela, que dejó de prestar tanta atención a la nuera. Le pusieron ese nombre a la niña en honor al orondo bodeguero que había propiciado que ahora estuvieran juntos. Pasados los años, cuando el señor Natalio se enteró, le hizo tanta ilusión que les envió un precioso rosario de plata que había pertenecido a su madre y que quiso que fuera de la niña.

Mi pobre Enrique tuvo que partir al frente y a los pocos meses volvió herido en una pierna. Se va a quedar cojo, pero está vivo y lo tengo conmigo, gracias a Dios.

Por nosotros no tenéis que preocuparos. Aquí, a pesar de la guerra y gracias a las amistades de la madre de Enrique, no nos falta un buen pedazo de pan que llevarnos a la boca. Aunque este verano está haciendo tanto calor y hay tantos problemas con el abastecimiento de agua que incluso los geranios que tenía en los balcones se han marchitado.

Estamos por volver a la capital y reabrir la imprenta. Hay mucho trabajo para los que ayudan a la causa y además Enrique se está volviendo loco encerrado en casa sin hacer nada.

¡Ay, Charito! Echo tanto de menos tu voz, siempre canturreando por donde pasaras... Y la risa del pequeño Santiago. ¡Os añoro tanto!

Ahora vamos a misa todos los días, le llevamos flores a la Virgen y rogamos por que nuestro Glorioso Ejército Nacional cumpla con su cometido, acabe ya de una vez esta maldita guerra y podamos volver a vivir en paz en una España unida y próspera. Yo además rezo por vosotros, confiando en que estéis todos bien.

Les mando un cariñoso recuerdo a la señora Paquita y a Hortensia. Decidles que también rezo por ellas.

Recibid un fuerte abrazo de vuestra hermana

Remedios

Solo había que leer un poco entre líneas para darse cuenta de que esa carta no estaba escrita como a Remedios le hubiera gustado. Los que la conocían un poco podían percibir que allí faltaba contar penas, sometimientos, incluso humillaciones. La supervivencia en cualquier pequeño pueblo del país dependía de estar a bien con los que mandaban, muchos de los cuales hacían uso y abuso del poder que se les había concedido.

Pero Charito, que ya ni se acordaba de la última vez que había cantado, no quiso leer entre líneas. Sintió la garganta seca y la saliva pegajosa. No quiso darse cuenta de la pesadumbre con que su hermana había escrito aquellas líneas, solo quiso ver prosperidad y enseguida notó el sabor amargo de los celos. Ella quería volver a cantar, también quería llevar flores a la Virgen y tener una casa en la ciudad y otra en el pueblo donde poder ir los veranos de calor y, sobre todo, no quería seguir pasando hambre. Quería todo lo que creía que su hermana tenía.

—Estos malditos republicanos conseguirán llevarnos a la ruina.

—No vuelvas a decir eso nunca más —dijo Tobías, disgustado de repente, con un tono de voz que no daba lugar a réplica.

Pero Charito no escuchaba, y toda la sensación de injusticia que sentía en lo más profundo de su ser explotó. A medida que iba leyendo la carta se había ido encendiendo y ahora estaba ofuscada. La señora Paquita se temió lo que iba a pasar e hizo un gesto al resto del grupo, que poco a poco empezó a levantarse y se retiró lo más discretamente posible. Hortensia tomó al niño de la mano.

—¿Que no vuelva a decir qué? ¿Que nos están matando de hambre? ¿Que por su culpa estamos cayendo enfermos? ¿Que por su tozudez nos están destrozando la ciudad y la vida? Ya casi no quedan casas en pie. Es un milagro que la nuestra no haya salido volando por los aires. ¿Tú has visto cómo ha quedado la Gran Vía después de la última explosión? No hay ningún hogar en el que no haya muertos, mutilados o locos. No se respeta nada, ni siquiera a los niños. Aquí nos hemos salvado porque tú eres un tullido, porque si no también yo sería una viuda más. Esto me está volviendo loca, así que no me digas qué puedo o no puedo decir.

Su tono de voz era cada vez más agudo y Tobías no pudo quedarse callado por más tiempo. El último comentario de su mujer no había podido ser más ofensivo. Se puso de pie y tuvo que contenerse mucho para no cruzarle la cara de una bofetada.

—Hay muchos que han dado su vida y la de las personas que más querían por defender las libertades que tanto ha costado conseguir y en las que creían profundamente. No te consiento que te burles de su sacrificio. También te estás burlando de mí y de todo lo que defiendo.

—Me importan un bledo las libertades que dices que estás defendiendo. ¿Qué libertades? ¿La de pudrirnos en una casa oscura? ¿La de ver que nuestro hijo está cada día más delgado? ¿La de darnos cuenta de que los billetes que me traes ya solo sirven para jugar? ¿Qué estamos defendiendo, si ya no queda nada que defender?

—Una manera de ver el mundo, de educar a nuestros hijos, de crear una sociedad en la que la opinión de cada uno tenga valor. Era algo que ya teníamos y que ahora nos quieren quitar. Una manera de vivir, eso es lo que estamos defendiendo, Charito, poder elegir una manera de vivir.

—¡Que esto no es vida! ¡A ver si lo entiendes! ¡Que esto nos está matando! Solo deseo que se acabe ya, que vengan esos nacionales o lo que sean y que nos dejen vivir en paz. Que me da igual cómo, pero en paz.

Ladrillos y más ladrillos colocados en el muro que se había empezado a construir a base de secretos y mentiras desde el día que se conocieron. Ese muro tenía ya suficiente altura como para que Tobías lo reconociera. Cada uno en su lado tenía armas con las que podían hacerse mucho daño. La diferencia era que Tobías no quería usarlas. No permitió que la frustración le borrara el recuerdo de la hermosa y alegre muchacha que le había robado el corazón hacía tiempo, aunque su espíritu hacía mucho que se había ido. Charito era la madre de su hijo, y eso iba a respetarlo siempre. Tobías no quiso poner ni un ladrillo más y dio la discusión por terminada, pero estaba triste y muy decepcionado.

—¿Vas a contestar a tu hermana?

—Puede que mañana.

26

El deseo de Charito tardó poco en cumplirse. A finales de enero de 1939, y después de varios días de pánico generalizado, las tropas nacionales entraron en Barcelona.

Los días anteriores habían sido caóticos. Habían llegado miles de simpatizantes republicanos de toda España buscando la forma de salir del país. A ellos se unieron los barceloneses que no querían quedarse, y juntos, en lenta marcha, cargados con sus mayores, sus niños, sus miserias y los muebles y maletas que podían llevar, se dirigían a la frontera francesa o hacia los puertos de Barcelona, Valencia y Alicante, porque habían oído que allí había una serie de buques preparados para la evacuación. Las carreteras estaban colapsadas. Nadie vigilaba, nadie controlaba. Se produjeron saqueos, agresiones y más de una desaparición.

Para cualquiera que a esas alturas aún tuviera intención de marcharse ya era demasiado tarde. Tobías tenía la descorazonadora sensación de que todos los supuestamente responsables, que hasta el día anterior pedían valor y sacrificios sentados detrás de sus mesas de despacho, ahora estaban abandonando el barco a su suerte. Los había visto entrar y salir, correr cargados con extrañas maletas, dando órdenes de destruir documentos y aconsejando a todo el mundo que hiciera lo mismo. Pero Tobías no quería marcharse, sabía lo que era estar lejos de su tierra y de su gente. Por mal que fueran las cosas, él se quedaba. Harían falta personas que volvieran a empezar, que recordaran cómo habían sido las cosas y colaboraran en su reconstrucción. Él no se iba.

En eso era en lo poco que estaba de acuerdo con Charito últimamente, aunque las razones eran bien distintas.

—¡Qué se nos ha perdido a nosotros en Francia! —decía ella cuando su marido, por dar alguna opción, por sentir que de alguna manera hacía algo para poner a salvo a su familia, le había planteado el exilio sin demasiada convicción—. Si las cosas van a cambiar, si la vida va a volver a ser como antes —manifestaba, convencida de que así sería.

Añoraba profundamente su corta etapa de éxitos. Quería volver a la radio, a los ensayos, al *glamour,* a la ropa bonita y a las cenas a la luz de las velas. Ya no se acordaba de lo que había tenido que ofrecer a cambio. Estaba segura de que, con paciencia, las cosas volverían a su cauce. Era una cuestión de sentido común. Y de tiempo.

Tobías no soportaba ver la imagen de la guardia mora desfilando entre multitudes eufóricas, pisoteando su ciudad. Se le partía el alma cuando leía los titulares de los periódicos, que ayer alentaban a la lucha y hoy hablaban de «una Barcelona para la España invicta de Franco», y cuando veía las muestras de entusiasmo y alivio de muchos ciudadanos hartos de tanta guerra.

Era verdad que mucha gente había recibido a los conquistadores con vítores y hurras. De debajo de las piedras habían aparecido los que se hacían llamar quintacolumnistas, partidarios y simpatizantes del golpe de Estado que, por distintos motivos se mantenían leales al bando enemigo y habían estado trabajando clandestinamente en favor de la victoria franquista. Estos se sentían orgullosos de sus tropas y las recibían con auténtica alegría. Y también era verdad que muchos de los vencidos estaban aliviados. Cansados y hambrientos, con grandes deseos de reunirse con sus familias, no tenían más remedio ni más esperanza que creerse las promesas de prosperidad y clemencia de los vencedores. Pero la mayoría de los que mostraban su euforia lo hacían por miedo a las represalias y lloraban por dentro la amargura que invadía su corazón.

Durante un tiempo pareció que las cosas se suavizaban. Daba la sensación de que quizá no iba a ser tan terrible y se adivinaba una ligera intención de reconstruir una ciudad destrozada.

La población recibió con consuelo las escasas muestras de generosidad de los vencedores, en forma de latas de sardinas o cubitos de caldo deshidratado, mientras esperaba ilusionada la vuelta a casa de sus hombres, convencida de una misericordia más imaginada que real. Incluso Charito estaba animada y empezaba a tararear, muy bajito, aquellas canciones con las que había brillado antes de la guerra. Verla sonreír de nuevo era lo único que alegraba a Tobías. Mientras tanto, en los últimos reductos republicanos del país seguían las batallas y poco a poco el Ejército nacional fue ocupando todo el territorio.

Hasta que un día las radios de todo el país interrumpieron sus emisiones para leer un comunicado: «Parte oficial de guerra del cuartel general del Generalísimo correspondiente al día de hoy, primero de abril de 1939. En el día de hoy, cautivo y desarmado el Ejército rojo, han alcanzado las tropas nacionales sus últimos objetivos militares. La guerra ha terminado. El Generalísimo Franco».

Y entonces, con el poder absoluto en las manos, los discursos amables se endurecieron y las cosas empezaron a cambiar de verdad.

Un señor bastante gordo, con bigote poblado y gesto soberbio, estaba repasando una montaña de expedientes. Acababa de estrenar despacho y se sentía importante. Lo primero que había hecho había sido sustituir la foto que presidía la estancia, así como la bandera. Su secretario, el inútil sobrino de algún pariente lejano, lo observaba esperando órdenes. Sin levantar siquiera la cabeza, hizo llamar a Tobías.

Tobías, que no había faltado al trabajo ni un solo día, esperaba esa llamada en cualquier momento.

—Así que tú eres el Vila ese de los huevos —le dijo displicente el hombre, refiriéndose despectivamente a su trabajo en el proyecto de las gallinas.

Lo miraba de arriba abajo desde el otro lado de la mesa. No le ofreció asiento ni hizo el más mínimo gesto de levantarse para estrecharle la mano.

—Usted dirá.

—Así me gusta, con educación. Vas bien, muchacho. Necesitamos gente como tú, que sabe dónde está su sitio, con imaginación y ganas de trabajar.

Hablaba despacio, con pausas. Fingía rebuscar entre sus papeles como si la conversación con Tobías fuera un trámite sin importancia, como si le estuviera haciendo un favor al recibirlo con todo el trabajo que él tenía... Por fin cogió su expediente, exactamente del mismo sitio donde sabía que lo había dejado.

—Veo que eres ingeniero agrónomo. Universidad de Barcelona. Bien... Un currículo impecable... Con experiencia en el extranjero. Muy diferentes las cosas en el extranjero, ¿verdad? Nos iría bien tener gente preparada. Vamos a ver...

El tono más o menos amable y condescendiente que había usado hasta el momento pasó a ser más agresivo. Apoyó las dos manos encima de la mesa, con los codos en alto, y lo miró fijamente a los ojos. Tobías seguía de pie, con las manos a la espalda, esperando un discurso que ya se veía venir desde hacía unos días.

—Las cosas están así: el título rojillo ese que te dieron por tus supuestos estudios a partir de este momento ya no sirve. En esta gloriosa nueva España, tú ya no eres ni ingeniero ni agrónomo ni nada. ¿Está claro? Lo primero que vas a hacer es demostrar de qué lado estás. Te vas a ir a Madrid y vas a hacer un examen que acredite esos conocimientos que dicen estos papeles. Si demuestras lo que tienes que demostrar, te darán un título que valga de verdad. Entonces vienes a verme y ya decidiremos qué hacemos contigo. Por el momento no hace falta que vuelvas a tu despacho. Mi secretario te dará tu chaqueta y tu cartera.

Y volvió a sus expedientes como si ya hubiera dicho todo lo que había que decir. Pasados unos segundos, Tobías hizo ademán de salir. Era lo que el hombre del bigote esperaba para continuar.

—¡Un momento! Aún no he terminado. A partir de ahora, aquí se va a hablar en cristiano. ¿Lo vas entendiendo? Si haces lo que tienes que hacer, con nosotros puede irte muy bien.

El tono era claramente vejatorio. Se notaba que disfrutaba con aquello. Lo miraba con una desagradable sonrisa que dejaba ver unos dientes muy sucios. Le pareció advertir en los ojos de Tobías un punto de provocación, y tuvo la sensación de que no sería un elemento fácil de doblegar. Eso le pareció aún más divertido. Se levantó y estiró el brazo.

—¡Viva Franco y arriba España!

Tobías se lo quedó mirando como si no pudiera creer lo que estaba pasando.

—¡No te he oído!

—Viva Franco y arriba España.

—Ahora sí. Ya puedes marcharte.

Tobías salió del despacho muy ofuscado, renegando en catalán, porque en hebreo no sabía. Efectivamente, el inútil secretario, que también sonreía de forma desagradable, lo esperaba al otro lado de la puerta para entregarle sus cosas con malas maneras. La cartera estaba abierta, ni siquiera se había tomado la molestia de disimular que la había registrado. Faltaban los proyectos y gran parte de los papeles que contenía. Delante de la puerta del que había sido su despacho, igual que en todas las demás puertas, había un vigilante que, dejando ver su arma en el cinto, parecía decir que, con él, bromas, las justas. A su espalda, el gordo del bigote le dio el golpe de gracia.

—Y ya puedes ir agradeciendo a Dios y al Caudillo una oportunidad como esta.

La capacidad emocional de Tobías, después de los últimos años de penurias, estaba bastante mermada. Camino a casa, intentaba asimilar lo que había pasado. Acababan de ofrecerle una salida que solo llevaba al sometimiento y la humillación definitiva. Significaba la total aniquilación de sus convicciones y principios. Querían una marioneta más, un ejemplo de conquista y sumisión para el resto de sus compañeros. Eso lo había entendido enseguida. Pero, por otro lado, Charito y el pequeño estarían seguros y no les faltaría de nada. A pocos se les concedía una oportunidad como esa, aunque tampoco era el ejemplo que quería darle a su hijo. La lucha interna que suponía tomar una decisión como esa lo estaba dejando agotado. Arrastrando los pies y peleándose con esos oscuros pensamientos, llegó a su casa.

—¡Eh! ¡Tobías!

Agazapado en un rincón del zaguán lo estaba esperando Felipe el poeta, que, flaco, ojeroso, avergonzado y con la marca del terror en la cara, hizo verdaderos esfuerzos para ponerse de pie en cuanto lo vio. Tobías se acercó y le ofreció una mano.

—Cómo han cambiado las cosas, amigo —le dijo Felipe aceptando la ayuda.

—Y nosotros, Felipe, y nosotros.

Los dos amigos se abrazaron, con más fuerza Tobías que Felipe, que casi no se aguantaba en pie.

—Pero ¿qué haces aquí escondido? ¿De qué fémina huyes hoy, compañero?

—No quería molestar. Tengo que hablar contigo.

—Vamos, sube a tomar una infusión caliente.

—No. Es mejor que hablemos aquí abajo.

—No digas tonterías. Sube, que Charito se alegrará de verte.

—De verdad, es mejor que no.

Ante la contundencia de su amigo, Tobías no insistió más.

—Pues tú dirás.

Lo tomó por los hombros y lo acompañó a las escaleras. Se sentaron. Felipe temblaba de frío y miedo, los ojos le brillaban por la fiebre.

—He hecho muchas tonterías estos últimos años, Tobías. Y me he enemistado con mucha gente. No tengo recursos, ni a quién acudir. Necesito que me escondas unos días.

Durante la guerra, el poeta se había buscado la vida arrimándose a donde más le convenía, pero siempre cerca de los que mandaban, lo que le había permitido llevar una vida quizá arriesgada, pero cómoda. No quería darle detalles, le parecía peligroso, pero la cuestión era que sabía demasiadas cosas y ahora lo buscaban, unos para cerrarle la boca y otros para sacarle toda la información posible.

—Si dan conmigo, soy hombre muerto.

Era muy duro ver a un amigo de juventud y momentos felices llorando de esa manera. Tobías no sabía si era arrepentimiento, desesperación o cobardía. Lo que tenía claro era que no iba a abandonarlo a su suerte.

—Vamos arriba. —Felipe el poeta negaba con la cabeza, pero Tobías fue contundente—. No me discutas.

No había nadie en casa. Tobías preparó una tila y se sentó delante de su amigo. El poeta era la pura imagen de la decadencia.

Charito no tardó mucho en llegar. Entró canturreando, con el pequeño Santiago de la mano. Habían acompañado a la señora Paquita a la pensión para ayudarla a llevar las últimas cosas que quedaban en el piso, y estaba contenta por haber recuperado su hogar solo para ellos tres. En cuanto vio a Felipe sentado en el salón de su casa, le cambió la cara.

—¿Qué hace este aquí?

—¡Mira a quién me he encontrado en el portal!

—¿Podemos hablar? —dijo Charito mirando a su marido, y con un gesto le indicó el despacho.

Tobías miró con sorpresa a su invitado mientras este mantenía la vista clavada en el suelo, luego se levantó y siguió a su mujer. Ella lo estaba esperando con la mano apoyada en el pomo de la puerta y la cerró en cuanto hubo entrado.

—Quiero que se vaya ahora mismo. No lo quiero ni un minuto en esta casa —le dijo en un tono neutro y oscuro, sin mover un músculo de la cara y sin la menor intención de explicarse.

—Pero ¿qué estás diciendo? ¿Cómo voy a dejar que se vaya en el estado en que está? No sabes lo que está pasando. Es nuestro amigo y necesita nuestra ayuda. Es una cuestión de vida o muerte.

—Me da igual. Quiero que se vaya ahora mismo. O se va él o me voy yo. Tú decides.

—Mira, Charito, basta ya de caprichos absurdos. No sé qué te ha dado con Felipe, pero está en una situación delicada y voy a ayudarle. Así que, te guste o no, se va a quedar aquí unos días hasta que encontremos una solución.

—De eso nada —dijo Charito impasible—. Me voy un rato con el niño, a que me dé el aire, y cuando vuelva más vale que ya no esté aquí. De lo contrario, iré directamente a comisaría.

Ladrillos y más ladrillos.

Sin decir una palabra más, le dio la mano a su hijo y se fue al único lugar donde últimamente encontraba algo de consuelo, el piso de al lado.

Después de tantas batallas, bombardeos y saqueos, el estudio del Borne apenas estaba habitable, pero a Tobías no se le ocurrió mejor lugar donde esconder a Felipe. Con un par de latas de judías y un cubo de agua limpia lo instaló allí mientras buscaba la manera de sacarlo de la ciudad. Después de casi tres años de guerra, Tobías conocía bien la mayoría de las redes de evacuación y confiaba en que alguna de ellas aún estuviera en activo.

Movió hilos, hizo averiguaciones, habló con unos y con otros y un par de días más tarde volvió a reunirse con su amigo. Estaban sentados en el suelo, apoyado cada uno en una pared de la esquina de la habitación. Con un vaso de vino en la mano, a la poca luz que entraba de la calle, Tobías le daba las últimas instrucciones.

—Vendrá una anciana a pedirte sal. No le digas nada. Te dará ropa vieja, unas alpargatas y una pala. Cámbiate y síguela hasta donde te lleve. Saldrás de la ciudad en un carro lleno de escombros. Te esperan pasado el control. Va a ser largo y cansado, pero llegarás a Francia.

—Gracias, amigo. Sé que todo lo que estás haciendo por mí te está trayendo muchos problemas. No sé cómo podré agradecértelo.

Ya imagino lo mucho que eso te quita el sueño, pensó Tobías. Ayudarlo suponía gastar más de un favor y algunas monedas de plata, pero lo peor era el desagradable ambiente que se vivía en su casa después de la discusión con Charito. Sabía que Felipe no se caracterizaba precisamente por ser agradecido y que le importaban bien poco los esfuerzos que hubiera tenido que hacer. A esas alturas ya no esperaba gran

283

cosa de su amigo. De hecho, lo que realmente le importaba no era tanto la seguridad del poeta como tener la sensación de que estaba haciendo bien y poder dormir tranquilo por no haberlo abandonado. Suponía, además, una manera de seguir luchando, de estar en contra de lo recién establecido, de rebelarse.

Se terminaron la botella de vino entre conversaciones insustanciales y recuerdos de juventud. Había llegado la hora de despedirse. Se levantaron despacio, con ceremonia, como queriendo que el momento durara mucho, y se dieron un fuerte, largo y sincero abrazo.

—Suerte.

Tobías cogió su chaqueta y fue hacia la puerta. Ya había separado la cadenilla del seguro cuando Felipe, de pie al otro lado de la estancia, llamó su atención.

—Tobías.

Este se dio la vuelta. El poeta miraba al suelo y se tambaleaba por efecto del vino, que había ingerido casi en ayunas.

—Dile a Charito que me perdone.

—¿Que te perdone?

—Te juro que no pasó nada, yo había bebido mucho y ella estaba tan hermosa...

—¿Qué me estás queriendo decir?

Tobías empezó a atar cabos. A medida que se acercaba a su amigo iba entendiendo más. De repente hubo muchas cosas que cobraron sentido. El comportamiento extraño y el odio injustificado que Charito mostraba desde hacía tanto, su negativa a que fuera él el encargado de componer el poema de boda a pesar de ser el más indicado, la reacción al verlo en el salón de su casa...

Felipe no se atrevía a mirarlo a la cara. Por eso no vio venir el tremendo puñetazo que Tobías le propinó con una fuerza desconocida, producto de la furia que le salía de las tripas. Acto seguido se marchó sin decir palabra, dejando al poeta sangrando en el suelo, probablemente con la nariz rota pero sin quejarse lo más mínimo, consciente de que había recibido lo que se merecía.

Charito imaginaba dónde estaba su marido, y no tenía intención de perdonárselo. Pensaba en ello mientras acababa de repasar el dobladillo de su vestido, también mientras daba de cenar y acostaba al niño y mientras terminaba de limpiar la habitación. Estaba oscureciendo y Tobías no volvía. Dónde se habrá metido a estas horas, pensaba. Lo estaba haciendo mal, muy mal. De acuerdo, se había llevado a aquel miserable de su casa, pero estaba abandonando a los suyos por ayudarlo y eso la sacaba de quicio. Su sitio estaba con ella, en esa casa. No lo esperó para cenar. Este me va a oír, vaya si me va a oír. Recogió la mesa y fregó los platos, incluidos los que Tobías no había usado. Ya hacía mucho que había empezado el toque de queda y su marido no volvía. Charito empezó a preocuparse. Fue a la habitación del niño y se apoyó en el marco de la puerta durante un rato, observando cómo dormía tranquilo. Era esperanzador verlo crecer fuerte y alegre. Charito era consciente de que habían sido unos privilegiados al poder mantener a la familia unida. Conocía varios casos que no habían tenido tanta suerte. Un ruido en la escalera la distrajo de sus pensamientos y salió aliviada al descansillo para recibir a su marido, pero a quien encontró fue al vecino de arriba, que subía sofocado. El ascensor hacía meses que no funcionaba, y ahora el hueco envuelto en forja labrada solo era parte de la decoración. El señor Manuel la saludó discretamente al pasar a su lado.

–Buenas noches, vecina. Mala época para estar en la calle a estas horas.

Charito asintió con la cabeza y volvió a cerrar la puerta. Un apretado nudo se le estaba formando en la boca del estómago, amenazando con estropearle la cena. Sentía que estaba cogiendo frío y se envolvió con una manta. Fue a la cocina a prepararse una manzanilla, se la llevó a su habitación y se tumbó a esperar. La manzanilla se enfrió en la mesilla de noche aguardando a que Charito se la bebiera.

Tobías estaba fuera de sí. Empezó a bajar las escaleras despacio, pero a medida que avanzaba fue acelerando hasta salir del edificio medio asfixiado, más por la traición que por el esfuerzo que había realizado. Se ahogaba, pero no podía dejar de correr. Solo quería llegar a casa y abrazar a su mujer, besarla y hacerle el amor. Pedirle perdón y perdonarla por no haberle contado nada.

Corría por las callejas vacías y oscuras casi chocando con las paredes, se apoyaba en las esquinas para coger aire y seguir corriendo calle abajo. En algún momento tuvo la tentación de volver y aplastarle la cabeza al poeta. No quería imaginarse la posible escena, pero no podía evitarlo. Se sentía terriblemente culpable por no haber sabido proteger a Charito de ese degenerado. ¡Cómo debe de haberse reído de mi ignorancia, el muy cabrón!, se decía. Sentía los latidos del corazón en el cráneo. Solo quería gritar. No veía nada. No oía nada.

Hasta que se los encontró de frente.

—¡Alto! ¿Adónde vas tan deprisa?

De repente tenía dos cañones apuntando directamente a su estómago y la terrible sensación de que estaba perdido. Sintió pánico. Apenas podía respirar, y mucho menos dar una explicación.

—¿De qué huyes, rojo de mierda?

No levantaban la voz, preguntaban con ese tono neutro que usa el que no quiere recibir contestación. Los dos miembros de la patrulla parecían contentos de haber encontrado algo que hacer. Uno de ellos le propinó un golpe en el costado con el cañón, dándole a entender que tenía que darse la vuelta y empezar a caminar delante de ellos. Tobías levantó los brazos sin atreverse a decir una palabra.

—Ahora intenta hacerte el héroe, que no hay cosa que me apetezca más esta noche que ir de cacería.

27

El verano no era buena época para estar en la Modelo. A Tobías le costó mucho acostumbrarse al pesado olor a cloaca y matadero que impregnaba el escasamente ventilado espacio abarrotado de gente derrotada. A empujones lo condujeron a una celda concebida para una, máximo dos personas en la que maldormían cinco. Los ocupantes lo miraron en cuanto se abrió la puerta. Que se abriera solo quería decir que alguien entraba, aunque no cupiera, o que alguien salía, y hasta el momento había sido siempre para no volver. Aliviados, por ahora, todos se presentaron en cuanto se cerró. Nadie preguntaba: «¿Tú por qué estás aquí?». Ya lo sabían. Un vecino, una opinión, una palabra dicha a destiempo, estar donde no se debía, tener algo que otro quería... El silencio, como mucho algún murmullo, era el sonido predominante. Nadie se atrevía a hablar, porque eran demasiados los que escuchaban. Tobías se apoyó en el único trozo de pared que quedaba libre, al lado de la puerta, y resbaló hasta quedar sentado en el suelo.

A Charito la despertó la mano de su hijo, que tenía hambre y reclamaba su atención. Con la ropa arrugada del día anterior y el cuerpo dolorido por la mala posición en la que se había quedado dormida, miró a su izquierda solo para comprobar que Tobías no había vuelto. El pecho se le contrajo de repente. Algo había pasado. Se levantó tan rápidamente que asustó al niño, lo tomó en brazos, se dirigió a la cocina, cogió un trozo de pan duro que le dio al pequeño, después agarró el bolso, las llaves, y sin pasarse un agua por la cara salió de casa con Santiago. No sabía dónde buscar, pero necesitaba hacer algo. De pie, parada delante del portal del edificio, se concedió unos minutos para pensar. Hospitales. En el fondo sabía que no era allí donde tenía que ir a buscar. Policía. Solo se le ocurrió una persona que en esos momentos tuviera suficientes influencias como para conseguirle alguna información. Dio la vuelta, subió otra vez las escaleras y llamó a la puerta de su amiga Magdalena.

—¡Pero chica! ¿Dónde vas tú con esas pintas? —Enseguida intuyó que algo no iba bien—. Anda, pasa. Deja que te prepare un café y me cuentas. Ven, Santiago. Tengo unas galletas en la cocina que te van a encantar.

El niño le dio la mano a Magdalena y Charito se dejó caer en la silla de la entrada.

El pequeño Santiago estaba encantado con su galleta y jugaba con una caja de pinzas para la ropa que le había dado tía Magda. Ella, tan señora como siempre, impecable en su indumentaria, su maquillaje y sus formas, llevaba una bandeja con dos tazas de café recién hecho y le hizo un gesto con la cabeza a Charito cuando pasó por delante de ella para que la siguiera hasta el salón. A Charito ya empezaban a caerle las lágrimas por las mejillas. Sin decir una palabra, Magdalena le alcanzó un pañuelo y después la taza de café.

—A ver, qué ha pasado.

La discusión, Felipe, el estudio del Borne, los planes de Tobías, que desconocía pero intuía, el toque de queda. Mucha información atropellada que Magdalena intentaba digerir lo mejor que podía. Conocía a Tobías tanto como a Charito. Le gustaba, a pesar de no estar del todo de acuerdo con algunas de sus ideas. Puso una mano sobre la de su amiga con un gesto cariñoso y se levantó.

—Deja que haga un par de llamadas.

Magdalena era una de las pocas personas que disponían de un aparato telefónico en el edificio. Desde que empezó el conflicto era habitual que sus vecinos le pidieran el favor de dejar su número para emergencias, y a ella le gustaba sentirse necesaria. Se sentó en el silloncito que usaba para llamar y marcó un número que sabía de memoria. Mientras esperaba, le dedicó una sonrisa a Charito.

—¡Leopoldo! Soy Magda... Muy bien, ¿y tú?... ¿Valentina?... ¿Los niños?... Fantástico, cómo me alegro. Mira, tendrías que hacerme un favor. Necesito que me mires dónde puedo encontrar a Tobías Vila... No, hombre, no, es un amigo... No creo, no suele meterse en líos... Te lo agradecería... Sí, apunta: Tobías Vila... Cuando puedas... ¿Otra vez el cumpleaños de Valentina? Pero qué rápido pasa el tiempo... Cuenta conmigo, querido, no me lo perdería por nada del mundo... De etiqueta, de acuerdo... Cuídate esa tos... Cariños para todos. —Colgó el teléfono y miró a su amiga—. En cuanto sepa algo, me llamará. De momento no podemos hacer más.

Hablaron de las posibles opciones y Magdalena dejó que Charito se desahogara. Sacó un par de cigarrillos y le ofreció uno —era increíble que aún pudiera conseguirlos, pero a Magdalena nunca le faltaban—. De vez en cuando Santiago se levantaba para ir a buscar otra galleta con esa naturalidad y falta de convencionalismos que solo tienen los niños pequeños. Charito lo miraba como diciéndole que eso no se podía hacer sin permiso y Magda hacía un gesto divertido para quitarle importancia. Después convenció a Charito de que se fuera a casa a esperar respuesta y de que se arreglara un poco, que si tenía que empezar a llamar a puertas no podía presentarse con ese aspecto. «Si quieres que te traten como a una señora, tienes que parecer una señora.» El niño no quería marcharse, las pinzas de la ropa le gustaban mucho. A su madre nunca se le había ocurrido dárselas para que jugara.

—Llévatelas, ya me las devolverás.

—Pero si es pura cabezonería. Ya le daré las que tengo en casa.

—No te preocupes y ahórrate el berrinche.

—Gracias. No sé cómo agradecerte...

Magdalena no estaba segura de que tuviera gran cosa que agradecerle. Aguardó a que Charito cerrara la puerta de su casa antes de cerrar ella la suya pensando que la situación no pintaba bien en absoluto.

Organizarse para dormir era complicado. Solo había un jergón de piedra con un colchón –si se podía llamar así– de paja; allí dormían dos, cada uno con los pies del otro en la cara. El resto tenía que apañarse en el suelo como buenamente podía. Aunque todos estaban en la misma situación, existía una jerarquía tácita por la cual a Tobías, al ser el último en llegar, le tocaba el espacio más cercano a la letrina, y no era precisamente agradable. Cuatro trapos colgados de salientes de las paredes, un cubo con agua y una montaña de platos de lata al lado de la puerta era todo lo que había en la celda. El concierto de ronquidos a mil voces apenas le permitía dormir. De hecho, ni siquiera le permitía pensar. Tobías se resistía a dejar que pasara el tiempo, a pesar de que el sopor general era muy contagioso. Sabía que no podía hacer nada, pero no quería terminar como aquellos que alternaban canciones con gritos y llantos y a los que de cuando en cuando les caía un culatazo para que se callaran. Temía, como todos, ese momento de la madrugada en que los despertaban gritando el nombre de los cuatro desgraciados a los que, después de un juicio de pantomima, les tocaba el turno. Había noches que también se llevaban a algún preso a quien simplemente le había cogido ojeriza un guardia o el pariente de un mandamás. Ninguno de ellos volvía. Y Tobías estaba seguro de que cualquier día sería él.

Las horas pasaban lentas entre el reparto del rancho y el recuento de presos, al menos cuatro veces al día. Tobías dedicaba su tiempo a observar. La mezcla de individuos era digna de estudio. Había gente muy cultivada confraternizando con campesinos analfabetos y carabineros renegados. Asesinos, carteristas y estafadores eran una minoría y casi parecían fuera de lugar. Los anarquistas formaban un grupo aparte: entre ellos había optimistas que intentaban ser agradables y otros a los que les importaba un bledo su bienestar y el de los demás. Había gente que llevaba tanto tiempo encerrada que había establecido una amplia red de contactos y sabía cómo conseguir cosas e información. Observó cuán perversos podían ser algunos guardias, y a cuáles de ellos podía ganarse con buenas palabras o alguna que otra promesa.

Sus compañeros de celda, después de asegurarse de que era de fiar —toda precaución era poca—, le fueron explicando el funcionamiento del centro. Las horas del rancho, las normas de recuento, quiénes eran leales y con quiénes había que ir con cuidado. Las galerías de arriba, la 4, 5 y 6, eran las de los condenados a muerte, y mientras no lo trasladaran allí había esperanza. En la suya estaban los que esperaban juicio. No suponía ninguna garantía, pero había quien conocía a alguien que decían que había salido libre.

Dentro de la desgracia y la precariedad, Tobías encontró cierta sensación de familiaridad en la celda, especialmente con un preso llamado Antonio Cantero.

—Todos me llaman Cantón y tampoco he hecho nada —le dijo mientras le estrechaba la mano y le guiñaba un ojo.

Cantón tendría más o menos su edad, pero era bastante menos alto que él. Era de los veteranos, y por alguna razón que nadie entendió, porque tenía fama de arisco, acogió a Tobías desde el primer momento y se convirtió en su cicerone.

—Cómete las lentejas, que nunca sabemos si habrá otra comida durante el resto del día. —Y ante la cara de asco de Tobías al ver que las legumbres se movían añadió—: Ni las mires, no dejan de ser proteínas. Es mucho peor cuando van cargadas de piedras. Más de uno se ha dejado los piños con las prisas.

En este país no hay más que atropellos, tristeza y lentejas, pensaba Tobías sin poder evitar el recuerdo constante de su familia.

—Escríbeles —le decía Cantón, que ya era gato viejo—, pero ojo con lo que pones, que puede ser tu perdición. Hay que ser precavido. Y, si lo necesitas, tengo manera de sacar cosas sin que pasen por censura.

Tobías decidió confiar en él, y resultó ser una apuesta ganadora. La compañía, al principio, y la amistad al cabo de pocos días fue lo que impidió que se volviera loco.

Hecha un pincel, Charito se sobresaltaba cada vez que oía sonar el teléfono en el piso de al lado. Las primeras veces corría a llamar a la puerta para preguntar, pero Magdalena era una mujer con una gran vida social y recibía muchas llamadas además de la que esperaba su vecina.

—No te preocupes, que en cuanto tenga alguna nueva te aviso enseguida. Y busca algo para distraerte, que esto va a acabar con tus nervios, querida.

Estaba desquiciada. Hacía ya una semana que no sabía nada de Tobías y no se atrevía a salir a la calle por si llegaban noticias. Pero apenas quedaba algo en la casa y el hambre del niño no perdonaba. Eran tiempos difíciles. El dinero republicano ya no servía. El impreso antes de que estallara la guerra había que canjearlo en el Banco de España al cambio que el nuevo régimen imponía, muy inferior al valor nominal; para impresiones posteriores obligaban a dejarlo en depósito «hasta que se decidiera qué hacer con él», y hasta el momento no se sabía nada. Aunque tampoco había gran cosa que comprar. Las colas y las cartillas de racionamiento seguían existiendo, solo que los nuevos vigilantes eran aún más déspotas y crueles que los anteriores. Mismo abuso de poder, igual miseria.

Con el hambre apretando, sin poder esperar más, Charito llamó a la puerta de Magdalena.

—Voy a salir, a ver si puedo conseguir algo.

—Déjame al niño. Yo le doy de desayunar.

Santiago estaba feliz. No había que decírselo dos veces para que entrara como una exhalación hasta la cocina. Sabía que eso significaba leche caliente y galletas que solo comía en casa de tía Magda. Aunque herida en el orgullo, Charito estaba agradecida. No era necesario decir nada, las miradas y los gestos bastaban. Magdalena estaba cerrando la puerta con una sonrisa discreta que pretendía quitarle preocupación a su amiga cuando sonó el teléfono. Charito puso la mano en el marco para impedir que la puerta se cerrara del todo. Magdalena se dirigió hacia el aparato mientras Charito volvía a entrar.

—¿Dígame? —Magdalena hizo un gesto de asentimiento y Charito se tapó la boca para ahogar un grito—. ¡Qué tal, Leopoldo!... Bien, ¿y vosotros?... ¡No me lo puedo creer! ¿De verdad?... Cuando tenga un rato la llamo para que me cuente...

Sí, dime... Ajá... De acuerdo... –Apuntó algo en el cuadernillo que había en la mesita del teléfono–. Ajá... Vaya... Ya... Muy bien, así lo haremos. Te lo agradezco mucho... Nos vemos la semana que viene. Cariños para todos.

Santiago salió de la cocina para reclamar su desayuno, pero algo en su cabecita le dijo que no era un buen momento para abrir la boca. Charito se acercó a Magda.

–Vamos al salón –le dijo esta muy seria.

Se sentaron cada una en un silloncito, frente a frente.

–Vamos a ver: tu marido está en la cárcel Modelo acusado de actividad subversiva y resistencia a la autoridad.

Charito abrió tanto los ojos que parecía que se le iban a salir. Magdalena hizo un gesto que significaba «y yo qué quieres que te diga, es lo que me han comunicado».

–Leopoldo dice que pinta mal, no es un buen momento para estar detenido. Me ha dado un nombre. –Le pasó el papel donde había escrito el nombre y una dirección–. Es el responsable y el que firma todo lo que pasa allí. Es difícil acceder a él, pero no a su secretario. Me dice Leopoldo que es mejor ganárselo a él antes que a su superior, que firmará todo lo que su secretario le presente. Estos segundones suelen ser más sobornables. Ahí es donde tienes que dirigir tus esfuerzos. ¿Posees algo valioso con lo que negociar?

Charito pensó enseguida en el colgante de esmeralda que le había regalado Gutiérrez de Vilamatríu y asintió. Santiago apareció por la puerta de la cocina con una galleta en cada mano –mejor no saber cómo las había conseguido– y se sentó en el suelo, al lado de su madre.

–Puedes dar el nombre de mi amigo. Sobre todo, no vayas sola.

Charito y la señora Paquita llevaban toda la mañana esperando, sentadas en un banco al lado de la puerta del despacho de la persona a la que se suponía que tenían que sobornar, viendo entrar antes que ellas a un montón de personas que habían llegado más tarde y que salían del despacho bien llorando o bien con semblante esperanzado. Habían dado su nombre y habían dicho de parte de quién venían, y suponían que eso podría ayudarlas. A media mañana ya se habían dado cuenta de que las influencias iban a servir de poco. No había más remedio que cargarse de paciencia.

Casi se estaban durmiendo cuando por fin las hicieron pasar.

—¡Pero mira a quiénes tenemos aquí! ¡Pero si son mis dos putitas favoritas!

Bastante más gordo, con un bigote enorme y gestos un tanto exagerados, don Ramiro, el exrepresentante, las recibía desde su nuevo puesto conseguido a saber cómo. Se veía claramente que él no había pasado una mala guerra.

—Chicas, tenéis muy mal aspecto. Pero, Charito, quién te ha visto y quién te ve. Más bien diría que apenas se te ve. Y tú, Paquita, pero qué vieja estás.

La primera impresión de alivio y esperanza que habían tenido las dos mujeres al ver a ese viejo conocido se esfumó en ese par de frases.

—Estaría bien que nos trataras con un poco más de cariño, Ramirito, que tú y yo sabemos de dónde venimos —le dijo la señora Paquita en un tono irónico, acercándose a él con naturalidad.

—Quédate donde estás y trátame con respeto si no quieres que os eche ahora mismo. Este es un sitio oficial. Y ahora soy un hombre importante. —La ira le salía por los ojos, y respiraba deprisa y ruidosamente.

Don Ramiro miraba a Paquita fijamente y la cara le fue cambiando poco a poco. Por fin, la mujer bajó la vista y Ramiro volvió a su mesa con una sonrisa falsa y peligrosa. Cuando le habían dicho los nombres de las dos mujeres que solicitaban presentarse ante él se le había alegrado el día. Al hombre miserable que siempre había sido le apetecía humillarlas y dejar bien claro quién mandaba ahora.

De golpe, todos los recuerdos compartidos de juventud, las desdichas, las alegrías y los favores mutuos desaparecieron de su historia común. Sin darse cuenta, Paquita había abierto una caja de Pandora que Ramiro había intentado enterrar con mucho esfuerzo. Y de repente supo que se había convertido en una persona peligrosa para ella y empezó a imaginarse un futuro con más miedo del que ya había pasado.

Charito advirtió enseguida que tendrían que andar con pies de plomo. Intuyó que la larga espera no había sido casual y que había llegado la hora de pagar todo lo que Ramiro creía que le debían. Se jugaban mucho, y las cartas que les habían tocado eran muy malas. Tragó saliva.

—Con todo el respeto, don Ramiro, no hemos querido ofenderle. Sabemos que es una persona con influencias, y solo hemos venido a pedirle que interceda usted por la seguridad de mi marido.

Tanta humillación satisfacía enormemente a don Ramiro. Así era como tenían que ser las cosas. Y esa muchacha sabía cuál era su lugar. Charito le explicó su problema ahorrándose cualquier detalle que pudiera perjudicar a Tobías, pero Ramiro apenas la escuchaba. Cuando hubo terminado, se hizo un largo e incómodo silencio.

—Por qué tendría que ayudarte.

Charito habló de justicia, de familia, de la antigua amistad que los unía... Don Ramiro solo sentía el poder supurándole por los poros, y le encantaba.

—No, no. No me refiero a eso.

Charito bajó la cabeza y después de un momento de duda comprendió. Abrió el bolso, sacó la extraordinaria joya y se la ofreció. A don Ramiro le faltó tiempo para cogerla.

—Veo que empezamos a entendernos. ¡Ah! Qué recuerdos... —Miraba la pieza, la acariciaba casi con obscenidad—. Gutiérrez de Vilamatriu, supongo... Pobre hombre. ¿Sabes que lo mataste de pena antes de que empezara la guerra? Pero, en fin, eso que se ahorró.

Charito no lo sabía y le dolió.

—Bueno. Veremos qué se puede hacer.

Guardó descuidadamente la esmeralda en el cajón derecho de la mesa de su despacho. Luego se levantó e hizo un gesto con la mano como barriendo el espacio.

—Id a casa y confiad en Dios y en el Caudillo. Y tú, Paquita, querida, cuidado con lo que haces y con lo que dices, a ver si voy a tener que mandar a la Guardia Civil a tu casa. Y eso no me gustaría nada, querida, no me gustaría nada...

Oyeron los gritos mucho antes de que empezara a amanecer.

—Arriba, señoritos, que para unos cuantos se acabó la fiesta.

Todos sabían lo que eso significaba. Fueron saliendo de las celdas y colocándose muy juntos en fila, porque apenas cabían tampoco en los pasillos de las galerías.

—A ver... Manuel Gordillo, Luis García, Agustín Quintana...

Aunque solo llamaban a los de las galerías superiores, los condenados, todos debían estar presentes. Entre sollozos y maldiciones, los gritos de ánimo de los compañeros y amigos envolvían a los que iban a ser ajusticiados. Unos estaban resignados, otros se mostraban enfadados y combativos.

—Antonio López.

—¿López qué más?

—No me jodas. Antonio López Marín, coño.

El «No puede ser, si yo no he hecho nada» de uno se mezclaba con el suspiro de alivio y el «Gracias a Dios» del otro. Y continuaban llamando. La lista era larga: doce, quince, diecinueve condenados...

—Tobías Vila.

¿Cómo? Los compañeros de celda lo miraron. Eso no era usual, algo fallaba. ¿O es que a partir de ese momento estar en las galerías de abajo ya no significaba nada? La expresión de sorpresa con la que fueron despidiéndose de él —como si lo conocieran de toda la vida— se fue convirtiendo en duda y temor por la posibilidad de ser los siguientes. Cantón estaba especialmente afectado: se llevaban a lo más parecido a un amigo que había tenido en mucho tiempo.

—Esto no está bien, esto no está bien... —repetía mientras lo abrazaba.

Tobías estaba desconcertado. Vivía la situación como si la viera desde fuera, como si algo en su interior se hubiera desconectado. Completamente ausente, se colocó en la fila y siguió al de delante cuando los hicieron salir hasta el patio y subir al camión que los llevaría hasta el Camp de la Bota.

Veinte hombres completamente abatidos iban custodiados por otros cuatro que dominaban la situación armados hasta los dientes. Silencio pesado interrumpido con suspiros o sollozos. Últimos pensamientos lanzados al viento y dirigidos a los que más amaban: No me olvidéis, Te quiero más que a nada en el mundo, Lo que más lamento es no poder verte crecer... Junto con expresiones de desprecio: Así te pudras en el infierno, hijo de la gran puta, Te maldigo a ti y a toda tu familia... Por largo que fuera, el trayecto se les hizo demasiado corto para poder decir mentalmente a los suyos todo lo que hubieran deseado.

El camión se detuvo, y pudieron ver cómo llegaba otro detrás del que bajaron los quintos que iban a formar el piquete de ejecución. No traían mucha mejor cara que los condenados. La mayoría eran muchachos castigados a formar parte de esa barbaridad solo por no haber saludado a tiempo a algún superior o por ser más sensibles o más tímidos de lo normal. Estaban aterrorizados. Pocos eran los voluntarios, que aun así estaban molestos por haber tenido que madrugar más de la cuenta.

Los condenados fueron desalojados a empujones del camión. Algunos intentaban pasar ante sus verdugos cogiéndose de los hombros con camaradería y fingiendo una dignidad inexistente. No les des el gusto de verte derrotado, se decían. Alpargatas y zapatos de cordón se iban colocando en fila, hombro con hombro. Aperos de labranza sostenían a grandes carreras universitarias y libros de poesía apoyaban a perolas de cocido montañés. Los unían la lucha por una libertad definitivamente perdida y un destino común e inevitable.

Tobías sentía el cuerpo cien veces más pesado, las piernas de piedra, la cabeza a punto de estallar. Cuando le tocó el turno de bajar del vehículo, un rifle le impidió el paso.

—Tú te quedas.

Sin entender nada, volvió a sentarse despacio mientras veía las miradas de confusión, desprecio y resentimiento del resto de sus compañeros. No pudo evitar sentir alivio, pero también un poco de vergüenza que lo obligó a bajar la cabeza.

No quiso mirar, y a pesar de agazaparse en el asiento y taparse los oídos con las manos nada le impidió oír: «Carguen... Apunten... ¡Fuego!», algún grito de libertad, una terrible serie de explosiones y la voz de un oficial indignado que decía:

—Vaya mierda de ejecución, pandilla de nenazas. Está claro que si uno quiere un trabajo bien hecho, tiene que hacerlo uno mismo.

Mientras lo hacían bajar para obligarlo a ayudar a los enterradores a recoger los cadáveres y volver a cargarlos en el camión, Tobías vio cómo el sargento disfrutaba rematando al que se movía. La mayoría de los muchachos del pelotón lloraba. Se suponía que la guerra había terminado, pero lo que había venido después no era mucho mejor.

—A algún padrino debes de habérsela mamado, maricón de mierda. Anda, lárgate antes de que me arrepienta, la próxima vez no vas a tener tanta suerte, cabrón.

No tuvieron que decírselo dos veces. Tobías soltó inmediatamente los pies que cargaba y que le quemaban las manos y, sin saber en qué dirección hacerlo, echó a correr sabiendo que le iba la vida en ello. Detrás de él oía cómo los guardias se carcajeaban y lanzaban tiros al aire que le congelaban el alma.

Corrió y corrió más de lo que se creía capaz, hasta que en una esquina de algún lugar que desconocía se apoyó en una pared y empezó a vomitar una bilis amarga que le destrozaba la garganta mientras temblaba con un llanto furioso y silencioso, fruto del terror que acababa de experimentar.

Era un cuerpo en movimiento sin apenas voluntad. Algo en el fondo de su mente le decía que tenía que detenerse y reflexionar, pero no podía. Amanecía, y se alegró de volver a ver el sol. Caminó mucho hasta que llegó a la Barcelona por la que se movía habitualmente. Y su subconsciente hizo un gran esfuerzo para olvidar todos los rincones de la ciudad por los que había vagado durante esa mañana.

Charito se estaba acostumbrando a la espera. La angustia no desaparecía, pero podía dormir por las noches y había recuperado las ganas de comer y de jugar con su hijo. Magdalena se encargaba de cuidarla y de proporcionarle de vez en cuando algún capricho, algo de chocolate o de pan blanco que momentáneamente mitigaba su desesperación.

El niño estaba durmiendo la siesta y Charito vegetaba sobre la cama mirando el techo cuando unos fuertes golpes en la puerta la sacaron de su ensimismamiento.

—¡No hace falta llamar tan fuerte, que me vais a despertar al niño!

Molesta, fue a abrir la puerta. En el rellano, el vecino de arriba sujetaba por las axilas a un hombre destrozado que no conseguía mantenerse en pie.

De repente, el aire dejó de llegarle a los pulmones y las lágrimas se le agolparon en los ojos.

—Tobías...

El señor Manuel entró sin decir nada y ayudó a Tobías a llegar a la cama. Después puso una mano sobre el hombro de Charito, esbozó una sonrisa de esperanza y se fue cerrando despacio la puerta a sus espaldas. Charito le devolvió un débil «gracias» y se sentó al lado de su marido. Volvía a tenerlo en casa. Una sensación de seguridad que añoraba le invadió el cuerpo.

Con el terror en las entrañas y las piernas doloridas, Tobías se había pasado la mañana deambulando por la ciudad, pues tenía que asegurarse de que lo ocurrido no era una trampa. No entendía en absoluto por qué le habían dejado marchar, por qué solo a él y por qué de aquella manera que sobrepasaba la crueldad. Nunca supo, ni él ni nadie, que don Ramiro había escrito formalmente en la orden que pasó a firma: «Que jueguen con él un rato y después lo suelten». Era su forma de vengarse de quien le había quitado de las manos su última gran inversión, la que debería haber sido su fuente de ingresos más segura en los siguientes años.

Tobías tenía miedo de que lo siguieran, de que alguno de los suyos pagara las consecuencias o hubiera algún tipo de represalia. No se acercó a su casa hasta que no estuvo seguro de que no había peligro. Cuando llegó estaba al borde del desmayo, fue una suerte encontrarse con el vecino en la portería.

La ilusión y los sueños regresaron de repente a la cabeza de Charito ante aquel cuerpo flaco, sucio y dormido que respiraba desordenadamente sobre su cama. Ahora las cosas iban a cambiar de verdad. Tobías volvía a ser el cabeza de familia. Ella podría, por fin, volver a plantearse su carrera. Las cosas irían bien, se cambiarían de casa, recuperarían su vida. Imaginando su cuento de la lechera, Charito fue a por agua para lavarlo. Se sentía protectora. Su hombre había vuelto. Le quitó la ropa y siguió soñando.

Pero sus planes tendrían que posponerse otra vez. Ella aún no lo sabía, pero volvía a estar embarazada.

Tercera parte
(1940–1953)

28

El miedo, el hambre y todo lo que perder una guerra significaba no habían permitido que Charito se diera cuenta de su estado hasta que ya estaba de casi cuatro meses. Hacía algún tiempo que no se encontraba bien, pero, dadas las circunstancias, cualquier cosa podía ser la causa. Se levantaba muy mareada y todo lo que comía se le revolvía en el estómago.

«Llevas una niña», le decían las vecinas más experimentadas, y le hablaban de cuando ellas esperaban a su Teresita o a su Enriqueta y de lo mal que se encontraron durante la gestación. Un bebé siempre era una buena noticia y un acontecimiento en el patio, aunque a ella no la ilusionaba en absoluto.

Charito tuvo que guardar reposo y aprovechó para aprender a tejer y a bordar bajo la supervisión de la señora Paquita, que estaba ilusionada con la llegada del pequeño. Ella y Hortensia no llegaron a instalarse otra vez en el piso, pero pasaban la mayor parte del tiempo allí. Hacían mucha falta en esa casa. Alguien tenía que ocuparse de Santiago y de que todo funcionara correctamente. Encerrada en sus propios problemas, que por supuesto para ella eran mucho más absorbentes e importantes que los de los demás, Charito no se dio cuenta de que el humor y el ánimo de la señora Paquita eran cada vez más oscuros. Cuando la veía un poco más ensimismada o torpe de lo normal, lo atribuía a la edad. Se nos está haciendo vieja la pobre, pensaba.

La embarazada tejía patucos blancos que adornaría después con cinta rosa o azul celeste, según decidiera nacer el chiquitín, y se dejaba mimar, cada vez más gorda. Su ánimo era como una montaña rusa llena de desniveles acentuadísimos.

Había días en que su única preocupación era su familia, y entonces se dedicaba a cuidar su embarazo y a consentir a su hijo y a su marido. Después de lo que habían pasado, sentía que algo había cambiado dentro de ella y quería celebrar la vida por encima de todo. Apenas tenían para comer, no podían permitirse ningún lujo, fuera solo había tristeza y miedo, pero ellos estaban vivos, sanos y juntos. Era feliz.

Sin embargo, otros días se sentía la mujer más desdichada de la Tierra. No solo no tenían nada que comer ni podían permitirse el más mínimo lujo, sino que además fuera solo había tristeza y miedo, y aunque estuvieran vivos y juntos su vida no tenía ningún sentido. Y encima estaba embarazada. Esos días exigía que todo el mundo estuviera pendiente de ella y gritaba y lloraba continuamente. Tampoco le había pedido tanto a la vida. Ella solo quería cantar. No se podía ser más desgraciado.

Convivir con Charito nunca había sido fácil, pero todos a su alrededor recordarían ese embarazo como algo especialmente complicado. «¿Cómo nos hemos levantado hoy?» era la pregunta que se hacían más a menudo entre ellos. Magdalena solo entraba de visita si la respuesta era positiva.

Tobías había recuperado el color pero seguía igual de flaco. Las pesadillas no le permitían descansar bien, aunque la noticia de que la familia iba a crecer le había despertado un sentimiento protector que le ayudaba a levantarse cada mañana y salir en busca de algo que pudiera parecer una posibilidad de futuro.

Por supuesto, su orgullo –mal entendido desde el punto de vista de Charito, que no se cansaba de echárselo en cara– no le había permitido ir a Madrid a examinarse, así que su formación y experiencia laboral ahora no servían de gran cosa. Pero no era solo una cuestión de orgullo: el miedo también jugaba su papel, y Tobías lo tenía enquistado bajo la piel.

–Mira, ahora soy sospechoso de cualquier cosa. ¿Qué posibilidades crees que tengo en Madrid? En cuanto lean mi expediente, suerte tendré si no me vuelven a encerrar.

No podía hacer grandes esfuerzos físicos, su pulmón se negaba a recuperarse del todo y ya empezaba a temerse que fuera incurable. Aun así, no dejó de fumar los picadillos que conseguía sacar de las colillas que encontraba y que eran lo único que se podía permitir. De cuando en cuando Magdalena le regalaba un paquete de cigarrillos que él conservaba como un tesoro, pero como era una mujer inteligente y conocía la mente masculina sabía que para su vecino era menos humillante deshacer las colillas que ella le apartaba que dejarse pagar el vicio por una mujer, y por eso siempre se dejaba los cigarrillos a medias. Tobías se lo agradecía en silencio.

Soledad nació para alegrarles la vida una fría noche de febrero de 1940. A diferencia del embarazo, el parto fue sencillo y rápido y Charito se encontraba perfectamente para recibir a su gente, esta vez en un hospital, entusiasmada por ser la protagonista del día. Estaba dolorida pero contenta.

—¡Pero qué preciosidad de bebé!

Magdalena había entrado despacio y de puntillas para no molestar en la habitación que Charito compartía con otras dos mamás. Pero ahora tenía a la niña en brazos y, encaprichada con ella, la acunaba como si fuera suya.

—Quiero ser su madrina —dijo Magda mirando a sus padres—. ¿Verdad, pequeña? Que sí, que a ti no te va a faltar de nada. Que tu tía Magda se va a encargar de todo. ¿A que sí? ¡Pero qué bonita eres! Sí, señor, muy bonita. Y te vas a llamar Soledad, igual que mi difunta madre, que en gloria esté. ¿Verdad, Solita, que vamos a ser muy buenas amigas?

Charito y Tobías se miraron divertidos. ¿Solita? Los dos se encogieron de hombros al mismo tiempo. Estaban de acuerdo en que no podían encontrar madrina mejor para la niña.

—Toda tuya, Magdalena.

La mujer estaba feliz. Paseaba arriba y abajo con la criatura en brazos, sin poder quitarle los ojos de encima. No la soltó hasta que la enfermera la cogió de entre sus brazos para que Charito le diera de mamar.

Mientras volvía a casa, Magdalena imaginaba en qué colegio estudiaría, dónde haría la primera comunión y dónde le compraría el vestido, cómo debería ser el hombre con quien se casara, cuántos hijos tendría y cómo se llamarían. Acababan de regalarle una ilusión que podía cambiar totalmente la vida que llevaba hasta entonces y que ya empezaba a aburrirle un poco. Levantó los ojos hacia el cielo para dar las gracias por haberle colocado a esa familia en la puerta de al lado y prometió encargarse aún más de ella.

La señora Paquita no podía quitarse de la cabeza la conversación con don Ramiro. La semilla del temor ya estaba plantada. La pobre mujer veía fantasmas por todas partes y creía que últimamente pasaban cosas muy extrañas en su casa. A menudo se presentaban tipos de aspecto dudoso y que daban a entender que sabían que en su casa podrían conseguir favores extraordinarios a muy buen precio. Ella los echaba indignada diciéndoles a gritos que estaban equivocados, que aquella era una casa decente y que no volvieran por allí, pero las amenazas que recibía de esos hombres no la dejaban dormir. Empezaba a sospechar que todas esas chicas que llegaban a la pensión recomendadas por no sabía quién y que se quedaban poco tiempo eran algo más que muchachas inocentes recién llegadas a la ciudad para buscarse una manera de ganarse la vida. El ambiente de la pensión estaba enrarecido, y a la señora Paquita le traía recuerdos de viejos tiempos de los que no le gustaba acordarse en absoluto.

Pero cuando recibió la visita de un elemento con muy mala pinta que le dijo que no era bueno hacer enfadar a quien ya sabía, la señora Paquita empezó a tener pesadillas incluso despierta y su vida se convirtió en un auténtico infierno. Adelgazó aún más y le salieron unas profundas ojeras que ya no la abandonarían nunca. Comenzó por no querer salir a la calle, y poco a poco, viendo todo lo que pasaba a su alrededor, acabó por no salir siquiera de su habitación.

A Hortensia se le acumulaba el trabajo y no tenía tiempo para tantas preocupaciones, así que le abría la puerta a todo el que quisiera entrar. Aceptaba sin preguntar el dinero que las chicas le daban después de cada visita y llevaba las cuentas lo mejor que sabía. Pronto vio que la nueva actividad de la pensión daba mucho beneficio y empezó a sacarle provecho personal a base de pequeñas sisas. La señora Paquita no se metía en nada, estaba completamente hundida en su pozo particular. A pesar de lo mucho que habían pasado y superado juntas, la señora Paquita tenía más miedo que nunca y dedicaba sus días a rezar y a recoger hermosos recuerdos de los rincones más remotos de su memoria. No quería ver a nadie, ni oír a nadie. Daba la sensación de que iba directa hacia la locura. La puerta de su habitación solo se abría para dejar entrar la comida y dejar salir el orinal, y Hortensia se cuidaba mucho de simular sumisión y prudencia para hacerle creer que todo iba bien. Era una mujer agradecida y, en el fondo, quería a su señora. No pretendía ocultarle nada, pero la veía frágil y perdida y creía realmente que fingiendo normalidad estaba haciendo lo que debía.

La temerosa muchacha acabó transformándose en la dueña de la casa y del floreciente burdel en que esta se estaba convirtiendo. Empezó a vestirse de otra manera, e incluso se atrevió con el maquillaje y los zapatos de tacones cada vez más altos. Aunque en su interior siempre sería la pobre Hortensia, este nuevo papel que le había otorgado la vida le resultaba divertido y se adaptó perfectamente.

Durante mucho tiempo, nadie pareció darse cuenta de lo que ocurría en la casa de la calle Roser.

Charito estaba muy ocupada. Su vida se había convertido en un derroche de imaginación constante para poder sacar adelante a dos niños y una casa en la que apenas entraba nada. Con lo poco que traía Tobías, debía hacer malabarismos para terminar el día sin que nadie se quejara de hambre, frío o aburrimiento. Después de renunciar definitivamente a sus sueños, se obligó a adaptarse a lo que el destino le ofrecía, y no resultó ser tan terrible como había pensado. Tenía la sensación de ser útil y, mirando a su alrededor, mucho más afortunada que la mayoría. Terminaba la jornada completamente derrotada, sin ganas de seguir soñando.

Tobías, mientras tanto, dedicaba el día a buscar. Buscaba trabajo, comida, amigos, conocidos, antiguas influencias... Unos le presentaban a otros, le daban recomendaciones, lo enviaban a zonas de la ciudad que ni siquiera conocía, y poco a poco empezó a tejer una buena red de contactos con la que logró conseguir información privilegiada.

Sabía de alguien que, a cambio de media docena de monedas de plata, de aquellas que había estado guardando durante la guerra, le daba un par de latas de leche condensada —así había cambiado el valor de las cosas—; una la guardaba para los niños y la otra la llevaba a la otra punta de la ciudad para cambiarla por tres paquetes de tabaco sin boquilla. Luego repartía los cigarrillos de dos de ellos a cambio de algunas patatas, una cebolla, un saco de garbanzos, un trozo de panceta o un buen consejo. El otro paquete se lo quedaba para él y para compartirlo con Magdalena, su gran cómplice de informaciones. Fulanito le podía conseguir una docena de huevos y menganito necesitaba un juego de café para el cumpleaños de su esposa, y a cambio le daba un par de braseros e influencia para conseguir carbón. Tobías dedicaba el día a ir de un lado a otro de Barcelona recogiendo y dejando cosas, sisando de donde podía y reservando parte de lo que trapicheaba para casa. A mediodía volvía justo a tiempo para ayudar con la comida de los niños, siempre con alguna sorpresita en los bolsillos. En el macuto llevaba las cuatro cosas que había conseguido y otra lata de leche condensada que había cambiado por la mitad de los huevos o por medio kilo de harina, y con la que volvería a empezar la peregrinación por la tarde.

Pensaba muy a menudo en su amigo Cantón. Lo echaba de menos. Aunque breve, la suya había sido una relación muy intensa. Y no sabía cómo hacerle llegar la noticia de que estaba bien. Temía que si se acercaba a la Modelo alguien pudiera reconocerlo y alguno de los dos acabara sufriendo represalias. Seguía sin entender lo que le había pasado, pero no tenía intención de averiguar más. Después de darle muchas vueltas, se le ocurrió enviarle una carta llena de historias insustanciales de gente desconocida en la que al final le hablaba de lo bien que estaba su perro Toby, de cómo había vuelto a casa después de darlo por perdido y de que le estaba esperando con impaciencia. Confiaba en que Cantón supiera leer entre líneas. Quizá no era necesario ser tan precavido, pero Tobías ya no se fiaba de nadie y cualquier precaución le parecía poca.

Aunque no tenía estudios, Cantón era un hombre muy listo y en cuanto le leyeron la carta supo que todo estaba bien. Tuvo que disimular mucho para no exteriorizar la enorme alegría que le supuso la noticia, porque allí la alegría no era un sentimiento muy bien visto. La vida cotidiana en prisión apenas había cambiado: todos los días llegaban nuevos desgraciados que no entendían nada, y de las galerías altas salían otros a los que no volvían a ver.

Cantón utilizó sus recursos para hacerle llegar a Tobías unas líneas en las que le contaba cuáles eran las vías seguras de contacto, y a partir de entonces se creó entre ellos una relación epistolar que, para desgracia de Cantón, duró varios años, los suficientes como para darle tiempo de aprender a leer y a escribir. De cuando en cuando Tobías le mandaba unos cigarrillos o comida, y más adelante libros sencillos. Cantón le contaba sueños e ilusiones, le hablaba de recuerdos y de gente conocida, lo puso en contacto con personas y con lugares; su mundo resultó ser muy interesante, sorprendente e incluso, a veces, peligroso. El preso empezó a vivir una nueva vida a través de la de su amigo, y este se abrió camino en un entorno que jamás habría imaginado frecuentar.

—Pero, señora Paquita, por Dios, que casi no se puede ni respirar.

Hortensia, preocupada, había ido a buscar a Charito y ahora miraba desde la puerta cómo hacía lo que ella no se había atrevido a hacer, porque cada vez que intentaba cruzar el umbral una zapatilla y una retahíla de palabras soeces le caían encima.

Charito abrió las cortinas para que la luz entrara en la habitación y la ventana para ventilar el ambiente, que olía a largo encierro. El movimiento levantó una gran cantidad de polvo aletargado que jugó por el camino luminoso que entraba desde la calle, dando a la estancia un aire decadente pero muy romántico; Charito imaginó a Violeta en su lecho de muerte cantándole a su amado Alfredo antes de expirar. Soltó un suspiro y se dio la vuelta con decisión para quitarse de la cabeza esa *Traviata* que nunca cantaría en el Liceo.

—Vamos a ver, señora Paquita. ¿Por qué no quiere levantarse? Con el bonito día que hace hoy, y con la falta que nos hace a todos.

Charito se sentó en el borde de la cama, le tomó una mano y la acarició con dulzura. La señora Paquita se acurrucaba bajo la colcha de ganchillo que había heredado de su madre. Llevaba tanto tiempo a oscuras que apenas podía abrir los ojos.

—¡Virgen santa! Pero ¿cuánto tiempo hace que no toma un baño? ¡Hortensia! Haz el favor de poner agua a calentar, que vamos a tener que dejar a esta mujer un buen rato en remojo.

Frente al carácter y la determinación de Charito la señora Paquita se sabía derrotada, y aunque lo que realmente quería era que la dejaran en paz, no opuso resistencia. Aquella mujerona oronda y dicharachera que había recibido a las hermanas el día que llegaron a la ciudad se había convertido en un trozo de carne arrugada y encogida, con el pelo pegado a la cabeza como si se lo hubieran pintado y sin ninguna expresión en los ojos.

Sentada en su sillón delante del ventanal del salón de su casa, recién peinada y con ropa limpia, la señora Paquita observaba a su alrededor. Habían cambiado muchas cosas en poco tiempo. Echaba en falta algún mueble y le sobraban varios cuadros recargados y chillones. Un par de chicas pasaron a su lado sorprendidas y cuchicheando porque no sabían quién era esa vieja señora, no la habían visto nunca y no entendían qué estaba haciendo allí.

—¿Y vosotras qué miráis? —dijo Charito, que empezaba a sospechar lo que estaba ocurriendo.

Le lanzó una mirada a Hortensia, que también le parecía muy cambiada —«Caramba, cómo ha mejorado esta chica»—, y esta se encogió de hombros y agachó la cabeza.

—Un poco más de respeto por la dueña de la casa.

Hortensia aprovechó que tenía a su señora distraída para cambiar las sábanas y limpiar la habitación. Mientras, Charito le hacía la manicura, le hablaba de los niños, de Tobías y de los últimos chismes del barrio. De repente se acordó.

—Hemos recibido carta de Remedios. Si quiere, la leemos juntas.

Le pareció advertir cierto brillo en los ojos de la señora Paquita y un intento de sonrisa mientras asentía con la cabeza. Sacó el sobre del bolso, lo abrió, le colocó bien la manta que le cubría las piernas a la mujer y empezó a leer:

Córdoba, 28 de noviembre de 1941

Queridos hermanos Charito y Tobías:

Ahora que parece que las cosas se han calmado un poco, os escribo para que no os preocupéis por nosotros y para deciros que estamos bien de salud y que rezamos cada día para que vosotros también lo estéis.

Enrique ha puesto otra vez en marcha la imprenta. Doña Angustias tiene muchos contactos, y gracias a Dios no le falta trabajo. Hasta ha cogido un muchacho del barrio como aprendiz y entre los dos sacan adelante el negocio. Están muy ilusionados con algunos encargos, y dentro de poco saldrán de la imprenta los primeros calendarios con motivos religiosos que se colgarán en todas nuestras escuelas.

¿Cómo está el pequeño Santiago?

Nuestra hija Natalia va creciendo sana y hermosa. La madre de Enrique empieza a estar delicada, pero cuida de ella con dedicación y así yo puedo ocuparme mejor de todo lo demás. Afortunadamente, cuando volvimos del pueblo encontramos la casa en buenas condiciones, y con un poco de cariño la hemos vuelto a convertir en un hogar. De momento no hemos ampliado la familia, Dios no ha querido concedernos aún la dicha de poder darle un hermanito a Natalia, pero no perdemos la esperanza.

Charito, me encantaría veros algún día por aquí. La casa es grande y hay sitio de sobra para todos. ¡Me gustaría tanto que los niños se conocieran y pudieran jugar juntos!

¿Cómo está la señora Paquita? Dile que también la espero a ella, que mi casa estará siempre abierta para todos los que quiero y que a ella la considero una madre.

Ahora os tengo que dejar, que doña Angustias es muy estricta con los horarios y aún me queda trabajo que hacer. Pero quiero que sepáis lo mucho que os echamos de menos y que deseamos con todas nuestras fuerzas poderos dar un abrazo muy grande.

Vuestra hermana Remedios

Junto con la carta había una fotografía en la que se veía a toda la familia posando delante de la casa. Era una construcción muy parecida a aquella en la que habían vivido en Algeciras: tenía varias plantas con grandes ventanales y un local debajo donde Charito supuso que estaba la imprenta; la fachada no era tan bonita, pero la gran cantidad de geranios que colgaban de los balcones la hacían hermosa. Charito se fijó especialmente en la figura de doña Angustias, toda vestida de negro y con cara de pocos amigos. La niña estaba más que lozana. Remedios y su marido también habían engordado. Era evidente que no les faltaba de nada, y no pudo evitar volver a comparar mientras algo se le removía otra vez en las tripas. Hacía tiempo que no sabían nada la una de la otra y de repente cayó en que no le había contado que tenía otro hijo. Una pequeña sombra de culpabilidad le pasó por encima de la cabeza. Pero no tardó en esfumarse. Ya le escribiré cuando tenga un momento, pensó.

A la señora Paquita, sin embargo, le volvió el color a la cara. La imagen de su niña sana y feliz le devolvió la esperanza, y las palabras que le había dedicado en la carta empezaron a crearle la ilusión de poder reunirse con ella. Quizá cuando recuperara un poco las fuerzas podría planear el viaje. Quizá, durante una temporadita, podría olvidar su oscuro mundo. Necesitaba algo que le diera motivos para seguir viviendo, y esas breves líneas fueron la medicina perfecta.

29

El cuarto de baño y el dormitorio principal eran las dos habitaciones más grandes del piso. No tenía mucha lógica, pero así era. Además, el baño era la única estancia donde daba el sol por la mañana, el único lugar de la casa donde entraba alegría natural.

Charito se arreglaba todos los días delante del espejo mientras tarareaba los últimos éxitos que sonaban por la radio. El niño había empezado el colegio ese año, Tobías salía temprano por la mañana y no volvía hasta la hora de comer, ella acababa de dar de mamar a Solita y la pequeña dormía plácidamente, satisfecha.

Durante esos momentos de paz, a Charito le gustaba darse la vuelta y mirarse en el espejo de cuerpo entero del armario de la ropa blanca que habían instalado en el cuarto de baño. Y entonces, envolviéndose con una sábana de las que allí guardaba, enrollada sobre su cuerpo como si de un marabú se tratara, se ofrecía a sí misma una actuación de lo más inspirada. Su cuerpo ya no era el de antes, pero seguía siendo hermoso. Miraba sus pechos llenos de leche y le parecían más voluminosos que nunca. Toda ella era voluptuosidad, y con la sábana alrededor de su cuerpo parecía una de las tres gracias de Rubens. Pero su voz no había cambiado en absoluto. Más bien al contrario, la maternidad le había añadido un punto de madurez que la hacía aún más cálida y serena. Saber que nadie la escuchaba le daba valentía y se atrevía a experimentar. A veces su garganta producía unos sonidos asombrosos que llegaban a sorprenderla y versionaba admirablemente canciones populares. ¡Qué gran cantante se ha perdido el mundo!, se decía.

Se imaginaba junto a su maestro pianista acompañante, delante de un auditorio entregado que la aplaudía con entusiasmo cuando acababa cada canción. Ella saludaba elegantemente después de haberles ofrecido una gloriosa *La hija de don Juan Alba,* el último éxito de Gracia de Triana. Y mientras saludaba, el pianista la acompañaba con la repetición de los últimos compases en la coreografía de su generoso saludo. El reflejo del sol en el espejo se convertía en un foco que la iluminaba desde el anfiteatro. Era una gran estrella y sabía comportarse como tal.

Se miró en el espejo después de hacer una gran reverencia y todo el encantamiento se desvaneció. De repente, la imagen que le devolvía el espejo dejó de ser la de la gran Charito de la Torre y el escenario fue de nuevo un cuarto de baño mal iluminado con más de una baldosa descascarillada. Durante unos segundos no se movió. Suspiró resignada. En ese momento se dio cuenta de que la música del piano que la había acompañado no era una ilusión. Seguía oyéndola. Un repentino ataque de vergüenza la obligó a darse la vuelta y a esconder la sábana a la espalda, como si alguien pudiera estar observándola. Y entonces la música dejó de sonar.

Charito se acercó rápidamente a la ventana y la cerró de golpe. Sentía cómo el corazón le palpitaba con fuerza, pero sus labios dibujaron lentamente una sonrisa. Sí, alguien la escuchaba. Alguien a quien no conocía se había introducido con sigilo y sin permiso en su fantasía y compartía con ella esos momentos de intimidad.

Durante el día entero estuvo pensando en lo que había pasado. No le dijo nada a nadie, pero a la mañana siguiente volvió a su escenario particular, abrió un poco la ventana y volvió a cantar la misma canción delante del espejo. Al principio con precaución, y poco a poco con creciente intensidad. Hacia la mitad de la canción, un piano empezó a acompañarla suavemente.

Cuando terminaron, se hizo un silencio profundo. Incluso las radios de las vecinas, que en el patio sonaban cargadas de eco, habían sido apagadas. Charito tuvo la sensación de haber hecho algo hermoso y quiso continuar. Entonces lo intentó con *Perfidia.*

315

«Mujer...» Alargó la nota esperando una respuesta. Después de algunos segundos, continuó: «Si puedes tú con Dios hablar...» Unas primeras notas tímidas parecían estar de acuerdo con la elección del tema. «Pregúntale si yo alguna vez...» Poco a poco las notas se volvieron más valientes y la alzaron en volandas para llevarla donde ella quería. «Te he dejado de adorar...»

El piano sonaba en el tono perfecto. Charito estaba loca de contenta. Durante unos minutos todo a su alrededor desapareció y solo existían la música y ella en un escenario maravilloso, ante un público rendido a sus pies.

Cuando acabó la canción, el espacio se llenó de aplausos imaginarios.

Se acercó a la ventana, la cerró despacio, con cuidado de no hacer ruido, y con los ojos cerrados apoyó la frente en el marco y sonrió.

Cada día, en cuanto se quedaba sola después de dejar a la niña durmiendo, Charito se peinaba y vestía para la ocasión, se maquillaba primorosamente, se ponía un par de gotas de perfume, se calzaba sus mejores zapatos de tacón, ya un poco rozados pero bastante dignos gracias a capas y más capas de betún frotadas con brío, y acudía a su cita delante del espejo del armario de la ropa blanca del cuarto de baño.

Después de *Perfidia* vinieron *Ojos verdes, Suspiros de España, Tatuaje, Solamente una vez, Amapola...* Se atrevieron incluso con algún clásico americano que Charito se esforzaba en pronunciar correctamente aun sin saber lo que decía. Todas las canciones de moda que en ese momento se oían en la radio, los salones de baile y las casas de los pocos afortunados que podían permitirse un tocadiscos, sonaban en manos de esa extraña pareja tan refinadas y elegantes que el vecindario prefería apagar los receptores y escuchar sus versiones antes que las originales, cargadas de ruidos y publicidad.

Cantante y pianista se entendían bien, respetaban los momentos solistas de cada uno y se potenciaban el uno al otro en un concierto que hasta la mejor sala de fiestas hubiera envidiado. Resultaba asombroso el grado de complicidad y conocimiento mutuo que llegaron a establecer.

Daba igual que lloviera, hiciera frío o calor. Siempre que Charito estaba sola, se arreglaba adecuadamente, abría la ventana y se ponía a cantar frente al espejo. Apenas unos minutos después, el piano empezaba a acompañarla. A veces era ella la que escogía un tema nuevo que iban mejorando durante los siguientes días. Otras veces el piano le proponía una melodía y ella intentaba tararearla hasta que encontraba la partitura en la tienda de música que había junto al palacio de la Virreina, o bien se la aprendía oyéndola por la radio. Ella le proponía variaciones, y él las aceptaba y las mejoraba o las rechazaba con un desagradable golpe en el teclado. Unas veces se despedían con una hermosa canción de amor americana, y otras acababan enfadados porque no se habían puesto de acuerdo en un arreglo o un final.

Después de cada sesión, cansada y satisfecha, Charito cerraba la ventana del cuarto de baño y el mundo volvía a girar como de costumbre. Aunque parecía que nada había pasado, una pequeña comunidad de vecinos privilegiada era un poco más feliz.

Charito se levantaba con una sonrisa en los labios y se enfrentaba a su rutina como si esperara que algo extraordinario fuera a sorprenderla a la vuelta de la esquina. A Tobías le gustaba verla así, era como un buen presagio. Volvía a mostrarse cariñosa como hacía tiempo y se dedicaba a los niños con alegría. Toda la casa rebosaba buen humor.

Por el barrio ya corrían comentarios y sospechas sobre la música que les adornaba la mañana, pero ella no quiso decir nada a nadie. Se guardaba su romance platónico, disfrutando del secreto más que si fuera real. De hecho, cuando compartía un momento de intimidad con Tobías, su imaginación volaba y con los ojos cerrados creaba lugares exóticos donde se imaginaba en compañía de un hombre alto, de tez joven y morena, que iba tomando forma dentro de su cabeza. En ningún momento se le ocurrió pensar que tanta sensibilidad pudiera salir de unas manos femeninas, o que fuera la experiencia de un anciano o la inconsciencia de un adolescente la que le provocaba esos sentimientos tan profundos. Los largos dedos que se deslizaban con suavidad sobre el teclado del piano eran los mismos que recorrían su cuerpo y envolvían su alma, y pertenecerían a alguien muy parecido a cualquiera de los galanes del celuloide a los que Charito adoraba.

Tobías, inconsciente de lo que pasaba por la imaginación de su esposa, la recibía encantado. Ella estaba más cariñosa que nunca y él añoraba desde hacía tiempo sus caricias y sus besos. Jamás se le pasó por la mente que no estuvieran destinados a él, y Charito había tomado la precaución de no idear un nombre para su joven enamorado y evitar así correr el riesgo de cometer un error.

Fue una época dulce para la familia. Tobías creía haber recuperado a su mujer y Charito vivía una apasionante historia de amor con alguien a quien no había visto nunca. Los dos fueron construyendo su felicidad sobre esos cimientos tan vulnerables, sin compartir apenas más que un lecho, un techo y un par de chiquillos. Pero era una felicidad llena de mentiras.

Por eso, cuando en la primavera de 1942 llegó la carta de Remedios, Tobías tuvo un momento de desasosiego pensando en que la buena época que vivían estaba a punto de sufrir una importante contrariedad, como pasaba siempre que llegaban noticias de Córdoba.

Remedios les contaba que la desgracia se había adueñado de su casa. La pobre doña Angustias había fallecido tras varias semanas de agonía, para desespero de Enrique, que no acababa de recuperarse de tan terrible pérdida. Rezaban por ella y por su alma y les pedía que ellos hicieran lo mismo.

Remedios no podía evitar el cargo de conciencia que le provocaba no estar tan triste como debiera. La mala bruja, descanse en paz, creyendo que ella era poco para su hijo, se había

318

dedicado a hacerle la vida imposible desde el mismo momento en que llegó a Córdoba. La provocaba y la reñía en público injustificadamente, la ponía en contra de su marido a base de mentiras y procuraba minar el cariño de su hija con caprichos y desautorizaciones, de modo que la niña prefería estar con su abuela antes que con su madre. Remedios nunca le deseó ningún mal, pero se alegraba de haber soltado ese lastre. Esos pensamientos se los guardaba para sí misma, y pedía perdón por ello cada día.

«Gracias a Dios, la señora Paquita está aquí, y nos ayuda mucho con su presencia y su consuelo.»

La buena mujer, lejos de advertencias y amenazas, había recuperado algo de salud y se sentía necesaria en esa casa. Era ella quien cuidaba ahora de la niña, y ayudaba mucho más que la pobre difunta, «que en gloria esté». Tanto Remedios como la señora Paquita estaban encantadas de volver a estar juntas, por lo que habían decidido, confiaba en que lo entendieran, que no iba a regresar por el momento.

Les comunicaba que estaban bien de salud y esperaba que a ellos les pasara lo mismo. «Tengo muchas ganas de abrazaros. Sobre todo a los niños, que deben de haber cambiado mucho. Verlos crecer es una bendición de Dios.»

Sorprendentemente, Charito se alegró por ambas y no tardó en contestarles dándoles el pésame y deseándoles que recuperaran pronto el ánimo. No descartaba ir a visitarlas el próximo verano con los niños, y confiaba en que los nuevos aires ayudaran a la recuperación de la señora Paquita.

Al volver de echar la carta al buzón, pasó por delante de una floristería y, sin pensárselo, entró y compró una jardinera con cuatro esquejes de geranios que colgó de la ventana del cuarto de baño en cuanto llegó a casa. Después se giró hacia el espejo y empezó a cantar. Apenas unos minutos después, cuatro tímidas notas empezaron a acompañarla, intensificándose poco a poco hasta envolverla en un abrazo apasionado.

30

Tobías salía de casa por las mañanas lleno de energía. Con la ayuda de los parientes de Cantón había aprendido a valerse del ingenio y el talento para conseguir cualquier cosa en cualquier momento, pero también había desarrollado una gran picardía que a veces rozaba con descaro la ilegalidad. Se sorprendía a sí mismo haciendo cosas que jamás hubiera imaginado. Le enseñaron a conectar la luz de su casa a los cables eléctricos de la toma principal de la calle. También a mezclar yerba seca con la picadura de tabaco, de ese modo podía sacar mucho más partido a los cigarrillos que conseguía; tenían un sabor extraño, pero nadie se había quejado hasta el momento. Aprendió a hacer pequeños sobornos y grandes promesas difíciles de cumplir, de las cuales no se sentía especialmente orgulloso pero que le proporcionaban oportunidades únicas. Un día pedía prestado carro y caballo para ir a El Prat y recoger varios sacos de patatas que luego vendía en la ciudad. Otro día se ponía su mejor traje, el único que tenía en realidad, para visitar a algún amigo de Magdalena que quería comprar un buen licor o puros habanos de contrabando.

Poco a poco, el trapicheo en especie fue dando paso al intercambio en moneda de curso legal y Tobías fue convirtiéndose en un comerciante experimentado, con contactos por toda la ciudad e infinitos recursos. Aunque alguna vez le propusieron asuntos de más importancia, nunca quiso pasar de los negocios de poca monta. Todo parecía ir bien, y estaba convencido de que, si las cosas seguían así, era cuestión de tiempo que la fortuna lo visitara.

Y ese día llegó.

Iba camino de casa de uno de los amigos de Magdalena, un tal Leopoldo no sé qué, que tenía algo valioso, aunque de dudosa procedencia, que quería vender y no podía hacerlo por las vías habituales. Tobías no sabía, ni llegó a saberlo nunca, que era el mismo Leopoldo que había ayudado a localizarlo cuando lo habían detenido y que había intercedido por él para conseguir su puesta en libertad. «Tú habla con él, que seguro que os entendéis», le había dicho Magda.

El hombre vivía en la parte alta de la ciudad, demasiado lejos para ir andando. Tobías se había vestido para la ocasión y no quería ensuciarse los zapatos recién lustrados, así que decidió tomar el tranvía. Pagó su billete y se sentó en el banco de madera más cercano a la puerta de salida. Jugando distraído con el billete, se dio cuenta de que llevaba un número especialmente bonito: cinco cincos. A modo de talismán, se lo guardó en la cartera. Hoy va a ser un gran día, pensó.

Cuando llegó a la magnífica mansión, se sentía tan optimista que decidió no entrar por la puerta de servicio. Se dirigió a la entrada principal y llamó al timbre. Enseguida le abrió el mayordomo.

—¿En qué puedo servirle?

—Soy Tobías Vila, vengo de parte de la señora Magdalena Dampier.

—Un momento, por favor.

Dio la casualidad de que ese día el señor de la casa había reunido a un grupo de amigos en una pequeña fiesta improvisada y en ese instante disfrutaban de una copa de buen coñac francés en el salón. Unos minutos más tarde, el mismo Leopoldo fue a recibirlo. El nombre del nuevo invitado le resultaba muy familiar pero, por suerte para Tobías, no lo asoció con nada relacionado con detenciones, cárceles y favores especiales a amigas de confianza. Dio por supuesto que habían sido presentados, aunque no conseguía recordarlo, y como era un hombre de educación exquisita prefirió agasajar al desconocido antes que quedar mal.

—Tobías, cuánto tiempo sin verte. Los amigos de Magdalena siempre son bienvenidos en mi casa. Pasa, pasa, que te presento a unos colegas. ¿Puedo ofrecerte una copa? ¿Y cómo está nuestra querida amiga? Desgraciadamente, nos vemos menos de lo que me gustaría. La última vez que hablé con ella no se encontraba muy bien. Espero que ya esté mejor y pueda venir a...

Tobías, muy sorprendido por el recibimiento, apenas lo escuchaba. Después de tantos años de miseria, todo lo que veía a su alrededor le resultaba asombroso. Optó por no dar explicaciones y comportarse con la máxima naturalidad posible. Aunque su traje no estaba impecable, Tobías parecía un auténtico dandi y no desentonaba en absoluto con el resto de los invitados.

—Caballeros... Aquí el amigo Tobías. Viene recomendado por nuestra querida Magdalena. Démosle la bienvenida.

Mientras Leopoldo iba a buscarle la copa prometida, los asistentes le estrechaban la mano y se presentaban solo con el nombre de pila. Eran todos hombres de negocios de reconocida solvencia que se reunían periódicamente para planear cómo aumentar sus fortunas. Había caras muy conocidas y más confidencias de las necesarias para hacer solamente transacciones comerciales. Tobías tenía la sensación de haber entrado por accidente en algo más importante que una simple reunión de amigos. Él, que normalmente se movía por las zonas más humildes de la ciudad y trataba con los individuos más sórdidos, se dio cuenta de que no era oro todo lo que relucía y de que podía haber mucha más depravación, hipocresía y traiciones —y mucha menos honorabilidad— en lugares supuestamente respetables. Se estaba enterando de muchas más cosas de las que debía y temió que la situación se le fuera de las manos en cualquier momento, por lo que fue muy cuidadoso con sus comentarios y sus expresiones. Estaba tenso, alerta, aunque lo disimuló muy bien. Y... ¡qué puñetas! Aquel era el mejor coñac que había bebido en su vida.

Bien respaldado por la esmerada educación que había recibido por parte de su familia, pasó la tarde con esos desconocidos intentando parecer cómodo, absorbiendo toda la información posible y disfrutando de un lujo que antaño

322

había conocido en casa de su padre, cuando era demasiado joven para valorarlo, y que prácticamente había olvidado.

Por supuesto, no se habló en ningún momento de aquel elemento valioso de extraña procedencia del que Leopoldo quería deshacerse. De hecho, al anfitrión le sorprendió que no se presentara nadie para llevárselo.

—Pero ¿se puede saber en qué te has metido?

Magda estaba furiosa. Tobías no la había visto nunca así.

—Me acaba de llamar Leopoldo para pedirme referencias sobre ese amigo tan prometedor que le envié ayer a la reunión. Para empezar, yo no tenía ni idea de qué reunión me estaba hablando. He tenido que inventarme un montón de mentiras para que ninguno de los dos quede mal. ¿Qué demonios hiciste ayer?

Tobías le contó todo tal como había pasado. El muy bribón tenía gracia contando historias, y viendo que todo había sido un cúmulo de coincidencias, Magdalena no pudo evitar sonreír. De repente se le ocurrió una forma de aprovechar la circunstancia; un juego que podía resultarle divertido y que además serviría para demostrarles a sus amigos que no eran tan cautos como presumían.

—Que sepas que has dejado muy buena impresión. Vamos a tener que diseñar una cuidadísima estrategia para sacarle partido a esta desafortunada situación. A partir de ahora te pondrás en mis manos. Lo primero va a ser comprarte un par de trajes como Dios manda, con el que tienes no puedes presentarte en según qué sitios. Lo de ayer fue una excentricidad que solo te vale para una vez. Ni que decir tiene que nada de lo que oíste en esa reunión puede salir de esas cuatro paredes. ¡Ay, vecino! No sabes en qué lío me has metido.

Tobías le dedicó una sonrisa burlona. Era verdad que tenía información suficiente como para destruir más de una carrera, o por lo menos para malograr alguna buena reputación, pero él no era de ese tipo de personas. Por otro lado, aunque el plan de su amiga le pareciera muy atractivo, estaba claro que en esos momentos no podía permitirse el gasto que suponía.

–No te preocupes, yo me encargo. Ya me lo devolverás algún día. –Magdalena fue hasta la puerta dándole vueltas al asunto–. Y ni una palabra a nadie hasta que todo esto tenga un poco de consistencia y dé algún resultado. Nadie quiere decir nadie, ni siquiera a Charito.

Magdalena apreciaba de verdad a su vecina, pero había que ser realistas. Presentar a Tobías en la alta sociedad barcelonesa era una cosa; a fin de cuentas, era un hombre de mundo, con buena preparación y una educación sobresaliente. De acuerdo que ahora no estaba en su mejor momento, pero tenía presencia y don de gentes. Sin embargo, Charito no dejaba de ser una mujer provinciana, con un carácter voluble, educada como una niña rica, de acuerdo, pero cuya máxima aspiración había sido ser corista o algo parecido y que ahora no era más que un ama de casa que cuidaba de su maridito y de los niños y que jugaba a tener algo de clase cuando la visitaba para tomar el té.

Lo que Magda no sabía era que Charito no tenía la más mínima intención de interponerse en el camino de nadie. Al contrario: cuanto más tranquila la dejaran, mejor.

El momento era perfecto para ambos. Pero las direcciones eran tan distintas que el camino que emprendieron, cada uno por su cuenta, volvía a separarlos otra vez.

Magdalena era hábil e inteligente. Después de indagar un poquito, había conseguido averiguar que uno de los hombres que su protegido había conocido en la famosa primera reunión era hijo del dueño de varias fábricas dedicadas al hilado y la fabricación de tejidos. Le había concertado una reunión con él y le estaba dando las últimas instrucciones para el encuentro.

–Háblale de tus padres y de recuerdos de infancia. Me dijiste que habíais tenido una fábrica textil, ¿no es así? Quizá vuestros padres se conocieron. Incluso es posible que hayáis jugado juntos en alguna ocasión. A lo mejor hasta compartís lugares o amigos. Tócale la fibra sensible. Que le guste tenerte cerca. Háblale de todo lo que sepas de telas, hilos y confección, pero de la forma más casual que se te ocurra, como si no tuviera demasiada importancia. Tengo entendido que anda buscando un contable, y tú estás suficientemente capacitado para ese puesto. Sería un buen punto de partida. Ya he dejado caer que la guerra te ha tratado mal y corre el rumor de que has caído en desgracia por un asunto de faldas. Esas cosas gustan en ese círculo. Querrán ayudarte. Pero, por lo que más quieras, no se te ocurra hablar de política. Y si ellos empiezan la conversación, síguales la corriente. Hay cosas que es mejor que se queden entre tú y yo, porque el color rojo no queda bien en esos salones. ¡Por cierto! Vas a tener que hacerte el carné de la Falange. Imagino que no te hace la más mínima gracia, pero con tus antecedentes va a ser imprescindible, amigo mío.

Tobías no estaba seguro de que le gustara lo que estaban haciendo. Se sentía como un niño pequeño recibiendo las instrucciones de su madre antes del primer día de colegio. Encima iba a tener que dejar aparcados sus principios durante un tiempo. Pero creía que se lo debía a Magdalena por el embrollo en que la había metido, y además un trabajo estable, bien remunerado, sedentario y que requiriera un poco más de actividad intelectual le vendría muy bien. Ya estaba cansado de tanto ir arriba y abajo. Aunque todos esos enredos no iban mucho con él, estaba claro que aprovecharía el juego de maquinaciones y estrategias. Era un hombre preparado y confiaba en sí mismo, pero en el fondo se sentía una marioneta en manos de un grupo de gente caprichosa y aburrida sin gran cosa mejor que hacer.

La reunión fue un éxito. Tobías salió del despacho con un contrato de trabajo, un cargo de responsabilidad y una promesa de buena amistad. Efectivamente, el padre de don Manuel Parera había sido un viejo conocido de su padre; los dos niños habían ido al mismo colegio, aunque no a la misma clase porque Tobías era tres años menor, y estuvieron charlando un buen rato sobre amigos comunes de infancia, en especial de

Frederic, que había compartido pupitre con Manuel. Hablar de Frederic le alegró el día, hacía mucho que no sabía nada de él y lo echaba de menos. Charlaron también de estudios, de viajes, de familia... Entusiasmados por las coincidencias, la reunión se alargó más de la cuenta y quedaron para comer en los próximos días y continuar con la conversación. Los dos estuvieron de acuerdo en que había sido un encuentro afortunado. Tobías se marchó animado por las nuevas perspectivas de futuro, y Manuel se sintió muy bien por poder ayudar a un amigo de infancia.

Contento, Tobías pasó por delante de la churrería donde compraba las migas de patata que sobraban al final de la jornada; por unos céntimos le daban un cucurucho lleno que hacía las delicias de los niños. Durante mucho tiempo no había podido permitirse más. Pero hoy era un día especial. Hoy tenía algo importante que celebrar. Compraría una peseta de patatas enteras para que toda la familia disfrutara de un buen aperitivo. E invitaría a Magdalena, que ya era como de la familia. Al pagar encontró en la cartera el billete de tranvía que tanta suerte le había dado y se le ocurrió que podía ser divertido coleccionar billetes que tuvieran números curiosos. Se acercó a una papelería y compró un álbum pequeño y sencillo para empezar esa nueva colección. Después se dirigió al estanco y pidió dos paquetes de cigarrillos con boquilla, uno negro para él y otro rubio para Magdalena, como símbolo del principio de una buena época de cambios.

Él no fallaba nunca. Cada vez que Charito empezaba a entonar una canción, el piano tardaba pocos compases en unirse. Y ella volvía a sentirse feliz. Jamás una nota de reproche ni una melodía malsonante. Había mañanas en que no era más que una canción de buenos días. Otras veces se alargaban hasta que el sol ya no alcanzaba a calentar el patio interior. Ni la interrupción del cobrador de la luz o del repartidor de butano rompía la magia. Charito se dejaba envolver por esas manos que la llenaban de música, llegando a vivir instantes de auténtico éxtasis que en ocasiones le hacían sentirse culpable. En lo más profundo de su corazón sabía que estaba engañando a su marido, convencida de que aquel sentimiento tan grande no estaba bien. Esperaba que Dios la perdonara, porque no creía que Tobías pudiera hacerlo. Alguna vez había estado a punto de confesárselo, pero en el último segundo le había faltado el coraje, sabía que le dolería y que probablemente significaría tener que terminar con esa relación prohibida, que era lo único que la animaba a levantarse por las mañanas. Hasta que por fin se dio cuenta de que no podía luchar contra lo que era inevitable y se dejó llevar. Sabía que tarde o temprano tendría que pagar por toda esa felicidad, pero mientras no llegara ese momento iba a disfrutarla.

Con el tiempo, pianista y cantante fueron atreviéndose con música de mayor dificultad y con letras más comprometedoras que dejaban entrever cuán profunda era su relación.

Entre las vecinas corrían rumores y a Charito le divertía comentarlos con ellas y desviar las sospechas de un edificio a otro, sin que nadie acabara de saber de dónde venían tanta música y tanto sentimiento. A ella tampoco le interesó nunca saber cuál era la ventana por la que le enviaban esos mensajes de amor. Mantener el misterio era parte importante de la aventura.

No todos los días podía Charito acudir a la cita que tenía con su pianista. Ese invierno los niños enfermaron a menudo, y cuando los tenía a los dos en casa ella dejaba que su enamorado tocara varias piezas de llamada sin darle respuesta. Había días en que era ella la que no tenía cuerpo para canciones y tampoco contestaba. Varias veces la encontró fuera de casa. Incluso en el verano de 1943, cuando ya las cosas les empezaban a ir mejor, se fue con los niños a casa de Remedios sin despedirse siquiera. Había empezado a acostumbrarse a que él siempre estuviera allí y manejaba la relación de forma bastante caprichosa, como cabía esperar de la diva que jugaba a ser, sin pensar en ningún momento que al otro lado del patio también había una persona con sentimientos.

Mientras Charito continuaba con su pequeña aventura íntima, Tobías empezó su andadura en el mundo empresarial. Enseguida demostró su valía y a su nuevo amigo Manuel le pareció poco favor un trabajo de simple contable, por lo que no tardó en colocarlo a la cabeza de todo el departamento, con ocho personas a su cargo. Al fin y al cabo, ahora formaba parte de un grupo de hombres importantes que cuidaban los unos de los otros. A Tobías, que era observador y precavido, le daba un poco de vértigo todo lo que le estaba pasando y comenzaba a temerse el momento en el que le pidieran rendir cuentas.

Tenía un despacho muy bien iluminado que daba a la Gran Vía y desde donde podía ver el ir y venir de la gente. Le gustaba apoyarse en el amplio ventanal, pensando en las vueltas que había dado su vida. En realidad, no tenía mucho más que hacer: alguna reunión, la firma de cuatro papeles que su secretaria le dejaba encima del escritorio, la supervisión de las ocho mesas que había al otro lado de la mampara de cristal y poca cosa más. En muy poco tiempo empezó a aburrirse.

La empresa donde trabajaba se dedicaba básicamente a la confección de uniformes militares. Era obvio que les iba bien, nunca iba a faltarles trabajo dadas las circunstancias que se vivían en el país. Pero Tobías pensaba en cómo se podría ampliar mercado. Se acordaba de su padre, hombre rebosante de ideas, que solía decirle que en la vida no había que depositar todo el dinero en un solo banco, toda la confianza en un solo amigo ni todo el amor en una sola mujer. Había sido el primero en no seguir ninguno de sus propios consejos, pero no por eso le faltaba razón. Tobías había visto cómo se hundía la empresa familiar y se tomó como algo personal el desarrollo de una estrategia que diversificara esfuerzos y producciones. Una especie de plan B para el hipotético caso de que el asunto de los uniformes fallara.

—¡Ropa para hostelería! No es mala idea. Uniformes de cocina, doncellas, botones, personal de recepción... No, no es mala idea. ¿Te encargas tú de ponerlo en marcha? Amigo Tobías, ya sabía yo que hacía bien confiando en ti.

Con el apoyo del director, se puso a trabajar. En apenas seis meses se envió la primera partida, destinada a un hotel de lujo de nueva construcción ubicado en la calle Balmes y propiedad de otro de los amigos del círculo. Todo tipo de uniformes para el personal, pero también ropa de cama, toallas, mantelerías y cortinajes salieron de sus fábricas. Productos de calidad, bien manufacturados, que rápidamente se abrieron paso en el mercado y se fueron haciendo un hueco importante en el espacio hostelero de la ciudad.

A Tobías le iba bien. Solo habían pasado dos años y ya dirigía el departamento de vestuario para profesionales y hostelería, con el correspondiente aumento de estatus y de sueldo. Le gustaba su trabajo, se sentía cómodo con sus responsabilidades y respetado por sus subalternos. Había desarrollado cierta camaradería con el resto de los miembros del grupo de elegidos, y ya había podido devolver algún que otro favor.

Quiso compartir con Charito todo ese nuevo mundo, convencido de que estaría encantada de volver a rodearse de gente elegante en entornos con clase. Pero, por alguna razón que jamás entendió, ella prefería mantenerse al margen y, después de un par de intentos en fiestas particulares y en alguna cena con lo mejorcito de la ciudad en las cuales Charito manifestó no haberse sentido cómoda, Tobías dejó de insistir. Empezaron las discusiones y los desencuentros. Sus mundos estaban cada vez más lejos, y sus palabras cada vez interesaban menos al otro.

Tobías acudía a esas fiestas, almuerzos y cenas acompañado de Magdalena, dejando a su marcha un reguero de comentarios sobre lo desgraciado que debía de ser el pobre hombre con una esposa tan extraña y poco sociable como la suya. Eso hizo que aumentara su popularidad entre las féminas de la alta sociedad. Tampoco faltaban los cotilleos sobre su posible relación con Magda. A ellos les divertía ser la pareja más observada de la reunión y tampoco hacían nada por desmentirlo.

Tobías fue introduciendo mejoras en la casa y en la vida de su familia. Un día apareció con una lavadora eléctrica y una centrifugadora manual —«Se acabó lavar a mano, Charito»—; más adelante fue un termo para el agua caliente y una de las primeras cocinas de gas butano que salieron al mercado. «A partir de ahora, el carbón solo para los braseros.» Aunque estos también se sustituyeron poco después por estufas. A Charito todos esos regalos la dejaban indiferente y su actitud exasperaba a su marido, que por más que se esforzaba no conseguía sacarle una palabra de agradecimiento.

Por fortuna, la relación con sus hijos era mucho mejor. Ninguno de los dos quiso que sus desavenencias afectaran a los niños, y ambos hacían lo posible por que la vida familiar fuera agradable. A los chicos no les faltaba de nada, y a medida que fueron creciendo pudieron acceder a mejores colegios y a una educación más selectiva.

Pero la experiencia había hecho de Tobías un hombre precavido, y hasta que no hubo ahorrado bastante dinero no se atrevió a plantearse un cambio de residencia. Era una de las promesas que le había hecho a Charito poco después de casarse, y quizá había llegado el momento de cumplirla.

Planeó muy bien la ocasión, escogió varias opciones adecuadas y preparó la noticia como si se tratara de un gran acontecimiento. Estaba seguro de que iba a darle una gran alegría a su mujer, por eso se enfadó tanto cuando ella se negó en redondo a irse del piso y a hablar siquiera del asunto. Y es que Charito no necesitaba relacionarse con nadie más ni conocer espacios nuevos. Todo lo que ella quería estaba allí, en ese enorme cuarto de baño, y no tenía la más mínima intención de renunciar a su actual felicidad.

Completamente desconcertado, Tobías optó por olvidarse del tema; al fin y al cabo, a él le parecía bien vivir allí. Dadas las circunstancias, hizo lo posible para ofrecerle una vida más cómoda a su mujer. Le puso un teléfono en la entrada para que pudiera hablar con su hermana cuando quisiera y le propuso buscar a alguien que la ayudara en la casa. Enseguida pensaron en Hortensia.

Hortensia no tenía la menor intención de ir a servir a casa de nadie. ¿Para qué, si ahora era ella la que tenía servicio? Los últimos cinco años esa familia la había abandonado a su suerte, cargándole una gran responsabilidad que la desbordaba. Pero ya no era aquella muchachita miedosa, siempre escondida detrás de la falda de su ama. Había conseguido reorganizar su vida de forma sorprendente. La señora Paquita recibía religiosamente cada mes lo que ella misma había estipulado que se cobrara por la pensión de las cuatro chicas que allí vivían. No hacía preguntas y dejaba que Hortensia se ocupara de todo. Y eso era lo que había hecho. Nadie le había dicho que no pudiera cambiar de huéspedes sin permiso ni que estas no pudieran recibir visitas, y ella decidió mantenerse al margen de lo que pasaba en las habitaciones. Trataba muy bien a las chicas y con mucha consideración a «sus amigos». Todo el mundo la apreciaba. Así que no tenía nada que no se hubiera ganado, no engañaba ni robaba a nadie. ¿Por qué tenían que venir ahora a meterse donde no los llamaban?

—Tienes que ir a hablar con ella, Tobías. La muy descarada ha convertido la casa en un lugar de la peor reputación. ¡Qué vergüenza! Yo no pienso volver a poner un pie en ese... antro, porque aquello ya no tiene ni nombre, pero tú tienes que hacer algo. ¡Si la señora Paquita llegara a enterarse! Y qué manera de dirigirse a mí. ¡Pero qué se habrá creído la muy...! ¿No te digo que se ha atrevido a plantarme cara y a decirme que la deje en paz y que no me meta en su vida? Con todo lo que hemos hecho por esa desgraciada. ¡Cómo puede ofendernos de esta manera, la muy desagradecida!

A Tobías le resultaba gracioso todo el asunto. La mosquita muerta de Hortensia. ¡Qué bárbara! ¡Qué forma de prosperar! ¡Y qué guapa estaba la condenada! Vestida de esa manera y con el maquillaje parecía otra persona. Había refinado sus movimientos y demostraba cierta elegancia natural que la hacía muy atractiva. Tobías se fijó en lo estropeadas que tenía las manos, pero era lo único que recordaba el duro pasado que había sufrido.

—Mire, señor Tobías. Yo no creo que haga daño a nadie. Por el contrario, todo el mundo es feliz en esta casa. Pase y dígame si no podría encontrarse cómodo aquí.

Hortensia acompañó a su invitado al salón. Tobías ni se acordaba de lo agradable que era, con toda aquella luz que entraba por el ventanal. La decoración era un tanto recargada para su gusto, demasiado terciopelo morado en las paredes —pensó en comentarle algo sobre tejidos más ligeros, aunque tal vez ese no fuera el mejor momento—, pero había elegancia en la elección y la distribución de los muebles. Más bien parecía el rincón apartado de una biblioteca o el salón de un club privado. Una de las chicas se acercó a la pareja para ofrecerles un café. Le pareció muy educada.

—Ya ve que no permito que las chicas se paseen en cueros por la casa y les pido que sean muy atentas con nuestros invitados. Tampoco permito que ninguno se propase con ellas. Tenemos un vecino encantador que intenta abrirse camino en el mundo del boxeo y que nos ayuda si es necesario. Intento que sea un lugar elegante donde la gente pueda relacionarse con libertad. ¿Qué mal hago, señor Tobías? Aquí las muchachas se labran un futuro. Muchas están aprendiendo a leer y a escribir, se enseñan entre ellas. Hasta yo he aprendido a escribir mi nombre y algo de cuentas. Mire, mire...

Al lado del sillón donde estaba sentada —tapizado con mucho acierto, advirtió Tobías— había una mesita de madera tallada que tenía encima una lámpara Tiffany con libélulas. Hortensia abrió el pequeño cajón de la mesa y sacó un cuadernillo y un lapicero para demostrarle sus nuevas habilidades. Tobías, que no salía de su asombro, apenas podía decir palabra.

—¡Si alguna incluso ha salido de aquí vestida de novia! De verdad, señor Tobías, que muchas gracias por pensar en mí y por el ofrecimiento, pero ya ve que no necesito trabajo. Me va bien. Nos va muy bien a todas.

Lo sentía por Charito, pero Tobías no pensaba tomar cartas en el asunto. Los argumentos de Hortensia eran mucho más convincentes que los de ella, aunque sabía que eso le iba a costar otra gran discusión y varios días de silencio. Vas a dejar en paz a la pobre Hortensia y no vas a contarle nada a la señora Paquita, ¿está claro?, pensaba decirle. Suspiró profundamente, temiéndose la escena que iba a montarle, pero pensaba mostrarse intransigente al respecto. Le sorprendió sentirse tan cómodo mientras se tomaba el café y después una copita de brandy barato al lado de aquella mujer ahora casi desconocida, al calorcito del sol que entraba por la galería. Curiosamente, mucho más cómodo que cuando allí mismo iba a buscar a su novia en aquella época feliz que casi ni recordaba. No quiso recrearse más y se levantó de golpe diciéndole a su anfitriona que no se preocupara, que él se encargaba de hablar con su esposa. Le dio las gracias por la hospitalidad y se dirigió a la salida. Hasta Hortensia se dio cuenta de que estaba un poco confuso.

–Por cierto... –le dijo ella antes de cerrar la puerta–, si algún día le hace falta, no deje de hacernos una visita. Siempre será bien recibido en esta casa. Personas tan consideradas como usted merecen un trato especial.

31

Cantón estaba de pie al otro lado de la calle esperando a que Tobías saliera de su casa. Lo habían soltado hacía unas horas, y en lo primero que pensó fue en ir a ver a su amigo. Apenas habían compartido unas semanas, ya hacía tiempo, pero durante los últimos diez años su amistad se había ido consolidando a base de cartas, recuerdos comunes y pequeños paquetes. Para Cantón había sido una tabla de salvación, un nexo con el exterior, y Tobías no olvidaba lo que su compañero había hecho por él dentro y fuera de la cárcel.

Los años no habían castigado demasiado a Tobías y Cantón lo reconoció enseguida. Cruzó la calle y, medio escondido, aguardó a que pasara a su lado.

—¡Eh! Qué pasa, Toby, ¿ya no reconoces a tus amigos?

Efectivamente, a Tobías le costó unos segundos reconocerlo. El encierro y las peleas en las que había participado durante su reclusión habían hecho mella en su cuerpo y particularmente en su cara, que mostraba varias cicatrices mal curadas. El color amarillento, las ojeras y una delgadez arrugada acompañaban la enorme mueca que quería parecer una sonrisa esperanzada por el reencuentro. Tobías reaccionó tal como Cantón esperaba, y dos sonoras carcajadas hicieron que los transeúntes se volvieran para mirar a la extraña pareja que se abrazaba con entusiasmo. Tobías lo separó de sí y apoyó las dos manos sobre los hombros cansados de su antiguo compañero, lo observó unos segundos y volvió a abrazarlo con auténtico aprecio.

—Cómo me alegro de verte, amigo.

—Eso era lo que necesitaba oír.

Cantón llevaba toda la noche esperándolo, tiempo suficiente para pensar, entre otras cosas, en la posibilidad de que, fuera de la cárcel, Tobías no quisiera saber nada de él. No era recomendable para un hombre de su posición tener amistad con un expresidiario.

—¿Cuándo te han soltado?

—Ayer por la noche.

—¿Y dónde has dormido, alma de cántaro?

Cantón se encogió de hombros.

—¿Has comido algo? Vamos, que necesitas un buen bocadillo de jamón con aceite y un coñac.

—Pero tú ibas a algún sitio...

—Es lo bueno de ser jefe. No te preocupes por eso, que lo primero es lo primero. ¡Pero qué alegría tenerte fuera, bribón!

Sentados en la mesa del bar del barrio donde Tobías solía tomarse el primer café del día, Cantón devoraba con ansia el enorme bocadillo que acababan de traerle, al mismo tiempo que, precipitadamente, intentaba contarle algo difícil de entender mientras lo hiciera con la boca llena.

—Tranquilo, hombre, que no te lo va a quitar nadie —se reía Tobías mientras lo observaba—. Y come despacio, que te va a sentar mal. Ya me cuentas luego, no hay prisa.

A Cantón le costaría mucho tiempo quitarse de encima los hábitos carcelarios, pero el de luchar por cuatro mendrugos sería el más difícil de dejar atrás. El camarero lo miraba con cierta aprensión; si no hubiera entrado acompañado por un cliente habitual, probablemente lo habría echado del local.

Tobías lo observaba con alegría, pero también con cierta tristeza. No lo recordaba con un aspecto tan lamentable.

—¿Ya sabes qué vas a hacer ahora? ¿Tienes donde dormir?

Cantón negó con la cabeza. Ni siquiera sabía por qué razón lo habían dejado salir. De repente se encontró en la calle, con una mano delante y otra detrás y un grito en el cogote advirtiéndole que no querían volver a verlo por allí. Lo único que se le había ocurrido había sido ir en busca de su amigo. Dentro de la cárcel gozaba de un prestigio trabajado durante años; sabía dónde conseguir cualquier cosa y con quién había que hablar, y todo el mundo le pedía consejo. Pero ahí fuera, en la calle, era como un niño desvalido enfrentado a un mundo que no parecía querer saber nada de él. Tenía la sensación de estar en un lugar equivocado, de que no había sitio para él en un espacio tan grande.

–No te preocupes, ahora mismo vamos a arreglarlo.

Tobías se levantó y se acercó al teléfono que había colgado en la pared, al lado de la barra. Marcó el número de su oficina y dijo que esa mañana no iría a trabajar, que tenía que resolver unos asuntos personales de suma importancia. Después pagó la cuenta en la misma barra y fue a buscar a Cantón, que estaba recuperando las migas que habían caído en la mesa para metérselas en la boca.

Llamaba la atención el contraste entre ambos hombres. Uno alto, elegante, distinguido y con buenas maneras, a quien claramente le iban bien las cosas, caminaba hombro con hombro –por decirlo de algún modo, porque Cantón era corto de estatura–, de igual a igual, junto a otro, pero este encogido, miedoso, desaliñado.

Con el estómago lleno y la compañía de su amigo, Cantón casi se sentía otra persona. Levantó la vista hacia el cielo y pensó en lo agradable que era que le diera el sol en la cara sin tener que buscar un sitio donde hacerlo ni tener que pelear por él. Miró a Tobías y los dos sonrieron. En ese momento se dijo que podía tener un futuro, y un sentimiento de paz interior le permitió relajarse por primera vez en mucho tiempo.

Hortensia miraba de arriba abajo al hombre que acababa de entrar, y no le gustaba. No se parecía en absoluto a los visitantes que solían llegar a su casa, pero si venía con el señor Tobías se le iba a tratar bien.

–Ya sabe que no admitimos hombres como huéspedes, pero, por ser usted, voy a ver qué se puede hacer. Deme unos minutos.

Hortensia fue a casa de su vecino Paquito, que así se llamaba el aspirante a púgil que de vez en cuando les echaba una mano, a preguntarle si tenía algún catre y podía recoger a aquel desgraciado durante una temporadita. Paquito apreciaba mucho a las chicas y las trataba con respeto, pero era de natural pendenciero y sabía lo que era pasar un tiempo entre rejas; por eso no tuvo ningún inconveniente en echar una mano a un colega de desventuras. Cantón y Paquito se entendieron bien desde el principio, y Tobías se quedó tranquilo sabiendo que lo dejaba en buenas manos. Le dio un abrazo y algunos duros para empezar. Cantón hizo amago de rechazarlos.

—No seas tonto, amigo. Cuando puedas me los devuelves.

En apenas una semana, Cantón ya había cambiado el color y ganado algo de peso. Parecía que recuperaba la confianza en sí mismo. Con ropa más decente, un par de zapatos como Dios mandaba, un buen baño y un corte de pelo a la moda, la cosa mejoraba mucho. El hombre, mirándose al espejo con satisfacción y con la barbilla levantada, hasta daba la sensación de ser más alto. Con ese aspecto ya podía ir a reencontrarse con su familia.

Cantón tenía familia en todas partes, la mitad paya, la otra mitad gitana. Se alegraron mucho de verlo y le prometieron toda la ayuda posible si se enteraban de algo. Aun así, él sentía que no acababa de encontrar su sitio en ninguna parte. «Ve a ver a tu tío Pascual —le dijeron unos—. Tiene una trapería en el barrio de Gracia y el pobre está muy viejo. Ya le cuesta cargar tanto papel, cristal y hierro. No le vendría mal un poco de ayuda, y tú estás fuerte. Pásate por allí, que seguro que tiene algo para ti.»

El tío Pascual se parecía mucho a Cantón, tanto que podría haber pasado por su padre. Fue lo único que pareció ablandar un poco el corazón del viejo cascarrabias solitario, que lo primero que pensó fue que aquel venía a quitarle todo lo que tenía. Cantón empezó a ayudarlo sin pedir nada a cambio y con el tiempo llegaron a una especie de acuerdo más ventajoso para el viejo tacaño que para su sobrino, pero que le proporcionaba a este último lo suficiente para mantenerse.

No había día que el tío Pascual no se asegurara de que su empleado se iba sin nada en los bolsillos. Cerraba la puerta detrás de él y lo observaba mientras se marchaba, convencido de que tarde o temprano lo pillaría llevándose algo valioso. Cada día, Cantón recorría a pie media ciudad de ida y otra media de vuelta para ganarse el pan y el colchón donde dormía en casa de su nuevo amigo Paquito.

La vida en la calle Roser empezó a parecerle muy agradable. Tardó poco en perder muchos de sus miedos y empezó a visitar a sus vecinas con asiduidad. No tenía más dinero que la miseria que ganaba y el que le había prestado Tobías y no quería usarlo si no era necesario, pero hacía tanto que no estaba con una mujer hermosa –de hecho, con ninguna mujer– que una vez le pagó a una de ellas por algo más que una sonrisa. El resto del tiempo se conformaba con su compañía e intentaba disimular su inquietud, aliviándose él solo cuando volvía a casa. Se reía con los chismes que contaban, las acompañaba a hacer la compra, las consolaba en los días de penas y de cuando en cuando les echaba una mano con alguna chapuza en la casa. Formaban un grupo curioso: Hortensia, las cuatro chicas, Paquito y él. Se tenían confianza, y los domingos comían juntos como si fueran una familia. A veces se les unía Tobías, tomaban chocolate con los churros que él traía y acababan riéndose a gusto mientras jugaban al parchís.

La salud del tío Pascual se fue deteriorando hasta que acabó sentado en una silla de ruedas. Sin embargo, no le faltaban las fuerzas para dar órdenes todo el santo día, mandando a Cantón de arriba para abajo. Pero este, que tampoco era tonto, empezó a hacer sus propios negocios sin dar explicaciones a nadie y sin sisar más de la cuenta a su pariente, que era el más pobre sobre la tierra pero sería el más rico del cementerio.

–Usted no se preocupe por nada, tío, que yo me ocupo.

Apenas tenían conversación porque ninguno de los dos era de mucho hablar, pero el tío Pascual empezó a agradecer su compañía. Cantón le recolocaba la mantita de cuadros que le cubría las piernas inútiles, le traía café, el libro de las cuentas y lo que se había recaudado durante el día, y el hombre se distraía creyendo que seguía manteniendo el control. El viejo que comenzó desconfiando de su sobrino le fue cogiendo con el tiempo confianza y al final, derrotado, más en el otro mundo que en este, dejó todo el negocio en sus manos. Cantón nunca lo defraudó. En la recta final se mudó a la trapería y dormía en el suelo, al lado del catre de su tío, sin comunicarse demasiado pero procurando que el hombre estuviera lo más cómodo posible. «No dejes que me muera solo», le decía el tío en momentos de debilidad que después nunca reconocía. Entonces Cantón le aferraba la mano y el viejo se dormía tranquilo.

Durante esos últimos meses, después de dejar a su tío bien arropado y a la vecina de guardia, Cantón volvía a atravesar media ciudad de ida y luego otra media de vuelta, pero ahora era para ver a sus amigos y echar cuatro risas que lo distrajeran de tan duras tareas. Disfrutaba de su compañía, especialmente de la de Hortensia, a quien le estaba tomando mucho cariño. Por la noche siempre regresaba al lado de su tío, dispuesto a cumplir la promesa que le había hecho de no dejarlo morir solo.

Cuando el tío Pascual murió, Cantón se encontró con una trapería en pleno funcionamiento y una pequeña vivienda al fondo, un barrio que ya se había acostumbrado a su presencia, una buena reputación de hombre honrado y otra promesa que pensaba cumplir: ofrecerle a su benefactor un funeral como Dios mandaba, así como varias misas que sirvieran para acelerar el tránsito de su alma por el purgatorio.

Corría el otoño de 1949, y el paso del tiempo empezaba a dejar huella en el aspecto de todos.

A Charito no parecía importarle demasiado, aunque por las mañanas, cuando se miraba en el espejo, no dejaba de advertir esas arruguitas que se le iban formando al lado de los ojos ni alguna que otra hebra blanca que se le iba colando en las sienes. Lo que más le molestaba eran los horrendos lentes que usaba desde que se había dado cuenta de que ya apenas veía las puntadas cuando se sentaba a coser; aunque nadie tenía por qué saberlo, y ya se preocupaba ella de mantenerlos bien escondidos. Últimamente había tenido que desplazar las costuras de los vestidos, porque empezaban a estarle un poco estrechos. No necesitaba hacerlo, pues podían permitirse comprar ropa nueva, pero después de tantos años de apañarse con lo que tenía se había acostumbrado a esas labores que la distraían mientras escuchaba la radio esperando a que los suyos llegaran a casa para la cena.

No le importaban demasiado su aspecto ni la vida rutinaria que llevaba, bastante al margen de la del resto de su familia. Ella vivía en su propio mundo interior lleno de belleza, música y amor. Un mundo breve y pequeño, pero tan profundo que la inmensa cantidad de horas que pasaban entre encuentro y encuentro no importaban.

Charito vivía en la convicción de que la realidad estaba en esos momentos de intimidad y de que existía alguien perdidamente enamorado de su voz y de su arte. Era verdad que con el tiempo habían perdido pasión, pero no intensidad. Era más bien una especie de dependencia. Habían llegado a tal grado de confianza y conocimiento mutuo que por la manera de tocar o la elección del tema ya sabían el estado de ánimo del otro y si estaba para bromas o necesitaba consuelo. En esos momentos ella se sentía grande, poderosa y muy segura. Y por eso seguía levantándose todas las mañanas con una sonrisa en los labios. Una sonrisa cada vez más enigmática, más distante, y si bien Tobías sospechaba que algo se ocultaba detrás, ya no tenía interés en averiguar qué era. En el fondo vivían una existencia cómoda en la que todos tenían sus necesidades medianamente cubiertas, y no les iba mal. Se respiraba respeto y un cariño que se había ido convirtiendo en costumbre. No había grandes estridencias en la convivencia, ya no se discutía, aunque tampoco se oían las risas de antes. Hacía mucho que Tobías no escuchaba cantar a su Charito, y lo echaba de menos.

Santiago iba a empezar el bachillerato. Había crecido sano y tenía un porte atlético muy parecido al de su padre a su edad. Tobías había empezado a saludarlo con un apretón de manos, como a los hombres, y al chaval no le cabía el orgullo en el pecho cuando lo hacía. Solita, que se estaba convirtiendo en una señorita, pasaba más tiempo en casa de su madrina que con su madre. Era buena estudiante, y le encantaba salir a pasear del brazo de su padre.

Tobías disfrutaba mucho de la compañía de sus hijos, pero también le gustaba quedarse a tomar un café hasta tarde con sus amigos de la zona alta de la ciudad, y de vez en cuando bajaba al Paralelo a ver a Cantón, a Hortensia y a las chicas. La cena era el único momento del día en que se reunía toda la familia. Charito se preocupaba de que todo estuviera perfecto en el pequeño comedor de la casa oscura y fingía que escuchaba lo que los demás contaban. Asentía, sonreía, recogía y al rato se iba a dormir después de darles un beso en la frente a sus hijos y a su marido. Los chicos se retiraban a su habitación a estudiar, Tobías se quedaba leyendo el periódico en su despacho y Charito se dormía soñando con una nueva canción.

El teléfono sonaba insistentemente y despertó a toda la familia. No era una hora normal ni educada para hacer una llamada. Tobías miró el reloj, después a su esposa, y por fin se levantó molesto pero al mismo tiempo alarmado.

—Es Remedios —le dijo cuando volvió a la habitación. Su cara no prometía nada bueno—. La señora Paquita… Será mejor que te pongas.

Aunque al principio el cambio de clima y de ambiente le había sentado de maravilla, Paquita había continuado con sus achaques. Un último constipado había acabado con ella. Deshecha en lágrimas, Remedios le contó a su hermana que la iban a enterrar en Córdoba y que en unos días viajaría a Barcelona para acabar de arreglar los asuntos de la señora Paquita. Le pedía que avisara a Hortensia, que rezara por el alma de la pobre difunta y que encargara un par de misas para cuando ella llegara.

—¡Ay, Charito!… Cuánta pena… Es que hemos venido a este mundo a llorar. Un abrazo, hermana.

Charito pasó el resto de la noche recordando. Había transcurrido mucho tiempo y habían sucedido muchas cosas desde que aquella mujerona las había recibido con tanto desparpajo en la entrada de su casa. Había sido como una madre para el par de hermanas temerosas que acababan de llegar a la ciudad. Les había abierto camino, las había acompañado durante gran parte de su vida, aconsejándolas sabiamente, ayudándolas sin pedir nada a cambio, aguantando carros y carretas. Y ahora se había ido para siempre. Quizá debería haberle demostrado un poco más de cariño cuando había podido. Remedios tendría que haber avisado antes. Hubiera ido a verla y le habría dicho todo lo que sentía. Ahora ya era demasiado tarde. Charito rompió a llorar. Era un dolor verdadero, un sentimiento profundo de pérdida parecido al que sufrió cuando murió Esteban. No estaba bien que la gente querida se fuera de esa manera. No estaba bien que la abandonaran así.

Empezaba a amanecer y la mañana la encontró sentada en la entrada, al lado del teléfono, seria, callada, pensativa, llena de recuerdos y de propósitos.

Se levantó despacio y fue directa a la cocina para preparar café. Había muchas cosas que hacer. Remedios le había hecho varios encargos que tenía que cumplir. Rezaría lo que hiciera falta y encargaría las misas necesarias. Pero lo primero era avisar a Hortensia.

¡Por supuesto que iba a avisar a Hortensia! Ya le tenía ganas a esa desvergonzada, y hasta disfrutaría comunicándole que no le quedaba nada de todo lo que creía haber construido. Había llegado el momento de la verdad. Por fin el tiempo iba a hacer justicia y a poner a cada uno en su sitio. Dejaría que llorara por su señora, claro, no era tan insensible, incluso compartiría su dolor con ella durante unos instantes. Pero después le daría un par de semanas para sacar a esas chicas de allí, recoger sus cosas y salir de la casa que tanto habían ofendido con su comportamiento. Dos semanas o lo que tardara Remedios en llegar y poner orden. Se iba a enterar esa mosquita muerta.

A Tobías no le gustó nada la cara de Charito cuando salió de casa con tanta determinación y vestida de negro de pies a cabeza. Enseguida supo qué pretendía hacer.

—¿Adónde vas?

—A resolver unos asuntos.

—Ve con cuidado, a ver si no te va a reventar todo en la cara.

—Solo voy a hacer lo que alguien tendría que haber hecho hace mucho tiempo.

—No te metas donde no te llaman.

Charito, sin expresión alguna en la cara, se lo quedó mirando unos segundos.

—Déjame en paz.

En cuanto abrió la puerta, Hortensia intuyó problemas.

La noticia de la muerte de su querida señora Paquita le cayó encima como una losa y la pilló con la guardia baja mientras Charito le vomitaba todo lo que se le había estado pasando por la cabeza durante la noche y que llevaba macerando desde hacía demasiado tiempo. Pero Hortensia ya no era la de antes. Durante muchos años la experiencia la había fortalecido y ahora tenía una entereza que Charito desconocía.

—Vamos a ver, señora Charito, ¿quién se ha creído usted que es para venir a mi casa y escupirme toda esa mierda encima? Escúcheme bien. Yo me he criado en esta casa y aquí he cuidado de todos ustedes más de media vida, aguantando mucho y sin decir una palabra. ¿Qué derecho se cree que tiene sobre mí y sobre este lugar para decirme que debo marcharme y echar de aquí a toda mi gente? Puede que tenga que irme, pero desde luego no será porque usted lo diga. Si alguien se va de esta casa ahora mismo es usted, que no tendría que haber venido nunca.

Hortensia cerró de un portazo, dejando a Charito al otro lado de la puerta con la palabra en la boca. Despacio, fue hasta el salón y se dejó caer en el butacón que había sido de la señora Paquita y que nadie había movido de su sitio, para poder llorarla con todo el cariño y la gratitud que le debía.

32

El desconcierto del primer momento se convirtió rápidamente en indignación, y Charito necesitó tiempo para digerir la humillación de la que se sentía víctima. Se tomó unos días para calmarse y decidió esperar a que llegara Remedios para darle a esa descarada de Hortensia lo que se merecía. Se iba a enterar de lo que era bueno. No pensaba permitir que las cosas quedaran así. No sabía con quién se la estaba jugando.

Tobías, a pesar del poco tiempo que últimamente pasaba en casa, ya veía que a Charito le ocurría algo. Incluso su pianista se dio cuenta de que no era la misma. Cantaba de forma mecánica, sin sentimiento, con el pensamiento en un lugar frío e inhóspito que solo podía servir para maquinar una retorcida venganza. Y es que en algún punto remoto del interior de la mente de Charito había empezado a crecer un sentimiento de injusticia, la certeza de ser víctima de un engaño que había convertido su vida en algo que nada tenía que ver con lo que para ella estaba escrito. Estaba resentida y furiosa, necesitaba un chivo expiatorio y la pobre Hortensia apareció en el momento menos oportuno.

Cuando llegó Remedios, apenas reconoció a su hermana. En un principio pensó que el dolor había hecho mella en su rostro, pero tardó poco en darse cuenta de que aquella mueca que se había instalado en su cara era algo más oscuro que la tristeza. Ella traía de Córdoba un sentimiento profundo de pena que con el tiempo se convertiría en cariño y en un hermoso recuerdo; aprendería a vivir con él y no le impediría seguir luchando por su felicidad. Lo que vio en el rostro de Charito le recordó mucho a la amargura con que los había tratado su suegra durante tantos años, y también a la manera en que Rocío las miraba buscando la forma más retorcida de agriar su vida y la de los demás. Mientras tomaba a Charito de las manos, Remedios no se atrevió a preguntarle qué le ocurría, pero tuvo la sensación de que algo dentro de la mente de su hermana no iba bien. La abrazó con fuerza y no sintió el calor que esperaba. Estaba distante, casi como si no la reconociera.

La tormenta definitiva llegó cuando Charito se enteró de que la señora Paquita había dejado todo lo que poseía a Hortensia. En sus últimos días, la buena mujer había tenido tiempo de repasar su vida, pensando en lo que tenía, en la gente a la que quería y en los que ya se habían ido. Había pedido un confesor y alguien que pudiera certificar sus últimas voluntades. En presencia de ambos y de Remedios, había manifestado el deseo de agradecerle a su sirvienta la devoción que le había dedicado, siempre humilde, siempre en silencio. Incluso durante los últimos años, cuando le mandaba sin retraso alguno todos los ingresos que generaba la pensión. Se daba cuenta de que a menudo no la había tratado como se merecía, y con ese último gesto quería demostrarle lo mucho que la apreciaba. Para Remedios había dejado un hermoso collar de perlas, y a Charito le mandaba una sortija con un granate montado en oro «que le va a quedar preciosa con la cruz que le regaló Tobías de novios».

Mientras Remedios les contaba los detalles, Charito iba cambiando de color. Primero se quedó blanca de la impresión. Poco a poco le empezó a subir un rubor enfermizo a las mejillas y un brillo alarmante a los ojos. La respiración se tornó más sonora y profunda. Ni se acordaba de la dichosa cruz, y la sortija le importaba un pimiento. Parecía una olla a presión a punto de estallar. Remedios, Tobías y Magdalena observaron el cambio y no pudieron evitar apartarse temiendo la onda expansiva.

Con un movimiento brusco, Charito se levantó de la silla y salió de la habitación dejando al resto del grupo en silencio, sorprendido y preocupado. Se encerró en su dormitorio, cogió la almohada de la cama, se cubrió el rostro y empezó a gritar con toda la furia de la que fue capaz. Los gritos se oyeron desde el pequeño comedor.

Pasaron unos quince minutos, en los que nadie se atrevió a moverse ni a decir nada, antes de que volviera a entrar aparentemente calmada, muy seria, envejecida de golpe.

–No podemos permitirlo.

–¿Qué es lo que no podemos permitir? –dijo Tobías.

–No podemos permitir de ninguna manera que esa guarra indecente se salga con la suya.

Tobías, Magdalena y Remedios se miraron. Los tres conocían perfectamente las circunstancias que rodeaban a Hortensia y a la pensión. No les parecía ni bien ni mal, pero no estaba en sus manos decidir sobre eso. Tampoco eran quiénes para discutir las últimas voluntades de nadie, y con tanto cuidado como pudieron así se lo intentaron explicar a Charito.

–No, no, no, no... Esto no está bien. Tiene que haber algo que podamos hacer. La vieja no estaba en sus cabales cuando tomó esa decisión. Remedios, esa casa tendría que ser nuestra, tú lo sabes, éramos como sus hijas.

Remedios abrió tanto los ojos que parecía que se le iban a salir de las órbitas. Charito se había vuelto loca. A pesar de haber tenido a la señora Paquita en casa los últimos años de su vida, nunca se le había pasado algo así por la cabeza. Ya se consideraba una privilegiada por haber podido disfrutar de su compañía y de su cariño. Estaba completamente desconcertada con la reacción de su hermana.

Tobías tomó cartas en el asunto. No podía admitir que su mujer perdiera los papeles de ese modo.

–Ya basta, Charito.

–Tú no te metas, que a ti nadie te ha dado vela en este entierro.

Magdalena consideró que había llegado el momento de irse. Se despidió discretamente y se marchó a su casa antes de que le cayeran encima quejas y reproches que nada tenían que ver con ella.

—Charito, por favor. ¿Tú te das cuenta de lo que estás diciendo? Tú y yo no tenemos ningún derecho sobre las cosas de la señora Paquita. Solo éramos unas inquilinas de la pensión. El cariño que nos dio es más de lo que podíamos esperar. Y ahora solo nos queda recordarla con afecto y respetar las últimas decisiones que tomó.

—Claro, ya habló la que lo sabe todo. —Las palabras le salían por la boca como espuma negra surgida del mismísimo infierno—. La señorona que nunca ha tenido que pedir nada para que se le diera todo. Tú no sabes lo que es luchar y sufrir en esta vida y que todo te salga mal. Tú ya tienes tu casa llena de flores, tu maridito con negocio propio y tus aires de grandeza. Si no hay más que ver lo gorda que te has puesto... Se ve que nunca te ha faltado de nada. Así ya se puede ser generoso. Anda, vuélvete a tu casa a regar tanto geranio y déjanos en paz.

Remedios y Tobías, petrificados y con las manos bajo la mesa, no podían articular sonido alguno. Ambos habían recibido esas palabras llenas de rencor como una fuerte bofetada. Se hizo un largo silencio. A Remedios empezó a subirle un mar a los ojos que se le desbordó en una cascada silenciosa. Mil pensamientos corrían de un lado a otro en la cabeza de Tobías. ¿Cómo podía no haberse dado cuenta de lo que estaba pasando? Jamás llegó a imaginar que su mujer fuera tan infeliz, tan envidiosa y tan cruel. Quería enfadarse, pero solo sentía tristeza y decepción.

Después de la explosión de ira, Charito se había quedado completamente vacía. Ya más tranquila empezó a darse cuenta de lo que había pasado, de todo lo que había roto y de todo lo que acababa de perder. No era arrepentimiento lo que sentía, sino más bien vergüenza y enojo consigo misma por no haber sabido manejar la situación. Despacio, se dio la vuelta y salió de la casa intentando no hacer ruido al cerrar la puerta. No había cogido el abrigo, ni el bolso, ni las llaves.

A Cantón le iban muy bien las cosas. Trabajaba duro y no le costaba nada arremangarse y hurgar en la basura ajena para ganarse el pan. Casi por casualidad, una mañana descubrió la manera de ampliar el negocio gracias a la necesidad de un vecino.

—Contigo quería hablar, Cantón. Verás, tengo un pariente lejano, sin más familia que yo, que acaba de fallecer. Nos ha dejado el piso, pero necesito vaciarlo y nosotros no tenemos tiempo. ¿Tú podrías ocuparte? No podemos pagarte mucho, pero todos los muebles viejos que saques te los puedes quedar. ¿Qué te parece?

Cantón era rápido y limpio en su trabajo. Descubrió que tenía ojo para los muebles antiguos, y en menos de un año acumuló en el fondo de la trapería —allí donde su tío había tenido el catre y donde él dormía, en alguna *chaise longue* que había encontrado Dios sabía dónde— un auténtico tesoro. En sus ratos libres se dedicaba a limpiar los muebles y a restaurarlos de tal manera que casi parecían nuevos. Después los vendía a buen precio y él mismo se encargaba de llevarlos a su nuevo hogar, aprovechando para recordar a sus propietarios que si alguna vez querían vaciar una vivienda, él era el hombre adecuado. Se dio cuenta de que no tenía necesidad de cobrar por ello, porque con los beneficios que conseguía vendiendo lo que se llevaba ganaba más dinero del que nunca se atrevió a imaginar. Se fue creando tan buena fama que no había semana en la que no lo llamaran. Tuvo que coger un par de aprendices, y en cuanto surgió la ocasión alquiló el local de al lado y allí abrió algo parecido a una tienda de muebles antiguos, con mucha más clase que la trapería, en la que él mismo atendía a sus clientes dejando el trabajo sucio para sus empleados.

A Tobías le gustaba ir a la trapería de Cantón. Hurgar entre trastos tenía algo de romántico, siempre se encontraba alguna cosa curiosa o divertida, alguna pieza que le faltaba a un aparato o algún adornillo que tapaba perfectamente un desconchón, convirtiendo algo viejo en un complemento decorativo de primera. Era la única persona a la que Cantón permitía meterse hasta el último rincón, y mientras curioseaban charlaban de sus cosas. Tobías descubrió que ese mundo le encantaba y continuamente le decía a su amigo cómo le envidiaba el trabajo.

—¿Tienes algo que hacer esta tarde? Voy a ir cerca de tu casa, a ver cómo hacemos para vaciar un piso de trescientos metros cuadrados. ¿Te apuntas?

Era asombroso que nadie quisiera saber nada de pequeños tesoros escondidos detrás de montañas de periódicos que algún anciano con síndrome de Diógenes había abandonado después de su muerte.

—Ellos solo ven basura —le decía Cantón—, pero mira.

Después de sacar sacos y sacos de ropa vieja, cacharros rotos, miles de papeles, revistas antiguas y trastos acumulados durante tanto tiempo —que acabarían directamente en la trapería—, aparecían varias sillas de más de cien años de antigüedad que solo necesitaban un nuevo tapizado, una mesa algo rozada a la que dándole un poco de brillo se le podía sacar mucho provecho, una cama magnífica con un cabezal de querubines a juego con un armario de tres cuerpos, un secreter sucio con cartas de amor manchadas de humedad escondidas en un cajón, una biblioteca llena de libros antiguos, un par de cuadros pintados al óleo, un piano...

¡Un piano! Seguro que a Charito le encantaría tener un piano en casa. A lo mejor así volvía a cantar. Mientras acariciaba la vieja madera del noble instrumento, Tobías pensaba en todo lo que había ocurrido últimamente en su casa. Sufría por Remedios y por cómo se había ido con el corazón destrozado por la doble pérdida, la de la señora Paquita y la de su hermana, que otra vez se negó a despedirse de ella. Y en Charito, que hacía varios días que apenas hablaba. Había desaparecido de su cara la más mínima expresión de alegría, se movía por el piso como alma en pena, pidiendo solamente que la dejaran sola. Un piano le parecía la mejor de las ideas. Cantón lo observaba de reojo. Sabía que su amigo estaba pasando por un mal momento y no acababa de ver la manera de echarle una mano.

—¿Cuánto por el piano?

—Déjame que le dé un repaso y te lo llevas.

—Pero algo vas a tener que cobrarme...

—Venga, hombre, ¿hablas en serio? Mira...Yo voy a hacer como que nunca has dicho eso, tú vas a aceptarlo porque eres mi amigo y sanseacabó. ¿Está claro?

Cuando apareció Tobías con el instrumento y una sonrisa de oreja a oreja, Charito se quedó petrificada. ¿Un piano? ¿Por qué un piano? ¿Para qué necesitaba ella un piano? Después de unos segundos se le llenaron los ojos de lágrimas y tuvo que sentarse, porque las piernas dejaron de aguantarle el peso de tanto sentimiento de culpa como se le había acumulado durante los últimos días. Tobías creyó que había acertado plenamente con el regalo y que esa era la máxima expresión de sorpresa y alegría que él hubiera podido esperar. Pero Charito no podía quitarse de la cabeza un único pensamiento que de repente se instaló en su cabeza, que se repetía sin parar y que la partía en dos de la forma más dolorosa: Lo sabe... Lo sabe todo. Ha traído ese trasto para castigarme. ¿Desde cuándo lo sabe? ¿Por qué nunca me ha dicho nada?

—Está recién afinado. Ven, acércate, tócalo.

Tobías estaba encantado por la profunda impresión que el regalo había causado en su mujer. Estaba seguro de que las cosas iban a mejorar desde ese momento. A partir de ahora todo sería distinto. Dejaría que Charito se familiarizara con el nuevo miembro de la familia. Necesitaban conocerse. Necesitaban intimidad.

Pero para ella era la muestra de crueldad más grande que cabía imaginar. En cuanto Tobías cerró la puerta, una Charito completamente deshecha quitó la mano de encima de la tapa del teclado, como si le quemara. La abrió con cuidado y con un solo dedo tocó varias teclas al azar. Después dejó caer las dos manos encima de la falda y respiró profundamente, con la mirada perdida en el infinito. Cuando consiguió que el corazón se le serenara un poco, se levantó despacio, fue al cuarto de baño, abrió la ventana y con voz entrecortada empezó a entonar un lamento, más que una canción: «Toda una vida / me estaría contigo, / no me importa en qué forma, / ni dónde, ni cómo, pero junto a ti...».

Esperó, más necesitada que nunca de las caricias y el consuelo que siempre le enviaba su pianista. Pero esta vez no hubo respuesta.

«Toda una vida / te estaría mimando, / te estaría cuidando / como cuido mi vida, / que la vivo por ti...»

Nadie, nada.

—No me falles ahora. Ahora no, por favor —sollozó.

Repitió las estrofas, que volvieron a quedarse solas.

A medida que iba repitiendo su canto, se iba vaciando más y más. Miró hacia la puerta cerrada del cuarto de baño, hacia el interior de su casa, de su hogar, esperando sentir algo, pero no. Mientras recorría el suelo con la mirada, solo pensaba en el piano de la habitación de al lado. Lo imaginó como una jaula en la que estaban a punto de encerrar todos sus sueños. Miró otra vez a la ventana, y lo que la envolvió de repente fue un nuevo sentimiento. El de abandono.

33

Durante los días siguientes, Charito solo vivía para esperar a que todos se fueran y poder reunirse con el pianista. Pero él no volvió a acudir a la cita.

Mil pensamientos dinamitaban la mente de Charito. Empezó a buscar razones por las que él no quisiera escucharla más. No entendía por qué, de la noche a la mañana, algo tan importante, tan consistente, lo único de lo que estaba absolutamente segura y que durante casi diez años le había ayudado a seguir adelante, había desaparecido de su vida de forma tan brusca.

Sabía que a veces podía ser muy difícil, como aquel día que él le propuso una melodía en un tono que a ella le parecía demasiado alto. Charito había empezado a cantar dos tonos más abajo y él golpeó el piano, negándose a sus deseos. Después de varios intentos y de que ninguno de los dos diera su brazo a torcer, ella había cerrado la ventana de golpe dando por terminado el encuentro. Pero todas las parejas discuten, no podía ser que aquella fuera la causa. Además, al día siguiente él le propuso la misma melodía un tono más bajo, ella subió el que le correspondía y aquella canción les pareció la reconciliación más dulce.

Quizá había sido demasiado caprichosa en algún momento, o demasiado exigente. Hacía varios días que estaba ofuscada con el asunto de Hortensia y era verdad que llevaba algún tiempo sin acudir a la cita, y aunque esa no era la primera vez que pasaba, era posible que ahora se hubiera excedido. Empezó a obsesionarse por encontrar un tema adecuado para pedirle disculpas. Sentada en una silla delante de la ventana del cuarto de baño, intentándolo una y otra vez, Charito llegó a perder la voz.

¿Y si había encontrado a otra? Más joven, más complaciente, menos voluble... Tenía que reconocer que su voz ya no era la de antes: alguna vez se le cortaba o había desafinado. Claro que para su pianista también había pasado el tiempo: sus dedos ya no eran tan ágiles como hacía unos años y también se equivocaba de cuando en cuando. De los errores que cometían tanta culpa tenía uno como otro. Charito iba dando vueltas y más vueltas a todos esos pensamientos, esperando una nota, una señal que le revelara que él estaba allí. No tenía derecho a castigarla de esa manera. ¿Dónde estaban el cariño y la comprensión? Llevaban demasiado tiempo juntos como para que eso no importara.

A veces oía los comentarios de las vecinas del patio que, acostumbradas a apagar la radio cada vez que la pareja iniciaba una sesión, también estaban sorprendidas por el silencio. Se preguntaban las unas a las otras si alguien sabía qué había pasado.

—Deben de haberse mudado —decía la que estaba tendiendo en la azotea.

—Yo el otro día vi salir del 35 una camilla, pregunté a los vecinos y nadie me supo decir.

A Charito, que se sobresaltaba cada vez que oía un ruido, se le desencajaba la cara pensando que su pianista pudiera haber sufrido un accidente.

—Lo mismo están de vacaciones.

—Pues podrían haber dicho algo, que nos han dejado en blanco.

Y todas se reían.

Casi todas.

—¿Tú sabes algo, Charito?

Ella negaba con la cabeza, sin atreverse a decir una palabra que pudiera delatarla.

—Charito, hija, pero qué mala cara tienes. ¿Estás bien?

—Sí, sí. Es solo un pequeño resfriado. En dos días estoy como nueva —contestaba completamente afónica, dando credibilidad a su argumento.

Entonces se recogía, encogida en la silla delante de la ventana, esperando, mientras el resto de las vecinas se despedían y se retiraban a terminar de hacer la comida, volviendo a encender la radio, envueltas en aromas de coliflor, escabeche de sardinas y aceite caliente para freír croquetas.

—¿Le gustó a tu mujer el piano?

—Pues no sabría decirte. Al principio pensé que sí, pero creo que no lo ha vuelto a tocar. Está muy rara desde hace un tiempo. Desde que discutió con su hermana no es la misma. Anda todo el día triste. Yo le digo que la llame, que hagan las paces, pero ella ni me contesta. Es demasiado orgullosa. Bueno, no sé. Tampoco es algo nuevo para mí...

Cantón y Tobías se hacían grandes y pequeñas confidencias mientras rebuscaban en una caja de libros antiguos. Últimamente Tobías iba a verlo mucho más a menudo. La compañía de los señorones de la parte alta empezaba a cansarlo. Nunca les negaba una buena cara, una palabra amable, un buen apretón de manos y algún café, pero él se sentía mucho más a gusto entre trastos y gente corriente, con conversaciones sencillas, sinceras y sin artificios. Por otra parte, estar en casa resultaba cada vez más acongojante. Los chicos se encerraban en sus cuartos con sus estudios y sus propios intereses y a Charito la notaba ausente. Apenas conversaban porque, la verdad, ya no tenían gran cosa que decirse. Era consciente de que tampoco estaba haciendo nada por mejorar esa situación, y no se sentía orgulloso de ello.

Cantón se acercó a una preciosa mesa que se había quedado para uso personal después de uno de sus mejores desalojos y que le servía de escritorio. De uno de los cajones laterales sacó una cajita, la abrió y le enseñó a Tobías la hermosa sortija que contenía.

—Estoy pensando en pedírselo. Lo he visto en las películas americanas. ¿Tú crees que...?

Tobías se encogió de hombros con una sonrisa. Hacía tiempo que Cantón rondaba a Hortensia de forma no demasiado sutil; no era hombre dado a galanterías y le costaba mucho expresar sus sentimientos. Pero cada vez que Tobías lo veía cerca de la bonita mujer en la que se había convertido Hortensia notaba lo turbado que se sentía y cómo, de la manera más torpe posible, intentaba ser educado y atento. A nadie se le escapaba, por más que intentara disimularlo, la cara de tonto que se le ponía. Y a la que menos a Hortensia, que estaba muy curtida en el tema y a quien parecía que esas atenciones la halagaban.

−Llevo mucho tiempo dándole vueltas. Ya sé que no soy el hombre más guapo ni con el mejor porte que ella conoce. Pero seguro que ninguno la respetaría como yo. Me van bien las cosas, la trataría como a una reina. Dime... ¿Tú crees que...?

Cantón no se atrevía a acabar la pregunta. Pero Tobías, que estaba seguro de que iban a ser una buena pareja, se echó a reír y lo abrazó con fuerza, como dándole a entender que tenía todo su apoyo y que le hacía muy feliz verlo tan ilusionado.

Cantón, satisfecho, también se rio y guardó la cajita con el anillo en el bolsillo. Los dos se volvieron a sentar cada uno a un lado de la caja y, sin decirse nada más, siguieron hurgando entre los libros que contenía.

Fue una tarde magnífica.

Tobías había estado con varias mujeres, pero solo había habido un gran amor en su vida, y se había casado con ella. Siempre había presumido de ello, y a los ojos de la gente eso hacía de él un hombre mucho más afortunado que la mayoría. Pero Tobías no era feliz. La convivencia con Charito era cada vez más complicada. Tumbado boca arriba, con su mujer dormida en otro lado de la cama, Tobías pensaba a menudo en su vida en común. Charito vivía en un mundo propio al que pocas veces le había permitido acceder. Tenían momentos en que todo parecía cómodo y lógico. Tobías disfrutaba de ellos como si fueran regalos caídos del cielo. Las reuniones familiares eran agradables, hacían muchas cosas juntos, disfrutaban los unos de los otros. Pero los cambios se sucedían, y eran tan sutiles que cuando era consciente ya volvía a estar fuera de los planes de su mujer. Entonces su ánimo se oscurecía y a menudo estaba de mal humor. Esos vaivenes en la vida familiar eran agotadores, y ya le quedaban pocas ganas de luchar por ella. Además, el trabajo le absorbía mucho tiempo y los chicos estaban cada vez más ocupados, así que nadie parecía darse cuenta de su presencia, como tampoco de su ausencia. Más de un día salía de casa con una profunda sensación de soledad. Cantón, Hortensia y las chicas eran su refugio al final del día.

Y fue así como empezó a forjar su propio secreto.

Se llamaba Julieta. Había aparecido un día en la puerta del piso de la calle Roser con una maleta vieja y el aspecto de no haber roto nunca un plato. Era una prima segunda de Hortensia que esta se había traído del pueblo a ver si la espabilaba. Menuda y pecosa, había cambiado las trenzas adolescentes por un peinado mucho más sofisticado y a la moda que la ayudó a sacar a la muchacha pizpireta y desvergonzada que guardaba desde la adolescencia. Hortensia la mantenía alejada de las actividades habituales de la casa y pretendía darle una buena educación. Desde el primer momento se entendió muy bien con Tobías, que la trataba como si fuera su ahijada. La chiquilla le contaba sus cosas, jugaban a las cartas, leían juntos historias de Julio Verne... Ella siempre le besaba la mejilla cuando llegaba y cuando se marchaba. Durante mucho tiempo su relación no pasó de ahí. Pero Julieta fue creciendo y se convirtió en una mujer hermosa, sensata y muy segura de sí misma. Era la excepción del grupo, y Hortensia estaba muy orgullosa de ella. También Tobías.

Esta relación no hubiera tenido más importancia de no ser porque Julieta sentía por Tobías algo más que cariño. Veía en él a una especie de príncipe protector, maduro pero muy atractivo, que estaba pendiente de ella, que la tenía en cuenta. Poco a poco se fue enamorando. Y un día en que la casualidad hizo que se encontraran solos en casa, así se lo dijo. Tobías, que nunca había imaginado despertar esos sentimientos en ella, no sabía dónde meterse ni qué decir, pero una agradable sensación de bienestar le invadió el cuerpo.

—Julieta, chiquilla, no digas tonterías. Si yo podría ser tu padre...

—No me trates como si fuera una niña. Mírame. He crecido, ya soy una mujer y estoy muy segura de lo que siento. Dime que tú no sientes nada por mí.

Tobías sabía qué era lo que tenía que decir, porque aquello no estaba bien. Pero Julieta ya se había soltado el pelo y empezaba a desabrocharse lentamente la blusa. Un intenso calor había empezado a generarse en la cabeza de Tobías, en su pecho y también más abajo. Su cuerpo y la parte más animal de su subconsciente estaban jugándole una mala pasada.

—Por lo que más quieras, estate quieta.

Julieta se acercaba cada vez más, e imitando lo que a través de la rendija que dejaba una puerta mal cerrada veía hacer a sus compañeras de vivienda, con cierta vergüenza pero envalentonada por la decisión, se sentó muy despacio sobre las piernas de Tobías, que se había quedado paralizado y no era capaz de salir de la encerrona.

Tampoco estaba muy seguro de querer hacerlo.

Un buen puñado de sentimientos contradictorios abofeteaba su cerebro. El corazón le latía muy fuerte. Todo él estaba tenso y le costaba respirar. Finalmente, cayó derrotado cuando uno de los pezones de Julieta le rozó los labios. Entonces pasó las dos manos por debajo de la camisa desabrochada y empezó a recorrer su espalda caliente mientras hundía la cabeza entre los dos pechos.

Charito ya ni siquiera vivía. Llevaba unos días haciendo unos esfuerzos sobrehumanos para poder terminar la jornada con cierta dignidad. Se despertaba por la mañana, después de pasar una mala noche, posiblemente llena de pesadillas, y casi no tenía fuerzas para preparar el desayuno. Disimulaba su ansiedad como podía mientras el resto de la familia, que medio dormida apenas se daba cuenta de lo que pasaba, se arreglaba y se marchaba, cada uno a sus quehaceres. Entonces ella corría a encerrarse en el cuarto de baño y seguía esperando. Para poder estar más tiempo sola, mandaba a la muchacha que la ayudaba en casa un par de veces a la semana a hacer recados absurdos, y la pobre después apenas tenía tiempo de acabar el trabajo que le quedaba. Empezó a olvidarse de sí misma y a descuidar su aspecto. Con el rostro cada vez más gris, ya no pensaba en las posibles causas del abandono, ya no echaba nada en cara, ya no imaginaba lo que haría en el momento del reencuentro. Solo esperaba.

Sin fuerzas para cantar una sola nota, se pasaba las mañanas sentada delante de la ventana abierta del cuarto de baño. Con la mirada perdida, pasaba calor cuando el sol le daba de lleno en la cara y se mojaba los días de lluvia, atenta al más mínimo sonido que le indicara que su pianista había vuelto. Cuando ya no podía esperar más, bajaba al colmado de la esquina a comprar cuatro cosas para preparar la comida, siempre en silencio, obsesionada con oír alguna señal.

Se acostumbró a no decir nada durante el día, y también dejó de hacerlo durante la noche. Los chicos, pendientes solo de sus propias necesidades, se sentían a disgusto y le reprochaban tanta dejadez.

Después de su larga espera matinal, Charito preparaba una comida sin pretensiones y se sentaba con sus hijos a la mesa, en silencio, sin apenas probar lo que había servido. Santiago y Solita se encargaban de recogerlo todo y se retiraban a sus cuartos. Sin control alguno, Santiago salía cada vez más a menudo con sus amigos y Soledad solía pasar muchas horas en casa de su madrina. Charito se quedaba sola, dejando pasar el tiempo hasta la hora de la cena. Por no contrariar a su padre, y también por no perder la libertad que ellos mismos se habían concedido, los dos hermanos llegaron a una especie de pacto de silencio y nunca le contaron nada. Por eso, aunque Tobías ya veía que las cosas no iban bien, tardó algún tiempo en darse cuenta de que lo que estaba ocurriendo distaba mucho de ser normal. Al fin y al cabo, ya estaba acostumbrado a los enfados injustificados de su mujer, y ocupado como estaba y feliz a su manera, no advirtió que este último estaba durando demasiado.

Fue Magdalena quien llamó su atención después de que Charito rechazara varias veces una invitación y le pusiera excusas estúpidas cuando era ella la que quería visitarla.

Sabía que estaba en casa porque la había oído trajinar, pero no le cogía el teléfono ni le abría la puerta. Magdalena tenía unas llaves de emergencia para cualquier cosa que pudiera pasar, pero justamente hacía dos días que Solita se las había pedido y aún no se las había devuelto. Un extraño sonido la había sobresaltado. Alarmada, llamó a Tobías al trabajo, asegurándole que algo no andaba bien.

—Me pillas en plena reunión. Pero no te preocupes, en cuanto pueda voy para allá.

Tardó casi una hora en llegar. Magdalena lo esperaba en la puerta.

La vivienda estaba a oscuras y en silencio. Realmente daba la sensación de que no había nadie en casa. Sorprendido, Tobías fue a mirar habitación por habitación.

Se la encontraron en el suelo del cuarto de baño, tan fría como las baldosas sobre las que había caído, encogida en dirección a la ventana abierta, con la mirada perdida y sollozando como si se le escapara la vida a cortos suspiros.

—¿Qué le pasa a mamá?

—No lo sé, bonita, no lo sé. Tendremos que esperar a ver qué dicen los médicos. De momento vamos a dejar que descanse.

Tobías ya no sabía qué decirles a los chicos. Tumbada en la cama, Charito no respondía a ninguno de los estímulos que él, sus hijos y los tres médicos que ya la habían visitado habían intentado con ella. No hablaba ni se movía. Ningún medicamento, palabra de cariño, olor o sabor especial la hacía reaccionar. Ni siquiera la música, que había sido el mayor alimento de su existencia y que ahora incluso parecía que lo empeoraba todo. Ya no sabían qué hacer.

Lo que le pasaba a Charito era que una tristeza tan profunda como infinita había invadido su corazón, su mente y su cuerpo de tal forma que había perdido por completo la voluntad y el control. No era capaz de hacer nada, ni siquiera de pensar en ello. Se había desconectado de la vida.

Estaba sola cuando, desesperada, había hecho un último intento y su voz, ya muy maltrecha por tanto exceso, había expulsado un alarido profundo y visceral que asustó al patio entero. Había utilizado toda la fuerza que le quedaba en ese llamamiento y, sin nada más que ofrecer, había caído al suelo abatida y semiinconsciente. Así la habían encontrado Magdalena y Tobías.

En la casa se vivía como en un velatorio perpetuo. Se hablaba en voz baja y se procuraba no hacer ruido. Entre Tobías, Magdalena, la muchacha que les ayudaba en ese momento, los chicos y alguna vecina que de vez en cuando se ofrecía, siempre había alguien en casa, sentado a su lado en turno riguroso, con una luz tenue que apenas permitía leer, a la espera de alguna reacción que les diera una pista de cómo actuar. Comía poco y despacio, pero comía. No parecía sufrir dolor, físicamente estaba bien. Los médicos no lograban encontrarle ningún mal que no tuviera que ver con su ánimo, o quizá con algo que le pasara en la cabeza. Tobías se resistía a reconocer síntomas relacionados con la demencia. Hacerlo solo lo llevaba a sentirse aún más culpable.

Se le rompía el corazón al ver cómo sus hijos perdían el color y la alegría, y si no se aplicaban un poco más también perderían el curso escolar. Los pobres se sentían responsables por no haberle contado antes a su padre lo que pasaba; aun así, mantuvieron su pacto de silencio. Nadie hablaba de sentimientos, pero todos la echaban mucho de menos y parecían darse cuenta de lo importante que era que mamá estuviera bien para que todo funcionara como debía.

Magdalena estaba muy preocupada y no dejaba de preguntar por ella. Un día, sin consultar con nadie, porque se creyó con el derecho a hacerlo, se presentó en la casa con un doctor extranjero del que le habían hablado muy bien y que solía tratar ese tipo de casos inexplicables. Después de examinarla durante un buen rato, el médico dijo que creía necesario realizarle algunas pruebas más y planteó la idea de ingresarla durante una temporada para poder tenerla en observación.

—Esto tiene que ser algo de los nervios —dijo con un fuerte acento que lo hacía más convincente—, pero me gustaría consultarlo con un colega especializado en psiquiatría antes de emitir cualquier diagnóstico.

Aceptar que un psiquiatra la reconociera suponía aceptar la posible locura de Charito. Tobías se negó rotundamente. Pero solo necesitó tres días más para darse cuenta de que ni él ni sus hijos podían continuar viviendo de esa manera y finalmente consintió en que Magdalena hiciera los preparativos necesarios para el ingreso. Él no se vio capaz.

Cantón estaba muy nervioso. Se había puesto su mejor traje y una camisa limpia, se había peinado hacia atrás y llevaba tanta colonia que se hacía difícil mantenerse mucho tiempo a su lado. Por fin se había decidido. Después de varias noches de mal dormir, iba a pedirle a Hortensia que se casara con él, y pensar en la posibilidad de que lo rechazara le amargaba también el día. Había comprado un ramillete para la ocasión, pero lo apretaba tanto que varios de los tallos se habían vencido hacia los lados y le daban un aspecto un tanto ridículo.

Hortensia lo recibió con la naturalidad acostumbrada y con ella el resto de las chicas, que estaban reunidas en el salón. Todas le dieron las buenas tardes y siguieron a lo suyo, habituadas a tenerlo por allí. Hortensia cogió el ramo, sorprendida: no era la primera vez que le regalaban flores, pero sí en ese estado. Sin embargo, estas le parecieron las más delicadas que había recibido nunca.

—Pero ¿a ti qué te pasa hoy? —le preguntó al verlo tan azorado.

—¿Puedo hablar contigo un momento? A solas.

Las chicas se miraron las unas a las otras, divertidas con la situación. Había que ser muy tonto para no darse cuenta de lo que iba a pasar. En esos momentos, a todas les inspiró un gran sentimiento de ternura y suspiraron sonoramente, a coro. Hortensia se volvió hacia ellas con los ojos muy abiertos y les hizo un gesto como para indicarles que ya estaban tardando en marcharse, mientras les guiñaba un ojo. Cuchicheando y con la risa floja, se fueron levantando y se retiraron al cuarto de la Nuri. No hace falta decir que todas pegaron la oreja a la puerta.

Cantón carraspeó y se puso muy serio. Al mismo tiempo, un rubor incontrolable empezó a dominarle el rostro.

—Hortensia... Mira, yo...

—Espera, espera. Espera un momento.

Hortensia ya hacía tiempo que intuía las intenciones de Cantón, incluso se había atrevido a soñar con un futuro distinto. De acuerdo que no era precisamente un adonis, pero sí bueno, respetuoso, valiente y muy trabajador. Además, ella también se merecía a alguien que la quisiera de verdad, y no como prometían esos que las visitaban habitualmente. Una oportunidad como esa no se le iba a presentar a menudo. Además, apreciaba a ese hombretón, estaba segura de que podría llegar a amarlo con sinceridad y quería ser honesta con él.

—Tú no sabes nada de mí, de dónde vengo, ni todo lo que he hecho para llegar donde estoy.

—No me importa. Yo tampoco he sido un santo.

Cantón la miraba embelesado. Hortensia se fundía con tanto calor interno.

—Solo tengo lo que ves. Y creo que no voy a poder darte todo lo que esperas de mí.

—Yo solo quiero una compañera que quiera viajar conmigo lo que nos quede de vida y que sea la madre de mis hijos.

—Tampoco estoy segura de poder darte eso.

Los nervios del principio se fueron apaciguando. El rumbo que tomaba la conversación hizo que Cantón se mostrara cada vez más seguro.

—Mira, Hortensia. Yo no sé lo que va a pasar, nadie lo sabe. Solo sé que me encantaría que fueras lo primero que viera cada mañana cuando me levantara, y lo último cada noche, cuando me fuera a dormir.

Hortensia no pudo dejar de sonreír, pensando de dónde podía haber sacado ese hombre semejante ocurrencia. Nunca lo había imaginado tan romántico.

—Lo único que quiero es compartir contigo todo lo que tengo.

Con un gesto de lo más teatral y con el anillo en la mano, se puso de rodillas para pedírselo.

—¿Te quieres casar conmigo?

Hortensia casi no había tenido tiempo de asentir cuando una explosión de chillidos y aplausos se oyó al otro lado de la puerta del cuarto de la Nuri. Con una sonrisa de oreja a oreja, dejó que le pusiera el anillo y le tomó la cara con las dos manos para darle el beso más dulce que Cantón había recibido en su vida.

Con la ayuda y las influencias de Magdalena, Tobías había mandado a Santiago a un colegio mayor y a Solita al internado de las monjas alemanas, de las que le habían hablado muy bien. Santiago ya era casi un hombre y su padre estaba orgulloso de ver cómo, a pesar de tener argumentos muy convincentes en contra de esa decisión, asumía con entereza lo que se esperaba de él. Pero no podía quitarse de la cabeza la carita de su niña cuando, llorando, le pedía por favor que no la dejara allí. A él se le rompía el alma pero, dadas las circunstancias, no podía tenerlos en casa cargando con más responsabilidad de la necesaria y sin que nadie los atendiera como era debido.

Había llamado a Remedios, que, pese a todo lo que había pasado, no tardó ni una semana en acudir. Pero Charito tampoco reaccionó con su presencia, sus caricias y sus palabras cariñosas.

Iban a verla todos los días y se pasaban la jornada esperando a que alguien les informara sobre algún progreso, de pie y en silencio, o sentados apretándose las manos, o paseando por los pasillos sin cruzar apenas palabra, o fumando al lado de una ventana. Hacía varios días que estaba ingresada en el Hospital Clínico, sometida a gran cantidad de pruebas y análisis para discernir qué era lo que le provocaba ese estado de pasividad absoluta. Nada la hacía reaccionar.

Finalmente, una monja fue a buscarlos y les pidió que la acompañaran.

—Buenas tardes, señor Vila. Señora.

El doctor los recibió en su despacho. Junto a él había otro hombre con bata blanca al que no habían visto nunca.

—Veamos. Todos los reconocimientos que le hemos realizado a su esposa son correctos, físicamente doña Rosario está
bien. Como ya les dije, me he permitido llamar a consulta a
mi colega, el doctor Hernán, reputado psiquiatra a nivel
internacional, que acaba de llegar de Londres y que me ha
estado hablando de una nueva técnica que está dando muy
buenos resultados en Europa y Estados Unidos. Él los infor-
mará mejor.

El doctor le cedió la palabra a su colega, que se enderezó
como para dar mucha importancia a lo que iba a decir.

—¿Han oído ustedes hablar de la terapia de electrochoque?

34

Remedios hablaba por teléfono con su cuñado todos los días. La situación se había alargado demasiado y ella también tenía que cuidar de su familia. Siempre se había llevado muy bien con Tobías y sabía que Charito estaba en buenas manos, así que se había marchado tranquila.

Tobías no se quedaba solo. Tenía un buen apoyo en Magdalena, que visitaba a menudo a su amiga y atendía todas las necesidades de Solita. Y, aunque nadie lo supiera, también encontraba un buen consuelo en Julieta, que siempre lo apoyaba, consciente de cuál era su lugar y sin pedir nunca más de lo que sabía que podía darle.

Charito llevaba un par de meses en el hospital. Les habían explicado detalles sobre el tratamiento que iban a aplicarle y, a pesar de que les garantizaron que ella no sufriría en absoluto, Tobías no acababa de estar convencido de que eso de dar descargas eléctricas a su mujer fuera del todo correcto.

—No tienen por qué preocuparse —les decían los doctores—, le aplicaremos un anestésico y un relajante muscular para evitar las convulsiones. El tratamiento es totalmente seguro, y ella no recordará nada después. Empezaremos a notar los primeros resultados en seis o siete sesiones. Confíe en nosotros, sabemos lo que tenemos entre manos.

Tobías no acababa de creerse lo que le contaban, pero hasta el momento nada había dado resultado y Charito no podía continuar así. Quizá si hubiera sabido que el procedimiento estaba en fase experimental y que la intensidad de las descargas aún no estaba del todo calibrada, o si hubiera visto cómo ataban a Charito y le ponían una pieza de goma en la boca para evitar que se mordiera la lengua, se habría negado en redondo a someterla al tratamiento, que más parecía una tortura que un remedio.

Las enfermeras, los médicos y las monjas que se ocupaban del pabellón la trataban con respeto y cariño y le hablaban continuamente, esperando estimular su conciencia cuanto antes. «Buenos días, doña Rosario. Está usted muy guapa hoy.» «¿Vamos a comer un poco, doña Rosario?» «Deje que la reconozca, doña Rosario. Bueno, parece que todo va bien.»

Cuando, a la tercera semana, Charito parecía que devolvía miradas menos vacías, Tobías empezó a relajarse y se convenció de que lo que hacían estaba bien. Los médicos también tenían esperanza y se daban ánimos los unos a los otros, satisfechos con los resultados.

Tobías se sentaba al lado de su mujer un rato todos los días, durante el horario de visita. Le cogía una mano y le contaba cosas que habían pasado, los chismes que se oían en el barrio o que leía en las revistas, lo que le contaba Remedios desde Córdoba. Le transmitía los saludos que le mandaban amigos y vecinos, le hablaba de recuerdos conjuntos que habían acumulado después de más de quince años de matrimonio. Charito lo miraba con una sonrisa perpetua, pero inexpresiva y silenciosa.

—Hola, Charito. Mira, hoy te traigo una foto de la niña. Se la han hecho en el colegio. Está contenta. Al principio le costó un poquito, pero ahora me ha pedido que le dejemos pasar el verano con las monjas, que está muy a gusto allí. Qué te parece, Charito, ¿crees que deberíamos hacerlo? Santiago ha terminado el bachillerato y le he dado permiso para ir a pasar un par de meses a París con mi hermano, si te parece bien. Cuando te recuperes, tú y yo podríamos hacer un viaje o alguna cosa los dos solos, como cuando éramos novios. ¿Te gustaría?

Los músculos de su cara apenas se movían. Estaba relajada, ausente, como si todos sus problemas hubieran desaparecido, pero también todo lo que la hacía feliz.

—¿Por qué me llamas Charito? —le dijo de repente un día—. Aquí todo el mundo me llama Rosario.

Eran las primeras palabras en mucho tiempo. Tobías se enderezó de golpe en la silla, sorprendido, contento y desconcertado. No sabía si llamar a la enfermera o disfrutar de ese momento él solo. Le apartó un rizo que le caía sobre la frente con mucho cariño.

—¿Prefieres que te llame Rosario?

Rosario asintió, mirándolo por primera vez a los ojos.

—Me gustaría.

Tobías le tomó una mano y se la llevó a los labios para besarla. Después apoyó en ella su mejilla. Rosario le dejó hacer sin dejar de mirarlo.

Con Julieta acurrucada a su lado, Tobías aspiraba con ansia el olor a piel joven, a entusiasmo y a ganas de comerse el mundo que tanto le recordaba la primera época con su Charito. La muchacha se entregaba a él sin condiciones, con una ilusión casi adolescente, generosa, sin exigirle tiempo ni atención, y eso solo le provocaba más inquietud y sentimiento de culpabilidad.

La oía respirar tranquila, satisfecha y feliz mientras él no podía dejar de dar vueltas y más vueltas a aquello en lo que se había convertido su vida. Cuando Julieta lo recibía con esa sonrisa entre pícara e inocente que intentaba ocultar un secreto ya conocido por todos, a él se le rompía el alma pensando que la situación no era justa ni para ella ni para Rosario, que se pasaba los días tumbada en el hospital ignorando el transcurrir del tiempo. Pero se sentía incapaz de tomar una decisión. Aquella mujercita le llenaba el corazón de alegría, le hacía revivir momentos felices, lo hacía sentir como si volviera a tener veinte años. Y poco a poco se dio cuenta de que podía amar perfectamente a las dos mujeres, a cada una de una forma distinta. La energía que le transmitía la juventud de Julieta le daba fuerzas para volver cada tarde al hospital y acompañar a su mujer en el lento proceso de recuperación. Y ver cómo cada día había una nueva reacción, una pizca de mejora en la salud de Rosario, hacía que el entusiasmo lo llevara otra vez al lado de Julieta para compartir con ella la alegría que le provocaba. Esta siempre lo recibía con una espléndida sonrisa, feliz de verlo feliz. En el fondo era una vida equilibrada que solo se tambaleaba en esos instantes en que la culpabilidad decantaba la balanza hacia el lado más desesperanzador.

Cantón y Hortensia sabían y callaban. Apreciaban mucho a Tobías, pero ella era una chiquilla; claro que él era buena gente y la niña no podía estar mejor protegida, aunque él era un hombre casado y ya tenía una edad. La chica tampoco estaba exenta de culpabilidad —Hortensia intuía desde hacía un tiempo cuáles eran sus intenciones—, pero él era un hombre hecho y derecho que nunca debería haber caído en la tentación. De acuerdo que con lo que el pobre estaba pasando era normal que aceptara tan buen consuelo, pero, por el amor de Dios, si prácticamente había criado a la niña... Bueno, ya no era tan niña, se había puesto impresionante, tenía criterio y había hecho su elección. Además, desde que estaba con Tobías parecía que hubiera florecido y tenía una mirada mucho más madura. Julieta era feliz y a Tobías le hacía mucho bien. Si los dos estaban conformes, quiénes eran ellos para meterse. Se miraban, suspiraban y que cada cual siguiera con su vida.

Magdalena se ocupaba de saber cómo les iba a los chicos, sobre todo a Solita, que por edad y proximidad necesitaba más atención. Esa pobre niña había crecido prácticamente a la falda de su madrina y casi con la única compañía de su hermano. Ahora, interna en el colegio, con doce añitos recién cumplidos, se había abierto al mundo, parecía muy contenta y no daba la sensación de que añorara demasiado su antigua vida. Magdalena sentía que ella era la única que realmente echaba de menos a la criatura, y no le suponía ningún esfuerzo cancelar visitas o acontecimientos sociales para ir a verla los domingos después de misa de doce y llevarle dulces, ropa y noticias de su familia. Le contaba los progresos de su madre y lo atento que era su padre con ella. Le prometía que la semana siguiente, o la otra a más tardar, la recogería para ir a verla, en cuanto sus médicos dieran permiso para más visitas. Estas noticias, junto con las cartas que iba recibiendo de su hermano desde París, explicándole sus aventuras y anécdotas, tan exóticas para ella, eran suficientes para que se quedara tranquila en un internado donde cada vez se encontraba más cómoda.

La casa de al lado parecía deshabitada. Tobías apenas pasaba por allí. Se veían poco y se contaban menos. Con todo lo que habían vivido juntos, Magdalena se sentía decepcionada por el comportamiento de su vecino. Pero, sobre todo, lo añoraba. También a Charito, y la inquietaba no tener apenas noticias suyas. Para saber de ella no tenía más remedio que echar mano de sus influencias con el cuadro médico del hospital, que la informaba de la evolución de la paciente, pero sin concederle derecho a visita.

Echaba de menos los encuentros en casa de una o de los otros y la alegría de la pequeña cuando llamaba al timbre a cualquier hora y con cualquier excusa. Se había acostumbrado a las idas y venidas de esa familia que ya casi consideraba como suya, a prestarle a Charito un poco de algo que había olvidado comprar, a comentar noticias y acontecimientos con Tobías. Siempre había sido su protectora, y ahora, en su ausencia, se sentía muy sola.

Cargando cada uno con sus propios secretos, fueron pasando los primeros meses de internamiento de Rosario.

Cada vez que Tobías iba a verla la encontraba sentada en una butaca, mirando hacia la ventana. Limpia, pura, con las manos juntas en el regazo, en silencio. Parecía estar en paz consigo misma y con el resto del mundo. Rosario lo recibía con una sonrisa que parecía sincera, como si lo estuviera esperando, como si acabara de alegrarle el día. Tobías le devolvía la sonrisa con cariño, pero sin demasiada convicción. Aquella no era la mujer de la que se había enamorado.

—¿Está usted seguro de que ella sabe quién soy? Sí, me llama por mi nombre y parece confiada, pero tengo la sensación de que me identifica antes como una rutina más del hospital que como parte de su vida.

Los doctores le garantizaban que la pérdida de memoria que había sufrido al principio había sido algo pasajero, que ya prácticamente había recuperado todos sus recuerdos y que después de algunas sesiones más, para asegurarse de que todo iba bien, estaría totalmente recuperada. Entonces podría llevársela a casa, y su vida tardaría poco en volver a ser la de antes. Pero Tobías no estaba seguro de eso. La mujer que le estaban devolviendo distaba mucho de parecerse a aquel espíritu alegre, fuerte, independiente, combativo y un poco voluble con el que se había casado. Ellos no la conocían y no podían advertir la diferencia. Le pidieron paciencia, había que concederle tiempo. Por momentos, Tobías se arrepentía de haber dado permiso para llevar a cabo aquel procedimiento.

Después de tanto tiempo de inactividad, los doctores recomendaron que Rosario empezara a dar paseos para que sus músculos volvieran a coger el tono adecuado. Colgada del brazo de Tobías, disfrutaba del sol, la brisa y la compañía de su marido en los jardines del hospital.

—Cuéntame de los chicos. ¿Qué hace Santiago?

—Llama de vez en cuando, pero las conferencias son caras. Escribe cartas a Solita, que leemos juntos cuando tengo oportunidad de ir a verla. Siempre pregunta por ti y se alegra de tus progresos.

Solía contarle estas cosas con la boca pequeña, porque ni iba a ver a su hija tanto como debiera ni el interés de su hijo era tal. Pero las mentiras piadosas no le harían daño, y sin embargo podían hacerle mucho bien. Además, aunque no lo manifestara, Tobías estaba convencido de que Santiago pensaba en su madre y se preocupaba por su salud.

—Sé que se está planteando quedarse en París para estudiar Arquitectura bajo la tutela de mi hermano. Creo que deberíamos darle nuestro permiso. Además, su padrino ha propuesto hacerse cargo de todos los gastos. Me cuenta que el chico se ha adaptado muy bien y que ya domina el idioma. Yo creo que es una buena oportunidad, ¿no te parece, Charito?

Cada vez que Tobías la llamaba Charito ella le dirigía una mirada de reproche, simpática pero contundente.

—Yo no soy Charito. Acuérdate de llamarme por mi nombre, por favor. Soy Rosario.

Para Tobías era difícil. Como Charito la había conocido, y llamarla de otra manera era como reconocer que era otra persona. Y a Tobías le dolía en el alma ver en qué espíritu domado y ausente la habían convertido.

—¿Y Solita? ¿Cómo le va en el colegio?

—Está contenta, Rosario. Te manda recuerdos. Las monjas me dicen que estudia mucho. Magdalena la recoge de vez en cuando y se la lleva a algún concierto o a una exposición. Se está convirtiendo en una señorita preciosa.

—Bien. Solita debería haber sido hija de Magdalena. Desde que nació, la ha cuidado mejor que yo.

Las palabras de Rosario sonaban neutras, sin ningún matiz. No tenían trazas de rencor ni de nostalgia. Eran pura constatación de hechos.

Los paseos, cada día un poco más largos, estaban llenos de frases cortas pero sobre todo de silencios prolongados. Ninguno de los dos necesitaba más. Acompañarse, tal como habían prometido, para lo bueno y para lo malo, era lo único que necesitaban el uno del otro. Y lo único que podían ofrecerse.

Sentada en su butaca al lado de la ventana, con la cama recién hecha y dos rosas en el jarroncito que tenía en la mesilla de noche, con el olor a limpio del desinfectante y el murmullo permanente de pasos de enfermeras y quejidos de pacientes que anestesiaban sus oídos, Rosario seguía con la mirada los barrotes del ventanal de la habitación privada que habían conseguido gracias a la influencia de Magdalena. El sol entraba a través de los cristales y le calentaba la cara, trayéndole recuerdos de juventud. Cuando entraba una enfermera con una infusión o para tomarle la temperatura, Rosario le dedicaba la misma sonrisa que a su marido o a su médico. El vacío con el que despertaba cada día le resultaba placentero. Y llenarlo poco a poco durante la jornada le parecía una actividad estimulante.

Guardaba en el fondo de su pensamiento la evocación del pozo profundo en el que había caído. No conseguía encontrar la razón ni sabía cómo había llegado hasta allí, pero podía comparar ese recuerdo con la sensación de bienestar que sentía ahora y por eso sonreía agradecida a todo aquel que cuidara de ella. Reconocía a Tobías como su marido y a Magdalena como su amiga y vecina. Sabía que Remedios era su hermana, que Santiago y Solita eran sus hijos. Sabía lo que eso significaba, y cómo debía quererlos. Pero le costaba encontrar sentimientos verdaderos y profundos hacia todos ellos. Deducía que debían de haber sido buenos y sinceros, meditaba mucho sobre ello, buscaba y buscaba en el fondo de sus pensamientos esperando, en algún momento, encontrar algo que la hiciera reaccionar, que le despertara alguna sensación. Más de una vez estuvo a punto de conseguirlo, pero siempre se quedaba ahí. No tenía prisa. No recordar no le provocaba ningún tipo de ansiedad. El doctor le recetaba paciencia, y paciencia era algo que ahora le sobraba. En el hospital la trataban bien y ella se sentía protegida. Ya le dejaban recibir visitas, que siempre eran amables y le traían buenas noticias. No necesitaba más.

Como cada día y durante muchas horas, Tobías miraba al cielo a través del ventanal, sentado detrás de la mesa, en el despacho. Se daba cuenta de que el tiempo que pasaba allí era el más largo y tedioso de la jornada. Cada vez le gustaba menos su trabajo y procuraba estar más tiempo fuera de la oficina con la excusa de alguna visita. Tenía la sensación de estar perdiendo una parte importante de su vida entre esas paredes. El ambiente general del país invitaba a la rutina y el conformismo, pero él necesitaba acción y tenía ganas de encontrar la forma de desafiar al destino. Se había adaptado bien a sus derrotas y había pagado el precio que la vida le había impuesto, pero, de nuevo fortalecido, necesitaba algo más. Empezaba a tener pequeños presentimientos, momentos en que lo invadía la sensación de que su tiempo en la empresa estaba llegando a su fin, de que su trabajo había terminado y de que la compañía no le proporcionaría ningún estímulo más, ningún motivo para quedarse.

Hacía demasiado que no se calzaba las botas de montaña y se iba a pasear por Montjuic. La montaña había cambiado mucho. La ciudad necesitaba crecer y parte de los montes por los que había corrido en su juventud eran ahora nuevas calles del barrio de Poble Sec, donde barracas humildes se habían convertido en pequeñas casas de trabajadores. Alguien con visión de futuro había diseñado un circuito de carreras de coches y motos que bordeaba la montaña. Arriba, el castillo dominaba una ciudad triste y gris. Y en la ladera sur seguía estando el cementerio, cada vez más grande, donde muchos de los habitantes de Barcelona tenían su última residencia con vistas al mar.

Un mar infinito, prometedor.

Asomado en el mirador, Tobías repasaba su trayectoria y pensaba en lo mucho que habían cambiado las cosas. Recordaba lo que había sido su vida al otro lado del océano e imaginaba cómo habría podido ser si aquella moneda que lanzó al aire hubiera caído por la otra cara.

Ahora, con casi cincuenta años, una mujer enferma, dos hijos, una amante y un trabajo insatisfactorio, tenía la sensación de estar subido a un carrusel cuya velocidad no controlaba y que cada vez giraba más rápido.

Se llenó el pulmón de aire y lo fue soltando despacio, como para ser consciente de que podía vaciarlo completamente. Después se encendió un cigarrillo, y a la segunda calada empezó a toser. Tendría que dejarlo, pensó.

A pesar de no ser pura ni inocente, Hortensia quiso casarse de blanco y con un largo velo. Estaba preciosa.

—A la señora Paquita le hubiera encantado verte salir vestida así de su casa —le había dicho Remedios mientras la ayudaba a vestirse.

–¡Ay, señora Remedios! Pienso tanto en ella...

–Vamos a ver, Hortensia. A estas alturas, y tal como están las cosas, ¿no crees que ya deberías empezar a tutearme?

–No creo que pueda acostumbrarme, señora Remedios. Por mucha confianza que le tenga, usted siempre será la señora Remedios.

También recordaron al bueno de Esteban y a todos los que compartieron con ellas algún momento de su vida y ahora no podían estar presentes, y reían y lloraban al mismo tiempo.

La escalera de la calle Roser estaba llena de flores, ya se había encargado Cantón de ello. No quería que a su novia le faltara nada el día más importante de su vida. Un coche la esperaba en la puerta, también lleno de flores, para llevarla a la iglesia de la Concepción, donde la esperaba, tembloroso como un flan y acompañado de su amigo, el hombre más afortunado del mundo.

Para Cantón y Hortensia, su boda fue la más hermosa y romántica a la que habían asistido nunca. No había muchos invitados, pero los que estaban se alegraban sinceramente de su felicidad.

Normalmente, la madrina tendría que haber sido la madre del novio y el padrino, el padre de la novia, pero las circunstancias de los contrayentes lo hacían un poco difícil, así que, después de meditarlo con cuidado, decidieron pedirle a Tobías que fuera el padrino, por haber sido él quien propiciara que se conocieran, y Hortensia escribió a Remedios, por ser lo más parecido que tenía a una familia, para pedirle que fuera la madrina.

Colgada del brazo de su cuñado, Remedios iba de peineta y mantilla. Los dos estuvieron de acuerdo en que era mejor no mencionarle el acontecimiento a Rosario, que creía que su hermana estaba allí solo para visitarla y preocuparse por su salud. Después de la ceremonia y el convite tendrían que ir al hospital para no levantar sospechas, pero ahora iban a disfrutar de la fiesta.

Julieta se apoyaba en Paquito, el vecino boxeador amigo de Cantón, y lloraba sentada en la primera fila de asientos. Todo el mundo pensó que era por la emoción. Pero la pobre

Julieta solo pensaba en las escasas posibilidades que tenía ella de vivir algún día un momento como ese. Era una mujer joven, hermosa y enamorada. Pero de la persona equivocada. Su única opción era que a doña Rosario le pasara algo, y desear eso no era cristiano. De ninguna manera quería desearle mal a nadie y menos a Tobías, que amaba a su esposa y hubiera sufrido mucho con su muerte. Pero no podía evitarlo. De vez en cuando se le había pasado por la cabeza esa posibilidad, y el pensamiento la hacía sonreír. Pero enseguida se sentía culpable, se castigaba y acudía a confesión para recibir severos castigos por el doble pecado. Tomaba la precaución de ir siempre a iglesias distintas y bien alejadas de su parroquia. Era una buena cristiana, pecadora y a veces arrepentida. Pero no tenía un pelo de tonta, y no quería arriesgarse a recibir miradas de soslayo o recriminaciones veladas de ningún cura conocido. Toda esa tormenta de pensamientos la hacía sufrir mucho, en particular ese día, que veía claramente cuál iba a ser su destino. No lloraba por la emoción, sino por la pérdida de sus esperanzas. De vez en cuando disimulaba una mirada al banco de al lado, esperando cruzarse con la de Tobías. Él se la devolvía con una pequeña sonrisa que solo ellos creían reconocer.

A Remedios no se le escapó ese juego, y dos semanas después, cuando Tobías la acompañó a la estación, ella lo tomó de las dos manos y se puso de puntillas para darle un beso de despedida.

—Eres un buen hombre, Tobías. Yo sé que mi hermana es una mujer difícil y que convivir con ella es complicado. Sé que la quieres y que ahora estáis pasando por un mal momento. También sé que está bien cuidada y que nunca dejará de estarlo.

Tobías miraba al suelo, intentando ocultar el gran secreto que lo avergonzaba. Remedios le apretó las manos cariñosamente y le sonrió.

—No te preocupes, me parece bien que intentes ser feliz. Solo te pido que tengas cuidado y que procures que Rosario no lo sepa nunca.

Cantón le ofreció su vida a Hortensia, y ella la aceptó llena de agradecimiento.

Decidieron alquilar un piso amplio y cómodo cerca de la tienda de Cantón, en el barrio de Gracia. Allí nadie sabía de la antigua vida de Hortensia y en muy poco tiempo se granjeó el respeto de los vecinos y clientes de su marido.

La casa de la calle Roser se quedó a cargo de una de las chicas de confianza, que se encargaba de pagarle el alquiler de las habitaciones a Hortensia, como ella misma había hecho con la señora Paquita. Julieta tenía una habitación a su disposición en la nueva casa, pero prefería seguir viviendo en la pensión, donde tenía más libertad para verse con Tobías.

Ella estaba encantada de que la llamaran doña Hortensia o señora de Cantero. Él la miraba desde el fondo de la tienda, elegante, respetable, atendiendo con simpatía a sus clientes, ganándose su cariño, aprendiendo el oficio. Hortensia compró un montón de libros sobre muebles antiguos y por las noches los estudiaba para que no se le escapara ninguna de las piezas que iban llegando al almacén después de cada desalojo. Quería que su marido estuviera orgulloso de ella, y él cada día la quería más.

La felicidad de la pareja era casi perfecta, pero al cabo de unos meses una sombra de tristeza empezó a rondarlos. Por más que lo intentaban, no había manera de que Hortensia se quedara encinta.

Hortensia no, pero Julieta sí.

35

–Pero ¿cómo ha podido pasar?

No terminó de pronunciar esas palabras y ya se había dado cuenta de que era el hombre más estúpido de la Tierra. Inmediatamente agarró a Julieta y la atrajo hacia él para abrazarla con fuerza. Su cabeza era un torbellino de amor, compasión, culpabilidad, miedo, alegría y responsabilidad.

–¿Y qué vamos a hacer ahora? –le preguntó ella.

Tobías la cogió de la mano y la acompañó hasta una silla. Se sentó a su lado. La pensión estaba oscura, íntima. Julieta había esperado a que todos se hubieran ido al baile de la fiesta mayor para hablar con él. Ellos dos no solían salir a la calle juntos ni mostraban su afecto en público. El resto de la casa lo sabía y lo respetaba.

–¿Tú qué quieres hacer?

–Yo quiero casarme contigo y tener una familia.

Tobías la miraba con amor, sin decir ni una palabra. Los dos sabían que eso solo era la expresión de un deseo. Ella le acarició la cara.

–Yo quiero tenerlo.

Tobías asintió. Julieta había renunciado a muchas cosas por él. Si quería tener ese niño, estaría a su lado, tendría todo su apoyo. La sentó sobre sus piernas, la abrazó por detrás y descansó la cara en su espalda. Empezó a balancearse con suavidad.

–Voy a querer a esta criatura como se merece. Nunca os faltará nada. Te lo prometo.

Julieta estaba segura de ello. Cuando supo que estaba embarazada se le cayó el alma a los pies, aunque en el fondo era lo que deseaba: tener algo de Tobías, tan suyo, tan de los dos, que nadie podría quitárselo; algo que la uniera a él casi más que el matrimonio. Durante el tiempo que el secreto fue solo suyo, barajó un sinfín de posibilidades. Imaginó su vida con el bebé y con Tobías. También la imaginó sin él. Podía tener ese hijo. Podía buscar la forma de no tenerlo. Y no lo tendría si Tobías no estaba de acuerdo. Durante varios días se resistió a decírselo por temor a una negativa. La angustia no la dejaba vivir. Pero al mismo tiempo la mantenía más viva que nunca, a pesar de lo mal que se encontraba.

Ahora, sentada sobre las piernas de su amor, rodeada por esos brazos que tanto quería, acunada por sus palabras y su movimiento, se sentía segura. Sabía que nada podía ir mal. Ella y su hijo estarían siempre protegidos por una persona buena y responsable que velaría por su bienestar.

Cerró los ojos y disfrutó del momento.

Hortensia los miró y suspiró profundamente. Era absurdo ponerse a gritar como una energúmena. Eran personas adultas, y estaba fuera de lugar preguntarles si se habían vuelto locos.

¡Qué ironías del destino! Ella y Cantón, que estaban en condiciones de ofrecerle a un bebé un hogar estable, que disfrutaban de una buena posición económica y que se morían de ganas de formar una familia, debían consolar a la peor pareja posible que se pudiera imaginar para tener una criatura. La mirada se le iba de los ojos a la barriga de Julieta, y otra vez a los ojos. Ya estaba hecho. No sabía si abrazarla o darle una bofetada.

Sabiendo lo que sentía su mujer, a Cantón se le llenaba el corazón de tristeza. Solo se le ocurrió una cosa.

—Dejemos a las mujeres solas.

Julieta levantó la mirada hacia Tobías, suplicante, pidiéndole que no se fuera. No se veía capaz de enfrentarse cara a cara con Hortensia.

Cantón agarró a Tobías del brazo y se lo llevó al despacho de la tienda, abrió el pequeño mueble bar de caoba fruto de otro desalojo, sacó una botella y dos vasos que puso encima de la mesa y sirvió una buena cantidad de brandy.

—Me gustaría que le echaras un vistazo a esto. Dime qué te parece.

Tobías agradeció los esfuerzos de su amigo por distraerlo. Estaba viviendo un momento realmente difícil. Aunque su cabeza se había quedado en el salón, con Hortensia y Julieta, hizo un esfuerzo para concentrarse en lo que Cantón le enseñaba.

Al otro lado de la mesa, Cantón había colocado una especie de libro de cuero negro, voluminoso, muy elegante, cuyas gruesas páginas tenían pegados sobres, tarjetas postales y unos sobrecitos de un papel mucho más fino, casi transparente, que contenían sellos antiguos de Correos.

—Hay catorce más como este. Los he traído de una casa que he vaciado en Vallvidrera. Esta vez he pagado un buen precio por los muebles. Los libros los he encontrado al desalojar una de las estanterías de la biblioteca. Creo que podría ser algo valioso. ¿Qué opinas?

Tobías observó los pedacitos de papel dentado y sintió una curiosa atracción por ellos. Se sentó tranquilamente y se dedicó a pasar las hojas con cuidado. Le dio la sensación de que aquello había que tratarlo con delicadeza. Sí, parecía valioso. Había sellos de varios tamaños y colores, de todo el mundo, cuadros, retratos, paisajes, algunos de gran belleza, otros más austeros. Los miraba como si tuviera en las manos pequeñas obras de arte. Los matasellos de las postales procedían de los lugares más próximos y de los más exóticos. Descubrir sus orígenes volvía a despertarle el deseo de viajar por el mundo. Estar sentado delante de ese pequeño museo le estaba proporcionando un estado de relajación que hacía mucho tiempo que no sentía. Podría pasarse horas estudiando cada detalle, por insignificante que fuera.

A Cantón le gustó ver cómo su amigo se iba entusiasmando con algo que para él no eran más que pedazos de papel que servían para enviar cartas. Fue dejando el resto de los álbumes delante de Tobías, formando dos columnas que parecía que lo enmarcaran. No esperaba tan buen resultado de su estratagema de distracción. Pero es que Cantón no sabía que Tobías se había aficionado al coleccionismo: guardaba las vitolas de los puros habanos que se fumaba, los números de lotería que compraba y que nunca le tocaban, seguía con su colección de billetes de autobús y tranvía con números curiosos, incluso recortaba las carátulas de los paquetes de cigarrillos que se fumaba desde que había podido empezar a pagárselos. Cuando había descubierto que las monedas llevaban grabada la fecha de acuñación, también empezó a guardar una pieza de cada. Conservaba los álbumes de cromos de sus hijos, que él mismo se había encargado de completar. Habría guardado también los cromos troquelados y las muñecas recortables de Solita si no le hubiera parecido inadecuado para un hombre de su edad.

En el despacho de su casa tenía aquel hermoso mueble que había pertenecido a su amigo Frederic y que había pintado en un suave tono verde manzana, donde atesoraba sus colecciones perfectamente ordenadas por numeración, fecha de entrada, tamaño, antigüedad... Era muy meticuloso en su método de archivo y llevaba un libro con todas las anotaciones necesarias para saber lo que tenía y dónde.

No recibía muchas cartas, así que la posibilidad de coleccionar sellos era menor. Pero ahora, con esos álbumes encima de la mesa, sentía un hormigueo especial en los dedos que le resultaba muy agradable. Cantón, sentado delante de él, observaba su reacción.

Ensimismados, apenas se dieron cuenta de que la puerta de la tienda se abría y de que entraban las dos mujeres.

Cantón tuvo un buen presentimiento cuando vio la cara de Hortensia.

—Bueno, ya está todo decidido. La niña se queda en casa hasta que para. De momento, ni una palabra a sus padres; no hay por qué hacerles pasar esa vergüenza en el pueblo. A la gente del barrio le diremos que es mi hermana pequeña, que está aquí porque se ha quedado viuda, tan joven, la pobre, y que nuestros padres son muy mayores para atenderla. De todas formas, hazte a la idea de que vas a salir poco de casa

—dijo volviéndose hacia Julieta, y después se dirigió a Tobías con la confianza que brindaban los años y la experiencia—: Tú puedes venir a verla cuando quieras. Y cuando haya nacido el niño, ya veremos.

Sentado delante del álbum de sellos, Tobías la miraba con los ojos muy abiertos. La contundencia de Hortensia los había dejado a todos sin palabras. Julieta, que estaba escondida detrás de su prima, no se atrevía a moverse. Cantón rebosaba amor. ¡Qué orgulloso estaba de su mujer!

—Buenos días, señor Vila. Siéntese, por favor.

Había pasado casi un año desde su ingreso y los doctores consideraban que Rosario ya estaba en condiciones de incorporarse a la vida normal. Estaban muy contentos con el resultado del tratamiento. Había sido largo y tedioso, pero parecía que Rosario estaba prácticamente recuperada y la primavera era un buen momento para volver a casa.

—Aún hay ciertas lagunas en su memoria, pero poco a poco la rutina hará que todo se ponga en su sitio. Es conveniente que al principio no la exponga a estímulos demasiado agresivos. Las visitas, las fiestas familiares, los viajes, es mejor que los dosifiquen hasta que veamos que se va adaptando correctamente. Conviene que observe las reacciones. Es posible que el desencadenante de su estado depresivo aún esté en su entorno habitual. Si observa algún comportamiento extraño, es importante que nos lo comunique de inmediato; lo trataríamos en las visitas de seguimiento. Por lo demás, doña Rosario está bien y goza de una salud física estupenda.

El doctor bajó la mirada hacia los papeles que tenía sobre la mesa, firmó lo que parecía el alta, la dobló en tres partes y la metió en un sobre que tendió a Tobías.

—Una última recomendación, y espero que no me tache usted de indiscreto. Sería conveniente que, por lo menos durante un tiempo, se planteara la opción de dormir en camas separadas. El contacto físico, al principio, podría hacer más mal que bien. Usted ya me entiende.

Unos golpes al otro lado de la puerta interrumpieron el incómodo discurso.

—Con su permiso.

—Adelante.

El doctor se levantó. Una de las monjas enfermeras de confianza abrió la puerta y apareció Rosario.

—Buenos días, doña Rosario. Está usted muy guapa esta mañana.

Era verdad, estaba realmente hermosa. Una gran sonrisa iluminaba su cara, y a Tobías le pareció volver a ver a la mujer de la que se había enamorado hacía ya tantos años. El sol que entraba por un gran ventanal situado justo detrás de la puerta la envolvía en un velo de luz. En ese instante Tobías se dio cuenta de cuánto la quería. El impulso de levantarse y abrazarla se vio rápidamente frenado por la mirada reprobatoria del doctor, que parecía muy sorprendido por esa reacción en una pareja de su edad.

—Bueno, ha llegado el momento —dijo mientras estrechaba la mano de Tobías—. Les deseo toda la felicidad del mundo. Y a usted, doña Rosario, la veo dentro de un mes.

Formaban una bonita pareja. Cogidos del brazo, parecía que salían del hospital de hacer una visita, más que después de haber pasado una larga temporada dentro. Fueron paseando un buen trecho antes de coger el taxi que los llevaría a casa. No hablaron en todo el trayecto. Ya era una costumbre. Hacía tiempo que no lo necesitaban, la mutua compañía les bastaba.

A pesar de las indicaciones del doctor, Tobías había querido darle una sorpresa a su mujer y se había encargado de reunir a sus dos hijos, que los esperaban en casa acompañados de Magdalena. Como buena vecina y amiga de la familia, no quiso perderse ese momento de ninguna manera.

De la misma forma que el edificio, la escalera y el ascensor de forja, Tobías, Magdalena, incluso ella misma, no habían cambiado en absoluto, sin embargo, en un año los chicos se habían convertido en unas personas distintas. A Rosario le encantó verlos tan mayores.

Santiago era ya un hombretón muy guapo, muy cosmopolita, con una clase y una elegancia típicamente parisinas que lo hacían mucho más atractivo que el resto de los chicos de su edad. En su manera de hablar se adivinaba un ligero acento francés muy distinguido. ¡Cómo le recordaba a su padre cuando era joven! Rosario le sonreía con orgullo materno.

—¡Mamá! ¡Cómo me alegro de verte!

—Yo también, mamá. ¡Estás muy guapa!

Solita reclamaba su parte de atención abrazándose a la cintura de su madre. Ya no tenía aquella vocecita de niña que Rosario recordaba. No había crecido mucho, estaba claro que sería una mujer menuda, pero una incipiente belleza adolescente sugería que iba a ser tan hermosa como su madre.

—Cuéntame, bonita. ¿Cómo te va en el colegio?

Soledad la cogió de la mano y la acompañó hasta su habitación, donde le dio un pequeño paquete que contenía un pañuelo bordado con sus iniciales que le había hecho en las clases de labor. Estaba muy orgullosa de su trabajo y había estado esperando ese momento todo el día.

Durante la tarde entera estuvieron charlando de las cosas que habían pasado en esos largos meses, de cómo le iba a Santiago en París y a la niña en el colegio, de lo que se llevaba esa temporada —cosa que aburrió mucho a los hombres—, de las últimas películas, de las próximas bodas... Magdalena había llevado su mejor juego de café, esperando que despertara buenos recuerdos en su amiga. Entre todos procuraron que el regreso de Rosario fuera agradable, y pasaron una velada muy divertida riéndose de las anécdotas francesas que contaba Santiago y de las tonterías que decía Tobías sobre sellos y las cartas al futuro que podría mandar con ellos.

—¡Ahora se nos va a volver chiflatélico! —se burlaba Rosario.

Todos se rieron con la broma, pero en realidad Tobías se estaba tomando muy en serio el asunto de la filatelia.

Después de cenar, Rosario se excusó diciendo que estaba muy cansada y se retiró a su habitación. Tras unos minutos de silencio, Magdalena recogió lentamente las tazas, la cafetera y el azucarero y los colocó en la bandeja.

–Parece que todo vuelve a ser como antes. Me alegro mucho, vecino –le dijo con una sonrisa, poniéndole a Tobías una mano sobre el hombro.

Les dio un beso a los chicos, cogió la bandeja y se fue hacia la puerta. Mientras la veía marcharse, Tobías pensó en cómo los había cuidado aquella mujer durante los últimos años, en cómo estaba pasando el tiempo también para ella y en lo sola que parecía.

Santiago había viajado toda la noche.

–Si no os importa...

Tobías miró a su hija y le hizo un gesto con la cabeza en dirección a su habitación. El momento trajo consigo un extraño recuerdo, algo muy parecido a lo que sentía el día de Navidad cuando, ya cansados, todos se iban retirando y Solita aprovechaba que era el único día que tenía permiso para trasnochar y quedarse un ratito más con su padre. Acompañó a la niña, que ya iba en pijama desde antes de la cena, hasta su cuarto –el de las vistas al ascensor–, la arropó y le dio un beso de buenas noches en la frente.

–¿Mamá ya no se va a ir más?

–No, cariño.

–Pero ¿yo podré volver al colegio?

–¡Claro!

–Me gusta ese colegio, papá. Pero también quiero que mamá esté en casa cuando venga los fines de semana y en vacaciones.

–No te preocupes. Buenas noches, cielo.

–Buenas noches, papá. Estoy muy contenta de que estemos otra vez todos juntos.

–Yo también, cariño, yo también.

Solo, sentado en el pequeño salón de su casa, Tobías no sabía cómo iba a salir de esa. Cualquier descuido, cualquier coincidencia, cualquier indiscreción podía poner en peligro su vida familiar, que ahora parecía haber recuperado. Tarde o temprano tendría que hablarle a Rosario de la existencia de Julieta y de su bebé, antes de que se enterara por terceros. Debía esperar a estar seguro de su recuperación, porque una noticia como esa podía desestabilizarla. Era consciente de la gravedad de la situación. A pesar de todos los problemas que le quitaban el sueño, Tobías acabó quedándose dormido en el sillón.

Aunque no habían hablado del tema, Rosario agradeció que no se presentara en la habitación durante la noche.

Tobías aprovechó que Santiago se quedaba unos días en casa, con su madre, para arreglar algunos asuntos. Debía terminar varias transacciones antes de tomarse unos días de vacaciones y así acompañar a Rosario en su tiempo de adaptación. Y tenía pendiente una pequeña gestión personal que le rondaba por la cabeza desde hacía días.

Con uno de los álbumes de sellos bajo el brazo, se presentó en una reputada filatelia de la ciudad. Un hombre oscuro, ataviado con un traje aún más oscuro, le hizo pasar a una estancia oscura con una gran mesa iluminada por un único y potente foco. Le ofreció asiento y se sentó frente a él.

Tobías le mostró el pequeño tesoro, que atrajo rápidamente la atención del profesional. Tardó varios minutos en echar un vistazo al contenido. De cuando en cuando se detenía sobre alguna de las piezas y la observaba con atención, lupa en mano, asentía con la cabeza y a veces emitía un extraño sonido. Finalmente, volvió sobre las primeras páginas.

—Es muy interesante. —Levantó la cabeza y lo miró por encima de las gafas—. ¿De dónde lo ha sacado?

—Es de mi familia —mintió.

—¿Hay más material? —le preguntó con desidia, observando el álbum.

—Varios libros más.

—Varios libros más… Hum… Muy interesante. ¿Y qué quiere hacer usted con todo esto?

—¿Qué me sugiere?

El hombre cerró el libro con cuidado, apoyó las dos manos sobre él, como resistiéndose a soltarlo, y miró a Tobías fijamente.

—Mire, le voy a ser sincero. Aquí hay algunas piezas curiosas, nada del otro mundo, la verdad, y otras que no valen nada. Si usted quisiera vender la colección completa, y sería una verdadera lástima no conservarla así, podría hacerle un precio global. El resto del material, ¿qué fecha tiene?

—Algunos álbumes son anteriores y otros posteriores. Este que le he traído es el quinto. En total hay quince.

—¡¿Quince?!

No pudo disimular su asombro. Y cuatro son anteriores al que me ha traído —pensó—. Este hombre tiene una auténtica fortuna y no lo sabe. Mantén la calma. Que no note tu entusiasmo. Prudencio, hoy es tu día de suerte.

—¿Cuándo podría verlos? Para darle un precio tendría que valorar la colección completa. No hace falta que me los traiga, podrían sufrir algún daño. Dígame dónde puedo reunirme con usted.

Tobías se dio cuenta enseguida de lo que estaba pasando.

—En estos momentos están fuera de la ciudad. La verdad es que no estoy especialmente interesado en venderlos, solo quería conocer su valor. Pero, descuide, si algún día quiero deshacerme de ellos, usted será la primera persona a la que acuda. Muchas gracias.

Prudencio se levantó apesadumbrado, le devolvió el libro, le dio la mano y lo vio marcharse con su suerte bajo el brazo.

—¡Lástima!

Volvió a entrar en la tienda, se acercó al teléfono y marcó un número. Quizá no pudiera conseguir esa increíble colección, pero eso no le impedía presumir del conocimiento de su existencia.

—No sabes lo que acabo de tener en las manos...

Ya no podía ir a verla tan a menudo como quería, pero no pasaban dos días sin que Tobías le llevara una cajita de bombones o un ramo de flores.

—Está tomando el sol en la azotea.

Tobías le guiñó un ojo a Hortensia, dejó el regalo sobre la mesa y volvió a salir para tomar las escaleras que conducían arriba.

La imagen de Julieta apoyada en la pared, con los ojos cerrados y las manos sobre el vientre, le recordó a esas siluetas recortadas en papel negro tan habituales en las decoraciones victorianas que había visto en Canadá. Dedicó unos segundos a disfrutar de la visión.

—Cada día estás más guapa.

Julieta se asustó, pero enseguida corrió a sus brazos.

—¿Cómo estás, preciosa?

—Me aburro. Ya sabes que me cuidan muy bien, pero te echo mucho de menos.

—Lo siento, pequeña. No puedo hacer más. Ojalá las cosas fueran distintas.

Últimamente, los primeros instantes de sus encuentros eran algo desalentadores. Se veían poco, no podían disfrutar de intimidad y las obligaciones y las necesidades de ambos habían cambiado. No podían escoger, los dos lo sabían, pero la juventud de Julieta le decía que había tiempo para todo, que tenía derecho a seguir soñando, que podía imaginar un futuro, mientras que él, resignado a su doble vida, intentaba que fuera realista pero sin desilusionarla demasiado.

Julieta apoyó la cabeza en el pecho de Tobías. Los abrazos empezaban a resultar incómodos; ahora, una gran barriga se interponía entre ellos.

—Se mueve mucho últimamente. Da unas patadas muy fuertes, creo que será futbolista. Estos días he sentido unos pinchazos muy raros, pero el médico me ha dicho que no me preocupe, que son normales. Mira, pon las manos aquí. ¿Lo notas?

Tobías nunca había vivido un momento de intimidad como aquel con su Charito. Durante los embarazos de Santiago y de Solita jamás habían compartido sensaciones ni sentimientos. Aquello era nuevo para él y en el fondo estaba agradecido de tener la oportunidad de vivirlo, por mucho que las circunstancias no fueran las más adecuadas para nadie.

El barrio de Gracia, visto desde arriba, hacía que Barcelona pareciera otra ciudad. Las casas bajas, llenas de vida, permitían perder la mirada muy lejos. La serenidad que le proporcionaba la vista de las azoteas, con la ropa colgada y la puesta de sol entre los edificios lejanos, solo se interrumpía por el sonido de los niños jugando, los comadreos de las vecinas mientras tendían, el silbido del afilador y los golpes de las bombonas de los repartidores de butano. Con la espalda de Julieta apoyada en su pecho y sus manos sobre su barriga, Tobías dejaba volar esos momentos de felicidad junto a los pájaros que revoloteaban sobre sus cabezas.

Santiago había vuelto a París y su habitación, la más grande de la casa, parecía la más adecuada para colocar las dos camas que habían comprado y donde dormirían a partir de ahora y de común acuerdo. Cabía también el gran armario de tres cuerpos con espejos en las puertas.

—No me dirás, Tobías, que este no es mejor sitio para un armario ropero. No acabo de entender qué hacía en el cuarto de baño.

Rosario se sentó en la cama de la derecha, la que estaba al lado de la ventana que daba al patio de luces. Decidió que esa iba a ser la suya.

—Siempre hemos vivido aquí.

Era una afirmación que casi parecía una pregunta. Últimamente Rosario tendía a verbalizar sus pensamientos más sencillos, explicándose a sí misma lo que estaba pasando, lo que estaba haciendo: «me voy a hacer la cena», «hace buen día», «llaman a la puerta»...

—No recuerdo que me gustara, es muy oscuro.

Rosario aún tenía pequeñas lagunas. Recordaba lugares, hechos, personas..., pero no algunos sentimientos y sensaciones. A pesar de que habían pintado la habitación de blanco, la luz que entraba por la ventana no era suficiente para iluminar la estancia en pleno día. Echó un vistazo general a la habitación y se detuvo en el piano. No le gustaba en absoluto tenerlo allí.

—¿Podríamos sacar el piano de aquí? Llévatelo a otro sitio. No sé, fuera de casa si es posible.

—A Santiago le gusta tocarlo cuando viene.

—Pues llévatelo a nuestro antiguo cuarto. Allí no tendré que verlo. Pon también la cama de Santiago. Así podrá tocarlo siempre que quiera.

A Tobías le pareció extraña tanta insistencia. El día que se lo regaló había tenido la sensación de que le había gustado. Mientras lo desplazaba hasta la habitación del fondo pensó en que debía comentárselo al doctor.

Rosario se levantó y se dirigió al cuarto de baño. Ahora, sin el armario, parecía aún más grande. Pensó en lo estúpido que era tener un salón tan pequeño y oscuro pero un cuarto de baño tan grande y luminoso. Se rio de sí misma cuando se le ocurrió pensar en cambiar el uso de las habitaciones. La mesa del salón no pegaba demasiado con la taza del váter. Podría poner el sillón encima y así no se vería. «A partir de ahora, instauro el uso del orinal como forma obligada de evacuación en esta casa». Ya se imaginaba las cuatro bacinillas con sus nombres en el salón, una al lado de la otra, como los zapatos el día de Reyes, y a continuación la bañera de patas en lugar del gran aparador que apenas les permitía el paso. A partir de ese momento, Santiago tendría que ir con mucho cuidado cuando fuera a su habitación si no quería encontrarse con escenas desagradables.

Muerta de la risa, se acercó a la ventana y la abrió. Los pobres geranios, que tan hermosos habían estado hacía algo más de un año, se habían secado. Nadie se había preocupado de regarlos. Ahora solo quedaba una jardinera llena de tierra seca y algunas malas hierbas que habían sobrevivido como habían podido. En el fondo le daba igual. Los geranios siempre habían sido cosa de Remedios.

—Buenos días, Charito. Benditos los ojos.

Un coro de voces empezó a cantar su nombre. El escandaloso recibimiento de las vecinas la sacó de su ensimismamiento. Levantó la cabeza y, por un momento, volvió a disfrutar de la sensación del sol en la cara.

—¡Pero, chica! Cuánto tiempo sin verte. Estás guapísima. ¿Dónde te habías metido? De vacaciones, ¿eh?

—¡Anda, Charito! Te echábamos de menos. Esta nos ha abandonado, decíamos.

—Ya veis, descansando.

—Cuéntanos, Charito, ¿qué ha sido de tu vida todo este tiempo?

A Rosario no se le escapó el retintín en las palabras de sus vecinas. La situación le resultaba incómoda y no le apetecía dar explicaciones.

—Ahora no puedo, tengo muchas cosas que hacer. Ya hablaremos otro día.

—Vale, vale, Charito. Nos alegramos mucho de verte.

—Rosario, por favor. Llamadme Rosario.

Charito está muerta, pensó mientras cerraba la ventana. Muerta y enterrada.

36

Estaban en silencio, haciéndose compañía pero solos, cada uno con sus pensamientos.

Tobías se había comprado un catálogo de sellos nacionales y estaba sentado en su salón con todo un despliegue de estampitas esparcidas por la gran mesa cuadrada.

Rosario, acomodada en el sillón, ensanchaba unos vestidos que había redescubierto en el armario mientras escuchaba por la radio los consejos de Elena Francis: «Querida amiga sagitario...».

Últimamente se había aficionado a la cocina y sobre todo a la repostería. Tobías observaba cómo de día en día iba ganando peso y perdiendo encanto. Apenas se interesaba por lo que pasaba a su alrededor y, con lo presumida que había sido, ahora no se quitaba la bata de cuadros. Ni siquiera para ir al mercado. ¡Ella, que siempre había criticado a sus vecinas por lo poco que se cuidaban!

Pero eso no era lo que ocupaba principalmente la cabeza de Tobías. A Julieta le faltaba poco para parir. Las últimas semanas se quejaba de dolores extraños y tenía pesadillas que le hablaban de presentimientos y malos augurios. Entre Hortensia, Cantón y él intentaban distraerla, y los médicos –los tres que habían consultado, para su tranquilidad– decían que todo estaba bien y que el embarazo transcurría con normalidad. Pero Julieta seguía teniendo miedo y por las noches se despedía de ellos como si no fuera a verlos nunca más. Cuando lo veía le pedía que se quedara cada vez más tiempo, y las despedidas eran cada día más dramáticas.

Tobías pasaba mucho tiempo aburrido en su despacho, dándole vueltas a su situación sin encontrar una salida. Fue uno de esos días cuando se le ocurrió la idea de comprar el catálogo y averiguar cuál era el valor real de los sellos que Cantón le había confiado.

¡Qué gran descubrimiento! Con un trabajo que le consumía las horas sin sentido, con una mujer apagada y casi vacía sentada a su lado, medio trastornada pero a quien adoraba, y otra, joven, hermosa y paranoica, que estaba a punto de darle otra familia que pondría en peligro la que ya tenía y a quien también adoraba, y con dos maravillosos hijos adolescentes pero alejados, su vida se había vuelto muy complicada. Aquellos trocitos de papel fueron los que impidieron que lo mandara todo al infierno. Gracias a ellos, Tobías tenía un pequeño oasis personal donde se encerraba un rato cada día para reposar sus pensamientos.

Llevaba un tiempo paseando sus álbumes por todas las filatelias que conocía, y siempre era bien recibido. Gracias al boca a boca, su colección había adquirido cierta fama y a Tobías le divertía ver cómo cada profesional se esforzaba por hacerle una oferta mejor.

Se enteró de que en la plaza Real había un mercadillo semanal los domingos, y empezó a ir de vez en cuando. Los días que hacía buen tiempo le preguntaba a Rosario si quería acompañarlo. Ella lo miraba como preguntándole: «¿Tú qué crees?», y él le daba un beso en la mejilla, cogía un par de álbumes, envueltos en una tela negra para que ni un mal golpe ni el polvo del ambiente estropeara su contenido, y se marchaba anunciando que volvería a la hora de comer.

Rosario se despertaba alrededor de las seis de la mañana y se sentaba en la cama a cumplir con su ceremonia de reencuentro con la vida. En penumbra recorría la habitación con la mirada, reconociendo cada rincón y comprobando que todo seguía en su sitio. Finalmente se detenía en la cama de al lado y observaba el sueño de su marido, ese hombre amable y cariñoso a quien le costaba reconocer como tal, pero a cuya presencia se había acostumbrado y que, no sabía por qué, la reconfortaba.

Continuamente le venían recuerdos a la memoria asociados con malas sensaciones. Ella hacía enormes esfuerzos para quitárselos de la cabeza. Si recordar significaba sentir esa angustia, esa desazón, prefería evitarlo. No tenía ninguna necesidad de pasar por eso. A veces los recuerdos venían solos y no podía esquivarlos. Evocaciones de infancia y juventud, no siempre agradables, que la llevaban a pensar en la muchacha llena de energía y determinación que había tenido unos sueños al alcance de la mano y que los había perdido en lugares escondidos en su mente, lugares que ya no quería explorar más. Esos recuerdos le quitaban la poca esperanza que le quedaba e iban envolviendo partes de su corazón con capas y más capas de fina malla que se estaban convirtiendo en la coraza que le permitía seguir viviendo. No le gustaba su casa, no le gustaba su historia, no le gustaba su vida. Pero se esforzaba para convivir con todo ello y parecer agradecida. Había optado por disfrutar de los pequeños momentos íntimos, como el de despertarse por las mañanas y cumplir con su pequeño ritual cotidiano. Comprobar que todo seguía igual le daba seguridad.

Entonces lanzaba un sordo suspiro, se levantaba y preparaba café. Con la taza humeante en las manos se dirigía al cuarto de baño, abría la ventana y, apoyada en el quicio, a oscuras, abrigada si hacía frío, aguardaba en silencio la llegada del día, como esperando que pasara algo especial, dando sorbitos al café recién hecho mientras veía cómo, poco a poco, se iban encendiendo las luces de los vecinos más madrugadores.

–Mira mis manos. Mira mis dedos.

Cantón le enseñaba a Tobías unas extremidades llenas de callos y durezas, castigadas por el frío y el calor y por tanto trabajo.

–¿De verdad crees que puedo manejar este material tan delicado? Yo estoy hecho para acarrear cosas grandes y pesadas, no sabría por dónde empezar con estas estampitas.

Tobías lo miraba con cierta desilusión. Llevaba un buen rato contándole su peregrinación de filatelia en filatelia y lo bien recibida que había sido la colección. Le enseñó el catálogo y el valor de varias de las piezas.

—Mira estos... Una serie entera de Isabel II, sin dentar, desde 1850 hasta 1853. Mira el precio que tienen en el mercado. Y esta otra serie de principios de siglo... Alfonso XIII... De aquí se puede sacar mucho dinero, Cantón. Tienes un gran tesoro y sería una lástima venderlo como lote completo: prácticamente me ofrecían lo mismo por el álbum entero que lo que valen estas piezas sueltas.

Empezó a hablarle del mercado de compraventa de sellos, de los puestos de la plaza Real y de los pequeños coleccionistas, del ambiente que había allí los domingos, de cómo podían empezar un nuevo negocio juntos que no los distraería demasiado de sus trabajos actuales. Intentaba entusiasmarlo tanto como lo estaba él.

A Cantón le sorprendía que esas pequeñas piezas de papel pudieran levantar tanta pasión, pero hacía mucho que no veía a su amigo con los ojos tan brillantes.

—Con estas manos los destrozaría, pero tú, si quieres, puedes disponer de ellos como te parezca bien.

—¡Fantástico! —exclamó Tobías con una sonrisa cada vez más grande—. Yo empiezo a tantear el terreno y vamos a medias de lo que saque, pero estaría bien que vinieras algún día conmigo para que te conocieran. Al fin y al cabo, el dueño eres tú, y si vamos a ser soc...

—Para, para, para. No te confundas. A mí esto de los sellos no me interesa en absoluto. Te los estoy regalando.

La expresión de Tobías se apagó de repente.

—No puedo aceptar un regalo como este.

—¿Cómo que no? Nunca he tenido la oportunidad de agradecerte todo lo que has hecho por mí. Gracias a tu amistad y tu apoyo estoy donde estoy. Gracias a ti y a tus cartas soporté el tiempo en la cárcel, gracias a ti aprendí a leer y a escribir y gracias a ti conocí a mi mujer. Conocerte ha sido lo mejor que me ha pasado en la vida, ¿y ahora me dices que no puedes aceptar un regalo digno de la mejor persona que conozco?

Tobías no tenía argumentos para rebatirle. Tragó saliva con fuerza para evitar que se le saltaran las lágrimas.

—Mira —continuó Cantón—, si no puedes aceptarlo por ti, hazlo por tu hijo. ¿No dicen que las criaturas nacen con un pan bajo el brazo? Pues la tuya viene con una colección de sellos. Es mi regalo como padrino, porque doy por supuesto que voy a ser el padrino.

Tobías se abrazó agradecido a su amigo. Cantón le lanzó una mirada de complicidad a Hortensia, que hacía un buen rato que los observaba desde la puerta y asentía complacida.

Después de mucho tiempo dándole vueltas, había tomado una decisión. Solo necesitaba encontrar el momento adecuado para comunicársela a su esposa.

Empezó haciendo algunas reformas en el despacho de la habitación de la entrada, donde se hizo construir una gran estantería que iba de pared a pared y de techo a suelo. Rosario lo miraba como si se estuviese volviendo loco.

Tobías tenía miedo de generar un conflicto importante que repercutiera en la salud de su mujer, pero al final se decidió y, con todo el cuidado del mundo, le planteó seriamente la determinación de dejar su trabajo.

—¿Qué quiere decir dejar tu trabajo? ¿Estás seguro de lo que estás diciendo? Pero ¿de qué vamos a vivir entonces?

Rosario reaccionó con mucha calma, pero con no menos incertidumbre.

Tobías le contó que llevaba unos meses pensando en ello, sobre todo después del interés que había despertado la colección entre las filatelias de prestigio de la ciudad. Los domingos, en la plaza Real, había contactado con varios compradores, incluso había vendido ya algunas piezas.

—¿De qué colección me estás hablando?

Tobías cayó en la cuenta de que, a pesar de que ella lo había visto trajinar con los álbumes, era la primera vez que hablaban en serio de los sellos. También vio que si no iba con cuidado podrían complicarse mucho las cosas.

—De una colección de sellos que me ha regalado un amigo.

A Rosario le sirvió la respuesta. Tobías continuó.

Observando a su alrededor, había ido aprendiendo cómo funcionaba ese mundo. Y le gustaba, se encontraba cómodo. Con el dinero que sacara de esas primeras ventas compraría material de nueva emisión, que también tenía salida. Lo había comentado con sus conocidos del barrio alto en alguna conversación casual, y resultaba que la mayoría de ellos eran coleccionistas y les parecía divertido que fuera él quien se encargara de tenerlos al día a partir de ese momento. Había empezado a dedicarle mucho tiempo, y había entendido enseguida que tendría que dedicarle mucho más si quería continuar por ese camino. El despacho de casa empezaba a llenarse de cajas, sobres y álbumes. «Supongo que te has dado cuenta», dijo; por eso había construido la nueva estantería.

—Ha surgido la oportunidad de tener un puesto en la plaza Real, y he pensado que es un buen momento para dar el paso.

Y como tenían unos ahorros, eso les daba algo de margen para seguir adelante antes de que el nuevo negocio funcionara lo suficientemente bien como para mantener a toda la familia.

—¿Qué te parece?

Tobías se quedó en silencio, expectante. Tenía la sensación de que el corazón se le había parado a la espera de alguna reacción. A Rosario los argumentos que le daba su marido le parecieron bastante convincentes, y además se lo veía muy ilusionado. Tobías insistió:

—Lo más importante, Rosario, es que esto me hace mucho más feliz.

—Mucho más feliz. Eso está muy bien. ¿Y estás seguro de que vamos a poder vivir de eso?

Rosario pensaba en cómo se lo iban a explicar a los chicos, en lo que pensarían las vecinas y en lo poco que le importaba.

—Haré lo imposible para conseguirlo.

—Pues si a ti te parece bien... Chiflatélico...

37

Cantón levantó la vista del catálogo de muebles. Había mucho ruido al otro lado de la puerta. Estaba a punto de gritar «A ver si podemos tener un poco de tranquilidad, que estamos trabajando», cuando la puerta se abrió de golpe y apareció la cabeza de Hortensia.

—Avisa a Tobías, que la niña se nos ha puesto de parto.

—¡Pero si todavía faltan tres semanas!

—Tú haz lo que te digo y no me discutas. Los hombres siempre igual. Si te digo que está de parto, es porque está de parto. Me la llevo al hospital, que está muy nerviosa. No hace más que llorar y no para de decir que algo va mal. ¡Como si fuera la primera que pasa por eso!

Cantón se levantó precipitadamente de la silla y se dirigió al teléfono.

—Con el señor Vila, por favor.

—El señor Vila está reunido y no se le puede molestar en estos momentos.

—Señorita, haga el favor de avisarlo, es un asunto muy urgente.

—También lo es la reunión a la que asiste, y yo tengo orden de no interrumpirla bajo ningún concepto.

—¡Maldita sea! Haga el favor de avisar al señor Vila o va a tener que cargar con las consecuencias.

—Mire, señor…, quienquiera que sea. Usted no es nadie para amenazarme, y menos aún sin identificarse ni dar ninguna explicación. Yo tengo unas órdenes muy claras y las voy a cumplir. Y ahora déjeme en paz, que tengo mucho trabajo.

A Cantón se le quedó cara de tonto al darse cuenta de que le habían colgado el teléfono.

—¡Será hija de la gran...!

Furioso, empezó a marcar otra vez el número, pero sabía que le iban a fallar las formas e intuyó que además sería inútil, así que cogió la chaqueta y salió lo más deprisa que pudo en busca de su amigo. Casi se cae al suelo al resbalar por culpa de un gran charco viscoso que había dejado Julieta en el centro del salón al romper aguas y que nadie había recogido.

—¡La leche que le han dado! —renegó a voz en grito.

Apenas le quedaba aire en los pulmones cuando llegó a la puerta del despacho de Tobías. La secretaria que le había colgado el teléfono no pudo hacer nada para impedir que abriera la puerta.

—Tenemos que irnos. Ahora.

La reunión había terminado y Tobías estaba repasando los últimos detalles. Levantó la cabeza y observó a su amigo.

—¡AHORA!

Tobías reaccionó rápidamente, agarró la chaqueta del respaldo de su sillón y salió corriendo detrás de Cantón, que ya se había puesto en marcha.

—Cójame todos los recados, Isabel —le dijo a una secretaria perpleja que no sabía lo que estaba pasando pero que empezaba a sospechar que sí iba a cargar con las consecuencias.

Bajaron las escaleras de tres en tres.

—Tengo un taxi esperando en la puerta.

—Pero si aún faltan tres semanas.

—Si Hortensia dice que ha llegado la hora, es que ha llegado la hora. O es que te vas a poner a discutir tú con ella...

—Dios me libre. ¿En qué hospital están?

Cantón se paró en seco, provocando que Tobías chocara con él.

—¡Mierda! No tengo ni idea.

—¿Dónde fue a visitarse por última vez?

—Creo que a San Pablo.

—Pues eso.

Hortensia esperaba sola a que los médicos salieran a decirle algo. Hacía mucho rato que se habían llevado a Julieta, que no hacía más que gritar. Conocía a Julieta. Era una muchacha fuerte con una alta tolerancia al dolor. Esos gritos no eran normales en ella, y solo indicaban que algo iba mal. La expresión en la cara del doctor y la comadrona tampoco resultó muy tranquilizadora. Y estaban tardando mucho.

Llevaba un buen rato rezando y preguntándose dónde se habían metido los dos hombres cuando se abrió la puerta de los quirófanos.

—¿Familiares de Julieta Martínez?

—Soy su prima.

—¿Y su marido?

—Es viuda.

—¿Es usted su pariente más cercano?

—Aquí, sí.

La enfermera llevaba en brazos un bebé envuelto en un arrullo blanco. Estaba muy seria, pero en cuanto Hortensia vio al recién nacido le dio igual.

—Es una niña preciosa.

Hortensia tomó a la niña entre sus brazos y sintió un amor inmediato y muy profundo hacia la criaturita. Era impresionante cómo una cosita tan pequeña podía ser tan perfecta. Sin dejar de mirarla, preguntó por su madre.

—Lo lamento, pero no se ha podido hacer nada por ella.

Durante unos segundos, el mundo se paró por completo. Hortensia creyó que no había entendido bien.

—¿Qué me está diciendo?

Levantó la vista de la niña, y al ver la cara de la enfermera se dio cuenta de cuál era la situación. Sintió un enorme y doloroso golpe en el pecho que apenas le permitía respirar, y las lágrimas empezaron a caer sobre la carita de la niña. La atrajo hacia ella y empezó a acunarla con movimientos convulsos. La niña se puso a llorar. La enfermera apoyó las manos en los brazos de Hortensia para calmarla. Se ofreció para cogerle el bebé, pero Hortensia no se lo permitió. Entonces decidió acompañarla hasta la hilera de sillas que había junto

a una de las paredes y la ayudó a sentarse. Hortensia mascullaba palabras sin sentido. La enfermera apenas logró entender un
par de frases.

—No has escogido un buen momento para nacer, pequeña.
¿Qué va a ser de ti ahora?

Justo entonces llegaron Cantón y Tobías. En cuanto vieron a Hortensia sentada con el bebé se les llenó la cara de
alegría. Creyeron que las lágrimas de Hortensia eran de pura
felicidad. Tobías quiso cogerla.

—¿Puedo?

Hortensia se la ofreció.

—Es una niña —fue lo único que consiguió decir en ese
momento.

—Qué preciosidad. Es igual que su madre. ¿Cómo está
Julieta? ¿Podemos verla?

—Solo los familiares —sentenció la enfermera.

Todos se dirigieron a la puerta del quirófano. La enfermera hizo amago de sostener a la niña mientras le decía a Tobías
que esperara allí. A Hortensia se le rompió el alma.

—Espere un momento —le dijo a la mujer, y acompañó a
Tobías hasta un rincón.

Cantón no sabía de qué estaban hablando, pero lo intuyó
en cuanto vio que a su amigo le cambiaba la expresión de la
cara. Tobías no era un hombre de malas palabras, pero en ese
instante comenzó a soltar juramentos como si se hubiera
vuelto loco.

—Tengo que verla.

Todos miraron a la enfermera.

—Es un buen amigo de la familia. ¿Puede entrar con nosotros, por favor?

—Solo familiares.

—Lo siento mucho. —Hortensia no sabía qué decir para
consolarlo—. Quédate con la niña. Volveremos enseguida.

Sentado en la sala de espera con su hija, Tobías pensaba que,
sin Julieta, nada de todo eso tenía sentido. Él solo no podía
encargarse de cuidar a la niña, y desde luego no podía llevársela a Rosario. Con el bebé en los brazos, su coraza defensiva se

desintegró. Era extraordinario el poder que podía desprender una cosita tan pequeña que parecía que lo miraba con los ojos muy abiertos, creando un vínculo sutil pero indestructible. Aquella criatura estaba a punto de destruir el mundo, y no había nada que se pudiera hacer para evitarlo.

–Pequeña María... Tu mamá quería que te llamaras así. Yo le hice una promesa a tu madre, María, y voy a quererte mucho. Te juro, chiquitina, que no sé cómo lo voy a hacer, pero nunca te va a faltar nada.

Ya se habían despedido de Julieta y hacía un rato que Hortensia y Cantón los observaban, sentados en el otro extremo de la sala. Tobías no se había percatado de su presencia. Hortensia, tremendamente enternecida, se enjugó las lágrimas con el pañuelo y aprovechó para sonarse ruidosamente la nariz, interrumpiendo la escena y sacando de su ensimismamiento a Tobías, que se desmoronaba por momentos.

Levantó la mirada hasta encontrar la de sus amigos, sin dejar de apretar a su preciosa criatura contra el pecho. Mil pensamientos batallaban contra la voluntad, la cordura y la enorme pena.

Y de repente lo supo.

Se puso de pie, se acercó despacio a Hortensia y, sin decir una palabra, le entregó a la niña, suplicándole con los ojos llenos de lágrimas el favor más inmenso que podía pedirle. Hortensia entendió enseguida que la estaba dejando a su cargo y aceptó a María como si fuera un tesoro, dándole las gracias a Tobías con la mirada por concederle el deseo más grande que había tenido en su vida.

38

Hortensia y Cantón se quedaron en el hospital para ultimar los preparativos del funeral y arreglar los papeles de la niña. A pesar del dolor que todos sentían, había que tomar decisiones inmediatas que serían definitivas. Cantón y Hortensia necesitaban saber que Tobías estaba seguro de lo que acababa de hacer. Pero este ya había tomado una decisión, la más dolorosa, pero también la más sensata. Y no iba a dar marcha atrás.

–Es vuestra hija, debe llevar vuestros apellidos. Ninguno de los tres olvidará nunca a su madre ni las circunstancias de su nacimiento, pero creo que lo mejor sería que nadie más las conociera. Ni siquiera ella. Yo estaré siempre ahí. Si algo os pasara me haría cargo de todas sus necesidades, pero, por lo demás, la niña es vuestra.

Nunca más hablarían del tema, ni Tobías permitiría que volvieran a agradecerle nada. Más bien al contrario. Era él quien se sentiría en deuda perpetua con esa pareja que había estado a su lado en los peores momentos y con la que contaría para siempre.

Tobías vagaba sin rumbo por la ciudad, tropezando con mil recuerdos y malos pensamientos. Se maldecía por no haber estado más pendiente de Julieta, por no haber hecho caso de sus malos presagios y de sus temores, pero al mismo tiempo sabía que no podía haber sido de otra manera.

Sin saber cómo, llegó a casa. Entró despacio, silencioso, precavido, acababa de darse cuenta de que no había avisado a Rosario de que iba a llegar tarde. La observó durmiendo en su cama, relajada, ignorante de la tormenta que dominaba su corazón. La culpó de no estar con él en los peores momentos, y de inmediato dio gracias de que no supiera nada. Todo él era pura contradicción. Amaba a esa mujer, ahora casi una desconocida, y por nada del mundo quería hacerle daño. Ya había sufrido demasiado. Su respiración pausada le devolvió algo de paz.

Se quitó la ropa con cuidado de no hacer ruido, se recostó en su cama, al lado de la de Rosario, y con la mirada perdida en el techo revivió toda la jornada. ¡Cómo podían cambiar tanto las cosas en tan poco tiempo!

No recordaba un dolor tan profundo. Ni siquiera cuando murieron sus padres. Tener que sufrirlo solo y en silencio lo hacía aún más difícil. Las lágrimas allanaron el camino para permitirle cerrar los ojos.

Como cada mañana, Rosario se despertó antes de que amaneciera, se sentó en el borde de la cama e inspeccionó la habitación. Pero esta vez, cuando llegó a la otra cama y se dispuso a observar el sueño de su marido, lo encontró despierto y con la mirada perdida en el techo.

—Buenos días.

Tobías giró la cabeza y la miró.

—Estás despierto.

Tobías se incorporó y se sentó frente a ella. Estaba desencajado. Era obvio que no había dormido en absoluto, que algo lo atormentaba.

Permanecieron varios minutos mirándose, separados apenas por medio metro de pasillo entre las dos camas. De repente, perfectamente sincronizados, estiraron los brazos hacia el otro y se cogieron de las manos.

Continuaron mirándose un rato más, hasta que Rosario rompió el silencio.

—Tobías, dime, tú y yo alguna vez nos quisimos, ¿verdad?

La pregunta rompió la última defensa de Tobías, que dejó caer la cabeza sobre las manos de Rosario y rompió a llorar desesperadamente.

Rosario respiraba despacio, serena. Hoy no se levantaría a preparar café ni recibiría el día apoyada en el quicio de la ventana del cuarto de baño. Parecía que no le sorprendía en absoluto la reacción de su marido. Era como si la hubiera estado esperando desde hacía mucho tiempo. Con la mirada fija en la pared que había detrás de Tobías, alzó una de las manos y empezó a acariciarle el pelo.

–Está bien –dijo con su voz más dulce–, ya todo está bien.

A Rosario le hubiera encantado ver cómo, gracias a las lluvias recientes, la tierra de las jardineras vacías donde hacía un tiempo había plantado aquellos geranios tan vivos y tan hermosos se había mojado lo suficiente como para devolver a la vida alguna de las semillas que allí habían quedado. Un pequeño brote verde y tierno buscaba la luz.

Si hubiera podido verlo, habría sabido que era verdad, que a partir de ese momento todo iría bien.

Agradecimientos

A pesar de que el proceso de escritura es un camino solitario en el que solo puedes discutir contigo mismo, hay muchas personas alrededor que también están involucradas. Para empezar, me gustaría mostrar mi agradecimiento a Dolyña, Gloria, Jordi, Lourdes, Montse, Susana, Uliana y Virginia, a los que llamo mis lectores de cabecera, que me han dado su opinión desde el primer capítulo, han ido leyendo como si se tratara de una novela por entregas y me han animado a continuar con mucho entusiasmo. También a todos los que la leyeron una vez terminado el primer borrador y dijeron todo lo que tenían que decir.

Un agradecimiento muy especial para Laura, sin cuyo asesoramiento jamás hubiera tenido la oportunidad ni el valor de empezar esta aventura. Y también para Maru y Aranzazu, que vieron algo especial en mi trabajo, apostaron por él y decidieron representarme.

Y toda mi gratitud a la editorial Maeva y a su maravilloso equipo, que me ha tratado con mucho cariño desde el primer momento. Es estupendo trabajar con vosotros. Gracias, Mathilde.

Por último, aunque deberían ser los primeros, gracias a mi familia. A mi marido Antonio y a mi hijo Tom, mis más fervientes admiradores, que son lo más grande que tengo y sin cuyo apoyo jamás hubiera podido llegar hasta aquí.

Te proponemos otras buenas lecturas MAEVA

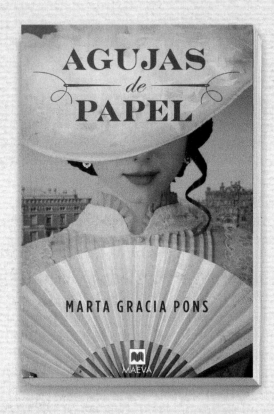

El inesperado destino lleno de emociones e intrigas de una joven que lucha por ver cumplidos sus sueños

En la Barcelona de finales del siglo XIX, Amelia Rovira, hija de una de las familias más prósperas de la sociedad catalana, quiere cumplir su gran sueño, convertirse en maniquí y trabajar para los modistos parisinos más en boga del momento. Mientras lucha por conseguir lo que desea, deberá enfrentarse a la oposición de su familia y recorrer un largo camino que la llevará a París y a Tampa, en Florida.

Una apasionante travesía en un transatlántico a principios del siglo xx decidirá el destino de una joven

Berta Casals es una joven de veinte años que se embarca en el trasatlántico *Reina Victoria Eugenia* rumbo a Argentina, adonde se dirige para contraer matrimonio con Julio Mitchell, un acaudalado estanciero de la Patagonia y amigo de la familia a quien apenas conoce.

Pero el destino a veces sigue sus propios caminos.